KB272399

우리집에
신경다양성이 삽니다

우리집에
신경다양성이 삽니다

우리집에 신경다양성이 삽니다

다름과 느림에서 길을 찾는 가족 에세이

초 판 1쇄 2026년 04월 28일

지은이 박수현
펴낸이 류종렬

펴낸곳 미다스북스
본부장 임종익
홍보국 김가영
편집장 이예나, 안채원, 김은진
디자인 임인영, 윤가희, 윤영빈
책임진행 국소리, 송가희

등록 2001년 3월 21일 제2001-000040호
주소 서울시 마포구 양화로 133 서교타워 711호, 808호
전화 02) 322-7802~3
팩스 02) 6007-1845
블로그 http://blog.naver.com/midasbooks
전자주소 midasbooks@hanmail.net
페이스북 https://www.facebook.com/midasbooks425
인스타그램 https://www.instagram.com/midasbooks

© 박수현, 미다스북스 2026, *Printed in Korea*.

ISBN 979-11-7355-885-6 03810

값 19,500원

미다스북스는 다음세대에게 필요한 지혜와 교양을 생각합니다.

박수현 지음

우리집에 신경다양성이 삽니다

다름과 느림에서 길을 찾는
가족 에세이

미다스북스

추천사

김효원 서울아산병원 소아정신건강의학과 교수

모든 사람은 다르다. 우리는 누구나 어떤 면에서는 불완전하며, 누군가의 도움을 필요로 하는 존재다. 아이들도 그렇다. 모두 각자의 속도로 자라며, 저마다 다른 방식으로 세상을 배운다. 하지만 우리 사회는 여전히 '다름'을 규정하는 엄격한 경계로 아이들과 가족들에게 상처를 준다. 서울과 매사추세츠를 오가며 신경다양성 아이를 키워온 저자의 시선은, 다름을 대하는 사회적 태도가 얼마나 달라질 수 있는지, 그리고 우리가 바꾸어야 할 시선이 무엇인지 명확히 짚어준다. 모든 사람이 있는 그대로의 모습으로 인정받고 존중받는 사회를 만들어가는 일은 나 자신과 바로 곁에 있는 사람을 위한 일이기도 하다. 이 책에 담긴 진심 어린 기록들이, 조금 더 따뜻한 사회를 만들어가는 큰 걸음이 될 것이다.

김빛이라 KBS 기자

다양한 세상 이야기를 15년 가까이 취재해 왔지만, 신경다양성의 세계가 이토록 유쾌하고 다정한 생활의 언어로 가득할 수 있음을, 저자가 아니었다면 나는 영영 알지 못했을 것이라고 고백한다. 반쪽짜리 수강신청이 동그라미가 되고, '3분 카레 전법' 끝에 미용실 공포가 웃음으로 바뀌고, 보스턴의 진단일마저 가족의 기념일처럼 건너는 순간들이 나를 웃고 울게 했다. 스무 살부터 똑부러지게 제 길을 만들던 그녀는, 아이의 남다름 앞에서 방송을 떠나 응용행동분석까지 삶을 확장해 냈다. 고단함을 넘어서는 다정한 기록들은 그 어떤 취재보다 값지게 다가왔다. 아이를 통해 매일 새 세상을 배우는 모든 부모에게, 이 책은 '오늘을 재밌게 노는' 용기를 건넨다.

최현정 前 MBC 아나운서
現 상담심리사

신경다양성에 대한 이야기들이 여전히 이 세상에 부족하다. 더 많아지고 더 조명 받기를 꿈꾼다. 신경다양성을 지닌 이들이 신경전형인이 쉽게 짐작하거나 상상하지 못하는 방식으로 얼마나 독창적으로 빛나는지, 그리고 그 존재 자체가 얼마나 큰 통찰과 영감을 제공할 수 있는지 우리는 아직 충분히 알지 못한다. 그런 면에서 신경다양인과 신경전형인을 함께 기르며 느끼고, 생각하고, 고민하는 엄마의 생활 속 이야기를 들어 볼 수 있어서 감사했다. 더 강인해지려고 고군분투하는 그녀 역시, 아이의 순간순간에 마음 졸이고 일희일비하는 엄마다. 그저 아이가 이 세상에 건강하게 존재하기를 바라는 같은 엄마로서, 그 신비로운 다양성의 세계가 전형적이다 못해 지루한 세계와 더 많이 섞여서 다채롭고 풍부한 세상을 함께 만들어가길 꿈꾸어 본다.

한상민　서울ABA연구소장
　　　　국제행동분석가 BCBA

이 책을 읽기 전에 진한 아메리카노를 한 잔 준비할 것을 권한다. 말과 글로 소통하던 전직 아나운서 엄마가 자폐 아들을 키우면서 겪은 전쟁 같은 이야기는 커피처럼 향기롭고 뜨겁다. 조바심과 망설임, 선택과 미련, 희망과 후회, 용기와 보람이 담긴 반짝이는 날들이 기록되어 있다. 아무도 없는 곳에서 숨죽여 울던 눈물 자국도 한 귀퉁이에 말라붙어 있다. 그래서 이 책은 장애 아이를 둔 모든 엄마들의 이야기다. 작가의 말처럼 걱정을 잊고 함께 춤추자. 혹시 스텝이 엉켜 실수를 해도 그냥 춤추자. 그게 인생이니까.

이지수　연세로이 재활의학과 행동치료연구소장
　　　　국제행동분석가 BCBA
　　　　언어재활사

추천사 요청을 받은 날, TV에서는 신경다양성 청년들이 자신만의 사랑을 찾아가는 〈내 마음이 몽글몽글, 몽글 상담소〉가 방영되고 있었다. 그들의 풋풋하고 당당한 도전을 보며, 자폐라는 '다름'을 결핍이 아닌 '신경다양성'이라는 풍요로운 색채로 그려낸 작가의 메시지가 더욱 깊이 다가왔다. ABA 전문가로서 현장에서 마주하는 부모님들의 눈물이 이제는 슬픔을 넘어, 아이의 남다른 세계를 발견하는 기쁨의 서사가 되길 간절히 소망한다. '아홉 번의 시도' 끝에 마주하는 아이의 의젓한 성장처럼, 이 책이 발달이 느린 아이들의 미래가 결코 고립되지 않으며 얼마나 다채로운 가능성으로 빛날 수 있는지 보여주는 희망의 이정표가 되기를 바란다. 모든 부모님이 스스로를 제한하던 '반쪽'의 마음을 넘어, 아이와 함께 춤추는 당당한 '삶의 증인'으로 서기를 진심으로 응원한다.

장재진　솔언어청각연구소장
언어재활사

언어치료 현장과 대학 강단에서 수많은 아이들과 부모님들을 마주해 왔다. 그때마다 깊이 깨닫는 것은, 그 어떤 의학적 진단명도 한 아이가 가진 고유한 우주나 가족의 지난한 삶을 온전히 설명하지는 못한다는 사실이었다. 이 책은 바로 그 진단명 너머, 치열하고도 눈물겨운 가족의 진짜 일상을 숨김없이 보여주는 귀하고 아름다운 기록이다. 이 책이 주는 진짜 감동과 울림은 고단함 끝에 단단하게 피어나는 찬란한 긍정에 있다.

저자는 발달의 다름을 고쳐야 할 흠결로 보지 않고, 조금 다른 속도와 리듬으로 세상을 감각하는 '신경다양성'이라는 다정한 렌즈로 바라본다. 서툴고 가끔은 넘어지더라도, 세상의 획일화된 기준에서 조금 비껴가 있더라도, 그 안에서 매일 한 뼘씩 자라나는 가족의 경이로운 성장을 오롯이 증명해 낸다. 이 책은 지금 이 순간에도 타인의 시선에 상처 입을까 두려워 아이의 손을 꼭 쥐고 치료실 문을 두드리는 수많은 부모님들에게 가장 든든한 연대이자 뭉클한 위로가 될 것이다. 나아가 우리 사회가 '다름'을 향해 세워둔 뾰족한 담장을 조금씩 허물고, 다양한 빛깔을 가진 아이들의 특별하고도 경쾌한 발걸음에 기꺼이 넉넉한 자리를 내어주기를 간절한 마음으로 기원한다.

손영현　서울중앙지법 국선전담변호사
『헌법을 수호하는 악마의 변호사』 공저자

국선변호인으로 법정에서 내가 변호해야 할 피고인으로 신경다양성을 만났다. 그때마다 그들이 법정에 오기까지 어떤 삶을 살았을까 생각하곤 했다. 이 책은 그 물음에 대한 진솔한 응답이다. 엄마의 담담한 이야기는 우리에게 낯설고도 치열한 일상을 알려준다. 특히, 법정에서야 '발달장애인지원센터'를 알게 된 이들을 만나고, 수사 과정에서 법에 정해진 권리조차 지켜지지 않아 국가인권위원회에 진정을 제기해야 했던 경험은, 작가가 보스턴에서 마주한 장면들과 안타까운 대비를 이룬다. 그 대비는 우리 사회가 신경다양성을 어떻게 포용해야 하는지에 대한 고민을 던져준다. 기자와 아나운서를 거쳐 엄마가 된 작가의 시선을 따라가다 보면, 어느새 우리는 '그 아이'가 대학 캠퍼스를 누비는 모습을 같은 사회의 한 사람으로서 조용히 응원하게 된다.

송미영　두부 DUBU, *Head of Operations*

작가는 내가 만난 사람 중 가장 완벽하고 독한 사람이다. 치료사이기 이전에 먼저 엄마였던 사람. 그 두 역할이 충돌할 때마다 어느 쪽도 포기하지 않았다. 이 책은 그 빡센 시간들에 대한 기록이다. 신경다양성을 '이해해야 할 개념'으로 설명하는 책은 많다. 하지만 문화센터 수강신청 앞에서 망설이고, 이웃에게 자폐를 고백하던 그 떨림을 이토록 솔직하게 쓴 책은 없었다. 전문가의 언어와 엄마의 언어를 동시에 가진 사람만이 쓸 수 있는 책이다. 이 책을 읽는 동안, 치료실 바깥에서 홀로 버텨 온 수많은 부모들이 처음으로 '나만 그런 게 아니었구나' 하고 숨을 고를 수 있을 것이다. 그녀가 초대하는 '다름과 느림이 공존하는 세상'으로 기꺼이 들어가 보시길 바란다.

박지현　　원주MBC 편성제작국 아나운서 부국장

　뉴스 앵커와 TV 프로그램 진행자, 라디오 기획과 진행 등 제작자에 이르기까지, 일 많기로 유명한 지역 방송사 아나운서로 매일같이 무거운 업무들을 빼곡히 감당하면서도 언제나 속도를 늦춰 주변을 살피고 먼저 웃으며 다정한 인사를 건네던 그녀였다. 결혼과 유학으로 펼친 새로운 인생 2막에서 작가의 단단한 내면은 더욱 선명하게 빛이 난다. 아나운서 대신 공인행동분석가로, 매력적인 콘텐츠 크리에이터로, 신경다양성을 알리려 세상에 노크하는 작가로, 그녀는 세상 어느 그림보다 따뜻하고 포근한 색감의 모자이크를 완성해 가고 있다. 자폐스펙트럼 아들의 느린 보폭에 속도를 맞춘 작가의 솔직한 고백은, 빠르게 달리던 아나운서 시절보다 더 많은 이들에게 '지금 정말 괜찮다'는 용기와 꿈을 심어준다. 다정한 사람이 그린 다정한 속도, 육아와 일상에 지친 당신의 곁에 권한다.

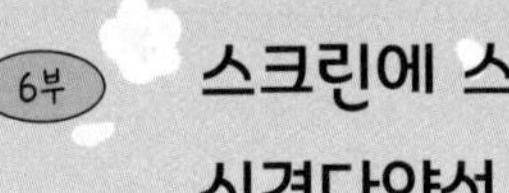

마이크 앞에서
미처 전하지 못 했던 이야기

며칠 전 아이 둘을 데리고 키즈카페에 갔다. 주말 아침, 이른 시간이었는데도 그날따라 덩치 큰 초등학생들이 많이 보였다. 아직 어린이집 꾸러기들을 키우는 터라, 형아들에게 아이가 치이기라도 할까 봐 입장하는 순간부터 바짝 긴장했다. 줄 서기와 기다리기가 서툰 자폐스펙트럼 첫째 아이가 집라인을 타겠단다. 형아들이 길게 줄 선 틈을 저도 모르게 어기적어기적 파고들기라도 하면 금세 꾸지람을 들을 각이었다. 놀이기구 운행이 시작될 때까지 아이의 손을 잡고 같이 줄을 서 있다가, 열두 살쯤 되어 보이는 남자아이들의 수다를 마주했다. 저 무렵 친구들은 무슨 얘기를 나누나 싶어 귀를 쫑긋 세웠다.

한 친구가 한쪽 손에 붕대를 칭칭 감고 있었다. 아고, 놀다가 어디에서 크게 다쳤나 보다 싶어 지켜보는 낯선 이모인 나조차 안쓰러웠다. "어머, 어쩌다가 이렇게 됐어." 안타까운 표정을 얼굴 한가득 품고 모르는 아이에게 말을 걸 뻔했다. 주섬주섬 나의 오지랖을 저 깊숙이 집어넣고 있는데, 주변 친구들의 시선이 그 하얗고 두툼한 실체에 순간 일제히 모였다. 붕대의 주인공은 그걸 알아채기라도 한 것처럼 익숙하다는 듯 입을 뗐다. "아, 사실 나 태어날 때부터 손이 조금 이상했어." 머쓱해하면서도 이런 설명을 자주 해봤다는 말투였다.

그렇다면 다음 중 "나 태어날 때부터 이상했어"라는 말 다음에 오기 가장 적절한 응답은 무엇일까? 사지선다형으로 힌트를 준대도 뭘 택해야 할지 감이 안 올 것 같은 말에 잠깐 멍해져 있는 사이, 앞에 섰던 친구가 침묵을 깨고 대답했다. "흑역사는 잊고 오늘은 재밌게 놀자."

그날 이후, 그 한마디가 자주 맴돌았다. 열두 살쯤 된 소년의 말은 열두 번의 해를 세 번이 넘도록 경험한 내가 감히 떠올리기 힘든 말이었다. 첫째가 자폐스펙트럼 장애로 진단받은 뒤, 어제와 그제를 잊기 힘든 날들이 수두룩했다. 오늘은 재밌게 놀 수 없었고, 해야 할 과제만 빼곡하게 들어찬 체크리스트의 연속인 날들이었다. 발달장애 아이의 느린 발달을 끌어올리기 위해 언어치료를 해야 했고, 맥락에 맞는 적절한 행동 지원을 위해 ABA치료와 감각통합치료를 이어갔다. 어디 그뿐인가. 아이의 세계를 보다 깊이 이해하고 선제적으로 대응하고 싶어, 아이가 찔끔찔끔 징후를 보일 무렵부터 나 역시 공인행동분석가가 되기 위해 둘째 출산 예정일을 코앞에 두고서도 만삭의 몸으로 달리고 또 달렸던 날들이었다. 아이의 자폐스펙트럼 앞에서 관련 치료 영역의 자격을 갖춘 엄마가 되었지만, 늘 바쁜 엄마였다. 흑역사는 중재해야 했고, 마음 편히 놀 시간은 턱없이 부족했다.

사실 흑역사를 '잊고' 싶어도 잊을 수 없게 이끄는 눈빛이 많았다. 자폐스펙트럼 아이를 키워가는 날들은, 곧 눈치의 날들이라고 해석해도 과언이 아니다. 아이의 장애가 그 누구의 잘못도 아니건만, 사소한 행동 하나하나가 혹시라도 다른 사람들을 불편하게 할까 봐 자꾸만 눈치를 봤다. 혹은 누군가의 일상 어딘가를 방해한 것도 아닌데, 아이의 남다른 말투나 몸짓을 주목하며 싫은 소리를 하는 사람이 있을까 봐 늘 긴장했다. 나는 첫째의 자폐스펙트럼 진단과 장애 등록 앞에서 끊임없이 다른 사람부터 바라보는 사람이었다. 나와 아이, 우리 가족을 바라보는 시선에 날이 서 있을까 봐 잔뜩 몸을 움츠리는 데 자꾸만 익숙해지던 날들이었다. 초등학생 아이가 입에 담은 '오늘은 재밌게 놀자'는 태도는 내 일상을 구석구석 뒤져본다 한들 어디에도 없었다.

매일 밤 8시, 뉴스데스크 앵커석에 앉아 세상의 소식을 전했다. 스물네 살부터 10여 년 넘게 이어온 아나운서 생활 속에서 나는 그 누구보다 이 세상을 속속들이 잘 아는 사람이라고 생각했다. 지역의 정치, 경제, 교육 현안에 대해 예리하게 파고들 수 있는 능력이 있다고 믿었고, 관련된 사람들과 인터뷰를 진행하는 데도 자신감이 충만했다. 학보사 시절부터 기자 역할을 맡아온 덕분에 어떤 아이템이 주어져도 라면으로 풀든, 냉면으로 풀든 카메라를 보며 세상사를 풀어내는 데는 내 능력치를 따라잡을 인재가 몇 안 될 거라고 믿었다. 자만감이 겁도 없이 하늘을 찌르던 시절이었다. 그야말로 제멋에 취해 살았다.

하늘을 찌르는 듯한 기세로 사는 데는 그림자가 따른다. 아나운서였던 나는 바닥과 틈새 곳곳을 깊숙이 보지 못했다. 방송사에 근무하면서 분명히 장애 인권에 대한 보도나 발달장애에 관한 이슈를 수차례 언급했을 것이다. 관련 조직의 인사를 초대해 대담을 나누었을 것도 같고, 장애인의 복지 형태에 대해 깊은 관심을 요한다는 스크립트도 어디에선가 읽었을 것 같다. 부끄럽게도 잘 기억이 나지 않는다. 내가 발달장애 아이를 키우고 있지 않았다면 여전히 겉으로만 다가서고 있지 않았을까. 짙은 방송용 메이크업을 하고 한 올도 흐트러지지 않을 헤어스타일을 한 채 높은 곳에 앉아, 장애와 발달장애, 자폐스펙트럼과 ADHD 등을 내려다보며 이야기하고 있었을 것이다. 신경다양성이라는 단어는 아예 꺼낼 생각도 못하고 있었을지 모른다.

신경다양성이란
인간의 뇌신경학적 차이를 장애나 결함으로 보는 대신
하나의 다양성으로 인정하는 관점입니다.

- 김명희, 『신경다양성 교실』[1] -

신경다양성은 자폐스펙트럼이나 ADHD, 불안장애나 조현병 등을 '장애'로만 바라보지 않고 뇌의 신경학적 차이로 인정하자는 관점의 키워드다. 흑역사는 잊고 오늘은 재밌게 놀자는 제안이 가능하려면 한 사람의 어두운 면을 장애라고 가둬버리는 꽉 막힌 태도부터 지워야 할 것 같다. 세상 다양한 것 중 하나, 다채로운 특징을 품은 사람들 가운데 그저 한 명이라고 바라볼 수 있을 때 '흑' 같았던 영역이 환해지고 뽀얗게 물들 수 있다. 손에 붕대를 칭칭 감은 아이가 신경다양성 소년은 아니었지만 손의 모양이 획일적이지 않을 수 있다는 '다양함'의 가치를 알려준 고마운 존재였다. 그 앞에 서서 '그깟 게 뭐라고' 쿨하게 '재미'를 언급한 아이는 더 멋있었고.

"우린 긴 춤을 추고 있어.
자꾸 내 발을 밟아.
고운 너의 그 두 발이 멍이 들잖아.
넌 어떡해. 어떻게 해야 해.
이 춤을 멈추고 싶지 않아."

- 브로콜리너마저, <춤>[2] 중에서-

이 책은 자폐스펙트럼 아이에 대한 고마움을 담은 기록이기도 하다. 남다른 아이를 키워가면서 세상이 밉게 느껴졌던 이야기만 담지 않았다. 자폐성 장애로 등록되어 있지만, 동생과 손잡고 폴짝폴짝 뛰어다니며 환히 웃는 시간이 얼마나 많은지, 신경다양성 아이와 그렇지 않은 아이를 양손에 붙들고 걸을 때 둘이 어우러지는 순간이 어찌나 아름다운지에 대해 나누고 싶었다. 보스턴에서 태어난 아이와 함께 한국과 미국을 오가며 느낀 우리 가족의 경험도 곁들였다. 더불어, 이미 알고 있던 영화 작품들이 신경다양성 아이를 키우면서 어떻게 다르게 다가오는지에 대해서도 풀었다. 나의 첫째가 아니었다면, 10년 더 마이크 앞에 섰더라도 감히 띄우지 못했을 이야기다.

밴드 브로콜리너마저의 노래 〈춤〉은 후반부에 이렇게 읊조린다. "함께라면 어떤 것도 상관없나요. 아니라는 건 아니지만 정말 그런 걸까. 마치 없었던 일처럼 난 눈을 감고 꿈을 꿔." 결국 자폐스펙트럼 아이와 살아가는 긴 춤 속에서, 우리 모두는 '함께'라는 걸 기억했으면 한다. 다 같이 함께하고 싶어서 이 책을 썼다. 모든 걱정을 잊고, 지금 이 순간 함께 춤추는 마음이었으면 한다.

낯설고도 험난한 신경다양성 하루

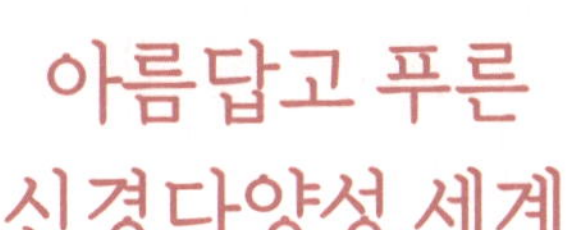

아름답고 푸른
신경다양성 세계

"물고기, 코 자나 봐. 아하, 코 자!"

두 아이를 데리고 아쿠아리움에 간다. 푸른 조명 안 공간을 무대 삼아 연신 뛰어다니면서 쫑알쫑알거리는 두 아이들이 있다. 여기가 그렇게도 좋을까! 몇 달 전, 명절 할인 찬스를 거머쥐고 냉큼 연간권을 지른 보람이 있다고 만족스러운 미소를 지어본다. 한 아이는 스티커북에서만 보던 물고기가 눈앞에 짠 나타나니 좋아하고, 한 아이는 어두컴컴한 아쿠아리움을 푸른빛으로 감싸 안는 조명에 집중한다. 한 아이가 물살을 호기롭게 가르는 물고기의 유연한 몸짓을 신기하게 바라볼 때, 또 다른 아이는 물고기가 헤엄쳐 나간 자리, 그 잔물결에 조용히 심취한다. 공간은 같은데 두 아이가 집중하는 포인트는 사뭇 다르다. 무엇을 보든 둘 다 좋아하면 됐지. 두 명 다 내 배 아파 낳은 아이들인데, 첫째 아이와 둘째 아이는 참 다르다. 성별, 성격, 취향만 다른 게 아니라 세상을 바라보는 방식이 참 다르다. 그리고 세상이 그 둘을 바라보는 시선 또한 매우 다르다.

첫째 아이가 자폐스펙트럼을 진단 받기 전부터 아쿠아리움을 자주 찾았다. 다채로운 물고기가 푸른 빛깔 물결 안에 스미는 모습은 어른들이 봐도 예쁘지 않나. 나 역시 핸드폰으로라도 담겠다며 자꾸 카메라 앱부터 켜고 보는 마음이 있을진대, 아이들이야 오죽할까. 자폐스펙트럼 징후를 적잖이 보이던 첫째는 유독 동생과 손을 맞잡고 푸른빛 감도는 아쿠아리움을 찾을 때마다 편안해지는 모습을 보였다. 제법 강한 조명과 어두컴컴한 조도에 오히려 예민해질 수도 있겠다고 겁먹었었는데, 이 장소에서만큼은 첫째도 둘째도 그 어떤 발달 고민이든 잠시 떨쳐낼 수 있을 것 같이 평화롭게 노닐었다. 망설이다가 연간이용권 패스를 덜컥 결제한 엄마로서 '어휴' 다행이다. 들인 돈이 아깝지 않아서 심적 부담 덜어지는 포인트이기도 했다.

그때부터 나는 종종 '아름답고 푸른'이라는 구절을 '신경다양성' 앞에 붙였다. 어릴 때부터 귀에 익었던 수식어였다. 피아노 학원에 가면 무심코 반복 연습해가며 악보 한편에 동그라미와 빗금을 쳤던 곡, 〈아름답고 푸른 도나우강〉. 화려한 기교가 넘치는 것도 아니고, 그저 잔잔하고 단정하게 전개되어서 클래식 카테고리의 정석인데 한국어로 번역된 이름마저 착착 입에 감기는 이 곡은 키가 훌쩍 자란 어른이 되어서도 나의 아이들을 품고 웅얼웅얼 입안에 담아두는 문구가 되었다. '아름답다'는 형용사와 '푸른'의 색감은 엄청난 비유도 아니건만 누구든 쉽게 떠올릴 수 있는 표현이라 되레 부담 없이 꺼내 들기 좋았다. 무엇보다 자발화는 약해도 남의 말 따라 하기에 1등인 첫째마저 충분히 맞받아칠 수 있는 말이라 매력이 빛났다. 너의 세계이자 곧 나의 세계, 우리의 세계. 아름답고 푸른 신경다양성 세계.

비록 도나우강은 아닐지라도, 한강만 멍하니 바라보면 때때로 자연히 치유되는 평범한 어른으로 자라날 줄 알았다. 원하던 직업을 갖고, 사랑에 푹 빠졌다가 결혼을 하고 나면 잔잔한 한강뷰를 바라보며 커피를 마시는, 큰 탈 없는 일상을 살게 될 거라고 상상했던 시절이 있었다. 낮에는 햇살을 받아 투명하게 반짝거리는 물결, 밤에는 야경을 빛내주며 칠흑같이 새까맣게 물들어버리는 한강의 맛. 그 잔잔한 풍경을 즐길 겨를이 지금은 냉정하게도 없다.

자폐스펙트럼 아이를 키워가는 일상은 그렇다. 한강을 무심코 눈에 담아 둘 여유가 없어 몸도 마음도 바짝바짝 말라 수분기 없는 느낌이다. 몸도 바쁘고 마음도 바쁘니 늘 숨이 차고, 다리마저 저릿저릿하다. 아이의 발달 치료센터를 하루건너 부지런히 오가야 하고, 주말에는 팡팡 뛰며 원하는 감각도 채워줘야 하니까 시설 좋다고 소문난 키즈카페에도 두 아이를 데리고 씩씩하게 다녀온다. "여보, 달리기 하다가 온 사람 같아." 늘 씩씩거리며 한숨을 불규칙하게 내뱉는 나를 보고 남편은 안쓰러운 듯 살금살금 토닥거린다.

날숨과 들숨이 엉망으로 엉겨 붙어 당장이라도 엉엉 울어버릴 것 같은 일상. 그 속에서 종종 마주하는 아쿠아리움에 놓인 대형 수조는 그간 찬찬히 겪어내지 못한 한강뷰 힐링을 몰아서라도 즐기라는 듯 채도 짙게 새파랬다. 인위적인 조명을 덧댄 것이라도 괜찮았다. 파랑파랑한 공간 안에서 아이들도 나도 약속이라도 한 듯 하나가 되어 치유를 하다 오곤 했다. 자폐스펙트럼 아이와 손을 맞잡고 외출을 할 땐 그 장소가 어디든 세포 하나하나가 바짝 긴장하기 마련인데, 파란 곳으로 향할 때면 희한하게도 안정이 잘 되는 편이었다. 편안함의 경험치가 쌓이니 아이들도 엄마의 마음을 알겠다는 듯, 하원하자마자 아쿠아리움에 가자고 손을 잡아끄는 때가 늘었다. "아우, 물고기를 또 보러 가?" 지인들은 갔던 곳을 뭘 그리 자주 가냐며 유난이라 했다. 치료실 선생님들은 "같은 곳만 반복해 가지 말고 다양한 공간에 방문해 보라"며 조심스레 제안을 덧붙이기도 했고. 그럼에도 신경다양성을 끌어안고 살아가는 가족에게 아쿠아리움은 평범함, 그 이상의 공간이었다.

대형 트램펄린이나 꼬불꼬불 미끄럼틀 따위는 없지만, 마음에 드는 색채감 안에서 사뭇 '결이 다른 아이'가 할 수 있는 일은 많았다. 자주 찾던 아쿠아리움의 하이라이트, 대형 돌고래 벨루가의 생태 이야기에 귀를 열고 집중하지 않아도 충분히 만족스러웠다. 첫째는 푸른 조명 아래 덩그러니 앉아 마음을 다스렸고, 그러다가 물고기의 그림자를 마주치기라도 하면 킥킥 웃으며 뱅글뱅글 돌았다. 푸른 수조의 물결, 그 잔잔한 일렁거림을 살피다가도 익숙한 효과음이 안내 방송처럼 나올 때면 그 음정을 깨알같이 재현해냈다. 다채로운 색깔의 물고기를 한 마리, 두 마리 세다가 높은 자리의 숫자가 생각나지 않아 겸연쩍어하던 둘째는, 마치 그런 오빠의 몸짓이 웃겨서 못 살겠다는 듯 수 세기의 세계를 박차고 뛰어나와 첫째를 와락 끌어안기도 했다. 서로의 세계를 들락날락 오가기에 여기보다 더 좋은 공간은 없었다.

물결이 쉴 새 없이 일렁거리는 공간에 데려다 놓기만 하면, 아이들이 알아서 잘 놀아주니 나야말로 생각지도 못한 온전한 휴식 시간을 누리곤 했다. 이런 게 요즘 세대의 말로 '럭키비키'겠거니 짐작해둔다. 평소 같았으면, "그렇게 돌지 마. 소리 지르지 마!" 내 말을 재깍 들어줄 것이라는 기대가 없어도 조급하게 닦달했을 것 같은데 잔소리하지 않아도 눈치 보이지 않는 공간이었다. 아니, 푸른 조명과 적당한 백색소음이 부모의 안달복달함을 적잖이 감춰주는 공간이었다. 웬만한 키즈카페에서 잔소리하다가 온몸에 기운이 쫙 빠진 채 터덜터덜 돌아오곤 했는데, 이곳에서는 평화 지수가 두세 배 웃돌고도 남았으니 연간이용권의 가격대가 좀 있더라도 가성비는 이미 뽑고도 남은 셈이었다.

인생을 살다 보면 '스텝이 꼬일 때가 있다'고들 한다. 내겐 장애, 비장애 남매를 키워가는 모든 순간이 그렇다. 신경다양성 아이와 그렇지 않은 아이를 끌어안고 한 지붕 아래 살다 보면, 아이들 간의 격차 앞에서 종종 당황스러울 때가 있다. 느린 아이의 삶에만 온전히 주목하기에는 다른 아이의 몸짓이 걸리고, 보통의 발달에 호흡을 맞추다 보면 말 그대로 '다름'의 삶을 연주하는 아이에게 집중할 수가 없다. 첫째와 둘째의 손을 잡고 밖에 나가면, 둘은 첫발을 내디딜 때부터 참 다르다. 오빠는 발을 질질 끌거나 아예 콩콩 뛰어서 왼손을 맞잡은 나조차 몸의 한쪽 감각이 어벙벙하게 뜬다. 반대로 오른손을 맞잡은 동생은 종알종알 수다가 많다. 한쪽 귀를 활짝 열고 일일이 친절하게 맞대응하다가는 왼쪽의 호흡을 놓쳐버린다.

파랑의 공간 안에서는 자폐성 장애 첫째도, 그 오빠의 곁에서 일상을 함께하는 둘째도 하나가 된다. 1분 1초 단위로 느껴지던 둘의 '격차'를 체감할 겨를이 적다. 둘은 여전히 다른 템포로 걷고, 다른 빈도로 말을 하지만 어두컴컴한, 동시에 푸르스름한 조명 아래에서는 그 차이를 절절히 재단할 기회가 적다. 어떤 아이의 발화량이 더 많든, 어떤 아이가 더 콩콩 맛깔나게 뛰어대든 이곳에서는 발달 이정표에 어긋난 이색 행동을 했다고 한들 탈이 날 이유가 없다. 커다란 수조 앞에서 누가 더 해양 생태계를 재미나게 즐기는지가 중요할 뿐이므로. 누군가가 습관적으로 반복하는 상동행동도, 물고기 이름을 연신 부르는 데 심취해 수십 번 되풀이하는 반향어도 '이상함'의 근거가 되지 않는다. 날선 시선을 받을 일이 없으니 아이에게도 적당히 편안한 도피처가 된다.

새파란 물결의 공간, 아쿠아리움은 왠지 신경다양성의 색과 맞닿아 있다. 발달 격차가 있어도 그 '차이'에만 집중하지 않는 공간, '다름'에 대한 어색함마저 물결 안에 휘휘 저어 녹여버리면 그만인 공간. 실내 공간, 새하얗게 투명한 조명 아래에서는 아이의 독특한 행동 때문에 타인의 찡그린 표정을 날것 그대로 자주 마주해야 하지 않았나. 이곳 특유의 '조명빨' 덕분일까. 한껏 예민한 어르신들도 이곳에서만큼은 '그저 저 아이가 물고기를 보고 즐기는 방식이겠구나' 하고 마음을 조금 더 열어두는 듯했다. 파란 조명에는 그런 힘이 있었다. 낯선 몸짓을 살짝 숨겨주고 까탈스러운 마음도 잠깐 내려두게 만드는 부드럽고도 차분한 기운. 덕분에 부모는 아이의 평범하지 않은 언행을 따라 다니면서 굳이 사과와 해명을 덧대야 했던 의무를 잠시 접어둘 수 있었다.

신경다양성(Neurodiversity). 한마디로 우리가 그간 '장애'라고 이름 붙여 왔던 영역들을 특별함과 고유함으로 감싸안는 시선이다. 아이가 자폐스펙트럼으로 진단받았든, 주의력결핍과잉행동장애(ADHD)인 것으로 결론이 났든, 지적장애 및 불안장애, 조현병 등의 이름표가 붙은 영역에 자리하고 있든, 이 세상이 '평범하지 않다'고 규정해온 것들을 다양성(Diversity)의 한 조각으로 받아들이는 태도다. "아니, 너는 도대체 왜 그래?"라는 물음표를 "우와, 너는 그렇구나!" 하는 느낌표로 바꿔 들고 기꺼이 엄지척해 줄 수 있는 세상이다.

아쿠아리움으로 향하기 시작한 지 수개월쯤 지나서야 뒤늦게 알았다. 우리 아이들이 파랑파랑한 목적지 앞에서 한결 더 편안해질 수 있었던 건 단순한 우연이 아니었다는 걸 말이다. 해마다 4월 초엽, 벚꽃 가지에 분홍빛 점이 콕콕 찍힐 무렵, 다름 아닌 푸른색을 담아내는 행사가 있었다. 4월 2일,

세계 자폐인의 날(World Autism Awareness Day)[4]을 맞아 전 세계 랜드마크와 건물 곳곳에 파란빛을 밝히기로 한 약속, '블루라이트 캠페인'이었다. 자폐스펙트럼에 대해 알리고 관심을 독려하기 위해 사용된 색채가 바로 파란색이었다. 자폐성 장애인들이 가장 편안함을 느낀다고 알려진 빛깔을 하루라도 함께 밝혀두자는 마음에서 비롯된 행사였다.

어디에서든 파란빛을 내세워달라는 이야기를 하려는 건 아니다. 신경다양성 영역에 선 아이를 향해 대단한 걸 베풀어줬으면 좋겠다는 간절한 호소도 아니다. "이 아이는 이럴 수 있구나!" 그냥 끄덕여주고 미소 한 다발 건네줄 수 있는 잠깐의 여유 정도를 기대해 보고 싶다. 아쿠아리움에서 잠깐씩 평화로울 수 있는 순간처럼 말이다. '이 친구는 해파리처럼 통통 튀어 오르면서 바라보는구나. 저 친구는 펭귄처럼 독특하게 걸어 다니는 걸 좋아하네.' 백열등 아래에서 현미경 초점을 바짝 조이듯 피사체를 재면 그 냉정한 시선에 이미 지쳐버리지만, 푸르스름한 조명과 적당히 번지는 물결 아래에서 아이들을 바라보면 평균치를 벗어나도 두루뭉술하게 어우러진다. 차이에 연연하지 않는 적당한 흐린 눈이 때때로 신경다양성을 품은 우리집에 반갑다. 그래서 엄마는 자꾸만 아쿠아리움으로 향한다. 결이 다른 두 아이의 리듬감을 채우기에는 이보다 더 좋은 곳이 없다.

"물고기야, 다음에 또 만나."
"다음에 또 올게!"

한 아이는 물고기를 정확히 응시하며 아쉬움을 담아내고 빠빠이 한다. 한 아이는 공중 점프를 서른 번쯤 연신 해대며 같은 말을 반복한다. '내가 용수철을 낳았나 봐' 하고 감복하는 순간이 바로 지금이다. 같은 말을 하는데도 두 아이는 매우 다르다. 그런데 또, 다른 것 같으면서도 다를 게 없다. 결국 닮아 있다. 내가 낳은 남매는 아름답고 푸른 대형 수조 앞에서 입이 떡 벌어진 조개마냥 활짝 웃고 있다. 내가 지향하는 세상과 감히 맞닿아 있다. 신경다양성을 이야기하며 방긋 웃을 수 있으면 된다. 다양성을 이야기하는 마음에 그림자가 머물지 않기를 바라는 마음이다. 간결하면서도 때로는 초고난도인 이 미션은, 결국 아이들 덕분에 완성된다.

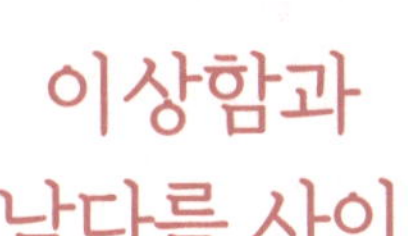

이상함과
남다름 사이

　1997년, 만 11세. 초중고 생활 중 가장 기억에 남는 해를 꼽으라 한다면 초등학교 5학년을 떠올린다. 지금의 남편을 인생 처음 만난 순간이 그해 교실 안에서였고, '베프'라고 지칭하는 친한 친구의 존재도 이때 처음 만들었다. 흔쾌히 우리 아이의 대모가 되어준 친구도 실은 이 시절 함께 급식실로 향하던 친구였다. 교육 대학교를 갓 졸업한 스물넷의 담임 선생님이 인생 처음 맡은 반이 5학년 우리 반이라, 그분의 사회생활 첫 시작점에 동승하는 기분도 남달랐다. IMF 때문에 마련된 학교 금 모으기 행사에 참여했다가 우연히 마이그를 잡고 인터뷰를 하면서 아나운서라는 꿈도 처음 떠올린 해였다. 사랑, 우정, 진로 설계의 씨앗을 몽땅 움켜쥔 해이니, 이보다 더 특별할 수는 없다. 그리고 무엇보다 이 책의 무게 중심인 '신경다양성'을 처음 만난 해이기도 하다.

　내 인생에서 마주한 신경다양성, 실은 내 아이가 처음이 아니다. 자폐스펙트럼과 지적장애, ADHD, 난독증과 조현병 등의 키워드를 찬찬히 되짚어 가다 보면 열한 살의 교실이 떠오른다. 교실 안에 유독 얼굴이 새하얗고 예쁘장한 남자아이가 있었다. 한 달에 한 번씩 짝꿍과 자리 배치를 바꾸곤 했는데, 선생님은 그 친구를 항상 4분단 셋째 줄 같은 자리에 배치하곤 했다. 인생 10년 차를 갓 지나는 아이들이 서른다섯 명쯤 모여 있으니 각자의 목소리를 또렷하게 내려는 기운들이 만만치 않아서 잠실 한복판이 떠나가라 시끄럽게 엉키곤 했는데, 그 와중에도 새하얀 친구는 항상 조용했다. 곰곰이 생각해 보면 나는 그 친구의 목소리를 제대로 들어 본 기억이 없다.

"선생님, 저는 쟤랑 짝꿍 안 하고 싶어요."

월말 자리 배치를 할 때쯤이면 열일곱 명쯤 되는 여학생들이 쪼르르 담임 선생님의 탁자로 모여들곤 했다. 어떤 분단에 누구와 앉을 것인지 결정하는 건 엄연히 선생님의 고유 권한이라는 걸 알면서도, 한창 수다쟁이로 성장하고 있던 나와 친구들은 나이 차가 비교적 적은 '언니 같은 선생님'에게 찾아가 다음 짝꿍에 대한 희망 사항을 열렬히 피력하곤 했다. 모든 아이들의 호소를 다 들어주실 리 없겠으나, 조르면 조를수록 '적어도 피하고 싶은 짝꿍은 안 만나게 해줄 것'이라는 기대감이 서려 있었다. 몸집이 유달리 큰 남자 친구 때문에 자리가 비좁아져서 '제발' 바꿔 달라는 친구도 있었고, 코를 킁킁거리는 습관이 있는 친구가 너무 신경 쓰인다고 '제발' 멀리 떨어지게 배치해 달라는 친구도 있었다. 나는 '제발'을 붙일 만큼 간절하지는 않았지만 어렴풋이 새하얀 친구와는 짝꿍이 안 됐으면 좋겠다고 생각했다. 말을 좀처럼 안 하는 친구니 함께 앉아 있기 어색할 것 같았고, 쉬는 시간이 심심할 것 같다는 이유였다. 선생님은 내 마음을 읽기라도 하신 듯, 나는 한 번도 4분단 셋째 줄에 그 애와 나란히 앉을 일이 없었다.

"쟤 좀 이상해. 수업 시간에 말을 안 해."

방과 후, 자주 가던 서점에서 새하얀 친구와 그 어머니를 마주쳤다. 친구가 나를 몇 번이나 흘깃거리자, 나와 함께 있던 그 시절의 친정 엄마가 같은 반 친구인 것 같다며 반가워했다. 아무리 한 반이어도 '남녀칠세부동석' 원칙을 끔찍이도 존중하던 그 시절의 열한 살 소녀는 가까이 다가가서 인사를 건네기가 쑥스러웠다. 더군다나 목소리를 단 한 번도 또렷하게 들어 본 적이 없는 친구 아니던가. 이 책 저 책 들춰보던 몸짓을 멈추고, 대뜸 '이상하다'는 형용사로 반 친구를 소개하기 시작했다. 내 입으로 이상하다고 소개했으니 저쪽에서 책을 고르는 친구와 거리를 좁혀 인사를 나눌 용기는 더더욱 나지 않았다. 지금 저 친구에게 인사하지 않는 이유에 대해 엄마를 앞에 두고 열 가지쯤 줄줄 읊었다. "아니, 발표 차례가 돼서 일어났는데 한 마디도 안 하고 가만히 서 있기만 하더라고. 자리 바꾸는 날에도 선생님이 쟤 자리는 안 바꿔 줘. 불공평하지 않아? 4분단 셋째 줄이야. 저번엔 감기 걸린 것도 아닌데 한참 엎드려 있기만 하더니 엄마가 와서 집에 데려갔어. 진짜 이상하지? 암튼 이상해. 이상한 애야."

지금도 그 친구의 이름 석 자가 또렷이 기억나는데, 30여 년 전 그날의 나는 엄마에게 친구 이름을 말한 기억이 없다. 대신 '이상한 애'라는 지칭어를 자꾸만 덧씌웠다. 강제로라도 짝꿍이 된 적이 없어서 그 친구가 어떤 걸 좋아하는지, 어떨 때 미소를 짓는지 거리를 좁혀 알아갈 기회가 없었다. "그날 서점에서 뭐 샀어?" 한 번쯤은 질문을 던졌을 법도 하건만, 난 마치 그날 그곳에서 아무도 만난 적이 없던 것처럼 행동했다. 저 친구와는 이 교실이 아닌 장소에서 단 한 번도 마주칠 일이 없을 거라는 마음으로 1년을 생활했다. 그 마음은 곧 1년이 아니라 10년, 아니 두 아이의 엄마가 되어 살도록 현실로 이어졌다. 내 맘대로 '이상하다'고 점찍었던 친구는 5학년을 같은 교실에서 지낸 이후, 내 삶에서 더 이상 마주칠 일이 없었다. 6학년 때는 각기 다른 반이 되었고, 중학교와 고등학교는 어디로 진학했는지 궁금해하지 않았다.

"아빠, 쟤 이상해. 왜 말을 안 해?"
그해 그 친구 뒤에 머물던 그림자를, 내 아이에게서 읽는 날들이다. 또래들이 모이는 키즈카페에 가면 열이면 아홉, 이 같은 목소리가 왕왕 울린다. 몇 살인지, 이름이 뭔지, 어디 유치원에 다니는지 묻는 또래들의 질문에 자폐스펙트럼인 우리집 아이는 대답을 하지 않는다. 엄마나 할머니의 익숙한 목소리가 실린 물음표에는 재깍재깍 대답을 할 수 있지만, 모르는 또래가 찾아와서 개시하는 대화는 마치 하나도 안 들리는 것처럼 좀처럼 답변하지 않는다. 낯선 목소리의 질문에 대답할 동기가 없으니 두 눈을 질끈 감아 버리거나 귀를 막고 저 멀리 도망가 버리는 모습도 잦다. 처음 보는 사람의 눈을 마주치는 게 세상 어려운, 우리집 신경다양성 아이의 특징이다.

30년 전 서점 풍경 속, 새하얀 친구 옆에 손을 잡고 파리하게 섰던 어머니의 표정을 요즘의 내 모습에서 찾는다. 그 어머니의 두 눈에 가끔씩 담겼을 눈물을 종종 상상한다. 그날 아들이 만난 서점의 친구는 차갑고 도도했으며 새침하기까지 했다. 분명 아이 눈치를 보아 하니 같은 반 친구 같은데, 열한 살의 나는 자꾸 그 어머니의 눈동자를 피하기만 했다. 자폐스펙트럼이었을지, 지적장애였을지, 난독증이나 조현병 등의 영역에 서 있었을지 정확한 건 알 수 없지만, 뒤늦게야 나는 말이 없던 그 친구가 신경다양성 세상에 있었다고 짐작해 볼 뿐이다. 담임 선생님은 변화에 적응하기 힘들어하는 친구를 배려해 1년 동안 같은 자리에 앉도록 도왔을 테고, 가끔 하루의 루틴 버티기를 힘들어하는 날이면 하루 종일 엎드려 있어도 괜찮다고 했을 터였다. 말하기 힘들어하는 아이인 걸 알면서도, 가끔은 작은 기회를 주면서 발표하는 맛을 조금이라도 알 수 있게 이끌었을 것이다. 신경다양성 아이의 엄마가 되고 나서야 그 친구가 보였다. 친구의 어머니의 눈빛이, 그 시절 통합반을 이끌던 신참 선생님의 마음이 보이기 시작했다.

그땐 알려고 하지 않았던 수많은 것들이 이제 궁금해진다. 초등학교를 졸업하고 그 친구는 어떤 학교로 진학했을까. 혹시 한국에서의 중학교 적응이 어려웠다면, 아이의 부모님이 이민을 선택하지는 않았을까. 그 어머니는 아이를 돌보면서 어떤 점이 가장 힘들었을까. 또래들에 비해 언어도 학습 능력도 더뎠던 아이의 손을 붙들고 서점에 가서는 어떤 책을 골라주고 싶었을까.

지금 그 친구는 어떤 직업을 갖고 살아가고 있을까. 그날 고고하게 턱을 치켜들고 '이상한 애'에 대해 소개해 나갔던 나는 이제야 그 친구가 정말 궁금해진다.

타임머신을 타고 과거의 한 순간으로 돌아갈 수 있다면 '어느 순간에 도착하고 싶냐'는 질문을 재미 삼아 주고받을 때가 있다. 아이 낳기 전의 화려한 싱글 시절로 돌아가고 싶다는 둥, 지금의 남편을 만나 연애하기 전으로 훌쩍 거슬러 올라가고 싶다는 둥, 웃음 '팍' 터지는 답변들이 즐비하게 떠오르지만 나는 감히 5학년 시절을 향해 서른 해나 훌쩍 뒤로 가보고 싶다고 밝힌다. 열한 살로 돌아간다면 쉬는 시간 담임 선생님의 자리로 쪼르르 달려 나가서 너나 할 것 없이 짝꿍에 대한 희망 사항 말해 두는 틈에 이렇게 외칠 것 같다. "선생님, 저 4분단 셋째 줄도 한 번 앉아 볼래요. 쟤랑도 짝꿍해 보고 싶어요."

어쩌면 친구가 이상했던 게 아니라, 멀찍이 거리를 두고 싶어 했던 내가 이상했던 건 아니었을까. 좋아하는 게 하나쯤 있었을 텐데, 그게 뭔지 물어보고 싶다. 큰 목소리를 들어 본 적은 없었지만, 혹시 소곤소곤 목소리를 낮춰 말을 건네면 이야기할 수 있던 건 아닐지 귀 기울여 보고 싶다. 자꾸 거리를 뒀던 탓에 내가 미처 보지 못한 게 많았을지도 모른다. 그날 서점에서 어린이 코너가 아닌 다른 저편의 책꽂이에서 어머니와 한참 머물렀던 걸 보면 우주나 자연, 동물과 곤충 같은 영역에 비상한 관심을 두고 있었던 건 아니었을지! 돌연 책상에 스르륵 엎드려서 좀처럼 움직이려 하지 않을 때는 곁에서 도와줄 수 있는 게 없을지 물어봤어야 했다. "쟤 좀 이상해" 같은 차가운 말이 아니라 조금 더 다정한 언어를 입 밖에 둘 수 없었을지, 이마를 탁 치게 된다. 나의 '이상한 거리 두기'를 너무 늦게 되돌아본다.

다시 30여 년 뒤, 자폐스펙트럼 아이를 두고 '이상하다'고 투덜거리는 첫째의 또래들을 보며 어린 시절의 나를 본다. 나의 재잘거림 에너지와 사뭇 다른 친구가 이상했고, 가끔 멍하게 허공을 쳐다보고 있는 눈빛이 이상했고, 발표 차례가 다가오면 호명에 따라 일어서기는 하지만 어쩔 줄 몰라 가만히 서 있기만 하는 친구가 이상하다고 생각했던 나와 다를 게 없다.

내 아이가 '이상하다'는 말을 유독 많이 들은 날은 키즈카페의 8천 원짜리 커피가 더 맛없게 느껴진다. 이상한 게 아니라 다른 거라고, 조금 독특하고 별나 보일 수는 있지만 사실 이상한 건 아니라고 힘주어 말해주고 싶은데, '이상하다'는 서술어 하나에 발끈하는 내 모습이 더 이상해 보일까 봐 꾹꾹 눌러 참고 식어 가는 커피만 연신 들이킨다. 비싼 가격 때문에 추가 주문할 생각은 도무지 없는데, 이상하다고 할 때마다 홀짝거렸더니 금방 바닥을 보여서 더 억울한 마음이 든다.

30년 전 그 어머니가 커피를 마시는 마음은 어떠했을까. 그 시절 커피, 프림, 설탕, 삼박자를 탁탁 맞춰 마시던 달콤한 한 잔에도 아이 친구의 날 선 시선, 내 새초롬한 표정 탓에 씁쓸한 맛만 느껴졌던 것은 아닐지 안타까운 마음이 떠오른다. 아이에게 '이상하다'는 서술어가 입혀질 때마다 그 시절 더 이상했던 나를 찬찬히 돌아보며 커피를 마신다. 남다른 우리집 아이가 여전히 이상해 보이는 세상에 살고 있다.

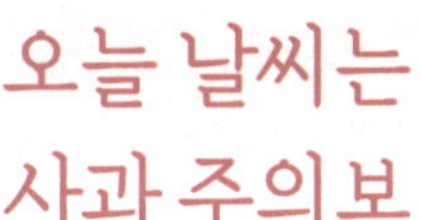

오늘 날씨는
사과 주의보

아이들의 단골 키즈카페에 들르는 날이면 책을 꼭 한 권 챙긴다. 워낙 자주 찾는 곳이라 아이들이 실내 구조도 장난감 종류도 훤히 알고 있는 덕분에 별난 해프닝이 생길 일이 드물기 때문이다. 입장 절차만 간단히 거치면 엄마의 손이 갈 일도 별로 없다. 놀이 선생님이 계신 곳이라 엄마가 눈을 고정해 두고 있지 않아도 두 아이가 잘 노는 덕분에 독서할 시간을 번다. 주말 오전의 여유를 좀 누려보고 싶어서 찾은 이 공간, 갑자기 내 앞에 한숨과 분노를 반반 섞은 낯선 엄마가 다가왔다. 설마설마했는데 역시나였다. "그 집 애가 지희 애 장난감을 묻지도 않고 뺏어갔어요." 눈물이 맺힌 아이를 대동한 탓에 당황하기는 나도 마찬가지였다. "아고, 너무 죄송합니다."

"어제에 이어 오늘도 어김없이 사과가 이어지는 가운데
한반도 전역에 사과 주의보가 발령됐습니다.
마음 북부 권역에서 먹구름이 몰려와
한낮에는 잠시 소나기도 내리겠습니다."

주말 오전부터 '사과 주의보'가 발령됐다. 애 둘 데리고도 여유 있는 독서 타임을 누릴 수 있다고 아메리카노 한 잔과 책 한 권을 찍어 소셜 미디어에 업로드한 지 5분이나 지났을까. 책과 육아, 두 마리 토끼를 잡겠노라고 호기롭게 키즈카페 오픈런한 모습을 누군가 시샘이라도 하듯, 사과로 하루를 열고야 말았다. 아니, 애들끼리 놀다 보면 장난감을 뺏기기도 하고 빼앗을 수도 있는 것 아닌가! 심드렁한 마음이 먼저 떠오르긴 했지만 눈물 자국 흥건한 상대방 아이를 보니 저 엄마도 주말 육아 좀 편히 해보겠다고 달려온 보람이 없어 속상하겠다고 끄덕여졌다. 사과의 표현 하나 없이 반향어만 잦게 내뱉는 우리집 아이에게서 '발달장애'의 기운을 느끼기라도 했던 걸까. 어떻게든 이 아이 엄마를 찾아내 사과를 받아내겠다는 단단한 모습에서 힘이 쭉 빠졌다. 우리 애들에게도 잘 사주지 않는 비싼 키즈카페 과자를 하나 골라보라고 사정하며, 상대방 아이에게 진심을 다해 사과를 했다. "형아가 미안해. 아줌마가 대신 사과할게."

감사일기를 쓰라고들 말하지만, 따지고 보면 사과 일기를 써야 할 판이다. 자폐스펙트럼 아이를 키우다 보면 돌연 사과를 해야 할 순간이 자주 찾아온다. 자동차에 관심이 남다른 아이는 주차장에서 마음에 드는 차를 만나기만 하면 한동안 뒷자리에 불쑥 올라타곤 했다. 상상이 안 되겠지만 진짜다. 한국과 미국을 가리지 않고 차에 올라타는 통에 남편과 나는 양국에서 한국어와 영어를 번갈아 쓰며 아이의 뒷자리 난입을 두고 사과를 하느라 꽤나 진땀을 뺐다. 누군가는 아이가 정말 차를 좋아하는 것 같다고 웃어넘겼지만, 또 어떤 사람은 경찰에 신고할 태세로 불쾌해하기도 했다. 언제나 반반이었다. 사과 앞에서 화를 내는 사람과 사과 앞에서 "그럴 수도 있죠" 하고 웃어주는 사람.

이뿐만이 아니다. 키즈카페에서 놀다가 다른 테이블에 앉아 태연히 감자튀김을 먹고 있던 아이를 발견한 순간, 나의 민망함도 마저 튀겨버리고 싶었다. 좋아하는 차를 보면 '탄다'는 목표치를 향해 돌진하고, '배가 고프다'는 입력값이 있으면 충실히 '먹는다'는 출력값을 쥐는 아이. 사회적 맥락을 살펴서 지금 당장 해도 되는 행동과 참아야 하는 행동을 분별하려면 부단히 연습을 반복해야 한다. "이렇게 하면 다른 사람이 불편할 수도 있어. 남의 물건은 눈으로만 보는 거야. 우리 거 아니고 다른 사람 거야." 잠깐 방심하면 상황에 맞지 않는 몸짓을 보일 때가 많아서 기회가 닿을 때마다 틈틈이 낯선 타인의 영역에 선 넘으면 안 되는 거라고 일러둔다.

"만지면 안 돼요. 눈으로만 보세요."

아이는 내가 귀가 따갑도록 한 잔소리들을 노래처럼 만들어 부르고 다닌다. 그 언젠가 들었던 말을 주문처럼 줄줄 외고 다니는 '지연 반향어'에 좋아하는 멜로디와 리듬이 얹힌 결과다. 그래, 만지면 안 되고 눈으로만 봐야 한다고 기억하는 건 좋은데 목소리는 또 왜 이렇게 큰 건지, 또 알려주기 릴레이가 시작된다. "그렇게 크게 말하면 다른 사람들이 시끄러울 수 있어." 그대로 따라 말하는 건 어찌나 잘하는지 "네" 하고 대답하는 대신 아이는 곧바로 닮은꼴 리액션을 내뱉는다. "시끄, 시끄, 시끄러울 수 있어!" 반 플랫톤으로 도드라진 말투에 AI 로봇 시스템이 버퍼링이라도 걸린 것처럼 같은 구간을 반복하니, 사람들이 하나둘 힐끗힐끗 돌아보기 시작한다. 충분히 예측했다는 듯이 나는 또 당황하지 않고 사과를 시작한다. "죄송합니다. 죄송합니다. 쉿, 조용히 하자." 미안하다고 고개 숙이는 몸짓과 내 아이에 대한 딱 부러지는 제재의 언어가 태엽처럼 엇물려야 사과 효과가 가장 좋다는 걸, 수년의 경험 끝에 잘 알고 있다.

"오늘도 참 고마운 하루였습니다."

단정하게 마침표를 찍을 수 있는 하루는 얼마나 귀한 것일까. 아이와 오늘 하루 체하지 않고 끼니를 챙겨 먹은 것에도 감사하고, 하루 종일 차를 타고 다니면서도 별 탈 없이 도로 주행과 주차를 할 수 있었음에도 감사만 하고 싶다. 육아의 매 순간은 고되면서도, 실은 더 별일이 없어서 다행이라고 가슴을 쓸어내리는 작업의 연속 아니던가. 하루 24시간, 고마웠던 일들을 참기름 짜내듯 '똑똑' 떠올려내면 정갈하게 끝날 작업인데, 나는 참기름을 짜다가 길을 잃고 종종 들기름도 짜고 돈가스를 튀기고 남은 찌꺼기 기름도 기웃거렸다. '아, 아까 이건 정말 고마웠지.' 빵집에서 기분이 좋았던 아이가 뱅글뱅글 회전하고 콩콩 뛰어오르기만을 반복해도 귀엽다고 생긋 웃어주기만 하는 얼굴들에도 그저 감사하지 않았나.

근데 어쩌다 보니, 감사일기로 향하려던 마음은 정반대로 "죄송합니다" 외쳤던 순간들을 떠올리는 길로 향하고 있다. '가만 보자. 나 오늘 하루 몇 번이나 사과하고 살았더라.' 하루에 평균 다섯 번 정도 한다고 치면, 1년에 1,825번. 운 좋게 사과 한 번도 안 하고 넘어가는 로또 당첨된 날도 있을 테니, 적당히 1,800번쯤이라고 에둘러 말할 수 있겠다. 미안할 때 미안하다고 하는 건 지극히 당연한 수순임을 알면서도, 미안하다고 미안하다고 반복하는 일상이 쌓이면 가끔은 마음이 너무 지쳐서 끈적하게 굳어버린 사과잼처럼 변한다. 처음엔 사과향 폴폴 풍기면서 '톡' 하는 소리와 함께 잘만 열리던 잼통이 수개월 찬장에 방치된 느낌이랄까. 산뜻한 사과 냄새는 어디로 사라지고 질척거리는 촉감을 덧입은 채 꽁꽁 굳어버린 자태가 된다. 사과하는 애미 마음이 그렇다.

자발적으로 발령하는 '사과 주의보'의 날들. 언제부터인가 아이를 대신해 사과하기 바쁜 삶을 살고 있다. 물론 애들 키우다 보면 이러쿵저러쿵 사건사고의 연속이니 '미안하다'는 말을 건네는 게 뭐 그리 호들갑 떨 일이냐고 되물으실 수도 있겠다. 하지만 이른바 눈치코치가 없어서 자꾸만 선을 넘는 자폐스펙트럼 아이의 엄마는 폭염주의보나 호우주의보처럼 '삐비빅' 경고 알람을 띄우는 마음으로 긴장할 수밖에 없다. 아이와 현관문을 나설 때면 '오늘 아마도 사과를 하게 될 것'이라고 마음의 준비를 해두는 편이 낫다. 외출

　　우리집에 신경다양성이 삽니다

할 때 아이들 음료수나 젤리를 챙기는 것만큼이나 중요한 체크리스트다. 그 강도와 빈도가 정확히 어떨지는 모르겠으나, 미안한 마음을 미리 탑재하고 집을 나서면 갑작스럽게 다가오는 사과의 순간에도 조금 덜 당황할 수 있다. 휴대용 선풍기나 접이식 우산을 가방 안에 챙겨둔 덕분에 주의보나 경보에 따른 비상 알람이 울려도 덜 속상한 것과 유사하다.

인생은 결국 '사과 총량의 법칙'을 따라간다. 고백하건대, 아이를 낳기 전엔 딱히 사과가 필요하지 않은 인생을 살았다. 어린 시절 안 하고 살았던 사과를 애들 키우면서 무한으로 몰아서 하고 있는 것만 같다고 생각했다. 초중고 학교 생활에 이어 방송사 최종 면접에서도 늘 나라는 사람을 일컫는 문장은 이러했다. "너무 모범생이라고 생각하지 않아요?" 다소 답답하게 느껴질 만큼 일탈이 없는 사람, 어른들이 '바르다'고 지향하는 길을 부지런히 따라가는 사람이다 보니 곧 사과를 할 만한 일이 없었다. 좀처럼 실수가 없었고 흔한 지각 한 번을 안 했다. 난 딱히 미안할 일이 하나도 없는 꽉 막힌 모범생의 전형이었다. 효도를 살뜰히 하진 못했어도 우리 엄마는 나 때문에 누군가에게 "미안합니다. 죄송합니다" 하고 고개 숙인 적은 별로 없지 않았을까.

다행히 '죄송하다'는 음가가 잿빛일 때, 상대의 말 또한 일관된 잿빛은 아니었다. 사과를 받아주는 말에도 각각의 색깔이 있음을 점차 깨달아갔다. 아이가 방방 뛰다가 다른 사람의 발을 질끈 밟아서 내 얼굴이 새까맣게 어두워질 때면 "괜찮아요. 애가 그럴 수도 있지" 하고 받아주는 환한 연노랑의 언어가 있었다. 카페 테라스에서 다른 친구의 장난감 차를 제 것인 듯 쓰다듬고 주차 놀이를 하는 우리집 아이를 두고 "친구야, 이것도 더 해볼래?" 몇 개 더 건네주던 또래 엄마는 봄날의 연베이지 벚꽃색을 닮았다고 생각했다. 낯선 사람 식탁에 앉아 아무렇지 않게 감자튀김을 오물거리는 애가 기가 막혀서 거의 울 것처럼 사과하는 나를 보며 좀 더 먹이라고 음식 놓아주던 할머니는 무지개떡 색깔처럼 고운 파스텔톤으로 조곤조곤 말을 건넸다.

아이의 돌발행동 앞에서 흑과 백만 떠올리지 않는 어른들이 곳곳에 자리하고 있었다. 새하얗게 창백한 낯빛을 하고 화만 내지 않았고, 새까만 분노가 끓어올라 씩씩거리는 사람만 있는 것도 아니었다. 덕분에 지루하게 반복되는 사과의 날들을 버틴 셈이다. "나 오늘 몇 번이나 사과했는지 알아?" 타국에서 일하고 있는 남편에게 전화를 걸어 속풀이 대행진을 이어가는 게 견고한 루틴처럼 자리 잡혀 가던 날들, 사과를 거듭하느라 빨개진 얼굴과 민망했던 표정을 찌질한 뒷담화로 커버하려 국제전화를 걸던 날들은 결국 다른 색깔의 언어가 있어서 천천히 편안해지곤 했다.

더 이상 사과하고 싶지 않다는 말을 하려는 건 아니다. "지금이 어떤 시대인데, 이렇게 다양성에 야박해서야 되겠어요? 우리 아이는 특별하니까 좀 봐주세요." 신경다양성 세계를 너그러이 읽어주는 세상이 재빨리 찾아와서 결국에는 우리 아이가 사과할 필요 없는 세상이 되어야 한다고 호소하려는 건 더더욱 아니다. 나는 진심으로 미안했고, 앞으로도 가슴 깊이 죄송할 순간들이 참 많을 것이다. 사회적 맥락을 잘 몰라 표현이 서툴고 조심성 없는 정도가 하늘을 찌를 기세인 아이를 제지하다가 결국 실패했을 때, 그 좌절감을 토닥여주는 어른들에 대해 고맙다는 이야기를 하고 싶은 거다. 아이를 대신해 사과하는 날들 속에서 '씨익' 웃고 넘겨준 어른들의 가뿐한 태도에 대한 감사일기의 변형이다.

"불편하게 해드렸다면 죄송합니다.
그리고 무탈히 넘어가 주셔서 감사합니다."

오늘은 또 어떤 사과를 몇 번이나 반복하는 날일까. 미안하다고 말하는 건 아무래도 상관없다. 쿨하게 괜찮다고 말해주는 사람, 오늘은 어제보다 한 명만 더 만났으면 좋겠다. "아우, 아기 엄마, 괜찮아요. 애 보느라 힘들죠?" 사과의 기운을 토닥거리며 다정하게 눈 찡긋해 주는 어른의 얼굴이 보고 싶다. 발달장애인 걸 눈치챘지만 그런 건 애초에 중요하지 않았다는 듯, 실수한 아이의 머리칼을 휙 쓰다듬어 줄 수 있는 따뜻한 손짓을 만날 수 있다면 그날의 감사일기는 한 문단을 더 빼곡하게 써 내려갈 것만 같다.

결국 내 희망 사항은 이토록 간결하다. 내 사과가 가닿는 그곳이 조금 더 부드럽고 보송보송한 곳이라면 하루의 끝이 한결 낫겠다는 것. 오전 내내 핸드폰 팝업을 연달아 띄울 만큼 긴박하게 울리던 사과 주의보가 오후에 산산이 해제되는 날을 꿈꾸고 있다.

코딩 인간,
입력값이 잘못됐습니다

    넷플릭스의 요리 예능 프로그램, 〈흑백 요리사〉가 떠들썩했던 날들이 있었다. 요식업계에서 이미 유명하다고 소문난 셰프들을 끌어모아 시작부터 화제가 됐던 이 프로그램에서 흑과 백으로 차려입은 셰프들이 분초를 다투며 배틀하는 장면은 요리에 영 소질이 없는 나조차도 깊이 몰입하도록 이끌었다. 백수저와 흑수저, 각각의 영역에서 요리 능력치를 견주는 살 떨리는 순간들이 짜릿해서 육퇴만 했다 하면 시간 가는 줄 모르고 채널을 고정했다. 셰프들이 진작에 쌓아둔 별 몇 개의 명성이나 요리 경력의 가짓수와 관계없이 라운드마다 들이대는 돌발 미션 앞에서 그들의 당락이 차갑게 결정된다. "아, 저 사람 실력 진짜 너무 좋은데, 지금 떨어지기엔 너무 아까운데." 흑과 백 사이에 회색 지대는 과연 없는 건지, 탄식을 더해보지만 달라지는 건 없다. 계속되는 흑백 대결 무대에 남아 있든지, 그 치열한 무대에서 내려오든지 둘 중 하나인 거다.

    자폐스펙트럼 아이를 키워오면서 일상의 많은 순간이 바둑 같았다. 흑과 백의 돌로 다닥다닥 정사각형의 판을 채워가는 과정, 바둑에서 흑과 백을 벗어난 색은 없다. 한쪽이 흑돌을 꺼내 얹으면 다른 쪽은 백돌을 가지런히 올린다. 우아하고 고혹적인 그레이가 감돈다거나 봄날의 꽃길을 상상하게 이끄는 핑크 베이지는 없다. 바둑판에서는 당연한 이야기인데, 이게 인생이라고 생각하면 참 답답해진다. 그날의 기분에 따라, 마주한 상대방의 표정에 따라 적당히 채도와 명암을 달리해야 하는 순간도 찾아오는 게 인생 아닌가. 한껏 새까맣거나 새하얗거나, 둘 중 하나로 귀결되는 몸짓이 자폐 소년의 일상에는 익숙하다. 엄마의 커피가 완전히 뜨겁거나 얼음이 꽉 찬 채 차갑거나 둘 중 하나여야지, 어중간하게 미지근한 걸 못 참는다. 열혈 육아하다가 다 식어버린 핫 아메리카노를 마시고 있노라면 아이는 "이건 뜨거운 거야? 차가운 거야?" 답을 내리지 못하고 슬슬 열을 올릴 게 뻔하다. "야, 니들 보다가 식은 커피 마시는 거 아니야!" 아이는 흑, 아니면 백이 딱딱 떨어지는 방식으로 세상을 살아낸다.

"빨간색, 시소, 타! 초록 손잡이 붙잡고!"
"노란색, 뱀 모양, 미끄럼틀로, 내려와!"

아이와 소통을 할 때는 입력값이 정확해야 한다. 하원 후 놀이터에 따라가서 "저쪽에서 친구랑 놀고 와" 하고 건성으로 한마디 툭 던지면, 아이는 그 모호한 언어를 좀처럼 참을 수가 없다. 둘째는 정말로 저쪽 어딘가로 가서 엄마가 특정해 언급하지 않은 또래들과 뛰어다니면서 흥을 올리는데, 신경다양성의 첫째는 도무지 그럴 수가 없는 모양이다. 다시 엄마 앞으로 바짝 다가와서는 얼굴을 들이밀고 정확한 지시를 내려달라는 눈빛을 쏜다. 아차차, 입력값이 정확해야 움직이는 아이였지. 놀이기구의 색깔과 모양까지 구체적으로 쥐어주고 군더더기 없이 동사까지 입력해야 '놀이터에서 노는 몸짓'이 출력될 수 있다. 인기 많아서 접근도 못했던 놀이기구에 운 좋게 빈자리가 나면 쪼르르 달려가서 냉큼 차지할 수 있는 융통성도 있으면 좋겠지만, 명명백백한 지시어가 사전에 주어지지 않았다면 유연한 몸짓을 기대하기 어렵다. "이제, 저거, 타도, 돼!" 아이와의 소통에서 수식이 꼬이지 않으려면 간결한 입력값을 탁탁 끊어 제시하는 게 필수다.

뼛속까지 문과인 코딩 잘알못 엄마이지만, 입력값이 정확해야 하는 첫째를 볼 때마다 '코딩 인간'이라는 별명을 떠올렸다. 아이들 사이에서 최근 유행이라는 코딩 학습 앱을 쓱 살펴보니, 신경다양성 아이가 움직이는 방식과 똑 닮았다. 가이드에 적힌 대로 깔끔하게 떨어지는 명령어를 넣으면 캐릭터가 덩실덩실 춤을 추거나, 아이가 위시리스트에 담아둔 옷으로 갈아입고 변신을 한다. 코딩의 과정에서 희망하는 결과값을 얻으려면 입력값의 철자나 모양, 순서가 오차 없이 정확해야 한다. '대충 비슷하게 맞춰두면 되겠지?' 하는 마음가짐으로는 코딩을 완성해갈 수 없다. 아이의 세계도 마찬가지였던 셈이다. 적당히 놀이기구의 빈자리에 탑승해서 맥락에 맞게 유연히 미소 짓고 놀기를 바라는 마음만으로는 아이를 '찐으로' 놀게 할 수가 없다. 마치 놀이터 배경 화면의 스크린에 아무 입력값도 넣지 않고, 화면에 변화가 일어나기를 기다리는 것과 다를 게 없지 않겠나. 코딩 인간, 자폐스펙트럼 아이에게는 흑이면 흑, 백이면 백이라고 또렷하게 알려주는 명령어가 필요했다. 그래야만 아이가 다음 장면으로 나아갈 수 있었다.

화장실로 뛰어 들어간 아이가 아무것도 해결하지 못한 채 자꾸 뒤돌아 나온 날이 있었다. 하의 자락을 붙들고 움찔거리며 어쩔 줄 몰라 하길래, 빠르게 변의를 포착하고 얼른 화장실에 갔다 오라고 재촉했던 참이었다. 낯선 장소의 공중화장실도 아니고 집에서 줄곧 쓰는 화장실인데, 출력값을 내는 데 어려워하는 아이를 보고 '또 뭔가 꼬였구나' 하고 직감을 했다. 아니나 다를까, 변기에 앉지도 못하고 쩔쩔매는 아이 뒤를 쪼르르 따라가 보니 변기 가장자리에 동생이 올려둔 캐릭터 인형이 있었다. 보기에 거슬리면 치우고 볼 일을 보면 될 텐데 평소에는 없던 자극이 변기를 만나니 아이의 수식이 엉켜버렸다. 내가 보기에는 아주 작은 단서인데도, 평소와 다른 자극이 겹쳐질 때 아이의 세계는 전혀 다른 것으로 변주가 됐다.

빨간 껍질의 흔적 하나 없이 완전히 벗겨진 사과만 씹어대던 아이는, 깨끗하게 세척돼 나온 빨간 사과를 댕강댕강 속이 보이도록 썰어 줘도 단 한 입도 깨물 수가 없다. 감자튀김이 최애 메뉴인 아이인데, 바삭한 튀김 끝부분에 케첩이 조금이라도 묻어 있을 땐 오늘 하루 단식 투쟁이라도 할 기세로 소스가 살짝 튄 감자 접시를 쳐다보지도 않는 강직함까지 장착하고 있다.

입력값이 정확하기를 희망하는 의지만큼은 우주 최강자인 우리집 아이. 최근 찰떡같이 좋아하는 기계는 다름 아닌 차량 내비게이션이다. 언제 어디에서든 마이크를 눌러 또박또박 발음해 낸 장소로 결국에는 안내해 주니, 아이의 세계에서 이보다 신뢰 가는 입력과 출력은 또 없을 것 같다. 발음을 조금이라도 흘리거나 구체적인 지역명까지 이야기하지 않으면 전혀 다른 결과값을 가져올 때도 있으니, 이럴 때만큼은 애미의 전직이 아나운서였음을 천만다행이라고 생각해 둔다. 재직 시절 선명한 발음으로 내레이션을 했던 경험을 살려 아이가 가겠다고 선언한 장소를 입력한다. "스.타.벅.스.잠.실.대.교.남.단.점!" 아이는 지도에 연두색 동선 라인이 뜨기만 해도 이미 초록색 로고를 올려다볼 결과값을 상상이라도 하듯 흐뭇한 미소를 띤다. 정확할수록 해맑아지고, 모호할수록 울상을 짓는 이토록 또렷한 코딩 인간을 키우고 있다.

자폐 어린이들이
색깔 블록이나 장난감 자동차를
논리적인 순서에 따라 길게 늘여 세우듯
저는 항상 똑같은 신뢰할 수 있는 패턴에 들어맞는 숫자에서
평화와 기쁨을 느낍니다.

- 사이먼 배런코언, 『패턴 시커』[5] -

케임브리지대학교 발달정신병리학 교수 사이먼 배런코언은 자신의 저서에서 자폐스펙트럼 청년 대니얼과 나눈 대화를 통해, 이 세계에 있는 사람들이 얼마나 일관된 패턴에 매료되어 있는지 이야기한다. 대니얼은 기억력 경연대회에 나가 파이를 소수점 22,514자리까지 외울 정도로 동일한 패턴의 것을 추구한다. 파이를 구성하는 숫자들은 그때그때 상황에 따라 바뀔 리 없고, 변수 없이 명확하다. 어떤 때는 날것 그대로의 감자튀김이었다가 케첩이 묻은 감자튀김으로 변신하는 경우가 없다. 입력값에 따라 정확한 목적지로 안내하는 내비게이션 시스템처럼, 샛길로 새거나 가다가 중도에 멈춰버리는 오류 없이 "목적지에 도착했습니다"라는 결과값을 준다.

우리집 아이는 곧 또 다른 대니얼이었다. 항상 똑같은 숫자의 배치에서 기쁨을 느낀다는 청년의 발언에서 우리집 아이의 추구미를 느꼈다. 동일한 입력값에 예측 가능한 출력값이 튀어나오는 세상을 지향하는 마음. 우리집 아이가 파이의 소수점을 달달 외우고 다니는 것은 아니지만, 각 자리에 배치되어 있는 숫자가 임의로 시시각각 바뀌지 않듯이 각 자리에 들어선 입력값이 정확하기를 바라는 마음만큼은 청년과 닮아 있었다. 누군가가 제멋대로 자릿수를 축약해버리거나 틀린 자릿수를 정답인 것처럼 포장하려 들 때, 아마 청년 대니얼은 그 광경을 못 견디게 힘들어할 것 같다. 신뢰할 수 있는 패턴의 세계를 한껏 뒤틀어 버린 셈이니까. 입력값이 살짝만 바뀌어도 어떻게 움직여야 할지 모른 채 나라 잃은 표정으로 방황하는 첫째도, 어쩌면 대니얼과 닮은 '패턴 시커'로 자리하고 있었다.

"경로를 이탈했습니다. 경로를 이탈했습니다."
적당히 한 번만 운 띄워 줘도 충분히 알아들을 텐데, 어떻게든 입력값에 맞춰 정확한 결과를 끌어내려는 내비게이션 녀석은 몇 번이고 톤을 높여 부지런히 알려준다. 경로 이탈한 거 나도 안다고! 함께 탑승한 아들은 운전하는 엄마가 평소 다니던 큰길이 아니라 지름길로 파고들어 굽이굽이 핸들을 꺾자, 엉덩이를 들썽거리며 자체 사이렌 소리를 내기 시작한다. 안내음과 아들의 텐트럼 경보음이 같이 울리니 입력값과 다르게 움직였다고 알려주는 경고가 세상 시끄럽게 차 안에 울려 퍼진다. "아우 진짜, 샛길로 좀 돌아가면 어때서!" 아들의 세상이 오레오 쿠키를 깨부순 것처럼 흑백이 두루두루 섞일 수 없다는 걸 잘 알면서도, 가끔은 이렇게 꾀가 난다. 뜨문뜨문 입력값을 변형해봤다가, 다시 제자리걸음을 하고 마는 신경다양성 엄마의 세계.

다시 흑백의 바둑판을 떠올린다. 아이와 내가 함께 걷는 하루가 마치 같은 색의 돌 다섯 개를 일직선으로 놓으면 이기는 '오목'과 닮았다고 상상한다. 엄마는 흑돌, 아이는 백돌. 흑과 백 사이에 모호한 색이 끼어들지 않으니 아이는 그 어느 때보다 편안한 모습이다. 또박또박 다섯 돌을 내려두면 되는 게임이니 갑자기 세모나 별 모양을 그리려 애쓸 필요도 없다. 아이는 일직선과 숫자 5에 담긴 또렷한 입력값만큼은 이해하고 있어서, 엄마가 어디에 돌을 가져다 둘지 몇 가지 안을 예측할 수 있다. 아이가 기꺼이 이해할 수 있는 자리 위에 검은 돌 하나를 조용히 내려놓는다. 아이가 안심한 수 있는 한 줄을 만들어주는 마음으로 다섯 수를 둔다. 오늘도 바둑을 두는 마음으로 살고 있다.

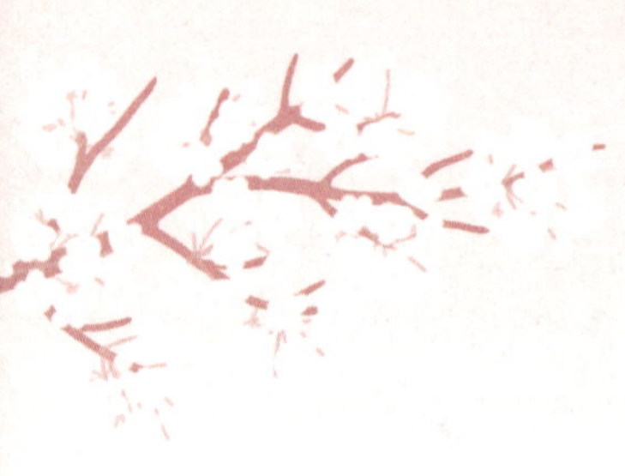

자폐 소년에게
가장 힘든 '이것'

아이들의 운동화가 또 작아졌다. 불과 반년 전쯤 생일 기념으로 남매 한 켤레씩 장만했었는데, 1년도 안 돼서 발을 꼬깃꼬깃 구겨 넣을 지경이 되니 두 아이의 성장 속도에 혀를 내두르게 된다. 그때 조금 더 넉넉한 사이즈를 살 걸 그랬나 후회하는 것도 잠시, 발이 잘 안 들어가니 신발장 앞에서 슬슬 짜증부터 내려고 하는 첫째가 오늘 유난히 불안하다. 바깥 놀이를 나가다가 발이 잘 안 들어간다고 괜한 심술을 부리는 하루가 될까 봐 노심초사하는 건 엄마의 몫이다. 이렇게 교체 주기가 빠를 거면, 애초에 너무 비싸지 않은 신발을 사야겠다고 다짐해 두는 아침 되시겠다. "얘들아, 오늘 하원하면 운동화부터 사러 가자."

아이랑 외출 난이도가 가장 높은 경우는 언제일까. 인생 6개월 차 둘째를 데리고 첫 문화센터 경험 좀 해보겠다며 기저귀, 젖병 짐 바리바리 챙겨 백화점으로 향하던 때도 물론 만만치 않았다. 코로나 백신도 나오지 않았던 시절, 갓 9개월을 넘긴 첫째를 데리고 미국에서 한국행 비행기를 나 홀로 탔던 것도 16시간 내내 아이를 안은 채 입석처럼 왔으니 힘든 외출 Top 3에 속할 만하다. 남매를 데리고 야외 놀이동산으로 향하던 날도 며칠간 별 탈 없이 다녀올 수 있기를 마음 다해 바라야 할 만큼 결연한 의지가 필요한 일이었다. 특별한 이벤트가 있는 날이 아니더라도 일단 애들이랑 현관문을 나설 때면 늘 긴장된다. 또 오늘은 어떤 예측하지 못한 변수가 도사리고 있을까. 특히 '이거' 하러 나가는 미션까지 달려 있는 날은 그 긴장감이 세 배쯤은 뛰어오른다. 바로 쇼핑하는 날이다.

영화 〈쇼퍼홀릭〉[6]에서 주인공 레베카(아일라 피셔 분)는 백화점으로 들어서는 첫 장면부터 두 눈이 환하게 반짝거린다. 훤칠한 이성과 데이트하는 것 이상으로 황홀감을 준다고 고백할 정도이니, 얼마나 좋으면 저 정도일까 싶어 신기하다. 레베카에게 쇼핑은 단순한 물건 구매 행위가 아니다. 화려한 조명 아래에서 마음에 쏙 드는 물건을 이쪽저쪽 각도에서 바라보고 살살 만져보기도 하면서 한껏 마음을 부풀리는 작업이다. 그 설레는 마음을 직원과 진한 눈빛으로 실시간 공유하고, 거울 속에 비친 자신의 모습에도 서서히 취해가는 과정 전반이 여기에 해당된다.

카드의 마그네틱을 '삑' 긁을 때 나오는 효과음과 '다닥다닥' 영수증이 출력돼 나오는 기계음도 레베카의 쾌감을 끌어올리는 데 상당한 몫을 한다. '화폐로 해당 가치이 물건을 산다'는 기본 정의를 훨씬 뛰어넘는 종합 예술임이 틀림없다. 복잡한 맥락을 속속들이 파악하는 게 어려운 자폐스펙트럼 아이에게 이 복잡다단한 여정은 우주에서 가장 어려울 수밖에. 검은색과 파란색 니트를 스치는 손길, 빨간색 옷도 집었다가 초록색 코트에도 살포시 기대보기도 하는 예측 불가의 모호한 여정은 입력값과 출력값이 뚜렷해야 하는 자폐소년에게 이해 불가의 영역이다. 아들이 레베카의 쇼핑 장면을 봤다면 "저 이모는 도대체 왜 저러고 다니냐"며 두 눈을 일단 질끈 감아버렸을 것 같다.

그런 아들을 데리고 쇼핑을 나섰다. 쇼핑력이 차고 넘치는 엄마도 아닌데, 아이들 운동화만큼은 피할 수가 없었다. 대충 온라인으로 새벽 배송 찬스를 쓰기에는 신발은 사이즈 맞히기부터 너무 어렵다. 상하복 사듯이 1, 2년 넉넉히 입히겠다는 의지로 한껏 사이즈 올려 사면 신발이 헐떡거리는 통에 아이가 넘어질까 봐 걱정이고, 발 길이 재서 딱 맞춰 사면 반년도 채 못 신고 처박힐 것만 같아서 아까워 걱정이다. 신발은 중고거래 시장에서도 인기가 없기로 소문난 대표 품목이라 신중, 또 신중해야 한다. 벗겨지지만 않을 정도로 적당히 넉넉한 사이즈를 골라 사려면, 일단 신겨보고 매장 직원의 추천을 받아 사는 편이 낫다. 단, 쇼핑이라는 종합 예술을 좀처럼 이해해주기 힘든 아들과 너무 오래 시간 실랑이를 벌이지 않기를 바라는 마음으로 출동한다.

아들에게 어려운 쇼핑의 요소는 다음과 같다. 엄마는 아직 아들의 신발을 어떤 디자인으로 사면 좋을지 밑그림을 그려두지 않았다. 그래서 어느 브랜드부터 들어가서 구경해야 할지 여전히 망설이고 있다. 심지어 이 엄마는 아직 아들의 정확한 신발 사이즈를 모른다. 설상가상으로 동생의 신발까지 함께 골라야 하는 중복 미션까지 안고 나왔기에 매장을 몇 군데 더 들러야 한다. 혹시 있을지도 모를 신발 브랜드의 할인 행사를 대비해 브랜드 앱을 깔고 추가 회원가입을 하거나 플러스 친구 따위를 맺어가며 결제에 시간을 끌어야 하는 부가 상황이 뒤따를지도 모르겠다.

(1) 신발 가게에 간다, (2) 결제한다, (3) 신고 나온다. 세 단계로 딱 떨어지는 구조를 지향하고 있을 아이에게 엄마의 세계는 그 자체로 도전적일 수밖에 없다. 정해진 스케줄을 지체 없이 말끔히 따르는 데 익숙한 아이에게 쇼핑의 세계는 변수가 너무 많다. 상상만 해도 아이가 몸을 배배 꼬면서 높은 음 소리를 돌고래처럼 반복할 모습이 그려져 식은땀이 난다.

"이거 예쁘지 않아? 어때? 저것도 괜찮은데?"

아, 시작부터 물음표가 너무 많았다. 마음에 드는 신발이 차라리 없는 편이 나았겠다고 생각했다. 이것도 나쁘지 않고 저것도 괜찮아 보이는데, 직원이 들이대는 또 다른 선택지까지 좋아서 스캔할 게 너무 많아지는 순간, 물음표를 살살 띄우면서도 '아차' 싶었다. 자주 들르지도 않는 백화점 신발 매장 층에서 낯선 디자인의 신발만 촤라라 놓여 있는 매장 풍경이 얼마나 뜨악할까 싶었다. 입장하는 그 순간부터 첫째의 눈만 바라본 엄마, 여기요. 심지어 전시용 신발은 대부분 한 짝만 놓여 있지 않나. 오른쪽, 왼쪽 한 쌍이 완전하게 놓여야 편안할 녀석인데, 운동화들이 마치 싸우기라도 한 것처럼 한 짝씩만 놓여 있으니 갑자기 신경질을 부린대도 할 말이 없었다. 최대한 빨리 고르고 신속히 매장을 빠져나가자는 최종 목표를 향해 바짝 의지를 다져야 하는 순간이었다.

드디어 최종 두 후보가 놓였다. 검은색 운동화는 아이들이 신고 벗기 편한 조임 장치가 있었고, 파란색 운동화는 클래식한 매듭 디자인에 찍찍이가 있었다. 편리함으로 따지자면 블랙인데, 멋스러움으로 보자면 블루였다. 가격대는 비슷한데 스타일이 정반대라 망설임을 멈출 수가 없었다. "어떤 게 좋아? 이게 편해?" 선호를 따져 묻는 질문에 아이는 "계산하고 싶어요"라며 결제 욕구만 한껏 실은 말을 무한 반복하니, 도무지 답이 나오질 않았다. 그 와중에 둘째는 본인이 찜해둔 반짝거리는 운동화가 여기에는 없다며 나가자고 손을 끌기 시작한다. 이럴 거면 사이즈 무료 교환된다고 홍보하는 인터넷 몰에서 아무거나 사서 신길 걸, 뒤늦은 후회가 무슨 소용이람. 그깟 운동화가 뭐라고 세상 어려운 쇼핑을 남매랑 둘이 해보겠다고 초고난도 외출을 했다. 아이 둘이 출랑출랑 잡아끌고 졸라대는 사이, 애들한테 여러 차례 밟힌 내 운동화가 새까만 멍투성이가 되어 두 눈에 들어왔다.

"저희 좀 더 돌아보고 올게요."

참고 참았던 재앙의 언어를 기어이 내뱉고야 말았다. 알면서도 이 말을 할 수밖에 없었던 내 입을 툭 쳐서 닫아버리고 싶었다. 뭐가 예쁜지를 따져 묻느라 십여 분을 질질 끈 것도 모자라, 엄마가 결국 사지 않고 나가버린다고? 뭔가를 사겠다고 집을 나섰는데 결과치도 없이 매장을 떠나는 건 자폐스펙트럼 아이의 세계관을 뒤흔드는 일이었다. 엄마의 옵션 비교 행위를 꾹 참고 견뎌줬던 아이가 결국 터져버렸다. 첫째는 운동화 매장 입구에 털썩 주저앉았다. '아! 안 돼! 제발 드러눕지는 마.' 내 속마음을 애가 들을 리가 없지. 오빠의 돌발 행동에 사이좋게 화음이라도 넣듯이 빛나는 운동화 보러 가자고 소원하던 둘째는 울음이 터졌다. 나도 속이 터져버릴 것 같았다. 텐트럼과 울음과 속이 나란히 터져버린 이른바 '만두 가족'은 미션 실패의 흑역사만 끌어안고 백화점 현장을 떠나야 했다. 다 터져버린 애들을 들쳐 안고 어떻게 주차 정산까지 마쳤는지 잘 기억이 나질 않는다.

우리집 신경다양성 아이는 모든지 명쾌하게 딱 떨어지는 구매 행위를 좋아한다. 아담하고 고즈넉한 골목을 접어들어 숨은 카페를 찾아 나서는 것보다 대로변에 위치한 널찍한 스타벅스를 좋아하는 이유다. 어느 매장을 찾든 동일한 사이렌 로고가 있고, 판매하는 주스 메뉴와 용량에도 지점마다 격차가 없다. 저곳에 가면 한라봉 주스와 딸기칩을 먹는다는 예측 가능한 구매 행위가 기다리고 있으니, 아이는 늘 편안하다. 엄마가 따뜻한 아메리카노를 마실 게 분명하다는 90% 이상의 확신이 있고, 매장 내부의 탁자와 소파조차 유사한 색감의 인테리어라서 결제 뒤 찾아드는 착석에도 유사한 경험치가 쌓여 간다. 결국 그 시절, 첫째의 운동화는 새벽 배송 가능한 플랫폼에서 두 번의 사이즈 교환을 하는 우여곡절을 거쳐 한 켤레 간신히 들였다. 고민할 선택지가 없으니 아이는 '신을까 말까' 망설이지 않았다. (1) 현관에 새 신발이 있다, (2) 이전 것보다 사이즈가 넉넉하다, (3) 신는다. 끝!

운동화 사다가 세 식구 다 터져버린 그날의 기억은 나름대로 새 신발 구매 노하우를 장착해 가는 디딤돌이 됐다. "이거 살까, 저거 살까?" 아무것도 정해 두지 않은 엄마의 모호함을 지우고, 로고와 캐릭터 강조 작전을 수개월간 펴기 시작했으니 말이다. 별다방이나 콩다방 갈 때만큼은 카페 브랜드의 일관된 로고 덕분에 어느 지점에 가나 편해지는 아이일진대, 운동화 브랜드도 별다를 게 없었다. 또래들에 비해 기호와 상징에 기민하게 반응하는 아이라서 로고가 대문짝만하게 새겨진 운동화 디자인이나, 브랜드명이 통유리 전면을 둘러싸고 새겨진 대형 매장은 아이를 입장부터 설레게 하기 충분했다. 은근슬쩍 멋스러운 디자인은 아니었지만, 흰색 바탕에 촌스러울 정도로 브랜드 로고가 각인된 운동화 한 켤레에 아이는 방방 뛰곤 했다. 텐트럼도, 울음도, 속도 아무것도 터지지 않은 쇼핑의 하루가 드디어 완성된 날이었다.

며칠 전, 남매가 둘 다 푹 빠진 캐릭터의 운동화가 출시됐다는 소식을 들었다. 마침 사이즈가 또! 또! 또! 작아진 탓에 새로운 쇼핑이 필요한 시점이었다. 웬걸, 이번에는 두 아이의 운동화를 선택하고 결제하기까지 5분도 채 걸리지 않았다. 두 아이가 각자 좋아하는 캐릭터가 명확했으니 "오빠가 이거 할래, 동생이 저거 할래?" 이리저리 따져 물을 필요가 없었다. 실은 아이들과 쇼핑몰로 향하기 전에 미리 매장을 사전 답사해 둔 것도 신의 한 수였다. 신고 있던 신발을 그대로 가져가서 사이즈를 비교해 뒀던 터라 아이들이 동행한 상황에서 사이즈의 업 다운을 망설이느라 시간 끌지 않겠다는 단단한 의지였다.

오랜 동요의 노랫말 그대로 "새 신을 신고 뛰어보자, 폴짝!" 하는 아이들을 뒤따라 걸으면서 '준비'가 필요했음을 뒤늦게 깨달았다. 자폐스펙트럼 아이는 쇼핑을 영영 못하는 성향인 게 아니라, 쉽게 쇼핑할 수 있게 돕는 법을 내가 미처 몰랐던 셈이었다.

아이의 초고난도 쇼핑 미션을 실행하기 위해 사전 답사와 상표 로고에 대한 시각적 지원을 일삼는 엄마의 마음처럼, 매장 안에서 잔뜩 터지고 쪼그라들지 않도록 직원들의 너그러운 미소도 자주 볼 수 있다면 좋겠다. 혹여 아이와 내가 긴 실랑이를 이어갈 때 "아이들이랑 당연히 그럴 수도 있죠" 하고 웃으며 기다려주는 쇼핑 메이트가 한 사람이라도 있기를 바라는 마음이다. 노심초사하며 사이즈를 고르고 결제 옵션을 고민하는 동안, 쇼핑몰에서 획득하는 다정한 뉘앙스 몇 가지는 신경다양성 세계를 무던히 버틸 근육을 만든다. 매장의 깜짝 할인이나 더블 적립 찬스보다 더 반갑고 고맙게 느껴진다. 아이와 내가 또다시 터져버리지 않는 쇼핑을 완수하기 위해 오늘도 애쓰고 있다.

   우리집에 신경다양성이 삽니다

숲체험
안 가는 게 좋겠어요

첫째가 만 2세 시절의 일이다. 당시 한국에서 다니던 가정 어린이집에서는 매달 한 번씩 숲체험을 나갔다. 본격 '숲 어린이집' 프로그램을 내세운 기관은 아니었지만 다달이 지역에 위치한 숲 놀이터로 현장학습을 나가는 방식이었다. 당시 우리집 아이는 자폐스펙트럼으로 진단받기 전이었지만, 언어나 자조 기술 발달이 또래에 비해 느리다 보니 지시 수행이 잘 안 되는 경우가 많았다. 한마디로 '느린 아이'. 성장 발달이 다소 느리다고 해서 어린이집 입소를 거부당하거나 뚜렷한 분리 차별을 겪는 부분은 없지만, 사실상 엄마로시는 늘 고개를 숙이게 되는 경우가 많았다. 느린 아이 챙겨주시느라 선생님들 손이 한 번이라도 더 가겠구나 싶어서 늘 고맙고 미안한 마음이었다. 첫 숲체험 공지가 뜨고 나서도 같은 마음이었다. '얘가 숲체험을 나갈 수 있을까. 괜찮을까?'

"이따 하원할 때 잠깐 뵙고 드릴 말씀이 있어요."

띠리링. 숲체험을 사흘 앞둔 날, 담임 선생님이 보내온 알림장이 울렸다. 평소보다 다소 이른 시간에 도착한 키즈노트인 데다 '뵙고 드릴 말씀' 여섯 글자에 바짝 긴장부터 했다. 느린 아이를 키워가는 마음은 그렇다. 우리 아이가 혹시 일과 중 다쳤을까 봐 걱정하는 마음에 앞서 '같은 반 친구를 불편하게 하는 일이 있었나. 몇 가지 루틴이 꼬인 탓에 오전 내내 선생님들을 힘들게 했나' 하는 생각부터 덜컥 밀려든다. 그룹치료나 짝수업을 통해 사회성 훈련을 계속 덧댄다 한들, 사회적인 상황에서 상호작용해 나가는 게 여전히 쉽지 않은 아이였다. 함께 걷는 엄마는 늘 바짝 긴장한 상태로 점점이 음표를 찍고 돌림노래를 불렀다. 오늘은 도대체 무슨 일이람.

"어머님, 죄송하지만
숲체험 안 가는 게 좋겠어요.
안전 관계상 걱정이 많이 되네요."

잠깐 바깥 놀이를 할 때도 이탈이 잦다는 게 화근이 됐다. 아파트 단지를 살살 산책하는 중에도 또래 그룹을 훌쩍 벗어나 이탈하는 경우가 제법 있으니, 숲이라는 공간에서는 더 예측할 수 없지 않겠냐는 선생님의 근심이 그대로 전해졌다. "아, 그래요?" 불참을 선언해야 할 것 같은 분위기에서 적절한 리액션을 탑재하지 못한 내 앞에 선생님은 친절히 모범 답안을 내어주셨다. 워킹맘이니 어린이집은 보내야 하실 테고, 숲체험은 안 가는 대신 원에서 안전하게 잔류할 수 있게 해 주겠다는 대안이었다. 그 시절, 느린 아이 엄마로는 초보였던 나는 '안전'과 '잔류'라는 말을 거역할 이유가 없었다. 어린이집의 권고대로 잔류하지 않았다가 안전하지 않은 일이라도 생기면 나는 일터에서 곧장 부름을 받고 와야 할지도 모를 일이었다. 아이에게도, 내게도 안전한 선택을 할 필요가 있었다. "네네, 선생님! 그렇게 할게요."

드디어 반 친구들이 숲체험에 가는 날, 진작에 자의 반, 타의 반으로 불참을 선언해둔 덕분에 별다른 준비물을 챙길 게 없었다. 워킹맘에게는 더없이 간편한, 이른바 '잔류 데이'였다. 끈 달린 물통과 숲체험 모자를 주문했다가 '안 가는 게 좋겠다'고 미리 말씀해 주신 담임 선생님 덕분에 주문 취소 버튼을 늦지 않게 누를 수 있었다. 파워 J 엄마는 벌레 퇴치 스프레이도 미리 주문해뒀었는데 '뭐 언젠간 쓰겠지' 하는 마음으로 서랍 깊숙이 박아두었다. 마침 유효기간은 어찌나 넉넉하던지! 아이가 체험은 안 가더라도 동생반 친구들이랑 원에 남아 지낼 수 있게 해주겠다는 친절한 배려 덕분에 나는 불편할 게 하나도 없었다. 돌봄을 부탁할 다른 식구를 동원하지 않아도 엄마인 나는 일하러 다녀오는 동선에서 한 치의 꼬임 없이 하루를 지낼 수 있었으니까.

예상하지 못했던 건 체험 당일 마주한 아이들의 표정이었다. 등원하는 길에 만난 같은 반 친구는 끈 달린 물통을 호기롭게 둘러메고, 챙 넓은 모자를 멋스럽게 눌러쓰고 있었다. 아들은 그 색다른 차림새가 재밌었던 모양인지, 호기심 번뜩이는 눈빛을 얼굴 가득 품었다. "모자? 모자!" 한껏 톤을 높여 같은 단어를 반복하는 아이를 가로막아 잽싸게 감탄사를 받아쳤다. "우와, 친구 모자 진짜 멋있다!" 그러자 오물오물 입술을 움직이며 아이 친구가 하는 말, "엄마, 쟤는 왜 숲 모자 안 썼어?" 간단한 문장쯤이야 척척 구사해내는 친구들이 신기하면서도, 불참의 이유를 알 리가 없는 친구 엄마에게는 '뭐라고 이야기하나' 잠깐 망설였다. '아이가 지시 수행이 잘 안 돼서 숲체험이 안전하지 않을 수 있다네요. 발달이 느려서 숲은 아직 무리인가 봐요.' 발달 속도와 숲에 가는 것에 어떤 상관관계가 있는지 스스로도 알아내지 못한 터라 썩 마음에 드는 답변을 못 찾고 머리를 굴렸다. 결국 아이에게 모든 탓을 돌리기로 했다. "아, 오늘 컨디션이 좀 안 좋은 것 같아서 저희 애는 숲체험 안 가기로 했어요." 휘뚜루마뚜루 써먹기 좋은 컨디션 타령이었다.

"보조 선생님이랑 원에 남아 잘 놀았대요."
점심시간이 지나 도착한 어린이집 알림장 사진에는 교실에 혼자 남아 자동차 장난감을 점령한 아이의 몸짓이 담겨 있었다. 나눠 쓰고 바꿔 쓰고 할 필요도 없이 맘껏 바퀴를 굴렸으니 얼마나 신났을까 상상했건만 아이 표정에는 이상하게도 생기가 없었다. 정작 아이에게는 아무도 설명해 주지 않았던 숲체험 불참이 아니었던가. 함께하던 친구들과 선생님이 자기를 남겨두고 어딘가로 향했다는 걸 알기라도 하는 듯, 그 좋아하는 자동차를 양껏 줄 세워 놀면서도 시무룩한 기색이 아이의 온몸에 얼룩져 있는 느낌이었다. 아침에 숲에 간다고 들떠 있던 친구들의 생기를 떠올리니, 그 반대 지점의 에너지를 품고 있는 아이에게 그제야 미안한 마음이 들었다. 컨디션이 안 좋은 적이 없는데 돌연 컨디션을 운운하며 '안 가는 게 좋겠다'고 합의해 버린 어른들이 되었음에 씁쓸했다.

가만가만 더듬어 보니 숲에 간다고 한껏 차려입은 친구들은 발끝부터 힘이 톡톡히 들어가 있었다. 운동화 끈을 평소보다 유독 더 단단하게 동여매고 나온 것처럼 보였다. 챙 넓은 모자가 얼굴을 반쯤 가렸음에도 그 속에서 새어 나오는 미소 한 줄기가 어찌나 싱그럽던지! 그 뒤로도 어린이집에서는 우천 시 취소된 경우를 제외하고는 여덟 차례쯤 숲체험을 나갔다. 그때마다 우리집 느린 아이는 매번 '컨디션 별로인 아이'로 남겨지곤 했다. 평소에 하는 바깥 놀이에서 친구 손잡기나 줄 서서 차례대로 움직이기가 능숙해지면 숲에 같이 가 보도록 하겠다고 전해 들었지만, 아이가 챙 넓은 모자를 쓰고 색다른 웃음을 흘리며 등원할 일은 좀처럼 생기지 않았다.

그땐 미처 몰랐다. 첫째가 이토록 숲을 좋아하는 아이였을 줄은! 숲체험에 안 보내는 게 좋겠다는 권고를 접한 뒤 꼬박 2년의 시간이 지난 다음이었다. 좋아하는 트램펄린 키즈카페와 자연 놀이터 중 한 곳을 고르라는 선택지를 접하면, 망설이지 않고 '자연'을 택할 아이로 자라났다. 자동차를 워낙 좋아해서 탈것과 관련된 장소가 아닌 다음에야 그 어떤 현장학습을 나가도 겉돌고 말 것이라고 내 마음대로 예측해 두었건만, 고정관념은 역시 깨라고 있는 것이었다. 나무를 껴안고, 풀잎을 쓰다듬고, 꽃을 들여다보고, 곤충을 관찰하면서 아이는 그 어느 때보다 햇살처럼 웃곤 했다. 살금살금 시도해 보던 실내 숲체험 클래스도 아이의 취향저격이었고, 할머니와 산책하면서 찬찬히 마주했던 숲의 풍경들도 아이의 세계를 초록초록하게 가꾸는 출발점이 되어주었다. 동생과 함께 숲 놀이터로 향하는 첫째의 몸짓에는 엇박자로 폴짝거리는 투스텝이 실린다. 현란한 조명도 쩌렁쩌렁 틀어 둔 티니핑 메들리도 없는데 온몸은 이미 춤을 추고 있다. 숲체험 매력 따위는 모르고 자란 옛날 세대 엄마는 자연이 가져다주는 에너지를 그간 간과하고 있었다. 아이는 이제 누구보다 숲체험에서 긍정 에너지를 담뿍 담아오는 아이로 자랐다.

유독 감각이 예민해 보이거나 오전부터 루틴이 꼬여 칭얼거리는 날엔, 오후 늦게라도 아이 둘을 데리고 집 근처 자연 놀이터를 찾는다. 숲과 자연이라는 키워드를 떠올리면 뭔가 거창해 보이지만 저 멀리 교외로 나가서 하루 종일 각 잡고 몇만 평의 거대한 숲을 마주해야만 자연을 만나는 게 아니었다. 맨질맨질한 우레탄이 아니라, 까슬까슬한 흙을 운동화가 새까매지도록 밟을 수 있는 놀이터. 그곳에 다다르기까지, 길가의 강아지풀을 만지작거리며 부드럽다고, 간지럽다고 낄낄거릴 수 있는 시간들. 그 모든 순간이 자연을 만나러 가는 길이었다. 어쩌다보니 유튜브 시청 시간이 너무 길어진 날, 너무 화려한 자극 요소가 많은 쇼핑몰에 한참을 머물다 온 날, 각성이 한껏 오를 대로 올라버린 아이들은 해 질 녘 제 손안에 자연 요소를 한두 가지라도 쥐어보면서 정돈의 시간을 보내곤 했다.

전자파에 노출된 얼굴은 산들바람 맞으며 씻어내고, 스크린 터치만 꾹꾹 해내던 손으로는 잎사귀에 맺힌 이슬을 톡톡 두드려 보기도 한다. 대형 전광판의 영화 홍보물에 고정해 두느라 멍해져 가던 두 눈동자는 붉은빛 하늘에 걸린 새하얀 조각구름을 향하며 다시 또렷하게 가다듬어진다. 6년 차 신경다양성 아이의 엄마는 수십 건의 연구 논문 자료를 근거로 따박따박 덧대지 않아도, 아이의 눈빛과 몸짓을 통해 짐작할 수 있었다. 장애와 비장애 가릴 것 없이, 어떤 공간으로 향해야 아이가 정말 웃을 수 있는지, 무해한 성장 발달을 위해 어디에 남는 게 정말 안전한 건지.

- 앨런 노트봄, 『자폐 어린이가 꼭 알려주고 싶은 열 가지』[7] -

아이가 익숙한 공간에서 해왔던 루틴 그대로 머무는 게 '안전'하겠다고 동의한 그때로 다시 돌아간다면, 선생님께 다시 제안을 드리고 싶다. 발달이 다소 느리고 지시 수행률이 또래 평균에 못 미치더라도 숲에 도전할 기회를 달라고. 아이의 일탈이 걱정되신다면 기꺼이 '엄마 선생님'으로 따라갈 준비가 돼 있으며, 숲체험 당일까지 아이와 미리 같은 동선을 따라 수차례 연습하고 올 체력도 보유하고 있다고 말이다. 처음 만나는 낯선 환경 앞에서 눈을 질끈 감아버리는 우리집 아이지만, 조금씩 연습하면 결국 어디에든 다다를 수 있다는 걸 알고 있다. 숲도 마찬가지였다.

오늘도 남매 하원 후 핸드폰을 잠시 뒤집어 두고 운동화부터 챙겨 신는다. 장애, 비장애 아이를 키우면서 유독 발달 격차가 최소화되는 지점은 자연 안에 있다고 믿는다. 풀을 쓰다듬는 손길, 나무를 보고 예쁘다고 감탄하는 눈빛, 나뭇길을 따라 폴짝폴짝 뛰면서 발에 실리는 리듬감에는 그 어떤 차이가 묻어나지 않는다. 기어코 자연으로 향할 때마다 하나가 되고 마는 남매 덕분에 숲 맛 몰랐던 엄마도 덤으로 자연 힐링을 한다. "애들아, 내일은 숲체험에 가는 게 좋겠어."

반쪽짜리
수강신청

　수강신청을 여전히 하고 있다. 9시 정각 '땡' 할 때 신촌 대학가 PC방 한 곳에 같은 학부 친구들 두어 명과 나란히 자리 잡고 앉아 '누가 누가 빠른가' 클릭질을 해대던 20대 초반 시절이 있었다. 누가 그랬는지 몰라도, 학교 건물과 최대한 가까운 곳의 PC방에서 접속해야 성공률을 높인다고 했다. 방학 중이던 '잠실순이'는 꼬박 2호선 절반을 돌아 타고 연희동에 가곤 했다. 이제 곧 빼도 박도 못하는 진짜 마흔인데, 그 애증의 수강신청을 여전히 하고 있다. 그때처럼 신촌에 가야 할 필요도 없고, 9시가 아니라 10시 무렵 시작해주는 덕분에 모닝커피 한 잔 들이키면서 한숨 돌리는 건 가능해졌지만, 특정 시간에 알람을 맞춰두고 긴장을 타는 모양새는 똑같다. '아, 진짜 딴 건 몰라도 그 수업은 꼭 신청해야 되는데!' 조마조마하며 전날부터 애가 타는 건 20년이 지나도 딱히 다를 게 없다. 봄 학기 백화점 문화센터 수강신청이 당장 내일로 다가왔을 때의 풍경이다.

　문화센터 수강신청 디데이, 아무리 오전 시간대 두 아이 등원 준비와 집안 뒷정리로 정신이 쏙 빠지더라도 딴 일 제쳐두고 할 건 해야 한다. 미국에서 극심한 코로나를 겪으며 첫째를 낳고 기른 탓에 집콕 육아만 1년을 했던 나는 망설일 시간이 없었다. 둘째가 7개월 남짓 되던 시절부터 그간의 한풀이라도 하듯 전쟁터에 나서는 병사처럼 문화센터를 다녔다. 돌도 안 된 아기를 키우던 시절을 떠올려보자면, 엄마 아빠들 대다수는 끄덕일 것이다. 유모차를 차에 싣고, 기저귀 짐과 분유 짐을 한가득 챙겨 반나절 외출을 하려고 나서는 게 얼마나 고되고 험난한 여정인지 말이다. 그걸 알면서도 늘 비장한 표정으로 온갖 짐을 바리바리 싸 들고 백화점으로 향하고 싶었다. 40분 남짓의 시간 동안 아이와 들을 수업이 있다는 게 듣기만 해도 어찌나 꿀맛 같던지! 그것도 반짝반짝한 유아 휴게실이 갖춰진 백화점에서라면 그 수업은 마다할 이유가 없다. 생후 12개월도 안 된 아기는 어느덧 엄마의 욕망에 끌려 수강신청자 명단에 이름을 올린다.

이른바 '반쪽짜리' 수강신청 날이다. 홈페이지 접속을 기다리는 사람들이 많아서 희망하던 수업 두 가지 중, 겨우 하나만 신청에 성공했다는 안타까운 이야기를 전하려는 건 아니다. 둘째를 위해서는 '오감놀이 수업을 들을까, 아기 체육 수업이 좋을까?' 그토록 머리 아프게 선택지를 비교해가면서도 정작 첫째가 이 치열한 수강신청 전쟁의 주인공이 되었던 적은 없다. '엄마랑 아기랑' 같은 문센 수업을 들을 만한 최적의 시기를 미국에서 보냈다고 둘러대 보지만, 실은 허울 좋은 핑계다. 한국에 머물며 세 돌 넘겨 키가 훌쩍 자랐어도, 언니 오빠들끼리 의젓하게 모여 떠들썩하게 뛰어다니던 유아 체육 수업의 광고는 늘 두 눈에 아른거렸으니까. '우리 애도 좋아할 것 같은데 도전해볼까. 아니야, 저게 가능하겠어. 괜히 수업에서 쫓겨나면 어떡해?' 해 볼까, 말까 선택지를 바삐 오가던 끝에 결론은 늘 '안 하는 쪽'으로 무게가 실리곤 했다.

발달이 느린 아이를 키우는 엄마의 마음은 대개 그렇다. '할까 말까' 가운데 두 번째를 고르는 데 익숙해지는 삶이다. "아이가 자폐스펙트럼입니다"라는 진단을 받기도 한참 전이었지만, 돌이 지난 이후 꾸준히 자폐 성향을 보였던 첫째는 여러 또래들과 자연스레 어울리도록 놔두기에는 눈치가 보이

　　우리집에 신경다양성이 삽니다

는 구석이 많았다. 작은 소리에도 자지러지듯이 울고불고할 때가 많았고, 가만가만 앉아 있기보다는 드러누워 버리거나, 공간 구석구석의 전선과 청소기, 공기 청정기를 탐색하는 데 심취해 있을 때가 많았다. 출석을 부를 때면 당연히 이름에 대답하지 않을 것이며, "이리 모여보자" 하는 선생님의 제안은 공기청정기의 미세한 진동음보다도 더 약하게 스쳐 지나갈 것이 분명해 보였다. 물론 다 같이 점프하는 시간에는 콩콩 뛰어오르며 그 어떤 아이보다 적극적인 뜀박질을 하겠으나, 너무 뛰어다녀서 다른 친구들의 점프 영역을 군데군데 방해할 것만 같았다. 그걸 유리벽 하나 사이에 두고 지켜보는 내 마음은 쫄깃쫄깃하다 못해 전자레인지 속에서 너무 졸여져서 굳어빠진 인절미처럼 될 것 같다고 생각했다. "에라이, 문센이 뭐라고. 듣지 마. 듣지 마."

누구도 제한하지 않았지만, 엄마에게는 장벽이 되는 공간이 많다. 문화센터 신청 안내문에 자폐스펙트럼이나 ADHD 아동 등 발달이 다소 느린 친구들은 수업 진행이 어려울 수 있으니, 신청에 신중을 기해달라는 언급은 어디에도 없지 않던가. 아무도 권하지 않은 신중이건만, 엄마 혼자 사력을 다해 '신중'이라는 단어를 꺼내 들다가 결국 수강신청을 포기해버린다. 한 계절당 총 열두 번의 수업이 이뤄지는데 총 횟수의 절반도 채 가지 못하게 될까 봐 앞서서 마음을 꼬깃꼬깃 접어 넣는 셈이다.

"아이가 어색해서 오늘따라 집중을 못하네요."
개강 첫 주는 다들 어색하고 낯설 테니 수업에 잘 참여하지 못해도 그럭저럭 둘러댈 거리가 있겠지. 둘째 주는 조금씩 익숙해지는 아이들 틈에서 겉도는 아이를 어찌하지 못해 점점 애가 타기 시작할 것이다. 셋째 주쯤에는 백화점 엘리베이터에 꽂힌 아들이 수업하는 장소로 절대 가지 않겠다며 엘리베이터 근처 휴게 공간만 서성거려서, 비로소 내 속이 '빵' 터져버릴지도 모르겠다. 넷째 주에는 수업 진행을 자꾸 방해하는 아이가 결국 선생님께 싫은 소리를 들었을 것만 같고, 수업 훼방꾼으로 찍혀 옆 친구 엄마에게 눈치가 보이는 것도 마냥 다 싫었을 것이다. 첫째에게는 어쩌면 겨우 절반만 출석해도 다행일 문센 되시겠다. 반쪽을 자처하는 데는 이유가 있다.

그럼에도 첫째에게 마냥 미안했던 토요일이 있었다. 남매가 둘 다 좋아하는 캐릭터의 발레 수업 특강이 있단다. 둘이 같이 신청해 들으면 딱 좋을 주말 오전 시간대, 나는 결국 또 반쪽짜리 몸짓을 보이고야 말았다. 수박 가르듯이 '쩍', 동생은 여기, 오빠는 저기. 주말 오전의 남매 동선을 딱 절반으로 쪼갰다. 둘째가 문화센터 발레 수업을 듣는 사이, 딱히 기다릴 곳이 마땅치 않던 오빠는 그 옆 키즈카페 찬스를 썼다. "여기에서 할머니랑 놀고 있어. 동생 수업 듣고 올게."

'반쪽'의 결단을 한 나는 토요일 오전 내내 반쪽짜리 웃음을 지었다. 두 아이는 각자 배정받은 공간에서 폴짝폴짝 잘도 뛰었지만, 아들의 발레 수업까지 용기 내 신청하지 못한 나는 정작 얼굴 곳곳에 옅은 얼룩을 드리우고 있는 느낌이었다. 처음 가보는 특강 교실이 낯설어 휘적휘적 가로질러 걸어 다니기만 하다가 수업이 끝이 날까 봐 아까웠고, 평소 즐겨 듣던 발레 동요 소리가 한가득 흘러나오니 흥분 지수를 너무 높여서 다른 친구들의 영역을 방해할까 봐 우려했다. 아이 1명당 3만 원의 특강비가 드는데, 선생님과 또래 엄마들의 눈칫밥을 먹는 데 3만 원을 들이는 게 아까웠음을 고백한다. 절반의 가격으로 키카 2시간 이용권을 끊어주는 게 내 주머니 사정이나 멘털 관리에 더 낫지 않겠냐는 심산이었다. 아무리 생각해도 옳은 선택 같은데 두 아이를 억지로 떼어 놓은 그날의 선택은 돌아볼 때마다 한쪽이 어두컴컴하다. 두 아이가 같이 그 수업을 듣는 게 그토록 최악의 선택지였을까. 생각보다 꽤나 괜찮은 어우러짐도 기대해 볼 만하지 않았을까.

물론 그 이후, 아이는 특수체육 교실도 다녔고 발달센터 수업도 꾸준히 다닌다. 특수교육대상자가 경험할 수 있는 맞춤 수업도 찾아보면 얼마든지 있다. 아이가 어려워하는 부분을 좀 더 세밀히 살펴주고 이끌어주니, 괜히 '특수'가 붙은 게 아니구나 감탄도 한다. 하지만 어떤 진단도 받기 전부터 고작 영유아 대상의 문센 수업에 잔뜩 겁을 먹고 '할까 말까' 중 '말까'를 선택해야만 했던 반쪽짜리 결정은 돌아볼 때마다 마음이 쓰인다. 스무 살 때만큼이나 빠릿한 몸짓을 불태웠던 문화센터 수강신청이건만, 나는 발달이 느린 첫째를 데리고 뭐라도 부지런히 도전해보겠다고 촛불의 심지조차 만지작거리지 못했다. 불은 붙여봤어야 하는 것 아닌가. 완전한 수박을 그리지는 못해도 절반을 '뚝' 가를 건 아니지 않았나. 할인 행사 트럭에서 8분의 1쪽 정도로 썰어 맛보여주는 것처럼 문센 수업을 겉핥기로라도 좋으니 맛은 봤어야 하는 것 아닐까!

며칠 전, 아파트 옆 상가에 발레 학원이 오픈했다. 딸아이가 발레 체험 수업을 신청했는데, 아니나 다를까, 수업이 끝나자마자 바로 주머니를 열어젖혔다. 아이는 문센에서 다진 경험치 덕분인지 예상대로 좋아했고 또 하고 싶다고 이야기했다. 기꺼이 등록해주겠노라 마음먹고 간 터라 학원비 지출이 억울하지는 않았는데, 짐짓 또 '반쪽짜리 엄마'가 되는 기분이었다. 발레 학원 바로 옆에 태권도장이 있는 건 운명이었을까. 자꾸만 아들이 아른거리는 통에 실은 딸아이의 체험 수업 장면에 온전히 집중하지 못했다. 대신 예닐곱 살 아이들이 삼삼오오 모여 사범님을 쫓아다니는 태권도장을 향해 자꾸 곁눈질을 했던 건 안 비밀이다. 새하얀 도복을 입은 아이들이 깔깔거리는 모습을 보며 자연스레 아들을 떠올렸다. '우리 애도 도복 입으면 참 예쁘겠다'고 상상하는 건 엄마의 자유니까.

"저희 아이가 자폐스펙트럼 아이인데 괜찮을까요?"

입술 끝까지 올라온 말 한마디를 못 하고 돌아섰다. 종이컵과 믹스커피가 가지런히 놓인 도장의 상담실엔 아무도 없었지만, 감히 문을 두드려볼 용기가 안 났다. 사무실에 있는 누군가와 눈이라도 마주쳤다간 왠지 특유의 "어머님, 어머님!" 하는 등록 설득 패턴에 넘어가 해야 할 질문 한 마디를 못 한 채 어영부영 나오게 될 것만 같았다. 또 그 자리에서 지레 겁부터 먹어버렸다. "자폐스펙트럼 아이는 조금 어렵겠어요" 하는 거절의 말을 들어도 또래와 달리 살아갈 우리집 아이를 생각하며 다음날까지 마음이 제법 쓰릴 것 같았다. "아휴, 완전 괜찮죠. 일단 등록부터 하시죠." 거리낌 하나도 없는 환영의 말을 해준다면 당연히 고맙겠으나 왠지 수강신청 상술에 홀딱 넘어간 게 아닐까 싶어 신경이 쓰일 게 분명했다. '할까 말까' 중 또 '말까'의 끈을 붙잡고 부랴부랴 집으로 가는 길을 재촉했다.

'그때처럼 또 반쪽짜리 엄마가 될 순 없지!'

늦은 밤, 딸아이의 발레 학원 가방을 정리하다가 결국 결심이 섰다. 다음 주에는 딸의 발레 수업이 끝나면 그 옆 태권도장도 가 보자고, 이번엔 아들의 손을 잡고 또래들이 있는 공간에 일단 같이 들어가 보자고 마음을 먹었다. 발달 지연에 따른 치료만 열심히 받으러 다녔지, 또래들과 자유롭게 어우러질 기회는 정작 엄마 스스로 제한해두고 있는 셈이었다.

신경다양성 아이의 가능성을 제약해두는 건 공교롭게도 기관의 시설장이나 학원장, 아이 친구의 엄마들로부터 빚어진 컴플레인이 아니었을지 모른다. 두 아이를 키우면서도 자꾸만 반쪽짜리 수강신청을 일삼던 엄마, 스스로에게도 책임이 있었다. 더 이상 '반쪽짜리 엄마'가 되기는 싫었다. 한 달 치 수업의 절반을 뚝 떼먹어서 좀 아까워진다고 해도 일단은 해봐야 했다. 딸과 아들의 학원이 나란히 있어서 동선마저 완벽했던 건 '이제는 부디 반쪽짜리 수강신청 좀 그만하라'는 운명적인 시그널 같기도 했다.

태권도장에는 아들 또래로 보이는 취학 전 아이들이 무리를 지어 맨발로 뛰놀고 있었다. 내 아들은 정작 내 손을 잡고 등 뒤에 빼꼼 숨어 있는데, 마치 저쪽에서 녀석의 자태가 어른어른 보이는 것 같다는 착각에 빠졌다. 새하얀 도복을 입은 아이들 틈에서 왠지 내 아이도 곧 신나게 점프점프 해대고 있을 것 같은 환상이 나풀나풀 이어졌다. 얼마나 뽀얗고 예쁠까. 사범님의 불호령에도 보란 듯이 깔깔거리며 뛰어다니고 장난기를 있는 힘껏 분출할 것만 같다. 동갑내기 아이들의 해맑은 표정이, 선생님 동작을 따라 하는 깜찍하면서도 힘 있는 몸짓들이 그저 사랑스럽다. '우리 애도 할 수 있을까. 저게 과연 될까?' 우문은 잠시 넣어두기로 한다.

웰컴 키즈존이 있듯이, 신경다양성 아이도 두 팔 벌려 반겨주는 학원이나 문센이 있다면 득달같이 달려가보겠노라고 마음 다해 생각한 적이 있었다. 정작 '반쪽짜리' 결정을 한 건 나였으면서 그걸 깨닫기까지 꽤나 먼 길을 돌아왔다. 먼저 오라고, 앞서서 손짓해 주면 눈물겹게 신이 날 것만 같다고 뭉게뭉게 꿈만 피워 올렸다. 딸은 발레 학원에 데리고 가면서 아들의 태권도장은 멀찍이 떨어져 기웃거리기만 했던 소신함의 흑역사를 이제는 과감히 깨 보기로 한다.

한 달 등록했다가 결국 이래저래 꼭 절반만 가게 된다고 해도, 처음부터 '반쪽짜리' 수강신청을 하고 마음을 접어두는 편보다는 낫다고 생각한다. 도복을 입고 도장에 앉아 있는 것만으로도 아이는 또래들 틈에서 착석을 배울 것이요, 발차기의 높이감이 제아무리 낮더라도 한껏 늘어져서 '더블유자'를 하고 앉아 있는 것보다는 활력 레벨을 높인 셈 아닌가. '할까 말까' 중 처음으로 '할까'에 무게를 실은 내 스스로를 토닥토닥 쓰다듬어 본다. 오늘만큼은 반쪽도 마저 채운 동그라미 수강신청이다.

2부

신경다양성, 매력 찾아 삼만 리

오늘부터
1일 할게요

　일간지의 홈페이지를 구석구석 살피다 보면 한 번씩 꼭 스치게 되는 코너가 있다. 바로 〈역사 속 그날〉. 대략 10년 전쯤, 오늘은 어떤 사건 사고가 있었는지 되짚어 보도록 시선을 끈다. 지금처럼 모두가 스마트폰에 눈을 두지 않던 시절, 새벽 배송이 당연하지 않던 시절, 너도나도 숏폼과 유튜브를 보며 도파민을 끌어올리지 않던 시절이 돌연 새롭다. 그때 그 시절에는 어떤 풍경을 마주하며 하루를 보냈는지 돌아보게 만든다. 완전히 다른 풍경 안에서는 지금과는 결이 다른 범죄와 이슈, 걱정과 고민이 들끓었을 게 분명해 보인다. 고작 열 번의 해를 넘겼을 뿐인데 마치 고구려, 백제, 신라를 가만히 들여다보는 느낌이 들 정도로 낯섦의 강도가 셀 때가 있다. 아니, 내가 이렇게 '옛날 옛적에' 살기도 했었나 싶어 생경하다 못해 '풉' 하고 웃음이 터지고 만다.

　'이게 언제 적 얘기야? 이런 날도 있었어!'
　신기해하던 틈을 타고 익숙한 헤드라인이 보였다. 우선 날짜부터 확인했다. 1996년의 사회면 기사다. 〈[우울증] 아들 자폐증 비관, 모자 투신자살〉[1]. '아들이 태어날 때부터 자폐증을 앓아 이를 비관해 오던 30대 주부가 아들과 함께 아파트에서 뛰어내려 목숨을 끊었다.' 기사의 첫 문장을 읽고 한 번 더 스크롤을 올려 날짜를 다시 확인했다. 1996년 10월 15일, 단풍이 울긋불긋하게 옷을 갈아입을 무렵, 어린이집에서 가을 운동회나 소풍을 떠날 만큼 딱 좋은 날씨였을 게 분명하다. 상상만 해도 입가에 미소가 머금어지는 가을 시즌에 서른넷의 엄마와 일곱 살 난 아들이 투신을 했단다. 자꾸만 날짜를 확인하게 된 이유는 딴 게 아니다. 며칠 전에도 같은 기사를 본 것만 같았기 때문이다. 단 며칠 전뿐 아니라, 10년 주기로, 아니 적어도 1년에 한 번씩은 비슷한 소식들을 사회면에서 보게 된다. 〈역사 속 그날〉 같은 코너는 지금과 생판 다른 뉴스를 살피며 낯설다고, 새롭다고 '어머 어머' 호들갑을 떨며 읽어줘야 하는데 이 소식만큼은 너무 익숙했다. 30년이나 지났는데도 너무나 같은 기사라서 소름이 돋았다.

괜히 하는 말이 아니다. 실제로 해마다 닮은 기사가 있었다. 아이가 자폐스펙트럼 진단을 받고 절망에 빠져 있던 부모가 목숨을 끊었다는 소식만큼은 이 기사, 저 기사가 비슷할 만큼 누군가가 키보드에서 [Ctrl+C]와 [Ctrl+V]를 연달아 눌러 기사 복제를 하는 느낌이었다. 2015년에는 〈30대 주부, 자폐증 아들 안고 동반자살 시도… 엄마만 숨져〉[2]라는 제목이 떠올랐고, 4년 전에는 〈시설에 살거나, 부모와 죽거나… "이게 장애인들의 현주소"〉[3]라는 기사가 화제였다. 20대 발달장애인 아들 두 명을 키워 낸 60대 남성이 삶을 비관해 자살했단다. 이미 20년 넘게 아이들과 함께한 세월이 있는데도 결국 비극적인 결말을 택했다는 이야기를 보고 목덜미가 뻐근해지는 것 같았다. 버티고 버텨 보다가 끝끝내 어쩔 수 없이 취한 선택, 자폐스펙트럼 진단은 그렇게 견딜 수 없을 만큼 잔혹하고 위험한 것일까. 죽음을 내다보는 게 나을 정도로 엉망진창인 삶을 예상해야 하는 걸까.

첫째의 자폐스펙트럼 진단일은 크리스마스를 일주일 정도 앞둔 날이었다. 병원 신관에 한가득 들어찬 트리가 반짝반짝 예뻐서 마치 대형 쇼핑몰의 로비를 연상케 했다. 캐럴만 울려 퍼지지 않았을 뿐, 아이도 층고 높은 병원의 대형 트리에 신이 났다. 한참을 트리 인증샷을 찍다가 정작 교수님을 만나

뷀 시간을 놓칠 뻔했다. 마침 미국에서 직장 생활을 하고 있는 남편이 겨울 학기 수업을 마치고 모처럼 한국에 들어오는 날이기도 했다. 그저 모든 게 크리스마스다워서 설레는 연말 특유의 분위기가 얹혔고, 아들은 오랜만에 재회한 아빠를 만나 신났고, 각자 본업에 충실하느라 얼떨결에 장거리 부부 생활을 하게 된 우리 부부도 모처럼 썸 타다가 데이트하는 것처럼 쫄깃했다. 이따 어린이집에서 뒤늦게 하원할 딸까지 데리고 네 식구 완전체로 "뭐 먹으 러 갈까?" 메뉴 고민을 하며 몽글몽글 상상을 펼치고 있었다. 진료실에 들어 가기에 앞서 우리 가족은 설렘과 흥분으로 이토록 뒤범벅되어 있었다. 딱히 어두운 얼굴을 할 이유도, 고민의 무늬를 덧댈 이유도 없었다. 나는 내 앞에 놓인 크리스마스 트리와 그 반짝거림에 설레며 뛰어다니는 아들의 웃음을 포착하는 게 더 중요했다. 자폐를 비관하는 데 쓸 에너지는 애초에 없었다.

12월 17일, 나는 또 하나의 기념일이 탄생했다고 생각했다. 아이의 진단에 눈물이 멈추지 않아서 억지스럽게, 역설적으로 생각하려 했다고 믿으실 수 도 있겠다. '이번 생은 어쩌냐?' 한숨을 푹푹 쉬어도 모자랄 판에 기념일 저 장이라니, 애 엄마도 대단히 이상한 사람이라고 수군거릴 수도 있을 거라 생 각한다. 혹은 진단은 받았으나 대단히 미미한 경증이거나, 드라마 〈이상한 변호사 우영우〉나 〈굿 닥터〉 주인공이 보인 천재성, '서번트 신드롬'이 있는 아이라서 신기해할 일 아니냐고 물을 수도 있겠다만, 아니다. 우리 아이는 소위 말하는 고기능 자폐스펙트럼도 아니요, 진단 검사 도구의 미세한 점수 차로 억울하게 자폐스펙트럼 영역에 들어선 아이도 아니다. 국가가 재단해 둔 기준에 따라 심사까지 받고 나니 아이는 '심한 장애'의 영역에 서 있다는 데, 도대체 최초의 진단일을 기념할 게 뭐람.

아이의 진단일은 곧 아이의 세상에 들어가는 입학식이라 여겼다. 아이가 살아가는 신경다양성 세계를 공식화하고 온 가족이 입문하는 날이라고 생각했다. 지금껏 존재하는 줄 몰랐던 학교를 알게 되고 조심조심 탐색만 하다가 결국 들어서게 되는 것. 물론 학교에 입학하면 중간고사도, 기말고사도, 때때로 예고 없던 깜짝 퀴즈도 치러내야 하는 난관을 거쳐야 하겠지만, 꼭 시험에 드는 것만이 전부는 아니지 않나. 학교에 가면 새로운 반에서 인생 절친을 만나기도 하고, 지루한 4교시가 어떻게 지나가든 말든 최애 점심시간이라는 게 꼬박꼬박 돌아오는 맛이 있다. 작지만 귀한 행복, 매점으로 향하는 발걸음에도 명랑함이 실린다. 새로운 학교로 가기 위한 여정은 결코 불행으로 가는 길만은 아닐 거라고 생각했다.

자폐스펙트럼, 그리고 오티즘(Autism). 처음 이 단어를 접했던 건 첫째가 18개월 무렵이었다. 미국에서 소아과 정기 검진을 갔다가 중국계 의사로부터 스쳐 들은 진단명. 당시 영어로도, 한국어로도 아무 단어도 표현하지 않던 아이를 두고 의사는 그럴 수도 있겠다고 했다. 그럴 수도 있다고. 그럴 가능성이 있다고. 왠지 모를 엄마의 촉이라는 게 있다. 아무에게도 말하지는 않았지만 나는 차츰 '그럴 것 같다'는 쪽에 무게를 두고 있었다.

"나 속상해서 빵 샀어"라는 말에 대해 '어떤 매장의 빵을 골라 샀는지, 할인과 포인트 혜택을 잘 챙겨가며 산 게 맞는지'부터 확인하는 T 애미는 곧 내 아이 곁에 다가올 진단명에 울컥하며 감상에 빠질 겨를이 없었다. 아이에게 그런 세상이 다가올 수도 있는 거라면, 앞으로 어떻게 해야 하는 건지 알아야 했다. 자폐스펙트럼으로 진단받은 뒤에는 보통 근거 기반의 치료, 응용행동분석(Applied Behavior Analysis, ABA) 중재를 한다는 이야기를 접한 뒤, 나는 일찍이 치료사가 되기로 결심했다. 아이가 20개월도 채 되기 전, 치료사 자격 과정에 입문해 수년간 수련을 하면서 자폐스펙트럼 아이들과 그 가정의 부모들을 마주했다. 나는 그렇게 신경다양성 세계에 한 발짝씩 다가가고 있었다.

그로부터 5년이 흘렀다. 아이를 데리고 찾았던 미국 소아과에서 '자폐스펙트럼'이라는 단어를 처음 들은 뒤, 꼬박 1,800여 일간 나는 불안과 걱정을 풍선처럼 부풀리지 않는 쪽을 택했다. 자폐인을 '바깥'이라는 경계에 한정해 두고 따라 맴돌던 어휘, 결함과 어려움, 차별과 편견, 그리고 낙인과 고립. 어두컴컴한 단어들은 떠올리지 않으려 노력했다. 그런 마음가짐으로 걷다 보니 내게 '자폐스펙트럼'이라는 여섯 글자는 '바깥의 존재들'로만 머물지 않았다. 치료사로서 매주 마주한 신경다양성 아이들 덕분에 나는 어느덧 '자폐'의 세계를 유별난 것으로 겁먹거나 피하지 않는 사람이 되어 있었다. 그들은 내 삶의 중심에 있었다. 내 아이와 새로운 세계를 즐길 준비를 차근차근 해 온 셈이다.

우리 아이가 언제부터 자폐 성향을 보였고, 말은 얼마나 늦게 트였는지, 아이에게 가장 효과적인 중재는 무엇이었으며, 대학병원의 진료 대기는 얼마나 길었는지, 그래서 진단은 언제 받았는지 등에 대한 고군분투는 사실 내게 우선순위가 아니었음을 미리 말씀드린다. 결핍과 아쉬움을 '툭' 내려놓는 대신 경쾌함과 웃음 한 방울을 '킥'으로 아이의 신경다양성 세계를 요리하고 싶은 게 내 진짜 바람이었으니까. 정상과 비정상을 가르고 장애와 비장애를 가르는 흑백의 세상에서, 그저 신경학적으로 다양한 아이들이 살아가는 것이 아름답다고 단 한 사람에게라도 재잘재잘 수다 떨고 싶었다.

Connecting the dots. 인생 속 수많은 점들이 모여 운명적인 순간들을 만들어 나간다지 않나. 오묘하게 연결해 보자면, '나, 이 이야기 세상에 잘하라고 10년간 아나운서로 살아왔던 걸까?' 하고 호들갑을 떨어 보기도 한다. 신경다양성 이야기를 더 잘하고 싶어서, 이 세계를 더 잘 알고 싶어서 둘째를 품은 만삭 시절에도 ABA 치료사 수련을 했다. 간혹 치료 아동의 세찬 발길질에 뱃속 둘째가 놀랐을까 움찔했던 날, 나는 놀랍게도 이렇게 생각했다. "태어나기도 전부터 다양한 세계의 언니 오빠를 만나니, 네 시야는 앞으로 얼마나 넓어질까." 다양성에 대한 감수성만큼은 끝내주는 딸이 태어날 것만 같아서 일찍이 '도치맘' 모드로 설렜던 건 안 비밀이다.

오늘부터 1일. 내가 아이의 찐 세계로 입학했던 날을 영영 잊고 싶지 않다. 남편에게 아이의 두 번째 생일 같다고 슬쩍 말해 두었다. 어쩜, 크리스마스를 앞둔 딱 좋은 연말이라니! 늘 무덤덤하고 차분한 남편의 얼굴에도 웃음기가 배는 예쁜 시즌이다. 그날, 진료실 문을 여닫는 손길, 아이 손을 맞잡고 병원 복도를 걷던 발자취, 그 어느 하나에도 속상함이나 좌절감은 배어나지 않았음이 스스로도 놀라울 만큼 신기했다. 모두가 똑같은 마음일 수는 없겠지만, 신경다양성 세상에 입문하는 길이 너무 뻑뻑하고 거칠지 않았으면 한다. 아이의 장애 앞에서 세상이 꽃길을 만들어주진 않지만, 조금 특별한 입학식을 축제처럼 느껴지도록 이끌어내는 건 결국 내 몫, 우리들 몫이었다. 신경다양성 앞에서 나는 그 누구보다 밝고 경쾌한 엄마였다. 내년에는 온통 자동차 세상인 아이를 위해 꼭 자동차 케이크로 이 특별한 기념일을 챙겨줘야지. 진단명 앞에서 케이크를 고르는 1인, 여기 있다. "저희 오늘부터 1일이라서요."

비비디 바비디 부의
전말

“살이 빠지면 건강해지네, 비비임밥도 잘 비벼 먹었네.”

아이가 몇 주 전부터 괴상한 가사의 노래를 읊어댄다. 살이 빠졌는데 어쩌구저쩌구, 근데 곧이어 비벼 보라는 건지, 비빔밥이라는 건지, 말도 안 되는 내용을 갖다 붙인다. 멜로디는 대충 어디에서 들어본 것도 같은데, 아무리 머리를 굴려봐도 가사는 들어본 적도 없고 따라 불러본 적도 없는 것 같다. 도대체 저런 노래를 어디에서 배워 온 거지? 출처를 알 수 없는 해괴하기 짝이 없는 노래에 어느 순간부터 노래엔 영 취미 없는 애미도 스며들기 시작했다. 히원하는 아이를 태우고 차로 꽉 들어찬 도로 안에 갇혀 있을 때면 정체불명의 이 노래를 돌림노래처럼 같이 따라 부르며 아이랑 하나가 됐다. “살이 빠지면 건강해지네, 비빔밥도 잘 비벼 먹었네.” 자꾸만 부르다 보니 다이어트 의지를 다졌다가 다시 폭주하기를 반복하는 내 얘기 같기도 하다.

“Salagadoola mechicka boola

Bibbidi—Bobbidi—Boo.

It’ll do magic, believe it or not!

Bibbidi—Bobbidi—Boo.”

- 영화 <신데렐라> OST, <Bibbidi-Bobbidi-Boo>[5] 중에서 -

마침내 알아냈다. 이 출처를 밝혀내기까지 진짜 꼬박 넉 달이 걸린 게 실화냐고. 디즈니 영화 〈신데렐라〉 속에 나오는 마법의 주문 노래였다. 한국어 발음으로 옮겨 적자면 '비비디 바비디 부'. 이 노래 속 가사 역시 마법사의 주문이 대부분이라서 의미를 알 수 없는 묘한 말들이 나란히 얽혀 있다. 살라가둘라 메치카불라, 비비디 바비디 부, 잇 윌 두 매직 빌리빗 오어 낫, 비비디 바비디 부. 노래의 도입부가 '살라가둘라'로 시작해 전개되다 보니 나는 첫째의 입가에서 맴맴도는 '살'이라는 단어를 극진히 새겨 포착해뒀던 거다. '비비디 바비디'를 중얼거리는 통에 하필 '비빔밥'을 건져 올린 게 민망하기는 하지만 어쨌든 노래의 정체는 그러했다. 아니, 근데 잠깐만! 내가 신데렐라를 다시 보기 한 적도 없건만, 아이는 도대체 어디에서 이 노래를 들었던 걸까. 혼자 텔레비전을 조작하다가 우연히 디즈니 플러스까지 꾹꾹 눌러댄 건가. 진짜 원곡은 이제 알겠으니, 또 두 번째 탐정놀이를 시작해본다.

종종 곁에 앉아 내 핸드폰을 함께 들여다보던 첫째는, 최근 들어 내가 만들어 올리는 숏폼 콘텐츠에도 관심이 많았다. 아이들과 함께한 일상을 추억해 두고 싶어서, 워킹맘의 고충이나 비애에 다른 엄마들도 공감하는지 궁금해서 사부작사부작 만들다 보니 이거 참 매력 있다고 감탄하던 날들이었다. 짤막한 영상들을 조각보 만들 듯이 이어 붙여 산뜻한 노래 한 곡의 하이라이트 부분만 쏙 뽑아 얹으면 30초 남짓의 영상이 그럴듯하게 탄생하고 마는 작업. 아들도 엄마가 시간 들여 만든 영상이 그 어떤 애니메이션 콘텐츠보다도 소중했던지, 내가 만든 숏폼은 열 번이 넘도록 자주 돌려봤다. 그렇지! 이거였구나. '비비디 바비디 부'는 내가 만든 짤막한 영상 콘텐츠 중 하나에 쓰인 배경 음악이었다. 아니, 잔잔히 깔아둔 음악을 어찌 그리 찰떡같이 알아챘을까.

"여보, 내가 베토벤을 낳았나 봐."
아이에게는 스치듯이 들은 노래도 선명하게 기억하는 힘이 있다. '살라가

둘라 메치카불라'를 입술 부지런히 놀려가며 정확하게 발음하지는 못했으나 멜로디를 살리는 것만큼은 악동뮤지션의 오빠 이찬혁의 음감 못지않았다. 가사는 비록 내게 '살이 빠지고 건강해졌다'는 밑도 끝도 없이 엉뚱한 메시지로 흡수되었으나 줄곧 정체불명의 노래에 중독되어 흥얼거릴 정도였으니 음의 전달력은 또렷했던 셈이다. 두 돌이 훅 지나서야 본격 첫 발화를 시작했고, 언어 전달력도 늘 희미해서 20개월 차부터 치료를 꾸준히 다녀온 아이인 걸 고려하면 가르쳐준 적도 없는 음을 따라 하는 레벨만큼은 제법 고차원이 아닌가.

'비비디 바비디 부'의 구간에서 그 어떤 때보다 즐거움으로 범벅이 된 표정도 왠지 천재 음악가 그 누군가의 얼굴을 읽게 한다. 한국어를 입 밖으로 틔워 올린 시기는 느렸지만 음악을 받아들이는 능력치는 남다른 것만 같아서 나도 모르게 두근거리기 시작했다. 살이 빠지고 어쩌다 비빔밥까지 비벼 먹게 만든 해괴한 노래는 우리집 아이 재능을 발견해서 잠시 우쭐거리게 만든 시그니처 송이 됐다. 괜스레 그 노래가 담긴 숏폼을 자꾸만 재생해 두게 된 건 말해 뭐해.

도치맘이 여기저기 넘쳐나는 세상, 자폐스펙트럼 아이를 키우는 일상은 참 심심하기 그지없었다. 드러내놓고 자랑할 거리는 많지 않았고, 아니 '없었고', 다들 "우리 애는 이건 참 빨라요" 하고 올려대는데, 뭐든 기어코 해낸다는데, 우리집 아이는 잘했다고 업데이트할 만한 '뉴스감' 소식은 실로 없어 보였다. 스물셋 남짓 기자 생활을 했던 시절로 돌아가 대입해보자면, 첫째의 육아에선 도무지 '얘기가 될 거리'가 없었다. 하루가 멀다 하고 특종 거리를 물어오는 타사 기자들 틈에서 직속 선배 볼 낯이 없어 고개 숙이고 자주 울었던 수습기자 신세가 떠오른다. 바로 느린 아이를 키워가는 엄마의 면면과 다를 게 없었다.

드라마나 소설 미디어 속 가족을 들여다볼 때면, 다들 자기 아이 능력치가 예사롭지 않아서 감탄하는 일들이 차고 넘치는 것만 같았다. 두 돌밖에 안 된 아이가 척척 알파벳을 알고, 다섯 살 된 아이는 한글을 읽고 쓰는 풍경들을 바라볼 때면 우리집은 하나도 해당 사항이 없어서 짐짓 풀이 죽곤 했다. "어머 그 집 아이 천재인가 봐. 어떻게 이걸 벌써 해요?" 함께 호들갑 떠는 댓글 부대도 괜히 얄미워서 차마 그 어떤 포스팅에도 하트를 꾹 누르지 못했다. 그랬던 우리집에도 드디어 자랑의 언어를 꺼내 올릴 날이 찾아든 걸까. "동네 사람들, 여기 좀 보세요! 우리집 애가 절대 음감인지도 모르겠어요."

아들의 재능을 처음 포착한 날, 그날 늦은 오후엔 상상력을 있는 힘껏 틔워 올렸다. 이러다 아이가 세상을 바꿀 음악을 만드는 천재 음악가로 이름을 날리는 건 아닐까. 자폐스펙트럼 아이를 키운다면 한 번쯤 뒤적거려봤을 신드롬 명칭, '서번트 증후군'도 혹시 몰라 조심스레 마음에 담아보면서 말이다. 피아노를 제대로 배운 적이 없어 악보 볼 줄도 모르지만 유튜브 연주만 보고 그대로 재현해내는 〈그것만이 내 세상〉 속 진태, 법전을 통째로 달달 외워버려서 학과 시험에서 절대로 1등을 양보한 적이 없는 〈이상한 변호사 우영우〉의 영우, 자폐스펙트럼이지만 천재적인 공간 지각 능력 덕분에 수술 실력까지 넘사벽인 〈굿 닥터〉의 시온. 그들의 천재성이 왠지 우리집 아이 어딘가에도 담긴 게 아닌가 싶어서 마음이 둥둥 떠다녔다. 아주 조금이라도 잘하는 영역이 있다는 건 이토록 설레는 일이었다. 언어나 수리 영역은 아니지만, 노래 한 번 듣고 따라 부르기 영역, 작게 흘러나오는 노래를 듣고 어느 숏폼에서 나온 건지 신속하게 탐색 영역. 오, 그럴듯한데?

물론 모든 세상사에는 명암이 있다. 이토록 귓가에 스친 모든 음가를 또렷하게 담아두는 재능이 있다면, 그게 영영 신기하고 감동적이기만 할까. 제아무리 선명한 정보도 포화 상태가 되면 한쪽에선 탈이 나기 마련이다. 또래들

　우리집에 신경다양성이 삽니다 ────────

이 흘려듣곤 하는 정보를 하나도 놓치지 않고 악착같이 품고 있는 게 어쩌면 너무 피곤한 일 같다고도 생각했다. 특정 장소를 지날 때 흘러나왔던 유행가를 한순간 즐겁게 따라 불렀으면 될 일인데, 그 음가를 머리에 받아쓰기라도 하듯이 치열하게 다 기억해내는 아이. 멜로디 정보는 물론이고 흥얼거리는 음을 둘러싼 시간과 공간, 그날의 온도와 조도, 미세한 먼지 날림의 빈도와 정도까지, 아이가 쥐고 있는 단서가 넘치도록 많다. 깨알같이 정보를 저장해 두는 아이만의 시청각 기록 시스템에 과부하가 걸릴 것 같다. 폭발적으로 생떼를 쓰는 날엔 왠지 그날따라 아이가 새긴 정보가 흘러넘치도록 많아서 줄줄 새어나가는 날이 아닐까 생각한다.

별걸 다 기억해서 별것이 되는 날이 올 수도 있겠다. 연애를 하다 보면 상대방을 떠올릴 때마다 생각나는 한두 곡 있기 마련 아닌가. 썸 탈 때의 내 심정을 그대로 담아낸 노래, 내 여자친구가 유독 나 만날 때 콧소리를 얹으며 흥얼거리던 노래, 너랑 나의 이야기 같다며 같이 들어보자고, 불러보자고 졸라댔던 예쁜 듀엣송까지, 그 어느 하나 놓치지 않고 세세히 기억하겠지. 문제는 모든 연애가 해피엔딩이 아니라는 데 있겠다. 관계가 틀어지다가 결국 쫑 나면 툴툴 털어내고 적당히 추억거리를 지우며 살아야 이별의 위너인 셈 아니겠나. 이른바 전 여친을 떠오르게 하는 엑스송을 평생토록 곱씹을 것 같아서 내가 다 머리가 아프다. 거름망 하나 없는 특별한 기억 장치, 그 별난 체계 속에서 아이 스스로 지쳐버릴까 봐 매사 조심스럽다.

선생님, 저는 친구들이 테니스를 칠 때
멋진 멜로디가 떠올랐어요.
친구들에게 들려주고 싶어요!

- 차예진, 『컬러풀 브레인 프렌즈』[6] -

신경다양성 다람쥐들의 다채로운 특성을 담아 이야기를 꾸린 『컬러풀 브레인 프렌즈』에는 음악으로 자신의 생각과 감정을 표현하는 다람쥐 '아리'가 등장한다. 아리는 친구들의 테니스 경기를 지켜보며 점수를 매기는 데는 서툴지만, 함께하는 이들을 위해 즉흥 연주를 할 만큼 멜로디 작법에 능하다. 이뿐만이 아니다. 교실 안에는 친구의 말 한마디를 듣고 "하늘과 맞닿은 푸른 바다의 파도 소리가 들려요"[7]라고 풀어낸 다람쥐 '토토'도 있다. 글씨를 쓰는 건 힘겹지만 그 누구보다 아름답고 순수한 언어를 덧대어 귓가에 와 닿은 감각을 공유한다. 예사롭지 않은 청감각을 지닌 다람쥐들은 제 나름의 솜씨를 발휘하며 교실 안 공기를 더 풍성하게 가꿔간다.

다람쥐들의 비상한 음악 감성은, 곧 우정을 꾸려가는 동력일 때가 있었다. 내가 마치 베토벤을 낳은 것 같다고 호들갑 떨게 만들어 준 내 아들도 또 한 마리의 깜찍한 다람쥐이기를 바란다. 별걸 다 기억하는 세기의 음악가가 된 탓에 엑스송을 곱씹으며 실연의 상처 하나 거뜬히 못 이겨내면 어쩔까 걱정도 앞선다만, 오늘은 아이가 선보이는 재주에 먼저 손뼉 쳐주기로 한다. 잘할 수 있는 게 하나라도 있다는 건 하루를 뚜벅뚜벅 걸어가는 데 든든한 디딤돌이 되어 주기도 하니까. 아들에게도 다람쥐 아리처럼, 다람쥐 토토처럼 '박수 받는 순간'이 잔잔히 자리했으면 좋겠다는 생각이 오늘은 이겼다.

매일 메뉴판을 짓는
'뜨밤'

지역 MBC 아나운서로 10년 남짓 일하면서 가장 자주 맡았던 임무 중 하나가 있다. 바로 프로그램 예고 고지, '이어서' 녹음이었다. "잠시 후, 춘천 MBC 특집 다큐멘터리가 방송됩니다." 이 문장의 첫머리는 '잠시 후'였는데, 우리 방송국 사람들은 이를 '이어서'라고 불렀다. 지금은 당신이 광고 몇 가지를 계속 보고 있겠지만, 약 5분 정도 후에는 원하는 프로그램을 마주하게 될 것이라는 예고다. 이어지는 광고의 홍수 속에서 '그 프로그램, 하긴 하는 거야? 기다리면 나오는 거야?' 시청자가 의심의 눈초리를 품을 무렵, '땅땅' 확신을 주는 몫을 해냈다. 조금만 기다리시라고요. 잠깐만요, 진짜 곧 시작할 거라니까요.

'이어서' 일상을 이어가던 방송국 라이프를 공식 마감한 지 햇수로 7년 차가 됐다. 한때 프로그램 예고 고지를 녹음했던 아나운서 아가씨는 '이어서'를 보여주는 엄마가 됐다. 자폐스펙트럼 아이를 키우는 일상의 절반 이상은 내 아이가 일련의 이미지와 상징, 기호에 얼마나 매료된 채 살아가는지 깨달아 가는 과정이기도 하다. "이거 하고 이거 할 거라니까!" 아무리 말로 설명해도 이해 못 하겠다는 듯 울고불고 떼쓰기 시동을 부릉부릉 걸던 아이가 사진 몇 장을 보여주는 것만으로 평화롭게 안정을 찾을 때가 많다.

베이킹 클래스에 가자고 화요일부터 졸라대던 첫째, 토요일에 간다고 제 아무리 백 번 넘게 이야기해 봐야 떼씀의 강도는 시시각각 레벨을 더한다. 그럴 때마다 속이 터지다 못해 터진 속을 똘똘 뭉쳐 빚으면, 폭발력 좋은 분노의 폭탄이라도 될 것 같으니 이쯤에서 빠르게 '워워'. 대신 무지갯빛 배경 색지에 요일 글자를 프린팅해 올린 카드를 쭉 배열하고, 바로 아래 각 요일마다 하기로 한 활동이 담긴 사진 카드를 착착 놓아준다.

"자, 이거 봐봐. 이날은 마트 가고, 다음날은 언어치료 가고, 또 소아과도 가고, 놀이터도 가고, 네 밤 자고 나서 빵 만들러 가는 거야." 어라, 사진 카드 다섯 장으로 진짜 타협이 된다. 이토록 간단하게 평화 협정이 완성되니 허무하기까지 한 걸? 그렇다. 우리집 첫째는 이미지 카드를 들이밀 때마다 소통이 잘 된다. "잠시 후, 베이킹 클래스가 찾아옵니다" 하고 말로 알려주는 대신, 사진으로 '이어서'를 예고하는 셈이다.

협상의 달인이 되기 위해 다름 아닌 코팅기를 구매했다. 새로운 형태의 예고를 하기 위해서는 마이크를 대신할 또 하나의 첨단 장비를 장착해야 하고 말고. 5만 원이면 커피가 몇 잔인데, 커피 10잔을 훌훌 포기하는 마음이 마냥 억울하지만은 않았다. 신경다양성 아이랑 옥신각신하는 날들 속에서, 엄마 말 좀 잘 듣자고 쓰윽 밀어붙이려면 이쯤의 투자는 해두는 편이 정신 건강에 좋을 수 있겠다고 정당화를 했다. 1시간 넘게 실랑이를 하고도 아이가 씩씩거리며 저녁 밥상 위로 텐트럼 잔재를 흩뿌릴 거라면, 차라리 60분 들여 예고 사진 카드를 만들고 10초 컷으로 협상하는 쪽이 에너지 관리 차원에서도 훨씬 나아 보였다. 매일 저녁, 아이만을 위한 사진을 코팅해서 들이미는 '엄가다'를 시작해보기로 한 거다. 엄마를, 가속도로 늙어가게 만드는, 다량의 카드 제작 노동. 엄.가.다.

    우리집에 신경다양성이 삽니다

엄가다의 매력이 최대치로 터진 건 바로 키즈카페 메뉴판이었다. 첫째가 무발화의 영역은 벗어났지만, 여전히 좋아하는 몇 가지 단어만 입에 간신히 올리던 시절, "오늘 뭐 할까?" 같은 간결한 문장에도 답을 찾기 힘들어했던 날들이 있었다. 두 살 터울 동생도 말을 트기 이전이었으니, 도통 답을 내놓지 않는 아이들 틈에서 고구마 10개를 꺼이꺼이 단숨에 흡입한 듯 답답해 죽겠는 건 온전히 나뿐이었다. "얘들아, 주말이잖아. 너네 어디! 가고! 싶냐고!"

문득, 유럽 대륙의 어느 소도시, 커피를 주문받는 직원의 마음이 바로 이러하지 않을까 상상했다. 영어가 통하지 않는 작은 가게에서 "뭐 드시겠어요?" 짤막한 질문을 던진다. 단문의 예측 가능한 질문에도 도통 뭘 어떻게 이야기해야 할지 몰라 얼어붙은 토종 한국인 관광객을 기다리는 마음 말이다. 관광객은 그저 가장 평범한 커피, 그러니까 에스프레소 머신에서 갓 추출해낸 커피든, 가게가 '오늘의 커피'라고 내세운 그날의 드립 커피가 됐든, 짙은 갈색의 따뜻한 액체류를 한 잔 마시고 싶어 가게에 들어섰을 뿐이다. 잘못한 것도 없는데 죄인이 된 것처럼 주춤거리며 고개를 숙이게 되는 광경. 사신을 품은 메뉴판 하나만 있있다면 세싱 평화롭게 5분 남짓 흘러갔을 텐데, 통하지 않는 언어를 양 극단에 두고 작은 가게에서 애꿎은 커피 한 잔의 전투를 벌인다. 알아들을 수 없는 외국어 앞에서도 커피를 생략할 수 없는 멋쩍은 마음. 카페인이 고파 애절한데, 결국 어떤 커피도 마시지 못하고 돌아서야 할까 봐 애타는 마음.

그런 면에서 키즈카페 면면을 담은 사진 메뉴판은 아이들의 가려운 곳을 '박박' 잘도 긁었다. 좋아하는 장소의 상징물을 부지런히 담아냈더니, 긴 설명을 하지 않아도 어디인지 찰떡같이 기억해낸다. 레드와 블랙 조합으로 인테리어가 된 키즈카페는 그 색깔 조합을 강조해 찍었고, 아이가 유독 여러 번 타며 좋아했던 집라인이 있는 곳은 단연 시그니처 놀이기구만 클로즈업

해서 담았다. 아이가 특히 좋아하는 감자튀김을 파는 곳이라면 키카 로고가 딱 박힌 접시 위 음식만 찍어둬도 통했다. 매장 입구에 있던 양말 자판기에 아이가 매료돼 있었다면, 그 자판기만 큼직하게 찍어 보여주기도 했다. 시그니처만 뽑아 담아도 아이는 이 사진이 어느 곳을 상징하는 건지 금방 알아챘다. 더 이상 어느 구, 어느 동에 있는 몇 층 장소에 가겠다는 건지 따져 물을 필요가 없었다. 아이들은 그저 카드를 집어 엄마 손에 건네기만 하면 되었으니까. "자, 얘들아! 그래서 오늘은 어디에 가고 싶은데?"

물론 코팅기를 끌어안는 '엄가다'는 고되다. '엄마를, 가속도로 늙어가게 만드는, 다량의 카드 제작 노동'의 약자인 것만 같다고 삼행시를 지어다 붙인 건 그저 웃자고 한 소리가 아니다. 밤 11시쯤에야 부엌 어딘가의 자투리 공간, 콘센트 가까운 자리에 앉아 시작하는 작업이다. 밤 9시엔 아이들이 아직 안 자고, 밤 10시엔 처리해야 할 자잘한 생활 업무가 기다리고 있다. '이제는 자야겠는데' 싶은 한밤중, 기꺼이 눕지 못하고 코팅기 'ON' 버튼을 누르니, 그나마 지켜온 면역력마저 'OFF' 될 것 같은 기분이 든다.

아이가 좋아할 만한 사진을 꼼꼼히 따져 고르자니, 눈에 불이 붙은 듯 아파서 금세 노안이 올 것도 같다. 코팅기의 열감에 왠지 갓 세수를 마친 피부가 바삭한 비스킷 겉면처럼 건조해진다. 이러니, 내가 안 늙고 버티겠냐고!
시각지원 카드를 만드는 작업은 어쩌면 엄마의 노화를 재촉하는 '별책부록'
같은 노동임이 틀림없다. 굳이 소지하지 않아도 일상은 굴러가긴 하니까 본
책 아닌 별책부록 같다. 그럼에도 가지고 있으면 일상 속 소소한 기쁨이 되
니까 또 별책부록 같다.

가속 노화를 자처하는 엄가다라는 걸 아는지 모르는지, 메뉴판이 업데이
트될 때마다 그저 신난다고 콩콩 뛰어오르는 우리집 남매. 봄 시즌이 찾아오
면 카페마다 '체리블라썸' 다섯 글자를 콕콕 박아 새로운 프로모션 메뉴판을
만들기 바쁘듯이, 나도 주저할 새가 없다. 따뜻한 바람이 살랑살랑 불어올
때쯤이면 동물원 나들이하기도 제격일 테니 사자, 호랑이를 볼 수 있는 놀이
공원 사파리 투어 차량도 메뉴판에 살포시 추가하고, 봄날 벚꽃을 감상하기
좋은 호숫가 산책로도 잊지 않고 넣어둔다. 춥다는 핑계로 실내 놀이 공간만
전전하게 이끌었던 겨울용 키카 메뉴판이 산뜻하게 옷을 갈아입을 차례다.
좀 뻔하긴 해도 흥이 샘솟는 데 실패한 적 없는 아파트 단지 놀이터 사진도
빈 공간에 슬쩍 올려두고, 숲체험 놀이터도 S/S 시즌에 제격이니 메뉴판 특
별 코스로 배정한다. 몇 개의 공간만 돌고 도느라 지루해지려던 메뉴판에 시
즌 메뉴가 들어서니, 만드는 나도 신이 나기 시작한다. 진짜 식당도 아니건
만, 이렇게 메뉴판을 만들다가 밤도 새울 것만 같다.

인생 살아가다가 딱 하나만 골라내야 하는 미션은 아이의 앞날에 수두룩
빽빽할 것이다. 아이가 모닝커피의 맛을 알아가는 성년이 되고 나면 '뜨아를
먹을지, 아아를 먹을지' 선택해야 할 거고, 친구들과 모처럼 만나서 함께 갈
식당을 잡을 때도 피자를 조각낼 건지, 파스타를 휘감을 건지 결정해야 한다.

물론 세상의 모든 순간, 아들을 위해 선명한 메뉴판을 제시해 줄 수는 없

다는 걸 잘 안다. '이거 할까, 저거 할까?'라는 물음표 앞에서 아들은 또 길을 잃고 할 말을 잃을 때가 있을 것이다. 그렇다고 아들이 내 키를 훌쩍 넘어 커 버리도록 졸졸 따라다니며 메뉴판을 들이밀 수도 없는 노릇이지 않나. 하지 만 그림이나 사진으로 조금 더 세상을 쉽게 이해하는 사람도 있다는 걸 그 누군가 알아차리기만 해도 좋겠다. 브랜드의 로고나 시그니처 컬러, 경고나 지시의 상징 기호를 보여주며 소통을 시도하면, 아이에게 세상은 한결 더 편 해질 수 있다. 우리가 사는 곳에는 이렇게 '비주얼 러너'[9]도 살아가고 있다는 것, 그리고 이미지를 활용하는 게 소통을 돕는 지름길이라는 것을 인지해주 는 사람들만으로도 조금 더 든든해지는 느낌이다.

자폐스펙트럼 아들의 메뉴판 카드를 만들 때면, 또다시 유럽 골목을 상상 한다. 이번엔 식당에 방문했다고 가정해 본다. 그림 하나 없는 메뉴판에서 낯선 활자만 꾸역꾸역 곱씹어보다가 결국 성에 안 차는 점심 밥상을 마주할 지도 모른다는 뜨악함을 상상한다. 사진 한 장만 봤어도 오늘 마음이 더 끌 리는 메뉴를 알아내기가 쉬웠을 텐데, 뭐가 자음과 모음인지도 모르는 음절 조합만으로 내 식욕이 정착할 한 그릇을 결정해야만 하는 게 왠지 억울할 것 만 같다. 기왕이면 햇살을 닮은 조명 아래에서 그럴싸하게 찍은 사진 메뉴가 있는 식당에 가고 싶어지는 이유다. 아이를 위한 키즈카페 메뉴판을 만드는 마음도 비슷하다. 앞으로 마주할 상황을 좀 더 편하게 예측하고, 마음에 꼭 드는 결정을 하게끔 돕고 싶은 마음이다.

"잠시 후 벚꽃 호수에 도착합니다. 그다음엔 피잣집이 이어집니다."
햇살 따숩게 스미는 토요일 오전, 오늘은 현관에서 사진 카드 두 장을 챙 겨 들었다. 작년에 벚꽃이 흐드러지게 피어 있던 석촌호숫가 사진과 그 옆 백화점의 좋아하는 피잣집 간판을 찍어둔 사진 카드. 오늘따라 제대로 봄 날 씨라길래 어젯밤 야무지게 찾아내 긴급 속보를 전하듯이 다급히 작업했다.

애들도 봄의 절정에 다다랐다는 걸 눈치챘는지, 메뉴판에 간직해둔 수많은 이미지 옵션을 다시 제 손으로 골라보겠다고 조르지 않고, 순순히 엄마의 결정에 따른다. "호숫가에 갔다가! 산책하고! 피자 먹으러 가자!" 뭘 좀 아는 애들이다. 그렇지, 4월엔 벚꽃 보고 부들부들한 피자 조각 뜯는 게 최고라니까. 내가 보여준 이미지 카드 두 장에 이미 매료되어서 크리스마스 선물을 받던 날보다 큼직하게 웃음꽃을 피운다. 봄꽃송이가 따로 없다.

구운몽,
아홉 번 해보는 마음

『구운몽』이라는 고전을 기억하는가. 수업 시간 딴짓하기 좋아했던 그 누구일지라도 학창 시절 언젠가의 국어 시간에 '구운몽'을 공부했던 기억은 가물가물하게나마 기억 저편에 남아 있을 것 같다. 서포 김만중의 소설, '아홉 구름의 꿈'이라는 뜻의 이 작품은 중간고사 단골 문제로도 출제되는 '인생사 부귀영화의 덧없음'이라는 주제를 품고 있다. 주인공 성진이 꿈속에서 팔선녀를 거느린 양소유가 되어, 요즘으로 치면 유명 인플루언서 못지않게 부와 권력을 누리며 남부러울 것 없이 살아가는 이야기가 전개된다. 그런데 눈을 떠 보니 그게 다 꿈이었더라는 허탈한 일장춘몽 스토리. '구운(九雲)'이 상징하는 아홉 구름은 양소유와 팔선녀, 아홉 사람의 헛된 꿈을 일컫는다고들 한다. 왜 갑자기 국어국문학 전공자로 돌아가 고전소설 이야기를 풀어놓느냐고? 내년이면 초등학교에 입학하는 아들의 별명이 다름 아닌 '구운몽'이기 때문이다.

별명이 구운몽이라니, 꿈을 아홉 번이나 꿀 만큼 잘 잔다는 걸 자랑하느냐고 물으신다면, 너무 일찍 일어나 새벽잠을 다 깨우는 수탉 같은 아들인지라 노노. 신경다양성 세계에서 고군분투하고 있는 아들이 소설 속 주인공처럼 '허황된 꿈을 꾸고 있다'는 이야기를 하려는 것도 당연히 아니다. 독특한 아이라는 편견을 딛고 아홉 명의 개성 가득한 찐친들과 브로맨스를 뭉게뭉게 부풀리며 살아갈 것이라는 꿈? 혹은 독특하고 까칠한 구석이 있긴 해도 아홉 번 남짓의 연애를 무탈하게 차근차근 겪어낼 수 있다는 로맨틱한 꿈! 방금 급조해 낸 상상력치곤 제법 그럴듯해서 이 해석도 좀 담아둘 필요는 있겠다. 실은 브로맨스도, 소개팅 무용담도 아니다. 아홉 개의 구름을 넘어줘야 우리 아들이 꿈꾸는 순간을 편안히 마주할 수 있다는 해석을 담았다.

『구운몽』에서는 아홉 구름이 아홉 사람의 꿈을 상징했지만, 아들의 구운은 곧 아홉 개의 챌린지다. 소위 '도장 깨기'라고들 하지 않나. 아홉 번의 징검다리를 넘어야 비로소 목표를 달성하고 원하는 스테이지에 다다를 수 있다는 것. 그 말은 즉, 한두 번 깨작깨작 시도해 본 것만으로는 원하는 바를 이뤄내기 힘들다는 말과도 맥을 같이 한다. 아이스크림 하나의 맛을 새로 트기 위해서는 아홉 번 정도의 지출과 수고스러움이 동반되어야 하고, 새로운 보드게임의 규칙을 숙지하고 훼방 놓지 않고 제법 놀이를 이어가기까지도 열 번에 가깝도록 '참을 인'을 새기는 작업이 필요하다. 아홉 번은 참 오묘하다. 열 번도 아니라서 까짓것 해볼 만한 횟수일 것 같은데, 칠전팔기에 비해서는 한 번이 더 추가되는 만만치 않은 숫자다. 자폐스펙트럼 아이를 키워가며 늘 '아홉 번' 정도가 필요했다.

자폐스펙트럼 아이는 종종 디즈니 〈겨울왕국〉의 엘사를 닮았다. 마음이 '꽁꽁' 닫힌 경우가 많아서 문을 굳게 닫고 자기 방 안에서 나올 생각이 없는 영화 초반부의 엘사 같다. 새로운 장소에 가거나 생전 처음 하는 시도에 대해 마음을 열기 힘들 때가 많다. 낯선 장소일지라도 곁에 엄마 아빠가 함께하면 기꺼이 진입해볼 수도 있을 텐데, 일단 다 '안 하겠다'고 두 눈 꼭 감고 뒷걸음질 칠 때가 많다. 도망가기만 하는 건 양반이고, 기존에 하던 루틴대로 되지 않으면 소리를 지르거나 주저앉아 그 꼬임을 풀어내기까지도 오랜 시간이 걸리곤 한다. 지하 1층에 주차하려다가 운 좋게 자리가 나서 1층에 주차하게 되었다면, 행운처럼 보이겠지만 결국 '아차차' 싶은 불운이 된다. 자폐스펙트럼 아이에게 평소와 다른 자극은 불안을 한껏 높이는 방아쇠가 되기도 하고, 세상 다 끝난 재난 영화처럼 느껴지기도 하니까. 자폐스펙트럼 영역에 선 친구들을 이야기할 때면 예외 없이 '동일성에 대한 집착, 같은 패턴에 대한 고집' 같은 키워드를 꺼내 드는 이유이기도 하다.

구운몽 별명답게 아홉 번 도전해야 했던 최초의 공간은 다름 아닌 미용실이었다. 외모 비수기가 찬찬히 찾아들 무렵, 외모 관리 좀 해보겠다고 제 발로 설렘을 듬뿍 담아 찾아가는 공간이 헤어살롱 아니었던가. 첫째가 돌 조금 지나 처음 방문한 키즈 미용실은 그야말로 아수라장이 따로 없었다. 숍 안에 흐르던 깜찍한 동요 소리는 우리 애가 빽빽 소리를 질러대는 통에 스르륵 묻혀버렸고, 아이들이 좋아할 법한 캐릭터 인형들의 행렬은 의자에 절대 앉지 않겠다고 허우적허우적 난리를 치는 통에 내 눈에도, 애 눈에도 뒷전이 된 지 오래였다. '반지르르' 해질 작정으로 찾는 곳이 아니라, 아이를 진정시키느라 내 얼굴만 '반질반질' 땀으로 가득 찰 판이었다.

미용실이 그렇게 어려운 공간인 줄은 처음 알았다. '째깍째깍' 가위질 소리, '위잉위잉' 전동 트리머의 울림, 커다란 식탁보를 방불케 해서 팔다리가 안 보이도록 감춰버리는 헤어컷용 턱받이부터 갑자기 내 얼굴 정면샷 덩그라니 큼직하게 보여주는 거울까지, 어느 한 가지도 아이에게는 편안할 수가 없었다. 가뜩이나 시청각 예민하기로 소문났던 아기 시절의 첫째에게는 보이는 것도, 들리는 것도 낯설고 불쾌한 것투성이었다. 커다란 대형 쇼핑몰에 광고를 쫙쫙하게 돌리던 어린이 전용 미용실을 물어물어 찾아갔건만, 남들은 별 다섯 개 평점을 척척 남기는 마당에 3만 원이 넘는 아기 헤어컷 비용을 내고도 내 마음은 별 하나 채워지지 않을 만큼 어두컴컴했다. "거기 유명하다던데?" 하는 입소문은 무성했지만, 내 아이가 '훅' 매혹되기에는 쉽지 않은 요소가 너무 많았다.

'이대로 미용실은 금기의 공간이 돼버리는 걸까?'

모든 건 처음이 중요하지 않던가. 미용실 첫 경험을 된통 망치고 돌아온 날, 아이랑 다시는 미용실에 가기 힘들겠다고 생각했다. 그냥 멋들어지게 머리를 쭉 길러 장발 클럽에 가입한 어린 왕자 분위기로 키워야 할까. 잘 때 슬며시 몰래몰래 잘라볼까. 엄마가 집에서 셀프로 잘라주려면 내가 미용인 자격시험이라도 봐야 하나. 일단 아기 머리 자르기 키트부터 사볼까. 별의별 생각을 틔워 올렸다. 알고 보니 자폐스펙트럼 아이들 중 우리집 첫째처럼 미용실 가기 힘들어하는 친구들이 많았다. 그래서 의도치 않게 장발만을 추구하는 집도 있었고, 진짜 바가지를 대고 자른다는 몇몇의 경험담도 눈에 띄었다. 하아, 아무리 '엄마표'가 트렌드인 시대라지만 헤어컷까지 엄마표로 해야 하는 건가 싶어 숨이 턱 막히는 기분이었다. 하물며 머리카락 기르는 것도 한계가 있지, 라푼젤이 추구미가 아니라면 언젠가는 자르긴 잘라야 하지 않겠나. 이대로 포기하고 말 텐가.

더도 말고 덜도 말고 딱 열 번만 도전해보기로 마음먹었다. 미용실 첫 경험을 크게 망쳤던 탓에 1번 미용실 재방문은 일찍이 포기. 대신 어린이 미용실로 유명하다는 서울 시내 곳곳을 뒤적거렸다. 제아무리 거리가 멀어도 방송을 타고 입소문 난 키즈 헤어숍을 방문해보기도 했고, 내가 자주 가는 미용실을 지나는 김에 '쓰윽' 허벅지 위에 앉혀 시도해보기도 했다. 물론 몇 번의 시도로 헤어컷이 잘 되었을 리가 없다. 끌어안고 자르다가 야단법석 발을 구르는 통에 정강이에 멍만 잔뜩 드는 결론을 마주하는 데 익숙했으니 말이다. 아이 잘 다루기로 소문난 헤어 선생님도 식은땀 흩뿌리시다가 결국 "오늘은 절반만 받을게요" 웃픈 선언을 하고 돌아서신 적이 있다. 보통 아이들은 첫 경험에 울고불고 해도 점점 나아지는 거 아니었냐고. 우리 아이는 도대체 언제까지 난리를 칠 생각인 건지, 내게 미용실 예약일은 그저 '노답 데이'였다. 열 번은 도전해보겠다고 선언하고 네 번째쯤이 되어서도 희망을 품기가 힘들었다. 아니, 도대체 돈 다 받고 잘라주실 날이 오긴 오는 건가요, 쓰앵님!

아이랑 미용실 도전 프로젝트에서 딱 중간 지점쯤 되었을 때, 운명처럼 찰떡 미용실을 찾아냈다. 아이가 헤어컷 하기 전후, 충분히 놀 수 있는 미니 키즈룸이 별도로 마련돼 있었다. 우리 아이의 우여곡절 챌린지를 알아차리기라도 한 걸까. 수개월에 걸쳐 리모델링을 한다더니, 마침내 아이 취향저격 공간을 품은 채 재오픈을 했다. 자동차는 종류 불문하고 무조건 다 통하는 아이를 데려다가 유혹하려고 작정한 공간 같았다. 어린이 대상 헤어숍이니 놀잇감 놓인 공간이 있는 게 뭐 대수냐는 시선도 있을지 모르겠다. 하지만 헤어컷을 하는 공간과 각 잡고 마련한 놀이실이 각각 멀찍이 떨어져 있는 게 신의 한 수였다. 공포와 불안을 높이는 공간에 슬금슬금 다가가기 작전을 짜려면, 저 멀리서부터 아주 서서히 다가갈 수 있게끔 거리감이 있는 게 도움이 될 수 있다. '조금씩, 천천히, 여러 번, 그러나 친절하게' 헤어컷 장소로 아이를 안내하는 게 내게 떨어진 미션이었다.

두말할 필요 없이 키즈룸에서 노는 것부터 시작했다. 주객전도는 이런 상황을 두고 쓰는 말인 게 분명하다. 예약 시간 전에 조금 일찍 도착해 30분 놀고, 3분 헤어컷에 도전해보는 식. 아니, 카레도 아닌데 3분 도전해서야 뭐가 되긴 되겠나 싶었지만, 진도를 좀 빼보겠다고 서두르지 않는 게 포인트였다. 하고 싶은 것 다 해보면서 양껏 놀이 시간부터 즐겼으나, 정작 가위질 소리 견디기가 '오늘도 틀렸다' 싶을 땐 과감히 철수했다. 돈 낸 만큼 시원스럽게 헤어컷 하지 못해도 "아휴, 좀 더 머리칼 좀 치고 왔어야지" 잔소리를 덧대며 애통해하지 말자고 스스로 '워워' 하기 바빴다. 아이가 스스로 거부감과 공포를 떨쳐내려면 엄마 욕심껏 밀어붙이려는 몸짓은 넣어두는 게 필수였다. 가위의 째깍거리는 소리나 트리머의 윙윙거림에 아이의 불안이 조금이라도 증폭되는 듯하면, 바로 한 발 물러서는 데 예외를 두지 않았다. 공포의 대상을 향해 아주 작은 단위의 것부터 시도해보는, 인지행동치료 관점에서의 '체계적 둔감화'[10] 엄마표 모드였다.

'체계적 둔감화(Systematic Desensitization)'라고 쓰고 나는 '3분 카레 전법'이라고 불렀다. 특정 자극에 공포와 불안이 있는 경우, 단계를 잘게 쪼개 공포심을 불러일으키지 않을 정도로 약한 단계부터 최종 자극을 향해 점진적으로 나아가 보는 거다. 미용실 가위 소리를 극도로 무서워하는 아이라면, 집에서 늘 쓰던 안전 가위를 엄마가 작은 그림으로 그려주는 것부터 시작해, 가위를 가지고 종이를 오리는 소리를 느껴보는 것, 사자가 등장하는 동화책 일러스트에서 황금빛 풍성한 갈기를 직접 잘라보는 시늉을 해보는 것, 그러다가 조금 더 큰 어른 가위를 마주해보고 엄마가 쓰는 소리를 가까이에서 들어보는 것, 마침내 진짜 미용 가위를 마주하고 살짝 손잡이를 만져보는 것 등에 이르기까지 아주 천천히 자극의 강도를 올려본다.

말 그대로 불안을 불러일으키는 요소 10까지 나아가기 위해 1부터 조금씩 천천히 도전해보자는 것. 물론 자극의 크기가 커질 때 불안이 올라오려 한다면, 바로 그 전 단계로 내려가 다시 충분히 연습해보도록 이끄는 것도 중요하다. 과정 하나하나를 이어가자니 길기도 긴 데다 지루하게 느껴질 수도 있고, 이게 다 무슨 소용이냐며 짜증이 날 법도 하다. 하지만 잠시 참아두면 효과가 꽤 짱짱하다. 최종 목표로 나아가기 위해 찔끔찔끔 나아가다 보면 어느새 목적지에 도달해 있는 마법. 마치 3분만 돌려도 제법 근사한 집밥 요리 한 그릇이 완성되는 것과 비슷해서 '오뚜기 3분 카레' 레시피와 닮았다고 내 맘대로 별명을 붙였다. 죽어도 저건 못 하겠다고 드러눕는 신경다양성 아이 앞에서, 치료사 엄마가 실제로 애용한 전략 '3분 카레 전법'은 아이의 불안 앞에서 숨이 턱 막히곤 했던 부모가 답을 찾을 수 있는, 꽤나 슬기로운 비책이었다.

그래서 어떻게 되었냐고? 고구마 먹은 듯한 답답한 전개는 일괄 생략하겠다. 올해로 만 6세 첫째는 샐죽샐죽 웃으며 헤어컷을 덤덤히 즐기는 소년으로 기꺼이 자라났다. 머리카락 그게 뭐라고, 조선시대 단발령이라도 내린 것처럼 바닥을 뒹굴며 울던 아이는 제자리를 찾아 의젓하게 착석해 선생님의 가위질 소리에 기꺼이 귀를 기울이는 녀석이 됐다. 2월엔 엉엉 울면서 버티더니, 5월엔 눈을 꼭 감은 채 양 주먹을 단단히 쥐고 견뎌냈다. 8월엔 자기가 먼저 "머리 자르러 가고 싶어요"라고 연신 반복해대서 '얘가 드디어 한여름에 더위를 먹었나' 싶기도 했다. 눈물 콧물 범벅에, 잘린 머리카락이 뒤범벅돼 꼬질꼬질했던 아기의 얼굴은 아홉 번쯤의 여정 속에서 산산이 흩어졌다. 조금씩, 천천히, 부드럽게 연습해 보면 되는 거였다.

"다음번엔 아이 혼자 보내도 되겠어요.
저희가 주차장으로 데리러 갈게요."

혼자 찾아와서도 잘 자르겠다고 농담을 던지는 헤어 선생님의 말씀에 미소를 띤 건 이날이 처음이었다. 생각해보니 헤어숍에서는 그간 웃어본 적이 단 한 번도 없었다. 머리를 제대로 자르지 못해 절반만 받겠다는 말을 들어도 나는 늘 울상인 엄마이지 않았나. '구운몽' 별명의 숨은 뜻을 꼭꼭 지켜 아홉 번째 시도를 마무리 짓던 날, 비로소 가격표 옵션에 적힌 어린이 커트 비용 전부를 당당히 긁었다. 그 어떤 적립 기회도 없고, 아홉 번 넘도록 꾸준히 와서 단골 중 최강 단골인데도 조금도 깎아주지 않는 여기. 정가 그대로 다 지불해도 세상 억울하지 않게 웃으며 결제할 수 있는 곳은 아마 이곳만이 유일할 것 같다. 소설 속엔 아홉 사람의 헛된 꿈이 흘렀지만, 신경다양성 세계에서는 아홉 번의 세밀한 도전이 켜켜이 쌓여 아홉 배 더 예쁜 구름을 몽실몽실 틔워내고 있었다.

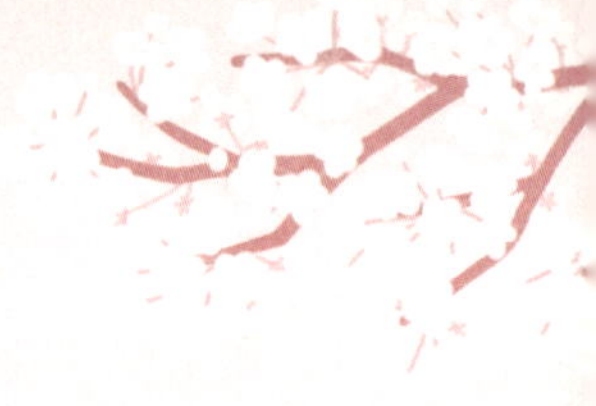

내겐 가장
완벽한 비서

"엄마, 다이소, 다이소 가요?"

첫째의 언어치료가 끝나고 정신없이 운전대를 잡았다. 집에는 엄마를 애타게 기다리는 둘째가 있고, 나 대신 둘째를 먹이고 씻기고 케어해주시는 친정 엄마가 있다. 일흔을 바라보는 엄마에게 아이 둘 중 하나를 맡겨야 할 때면 늘 죄스러운 마음에 가슴이 저릿하다. 그나마 내가 할 수 있는 건 최대한 지혜로운 동선으로 신속히 움직이는 것. 손주 육아의 늪에서 빨리 임무를 털어드리는 게 약소한 양심이겠거니 하며 산다. 그렇게 첫째를 번개처럼 픽업해서 다급한 마음으로 집으로 향하던 길, 첫째가 뭐든지 다 판다는 그곳에 가자고 또렷하게 외친다. 아니, 그럴 때는 왜 발음에 한 치의 흐트러짐이 없니. "아, 맞다! 어떡해! 우리 다이소 가기로 했었지."

깜빡 깜빡하는 빈도가 너무 잦아졌다. 출산을 하고부터일까, 한 명이 아닌 두 명의 아이를 키우면서부터일까, 혹은 평범하지 않은 특별한 아이를 키우면서부터일까. 이도저도 아닌 마흔에 가까워오면서 노화를 마주한 탓일까. 깜빡거림의 주원인이 어떤 스위치에서 비롯되었는지 정확히 캐낼 수는 없지만, 변하지 않는 사실은 단 하나. 5분 전까지 기억했던 것도 수많은 투두리스트 속에 모래 먼지처럼 산산히 흩어져버린다는 것. 머릿속이 온통 모래사장이 된 느낌일 때가 많다. 첫째 아이와 집을 나설 때면 더 정신이 없었노라

괜한 아이 탓을 해본다. 아직 노화 탓이 아니라고, 그럴 리가 없다고 애써 변명해 본다. 속으로는 알고 있다. "아, 나이 들었나봐."

다행히 아이는 알고 있다. 엄마의 나이 듦에 따른 서러움을 잘 안다는 건 아니고, 오늘 수업이 끝나고 엄마 손을 잡고 가기로 했던 '목적지'를 말이다. 내비게이션 도착지 깃발이 아파트 단지에 찍혀 있는 걸 본 아이는 잠시도 참을 수가 없다. 정해진 루틴대로 행하는 삶에 최고의 매력을 느끼는 우리 집 신경다양성 아이는 엄마의 깜빡거림으로 행선지가 바뀔 때를 결코 봐주지 않는다. 소리를 지르든, 엄마 팔뚝을 잡아끌든 지체 없이 바로잡는 강단을 지녔다. "다이소 가요"라는 말을 한 서른 번쯤 반복하면 엄마가 핸들을 돌릴 걸 알기라도 하는 듯, 내가 잠시 잊고 있던 투두리스트의 목록 하나를 결코 생략하지 않도록 이끈다. "알겠다고. 다이소 간다고, 간다고!" 직진하다가 급 유턴하는 나를 한눈팔지 않고 꼼꼼히 지켜보던 아들은, 다 있는 곳의 빨간 로고 간판을 보고 나서야 그제야 등을 편히 기대며 만족스럽게 입을 다문다. 내가 아들이 아니라, 비서를 키우고 있다.

드라마 〈나의 완벽한 비서〉에는 헤드헌팅 회사의 대표 지윤(한지민 분)을 보필하는 은호(이준혁 분)가 등장한다. 일 깔끔하고 유능하게 잘하기로 헤드헌터 바닥에 소문난 커리어우먼 지윤, 실은 허술함투성이다. 사무실에 나뒹구느라 출장을 나갈 때마다 하이힐을 찾기 힘든 건 물론이고, 답답한 사무실 공기에 꽂 화분이 메말라가지만 물로 촉촉하게 적실 생각일랑 하질 않는다. 여러 카테고리의 서류가 산더미처럼 잔뜩 섞여 있는 책상을 마주하는 건 물론이요, 당겨야 열리는 문을 계속 밀다가 '덜커덩 쾅당' 하기 일쑤인 대표. 배우 한지민과 닮은 구석이 하나도 없다고 생각했건만, 하필 맡은 캐릭터가 내보이는 습관만큼은 똑같아서 까무러칠 뻔했다. '저건 완전 나잖아.'

누가 봐도 도움이 필요해 보이는 지윤의 세계에, 은호가 신의 한 수처럼 비서로 나타난다. 인사이동 업무를 두고 한때 대립각을 세웠던 탓에 지윤은 한결같이 은호를 냉랭하게 대하지만, 딸아이를 홀로 키우는 싱글남 신세인 은호는 생계를 이어가야 하는 탓에 일을 가려 할 처지가 아니다. 산산이 흩어진 자료들을 카테고리별로 칼같이 정리하고, 밤을 새워가며 지윤의 업무를 지원하기 위해 소매를 걷어붙인다. 물론 지윤의 업무 취향을 맞추는 일이 예삿일이 아니지만, 잠을 못 자가며 대표의 업무 스타일을 공부하고, 출장 동선이 자로 잰 듯 딱딱 맞아떨어지도록 머리를 싸매고 연구한다. 과연 이렇게 노력하면 대표 지윤으로부터 업무 능력을 인정받을 수 있을까. 업무를 넘어 마음까지 사로잡는 데 성공할 수 있을까. 비주얼 최고인 두 배우의 오피스 로맨스를 기대했던 것도 잠시, 실은 훈남 비서의 역할이 꼭 내 남자의 역할과 닮아 있어 드라마 속 장면 하나하나를 새겨두기 바빴다. 아들은 드라마 현실판의 타이틀 롤이었다. 아들은 '나의 완벽한 비서'였다.

- 드라마 <나의 완벽한 비서>[11] 중에서 -

나의 여섯 살 아들은 은호에게 인수인계라도 받은 것처럼 엄마 곁에서 비서처럼 굴 때가 많다. 엄마는 비록 한지민만큼 상큼하고 우아하지는 않지만 말이다. 하도 정신이 없다 보니 차를 타자마자 시동을 걸고 P단에 놓인 기어부터 바꾸려고 하면, 아이는 세상 긴박하고 간절하게 외친다. "엄마, 안전벨트 할게요!" 혹여 벨트를 장착 안 하고 출발이라도 할까 봐, 안전하게 착용부터 하시란다. "알았어, 알았다고." 부디 따뜻한 음료를 마시라는 친정 엄마의 권고에도 불구하고, 카페에서 습관적으로 '아이스'라는 말을 카운터에서 내뱉을 때면 아들은 바짝 다가와 바리스타에게 외친다. "우리 엄마, 따뜻한 갈색 커피 주세요." 당황한 바리스타 앞에서 두 뺨이 붉어진 채 수습하는 건 내 몫이다. "네네, 핫 아메리카노 톨 사이즈요." 안전과 건강을 최우선으로 챙겨주는 비서, 회고해 볼수록 너무 고맙다. 이거이거, 보너스라도 챙겨줘야 하나.

비서의 일은 여기에서 끝나지 않는다. 정신없는 애미가 길이라도 잃을까 봐 걱정되는지, 도보로 함께 이동할 때면 "왼쪽! 오른쪽! 똑바로 가세요!" 하며 안내하는 인간 내비게이션이 된다. 천천히 걷는 내 앞을 탱탱볼처럼 통통 뛰어다니면서 내가 걸어가야 할 길의 방향을 온몸을 다해 알려준다. 나도 알아, 안다고! 내비게이션의 기계음을 칠떡같이 달달 외운 아들은 평소 차로 다녀왔던 도로들마저 머릿속에 사진처럼 저장해 둔 건지, 방향 지시등을 깜빡깜빡 켜듯 손을 털며 그 반짝임을 표현한다. 영혼 없이 터덜터덜 길을 걷다가도 열정을 다하는 아이의 몸짓에 정신을 번쩍 차리고 옳은 길을 택할 때가 있다. 아휴, 진짜 너 없으면 큰일 날 뻔했다. '피식' 웃는 걸 눈치라도 챈 듯, 아이는 그저 더 신이 나서 안내한다.

자꾸만 깜빡거리는 마흔 애미에게 자폐스펙트럼 아이는 자신의 장기를 살려 엄마를 보필해 낸다. 하루 루틴이 예측한 대로 흘러가야 평온을 찾는 아이는 엄마가 깜빡하고 놓치는 일과를 재깍 찾아다 준다. 주차 정산기를 안 들르고 차로 곧장 갈까 봐 '주차 정산' 네 글자 또박또박 쓰인 기계 앞으로 엄마를 꼿꼿이 끌고 가는 것도 너. 키즈카페에 도착하자마자 빈 공간 아무 데나 신발을 넣었다가 도대체 어디에 넣어놨는지 아리송해 난감할 때면 245번이라고 신발장 번호를 알려주는 것도 너. 차키와 핸드폰을 어디다 뒀는지 몰라서 우왕좌왕 찾고 있을 때면 쓰윽 다가와서 앞주머니와 뒷주머니에 각각 꽂아주는 것도 너. 이쯤 하면 업계에서 소문난, 일 잘하는 비서의 웬만한 능력치는 다 따라잡을 것 같다.

어딜 가나 루틴 지키기가 생명인 아이는 엄마의 빈틈을 곧잘 채운다. 외출하는 길에 늘 베이지색 텀블러를 챙겼던 엄마가 헐레벌떡 가방만 들고 나오면, 굳이 신발을 벗고 부엌에 들어가서 그 텀블러를 부산스럽게 들고 나온다. 차에 탈 때마다 블루투스로 연결된 핸드폰에서 동일한 재즈 플레이리스트가 흘렀는데, 오늘따라 지지직거리는 라디오부터 자동 연결이 돼버리면 그때 그 음악을 틀어달라고 난리가 난다. 네가 재즈를 알아, 아냐고!

루틴이 조금이라도 어긋나면 세상 다 끝난 것처럼 난리를 피우는 통에 고단하던 시절도 있었다. 아이의 유별난 고집을 따라잡기가 버거워서 화가 머리

   우리집에 신경다양성이 삽니다

끝까지 치솟은 날도 있었음을 고백한다. 나의 까다로운 비서는 한때 '얄미운 상사' 같았고 나와 늘 다르게 걷는 '합 안 맞는 동기' 같았다. 지금은 실로 아이의 행동이 신의 한 수가 될 때가 있다. 텀블러 루틴 챙겨준 아이 덕분에 오늘 하루 일회용 컵 줄이기를 실천하고, 대충 아무 주파수나 맞춰져 아무렇게나 흘러갈 아침의 리듬이 아이가 고집하는 재즈 음악 덕분에 한결 편안해진다.

"스타벅스 드라이브 스루 갈래요."

아이가 애타게 부르짖은 '다이소'를 들러주었더니, 이젠 또 별다방에 가자고 한다. 아까 커피 마신 걸 봐 놓고도 왜 또 카페행인가 싶었더랬다. "우리 할머니, 따뜻한 커피 마셔요." 언어치료 갔다가, 다이소에 들렀다가, 둘째 케어해주신 친정 엄마의 디카페인 커피 한 잔 냉큼 픽업해 갔던 지난날의 루틴을 아이는 그대로 사진 찍듯 기억하고 있었다. 오늘도 내 깐깐하고 완벽한 비서 덕분에 나의 엄마에게 소확행 한 잔 선물할 센스를 살렸다. 정신 빠질 것 같은 애둘맘의 일상 속에서 자칫 놓칠 뻔한 두 곳의 목적지를 결국 아이 덕분에 떠올렸던 날, 드라마 속 훈남 비서가 내 곁에 찾아온 것처럼 든든했나. 비록 나는 어전히 한지민은 아니겠지만.

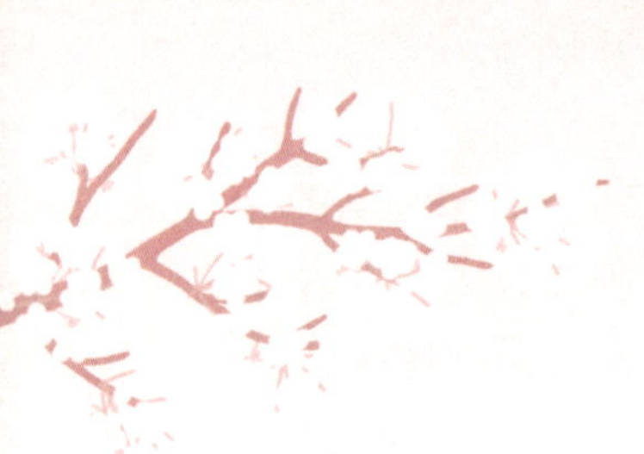

국민 섭섭녀와
나쁜 남자의 탄생

첫 문장을 시작하기에 앞서, 우선 이 글은 남편의 너그러운 배려를 등에 업고 썼음을 고백한다. 생애 첫 미팅 이야기를 풀어볼 작정이기 때문이다. 바야흐로 21년 전, 처음이자 마지막으로 딱 한 번 '미팅'이란 걸 했다. 회사 사무실에서 부장님, 차장님을 대동해 진행하는 업무상 미팅 말고, 남녀가 각각 동일한 비율로 만나 그룹을 지어 소개팅하는 자리 말이다. 같은 학부 친구가 3 대 3 미팅을 제안했다. 상대측은 소위 '경쟁 대학교'의 공과대학 1학년이란다. 학교 정문으로부터 가장 가까운 알밥집에서 이른 저녁을 먹고, 자리를 옮겨 칵테일도 마셨던 것 같다. 고된 입시 생활이 끝나고 연애라고는 한 번도 해본 적 없는 파릇파릇한 병아리 신입생이었으니, 신촌의 밤 골목을 누비는 소개팅은 그저 낭만이었다. 딱히 마음에 와 닿는 짝도 없었는데 도대체 설레긴 왜 설레? 나 혼자, 이 세상 로맨틱 코미디 영화는 다 찍고 있었다.

애 둘 딸린 마흔의 아주미가 갑자기 웬 철 지난 소개팅 이야기냐고. 바로 우리집 아들 때문이다. 올해 어린이집 통합반을 다니는 만 6세 아들, 같은 반 여자친구들의 이름을 한 자라도 틀리면 큰일이라도 난다는 듯 꼭꼭 씹어 발음해 내는 날이 찾아왔다. 여동생의 이름은 대충대충 흘려 부르는 것 같은데, 웬일인지 이응과 치읓, 시옷과 미음이 적절히 섞인 예쁘장한 이름들을 더 귀하고 조심스럽게 아껴 부르는 것 같다면 이건 느낌 탓이겠지. 첫 연애나 진지한 데이트를 꿈꿀 만큼 장성한 청년은 아니지만, 하루 반나절을 함께 지내다 보면 자꾸만 눈길이 가는 친구, 소풍 갈 때 짝꿍하고 싶은 친구가 생길 수도 있겠다고 생각했다. 학교에 들어갈 무렵이 되면 보통 마음에 드는 친구가 한둘 생겨나지 않던가. 나도 일곱 살 시절 그랬으니까. 파랑반 내 짝꿍이 유독 든든해서 좋았던 날이 내게도 있었다.

"신경다양성 아이들도 연애할 수 있을까."
"좋은 사람 있으면, 소개해 줘도 괜찮은 걸까."

고작 일곱 살을 바라보는 나이, 묘한 설렘을 틔워 올리는 것 같은 아들을 보며 7년 뒤를 상상했다. 또 그 후 7년도 나란히 떠올렸다. 아들이 열네 살이 되면 수업을 마치고 돌아오자마자 누가누가 좋다고 또박또박 애써 얘기해줄 것만 같다. 자폐스펙트럼 아이는 뭔가를 감추거나 돌려 이야기하는 데 소질이 없을 게 분명해서, 좋아하는 마음을 에둘러 표현하지도 않을 것이다. "마음에 좀 드는 것 같기도 하다"고, 혹은 "딱히 그렇게 좋은 건 아닌데…" 류의 화법은 아들의 언어가 아니다. 좋아하는데도 일부러 더 괴롭힌다거나, 싫어하는 척 억지로 연출하는 고난도의 머리를 쓰지도 않을 테지. 스물한 살 청년이 되어서도 마찬가지일 것이다. 우리 아이는 누가 좋다고, 마음에 드니까 오늘도, 내일도, 주말에도 같이 있고 싶다고 노골적으로 마음을 내보일 게 뻔하다. 아니, 좀 서서히 다가가면 안 되는 거야? 미래에 마주할 아들의 '금사빠 모드'를 생각해보자면, 부끄러움은 미리 나의 몫으로 정해두겠다.

〈이상한 변호사 우영우〉의 자폐 변호사 영우는 준호와 연애를 시작한다. 물론 둘을 지켜보다가 이불킥을 하고 싶을 정도로, 러브 모드가 형성되기까지 우여곡절이 많았다. 오죽하면 영우의 파트너를 연기한 배우의 별명이 '국민 섭섭남'이 되었겠나. 영우는 준호와 데이트를 하고 집으로 돌아가던 길에 이렇게 얘기한다. 본인의 아버지가 극 중 준호와 키스하는 것을 보고 집으로 데려오라고 했다고, 하지만 사귀는 사이가 아니니, 데리고 가지 않을 거란다. "우리 아빠가 자기 좀 보재"라는 말 앞에서 긴장하지 않는 남자가 어디 있겠나. 하지만 우리는 사귀는 사이가 아니니 데리고 가지 않을 거라고 담담한 어조로 전하는 애인은 더 뜨악하다. 아니, 누가 봐도 연인끼리 할 만한 것들을 꼬박꼬박 실천했는데 이래도 연애하는 게 아니었다니! 남녀를 지켜보던 시청자마저 대형 반전에 속은 기분이라 억울한 느낌이 든다. 결국 준호는 그 잘생김이 그득그득 묻은 얼굴로 영우를 향해 명대사를 외친다. "아직도 우리가 사귀는 게 아니에요? 정말 참 너무 섭섭하네요."[13] 어찌 준호만 섭섭할까. 나도 섭섭해 죽겠다.

하기야 영우가 준호와 함께하겠다고 만든 데이트 일정표는 실로 기묘했다. 연애 초반의 연인들이 즐기기에는 너무 진지함 일색이었다. 이를테면 돌고래 해방 시위 함께 하기, 조깅하면서 쓰레기 줍기. 하루 종일 김밥만 먹는 김밥 투어는 너무나 영우만의 취향이었으며, 오락실에서의 데이트도 옛 감성을 떠올리기 좋은 아날로그 판이라고 생각해두기엔, 틀린 그림 찾기 게임에서 반드시 이기겠다고 사력을 다해 집착한 영우가 있었다. 설레는 감정을 표현 못해서 안달이 나기는커녕, 대형 로펌에 속한 변호사의 정체성을 고민하며 상담을 청한다. 영우는 도대체 무슨 생각인 걸까. 준호와 '잘 해보고 싶다'는 마음이 있기는 했을까. 연애의 이론과 실전 모두, 자폐스펙트럼 영우에게는 너무 어려워 보인다. 준호가 왜 스윗남에서 섭섭남으로 바뀔 수밖에 없었는지 끄덕여진다.

다들 섭섭남을 일컬을 때, 아직 존재하지도 않는 섭섭녀를 떠올렸다. 아들이 그 언젠가 영우처럼 연애를 시작한다면 결국 상대방에게 이런 하소연을 듣게 되지 않을까. "우리가 연애하는 게 아니고 뭐예요. 나 진짜 섭섭해요."

내가 그 연애판에 끼어든 것도 아닌데 먼저 등골이 서늘해진다. 20년쯤 뒤, 아들이 몇 번의 연애를 스칠 때마다 여러 명의 섭섭녀가 생겨날 것만 같아서 미안한 마음이 들기 시작했다.

아들의 데이트 리스트를 힐끗 훔쳐보자면 왠지 이럴 것 같다. 데이트 황금 시간대인 토요일 오전엔 모빌리티 뮤지엄에 가서 세상 희귀한 자동차 구경하기. 점심 식사로는 택시가 가장 많이 몰려들어 주차장을 꽉 채우곤 하는 기사 식당에서 국밥 먹기. 혹은 패스트푸드점에서 최애 음식인 감자튀김 하나로 한 끼 때워버리기. 어떻게 보면 분위기 근사한 곳을 고집하지 않는 데이트 스타일이 털털해 보여서 나름 반할 만한 포인트가 될 수도 있겠다. 밤에는 뚜껑을 활짝 연 스포츠카를 타고 한강 다리를 시원하게 질주하기. 자동차를 구매할 의사는 없지만, 여자친구랑 쇼핑하자며 자동차 전시장에서 큼지막한 패밀리카 아이쇼핑하기, 전자제품만 보면 흥분하는 아들이니까 하이마트나 이케아 등에서 가전제품 스펙을 꼼꼼히 따져 묻고 실제로 작동시켜 보기. 죄다 아들이 좋아하는 것만 잔뜩 모아 놨다. 영화관이나 공연장 방문 같은 데이트의 정석을 따라가지 않아서 연애하기에 새로운 맛이 있기도 하겠다. "오, 이 남자 뭐야. 색달라. 남달라."

자폐스펙트럼 청년의 색다름과 남다름 때문에 상대는 외로울 일이 많아질 수밖에 없다. 자꾸만 전자제품을 같이 보러 가자는 통에, 같이 혼수 준비라도 해보자는 건가 싶어 설레던 연인은, 만나는 날들이 켜켜이 쌓여가도 결혼 얘기를 꺼내지 않는 아들로부터 결국 거리감을 느낄지 모른다. 야심한 밤마다 스포츠카를 타고 드라이브를 가자는 통에 이보다 더 낭만적일 수 없겠다고 반했던 연인도 결국 깨달아버릴 것이다. 이 남자가 좋아한 건 '나와의 꽁냥꽁냥한 데이트'가 아니라, 진짜 '자동차' 그 자체였다는 것을. 혼자 있어도 충분히 행복한 아이가 누군가와 데이트한다면, 그건 진짜 '사랑하니까, 좋아하니까' 그런 걸 텐데, 자기 관심사와 흥미에 대한 집착이 워낙 견고하니 사랑하는 연인에게 오해받기 십상이다. 연인의 기분이야 어떻든 제 멋대로 구는데, 또 그게 은근히 매력 있어서 자꾸만 생각나게 만드는, 이른바 '나쁜 남자'의 탄생이다. 아들의 연애 현장에 탐정처럼 졸졸 따라붙어서 일일이 상대에게 양해를 구할 수도 없고, "얘야, 이럴 땐 이렇게 해야지" 하고 연애 훈수를 둘 수도 없는 노릇이니, 이걸 어찌하랴. 그저 아이의 장래 연인에게 미리 미안해하는 수밖에. "우리 아들이 진짜 좋아하는 거 맞아요. 상처받지 마요."

파트너가 가진 강렬하고도
특별한 관심사들에 대응하기 위해
신경전형인 파트너는 파트너가 필요할 때
그들을 현실로 돌아오게 하려고 애쓰다가
좌절감을 느낀다.

신경전형인 파트너는 종종
"저는 그 사람의 우선순위에서
맨 마지막에 있는 경우가 많아요"라고 토로한다.

- Lorna Hecker, 『우리는 신경다양성 커플일까요』[14] -

다시 그때 그 장소, 신촌의 굴다리 곁 알밥 여섯 그릇이 놓인 미팅 현장으로 간다. 만약 아들 녀석이 이런 자리에 온다면 어떻게 행동할까. 여러 가지 재료가 섞인 걸 끔찍이도 싫어해서 볶음밥만 봐도 눈물을 훔치는 아이인데, 알밥이 가당키나 했겠나. 다섯 명이 두런두런 알밥을 고르는 사이, 자기는 오늘 밥 생각 없다면서 다리를 꼬고 앉아 좋아하는 노래나 듣고 있었을지도 모르겠다. 또 그런 시크함에 설렌 언니들이 있었을 게 분명하고. 특정 공간을 당시 흘러나오던 선율과 연관 지어 기억하는 아이니까, 2차 장소로 옮겨 가던 길가에서 익숙하게 들었던 팝송 하나를 연신 흥얼거릴 것이다. 새하얀 피부에 커다란 헤드폰을 끼고, 노래도 높은 음을 거뜬히 소화하며 불러대니 아이돌 부럽지 않겠다. 연희동에 아이돌스러운 키 큰 청년이 떴다고, 그간의 썸녀들 다 집합시킬 각이다.

3 대 3 미팅의 끝에 애프터 만남이 성사되었다면 또 어떠했을까. 어떻게든 눈빛을 교환해 보려고 애쓰는 썸녀 앞에서 조립식 자동차 키트를 같이 하자 며 두 눈을 불태우고 있는 건 아닐지 모르겠다. 여자친구 될 사람이 뭘 좋아 하는지 묻지도 따지지도 않으니, 상대방은 이토록 쿨한 무관심에 점점 더 끌 리는 건 아닐까. "날 이렇게 대한 사람은 네가 처음이야" 같은 진부한 드라마 서사와 다를 게 없다. 어찌 보면 지극히 자기밖에 모르는 이기적인 연애 바 보인데, 운 좋게 얻어걸리면 희대의 나쁜 남자 같다는 착각도 든다. 양극단 을 오갈 것 같은 아들의 연애 캐릭터를 상상해보자니 어질어질하다가도 아 찔해진다.

"오랜만에 등원한 친구를
　오늘 만나자마자 꼬옥 안아줬어요."

아들의 만 3세 시절, 친구에게 관심 없을 줄로만 알았던 녀석이 웬일로 감 기로 오래 결석했던 친구를 꼭 안아줬더라는 낭보를 들었던 적이 있다. "오 오, 아들 벌써 여자친구 생긴 거야?" 우스갯소리를 덧대며 '피식' 웃었으나, 실은 알고 있다. 있어야 할 자리에 무언가 빠져 있다면 불안해하거나 허전 해하는 아들이기에, 수일째 결석하던 친구가 드디어 등원한 날은 '제자리를 채운 느낌'에 안정감을 느낀 걸 테다. 동생 손을 꼬옥 붙잡고 다니며 어디 딴 데로 가기라도 할까 봐 극진히 모시는 데는, 동생이 예뻐 죽겠어서라기보다 자기 옆자리에 위치해 있는 상태를 정답이라고 인지하는 마음 때문이다. 예상했던 틀이 어그러지면 스트레스를 받는 아이라서, 모든 게 예외 없이 제자리에 있기를 바라는 강박이 세다. 동생은 자기와 엄마 사이에 자리해야 하고, 반 친구는 당연히 그 교실 안에 있어야 아들의 시선에서 평화롭다. 그걸 알면서도 괜스레 호들갑을 떨어본다. "저희집 애가 그 친구 좋아하나 봐요. 우리 아들 벌써 연애하나 보네."

그 언젠가 찾아올 아들의 본격 '연애전'(傳이라 쓰고 연애 전쟁이라고 읽는다)을 상상하면서 아들을 향한 연애 조언 편지를 끼적거려 본다.

'아들아, 연애란 모름지기 상대방도 괜찮은 건지 그 〈마음〉을 읽어야 해. 상대방의 마음은 네 마음과 다를 수 있거든. 이 세상 사람들의 마음속 세계가 〈팔레트〉처럼 다채로울 수 있다는 걸 끄덕이는 연습도 해야 하겠지. 〈너랑 나〉, 세상에 단둘밖에 없는 것처럼 특별한 관계로 나아가고 싶다면, 가끔은 너만의 예민한 감각도, 집착도 살짝 내려두는 양보가 필요해. 그렇게 연습하면서 네 스무 살 봄날에 〈봄, 사랑, 벚꽃 말고〉 류의 썸, 몽글몽글 피어오르는 노래처럼 설렐 수 있을 거야. 물론 〈사랑이 잘〉 안 된다고 한숨 머금는 날도 찾아오겠지. 문을 쾅 닫고 엉엉 울어버리고 싶은 날이 오면, 나는 슬쩍 모른 척할 준비가 되어 있단다. 진흙탕 속에서 엉망이 된 연애에도 불구하고, 다음날 다시 일어나 〈가을 아침〉다운 상쾌한 공기로 숨을 고르며 또 다른 연애를 고대하는 회복탄력성이 있었으면 좋겠어. 그런 〈Someday〉에 도착할 그날을 엄마도 조용히 상상하며 응원해볼게.'

편지를 전하다 보니 오늘의 플레이리스트는 가수 아이유의 우여곡절 인생과 사랑을 담은 노래 일곱 곡으로 완성됐다. 때론 모태솔로의 순수함 그대로 품고 있어서 연애 바보인데, 가끔은 상대방에게 잔인하리만큼 무관심해 보여 애간장을 녹이는 나쁜 남자. 이 두 영역을 바삐 오가면서 철철 넘치는 매력을 무한 발산할 아들의 첫 연애를 응원해본다.

말해 뭐해,
쌍둥이 키우는 맛

　며칠 전, 두 아이의 태블릿 학습지를 시작했다. 아이가 영상 기기에 한번 입문한 이상, 일과 중 자꾸만 유튜브 아이콘을 누르고 싶어 하는 건 우리집만의 이야기가 아닐 것이다. '어차피 기기로 뭐라도 볼 거라면 학습 콘텐츠라도 보는 게 낫지 않겠어?' 좋아하는 캐릭터 애니메이션만 보겠다고 나서는 통에 영상 노출량이 적잖이 고민되던 엄마들은 다들 비슷한 생각일 것 같다. 90년대에 A4 용지 딱 절반만한 크기로 수학 학습지를 시작했던 나는 그렇게 아이들의 요즘 학습지, 태블릿을 골랐다. 두 아이가 각각 다른 회사의 학습지를 구독해야 이것저것 배로 누릴 수 있을 것 같아서 남매 각각 다른 태블릿을 선택했다. 그렇게 첫째의 노란 태블릿과 둘째의 파란 태블릿이 식탁에 나란히 자리를 잡았다.

　태블릿 학습지는 아이들의 시선을 단 하루 만에 사로잡기 충분했다. 엄마 아빠가 각기 문서 작업을 일삼는 랩탑을 흘낏 들여다보며 '따닥따닥' 타자 치는 흉내를 내던 아이들이었다. 아무리 오늘의 학습이 팝업으로 뜨는 숙제 같은 존재라고 해도, 제 자신만의 기기가 생기니 남매 모두 신난 건 말할 필요도 없었다. 요즘 기술력은 어찌나 좋은지, 4B 연필로 연산의 과정을 끼적여야 했던 종이 학습지 세대 엄마는 손가락 터치로 문제를 풀 수 있는 10.5인치 화면의 세계가 그저 신기했다. 아이가 우물쭈물 뭔가를 말하기만 해도 찰떡같이 알아듣고 "굿 트라이! 엑설런트!"라고 반응해주는 모습이 기특하고 고마웠음은 물론이다. 아이들 취향을 저격했으니, 첫 단추는 잘 끼운 셈이었다. 이제 약정 계약과 결제, 레벨 선택에 대한 고민만 엄마의 몫으로 남겨졌을 뿐.

그다음 단추를 잘 끼우려면 두 아이에게 꼭 맞는 난이도부터 잘 설정해야 했다. 그런데 만 6세 자폐스펙트럼 아이의 상중하를 고민하는 게 생각보다 쉽지 않았다. 아직 숫자와 한글 인지가 완벽하지 않으니 레벨을 한껏 낮춰 (하)부터 시작할지, 어린이집에서 접하는 내용이 고스란히 다시 나오는 (상)을 택할지 오락가락했다. 연령에 맞는 평균 난이도를 추천받거나 한두 살 정도 난이도를 확 낮춰버리면 그만 아니냐고 되물으실 수도 있겠다. 하지만 자폐스펙트럼 어린이의 '느림'은 그렇게 단순하지가 않다. 통글자 단어를 사진 찍듯이 기억하는 아이는 생각보다 꽤 많은 먹글자를 구별해서 읽을 수 있었지만, 그렇다고 '한글을 뗐냐'는 질문에는 감히 대답할 수 없을 만큼 빈틈이 많았다. 아이가 높은 숫자 단위를 줄줄이 읽길래 놀란 적이 있지만, 그렇다고 1+2=3 따위의 기본 연산까지 무덤히 해내는 건 아니었다.

한마디로 발달 영역마다 구멍이 많았다. 높은 단계에서 아는 것도 있지만, 아예 낮은 단계에서 모르는 것도 많은 아이였다. 느린 아이지만 마냥 모르는 것만도 아니요, 어린이집에서 가장 나이가 많은 형님반이라서 어물쩍 접한 것은 많았지만, 만 6세 아이치고는 스스로 할 수 없는 것도 많아서 하나의 레벨로 입을 모아 정하기가 모호했다. 첫째의 발달은 테트리스 판이 차곡차곡 메워지지 않고 여기저기 구멍 난 모양새 같았다. "어머님, 레벨 확정 지어주세요." 담당 선생님의 재촉에도 일주일을 꼬박 고민만 했다.

레벨 (상)과 레벨 (하), 적당히 중간 지점을 맞추자니, 딱 두 살 아래 동생

레벨과 다를 게 없었다. 26개월 터울의 아들과 딸을 낳았는데, 두 아이의 지점이 한 곳에 모이니 웃어야 할지, 울어야 할지 희비가 교차하는 지점이었다. 결국 태블릿 학습지 회사는 달랐지만, 매일 등장하는 '오늘의 학습' 난이도는 정확히 같았다. 한 아이가 이쪽에서 '가'로 시작하는 단어를 쓰고 있으면 건너편 태블릿에서도 'ㄱ'과 모음 'ㅏ'를 결합해 내는 원리를 노래로 설명한다. 학습지 풀다가 다른 것에 돌연 꽂힌 아들이 자리를 뜰 때면, 딸이 그 자리에 가서 오빠가 마치지 못한 학습지를 대신 풀기도 했다. 오늘의 분량을 다 못 마친 채 하루를 마감하면 아깝다고 탄식할 노릇인데, 두 아이 레벨이 같은 덕분에 상부상조하며 풀어대니 이래저래 돈 아까울 일은 없겠다고 생각했다.

두 돌 차 남매를 키우지만 쌍둥이 키우는 맛을 누리고 있다. 아들과 딸의 키 차이는 약 17cm, 체중 차이는 7kg 정도 나는데 각 영역의 그래프 곡선은 점차 간극을 좁히다가 결국 접점을 만들어냈다. 물론 인생을 26개월 먼저 살았으니, 첫째의 경험치는 둘째를 훌쩍 앞설 것이다. 오빠는 동생보다 수많은 자동차 브랜드를 섭렵한 지 오래다. 저 하늘의 뭉게뭉게 조각구름을 올려다봐도 2년 2개월이 더 많이 본 셈이다. 하물며 아이가 태어난 미국과 나의 친정, 한국을 오가느라 비행기를 탄 횟수만 해도 첫째가 세 번은 더 많다. 당시 코로나 검사 때문에 코를 찔렀던 횟수만 해도 첫째가 월등히 앞선다. 하지만 정작 영유아 검사 결과지에 등장하는 언어와 인지, 소근육 발달 영역에서는 둘이 사이좋게 비등비등하다.

"엄마, 오빠랑 나는 쌍둥이래."
"아니야, 오빠랑 동생이야."

하루는 둘째가 어린이집에서 쌍둥이에 대해 배운 모양이다. 같은 반 친구들 중 쌍둥이 비율이 꽤 높다 보니 그 닮은꼴이 신기했던 것 같다. 누구랑 누구는 쌍둥이라면서 친구와 친구를 엮어 둥이로 짝을 지어내더니, 이번엔 오빠랑 자기가 쌍둥이라고 외친다. "그건 아니야, 오빠랑 동생이야." 그냥 남매라고 하면 된다고 몇 번을 이야기해 줘도, 아이는 쌍둥이라는 단어에 완전히 꽂혔다. 같은 집에 살고 웃는 모습에서 비슷한 분위기가 풍기면 대충 쌍둥이겠거니 생각하는 듯했다. "쌍둥이는 아니야"라고 고개를 내저을 때마다 낄낄거리며 쌍둥이라고 우기는 딸 앞에서, 나도 모르게 최면에 걸린 것 같았다. '그래, 네가 그렇게 힘주어 말하지 않아도 나도 가끔 쌍둥이를 키우는 것 같단다.' 들리지 않을 목소리로 혼잣말을 새겼다. 남매 각각 성별도 다르고, 나이도 다르고, 태어난 나라와 코로나 시국을 보낸 절절한 마음의 농도도 다르건만, 너희들은 어떤 면에서 너무 똑같아서 쌍둥이 같기도 하다.

이 쌍둥이 아닌 쌍둥이들은 종종 뜻하지 않은 콜라보를 꾸려냈다. 각기 다른 태블릿 학습지의 레벨이 똑같아서 서로 맞바꿔 해도 제법 그럴싸하게 진도 유지가 됐던 게 끝이 아니었다. 첫째의 만 3세 시절, 어린이 서점에서 자연 전집을 강력 추천받아 샀건만, 둘째이 만 3세 시절이 돼서야 빛을 발하기 시작했다. 2년 전에는 관심 하나 없었던 첫째 녀석이, 동생이 한 권씩 개시하면서 비로소 옆에 나란히 앉기 시작한 것이다. 동생이 코끼리 책을 보면 슬그머니 관찰하다가 다음날 꼭 같은 책을 꺼내 들곤 했다. 동물이 됐든 식물이 됐든 동생의 개시는 오빠에게 '너도 한번 읽어봐' 하는 신호탄이 됐다.

'이런 효자, 효녀들을 봤나!'
구매해서 책장에 묵혀둔 지 2년이 족히 넘어가면서 아깝다고 애가 탔는데, 어찌저찌 뒤늦게라도 쌍둥이처럼 읽어 주니 참 다행이다. 첫째를 위해 글밥 많은 책을 따로 알아보고 레벨업 시켜주려 전집을 물갈이하지 않아도 되니, 책 옮기느라 힘쓸 일도 없다. 두 살 터울의 남매는 이렇게 독서 레벨

또한 비슷해서 하나의 전집을 돌려 읽히기가 편하다. 한 세트로 두 아이를 두루두루 커버할 수 있으니 이 또한 제법 그럴싸한 쌍둥이 효과였다.

"둘째가 두 돌 넘기면서부터 첫째가 할 수 있게 된 게 많아졌어요."

첫째가 자폐스펙트럼 진단을 받기 위해 일련의 검사를 거칠 때, 양육자 문답에서 가장 자주 입에 올렸던 문장이다. 여동생이 인생 2년 차, 종알종알 말을 하기 시작하고 놀이 기술이 늘자 덩달아 오빠도 동생 덕을 봤다. 한두 단어로 의사 표현을 하던 오빠는 동생이 쓰는 문장을 통째로 외워뒀다가 따라 말하기 시작했다. 자동차 장난감의 바퀴만 굴리거나 차만 길게 늘여 세우던 아들은, 동생의 지시에 따라 세차 놀이나 정비소 놀이 같은 역할 놀이를 곧잘 즐기기 시작했다.

키는 동생보다 17cm나 더 큰 녀석이 둘째가 시키는 대로 꼬박꼬박 조수 역할을 잘해내서 놀이는 대체로 평화롭게 흘렀다. 오빠도 처음, 동생도 처음이었다. 역할놀이의 경험치는 두 아이 모두 비스무레하니 첫째가 으스대며 가르치려 드는 일도 없었고, 둘째가 오빠 답답하다고 같이 하기 싫다고 샐쭉거릴 일도 없었다. 자동차에 한정돼 있던 첫째의 놀이는 슬슬 카페 놀이나 아이스크림 배달 놀이를 향해서도 나아갔다. 첫째가 비로소 해낼 수 있는 것들이 많아진 50개월 즈음, 그 성취가 가능했던 비결은 '26개월 터울의 동생이 두 돌을 넘겼다'는 사실과 맞닿아 있었다. 문답을 하면서 스스로 깨달았다. "그때 덩달아서 같이 컸나 봐요." 사회성 교실에 따로 보낼 필요가 없었다. 말해 뭐해, 이게 바로 쌍둥이 효과다.

상호작용을 잘하는 딸은 오빠보다 상황과 분위기에 맞게 말을 잘 주고받는다. 오빠가 지난날 엄마가 했던 말을 그대로 외웠다가 맥락에 맞지 않게 툭 던지면, 동생은 그걸 가만히 두고 보지를 않는다. "오빠야, 그거 아니잖아!" 동생은 갑자기 튀어나온 오빠의 돌발 문장에 맥락을 씌워준다. 밑도 끝도 없이 "물고기 안녕? 다음에 또 만나!" 하는 오빠 앞에서 동생은 "물고기? 우리 물고기 보러 갈까?" 하고 제안의 문장을 덧댄다. "이 녀석아, 갑자기 여기서 물고기가 왜 나와?" 이 말 저 말 들리는 대로 외워뒀다가 또 아무 말 대잔치 한다고 속이 잿빛으로 타들어 가는 엄마 옆에서, 동생은 재치 있게 의미와 상황을 짓는다. 40년 살아낸 애미보다 이제 겨우 40개월 넘긴 동생의 센스가 훨씬 낫구나 생각하는 지점이다.

리디아는 복잡한 사회적 기대 속에
자폐인들이 방향을 잡는 데
신경전형인 친구들이 도움이 될 수 있다고 말합니다.

신경전형인 친구들은
"자폐인이 한 주제에 관한 이야기를 너무 오래 했을 때
살짝 옆구리를 찔러 그만해야 될 때를
넌지시 알려 줄 수 있고,
자폐인이 말할 때 선택한 어휘가
의미했던 것과는 크게 다르게 들렸을 이유를
설명해 줄 수도 있습니다."

- 제나 겐식, 『자폐스펙트럼 아이에게 정말로 필요한 것』[15] -

끊임없이 들이댈 수 있는 동생이 참 고맙다. 그리고 그런 끈질긴 구애를 거뜬히 받아내는 오빠, 나아가 조금씩 다른 제안도 흘릴 줄 아는 오빠의 모습도 놀랍다. 남매가 입을 떼기 시작한 시기도, 상호작용하는 패턴도 사뭇 다르지만 그 둘이 영영 평행선만 긋고 있는 건 아니었다. 제나 겐식이 저서

에서 이야기한 것처럼 '살짝 옆구리를 찔러' 대화의 방향을 이끌어주는 건 동생이 담당했는데, 옆구리 찔린 오빠가 심드렁히 앉아만 있지 않았다는 게 포인트다. 대화 방향키를 쥔 동생에게 살뜰히 보답이라도 하듯, 둘째가 미처 몰랐던 단어의 힌트를 흘려 주면서 문장을 완성해낼 수 있게 돕기도 한다. 장애, 비장애 아이를 키우는 일은 만날 수 없는 직선을 품어내는 건 줄 알았는데, 둘은 때때로 부드러운 곡선이 된다. 자유롭게 선의 접점을 찾아가는 최강 한 팀이었다.

두 살 터울이지만 쌍둥이 키우는 기분으로 산다. 키 차이가 한 뼘을 족히 넘어선다고 해도 서로의 약한 부분을 채워주며 앞으로 나아가는 데는 두 아이의 '옆구리 찌르는' 정성이 비슷비슷하다. 이 두 아이의 스무 살과 스물두 살쯤을 뭉게뭉게 상상해본다. 키의 차이는 지금보다도 더 훌쩍 날지도 모르겠다. 성년이 된 아이들은 지금처럼 데구르르 온몸을 던져 뒹굴며 놀지는 않을 것이다. 그럼에도 맥락을 지어 선물하는 동생의 마음과 동생의 약한 부분을 슬그머니 채워주는 오빠의 마음은 여전하지 않을까. 하루 종일 자동차 피규어를 쓰다듬는 오빠를 향해 "드라이브 나갈까?" 제안하는 딸의 언어가 있을 것이고, 어쩌면 자동차가 고장나 망연자실 서 있는 동생 옆에서 말없이 고퀄리티 정비를 해주는 오빠의 몸짓이 있을 것이다.

두 번의 임신과 출산에는 분명 26개월의 격차가 있었는데, 서로 어우러지는 데는 아무 차이가 없다. 장애 아이의 발달이 느린 탓이 아니라 서로의 세계를 두드려주는 마음이 비슷한 탓이다. "오빠랑 쌍둥이는 아니야"라고 애써 고개를 저어 아이에게 알려줬던 날, 마음 깊숙한 곳에서는 '이것 참 쌍둥이 키우는 맛'이라고 흐뭇함을 새겼다. 40년 외동딸로 살아온 나는 쌍둥이 같은 남매가 내심 부럽다. 필요할 때마다 옆구리 찌를 수 있는 존재가 참 고맙다.

다양성의 안전지대, 미국을 만날 때

신경다양성 아이와
미국행

"동생, 앞으로 쭉 끌고 가. 옳지, 잘한다! 그렇지!"

아침 8시 10분. 평소 같았으면 어린이집 등원 가방에 아이들 물통을 챙겨 넣고 있을 시각, 뭐라도 좀 먹여 보내겠다고 아침 사과를 종종 썰어두고 시리얼 통을 달그락거리기 바쁠 시각에, 이미 인천공항 면세점 구역을 걷고 있었다. 곧 다섯 살을 맞는 첫째가 캐리어에 올라탄 동생을 끌고 제법 능숙하게 앞으로 나아간다. 아이가 탈 수 있게 디자인된 요즘 유행하는 캐리어는 나처럼 혼자 애 둘 끌고 장거리 비행을 하는 엄마에게 최적이다. 입력값만 징확하면 오차 없이 그대로 재현해내는 데 탁월한 큰애는 "동생, 앞으로, 쭉, 끌고, 가"라는 지시어에 그 어떤 명사와 동사, 부사도 생략하지 않고 출력값을 이행한다. 덕분에 둘째는 놀이기구 타는 기분을 건졌고, 나는 두 아이 짐을 바리바리 챙겨 쥘 양손을 아꼈다. 엄마 혼자, 또 아이 둘을 데리고 보스턴으로 향한다. 2025년 2월 마지막 주였다.

아이들을 데리고 한국과 미국 동부를 오간 지도 벌써 7회차를 넘었다. 한국과 미국을 오가며 어떨결에 '이중 육아' 생활을 하게 됐다. 우여곡절 스토리의 시작에는 우리 부부의 장거리 연애가 있었고, 남편의 취업과 나의 유학이 있었다. 결정적으로 코로나 시국과 미국 육아가 난데없이 합창을 하는 통에 빚어진 나의 타국 육아 우울증도 한몫했다. 남편의 직장도, 나의 유학 무대도, 나의 첫 출산 경험도 보스턴이었지만 미국에서의 신혼 라이프가 1년을 채 찍기도 전에 세상은 코로나 세 글자로 난리가 났다. 타국에서 맞닥뜨린 바이러스 시국은 가뜩이나 유학과 임신, 출산과 육아, 네 가지를 한꺼번에 이어가던 유학생 예비맘의 정신을 제대로 흔들어 놓았다. 멀티플레이만큼은 자신 있다고 자부했던 나였지만, '쿼드러플 플레이어'가 되어 코로나 세상에서 정신줄을 잡기는 힘들었다. 타이밍이 좋지 않았다.

여러 가지 탓을 하며 나는 한국을 참 자주 들락거렸다. 타국 육아에 지쳐 나가떨어진 '나부터' 심폐소생을 하자면 '한국 찬스'를 쓰는 것만이 유일한 동아줄 같았다. 미국에선 수백만 원씩 들여 데이케어를 보내야 한다니 엄두가 안 났는데, 한국에서는 정부 지원 어린이집에 아이 둘을 7시간이나 공짜로 보낼 수가 있었다. 친정에 엉덩이를 부비고 있자니, 외갓집 집밥으로 매 끼니 알차게 챙겨 먹은 덕분에 남매의 볼이 빵빵하게 차올랐다. 미국에서 오트밀과 시리얼, 과일 퓌레 따위나 간신히 챙겨 먹였던 우울한 엄마였으니, 비로소 살이 오르는 아이들이 반가웠다. 다 큰 딸이 친정 찬스만 쓰고 있자니 염치는 없었지만, 포기하고 싶지 않은 여유가 생겼다.

두 번의 임신과 출산으로 마비된 정신줄을 유들유들하게 회복하는 데 고국에서 꽤 긴 시간을 들였다. "미국에 언제 다시 들어가냐"는 재촉 섞인 질문을 지인들에게서 자주 들었지만, 다시는 오지 않을 회복의 타이밍이라는 걸 알았기에 그냥 배실배실 웃으며 "뭐, 들어가야죠" 하고 흘려들을 때가 많았다. 친정 엄마가 아이들을 살뜰히 살펴주는 사이, 나는 틈틈이 인생 제2막을 이어 갈 커리어를 찾았다. 새로운 자격증을 따고 경단녀 일상을 깰 줄 이력서를 다듬었다. 발달이 느린 첫째의 치료와 검사, 진단을 한국에서 먼저 진행한 덕분에 엄마로서 목소리를 낼 기회가 많은 것도 감지덕지였다. 미국에서 모든 걸 진행했다면, 영어가 여전히 능숙하지 않은 나는 늘 남편 뒤에 주뻣주뻣 서서 그림자 엄마를 자처했을 것이다. 영어를 잘하는 건 내가 아니라 남편이니까, 매번 나서기가 뻘쭘해서 또 자책하며 우울감 그득한 웅덩이를 팠을 게 분명하다.

다시 제자리로 돌아가야 할 타이밍이 슬그머니 찾아들기 시작했다. 신데렐라도 12시 땡하면 집에 가야 하고, 험악한 야수도 결국 사랑을 찾고 나면 다시 왕자가 되는 운명이지 않나. 모든 건 제자리로 돌아가게 돼 있고, 나도 아이들도 미국 집으로 돌아갈 준비를 시작해야 했다. 남편의 일터는 보스턴이었고, 아이들 각자의 이름표를 가지런히 달아둔 방도 미국 집에 있었다. 아이 둘을 키우는 엄마로서 익숙하고 편한 곳을 따지자면 한국을 이길 곳이 없겠으나, 고국에서 살자면 역으로 남편의 이직이 동반돼야 했고, 어렵게 마련한 우리의 신혼집도 이사를 해야 하는 더 큰 번거로움이 있었다. 억지스럽게 한국살이를 고집할 수 있는 핑계가 더 이상은 없었다. 그 사이, 첫째는 만 5세 생일을 바라보고 있었다. 아이가 곧 학교에 가야 한다는 의미이기도 했다.

'연착륙'이라는 단어를 자주 썼던 건 그 무렵이었다. 비행기나 우주선이 무리 없이 부드럽게 착륙할 수 있도록 이끄는 것을 의미하는 이 단어는 우리 가족의 기묘한 거주 형태를 풀어가는 데도 적용이 됐다. 미국과 한국을 자주 오고 가는 엄마로 사는 사이, 첫째는 자신이 태어난 미합중국 매사추세츠주보다 대한민국 서울특별시가 더 익숙한 어린이가 되어가고 있었다. 미국에서 첫 발화가 안됐던 아이가 한국에서 '빵'을 이야기하며 말을 트기 시작했고 미국에서 처음 시작된 응용행동분석(Applied Behavior Analysis, ABA) 중재를 아이는 역으로 한국에서 시작했다. 이미 한국 안에 편하게 스민 아이가 미국 초등학교에 적응해 가야 한다는 지상 최대의 과제가 우리 가족 앞에 덩그러니 놓여 있었다. 첫째는 자폐스펙트럼을 진단받은 아이였다. 아이들의 적응력은 빠르다지만, 학령기 학부모라는 정체성을 앞에 두고 나 역시 적응

대상에서 예외는 아니었다. 우리가 떠올릴 수 있는 단어는 '조금씩, 천천히, 부드럽게'가 유일했다.

아이 둘을 데리고 엄마 혼자 하는 미국행은 이른바 '천천히 친해지길 바라' 프로젝트의 일부였다. 미국에서 초등학교에 입학하려면 아직 수개월이 남아 있었지만, 우리는 학령기에 들어서기 전까지 간헐적으로 미 동부를 여행하듯 다녀오기로 했다. 전대미문의 바이러스 시국부터 임신, 출산, 육아와 유학을 쿼드러플 플레이하느라 지쳐 쓰러진 엄마의 번아웃까지, 여러 우여곡절 끝에 한국 생활을 메인 디시로 누려온 아이들이었다. 흑미죽으로 입맛을 다시며 '한식 9첩 반상'을 기다리던 아이들 앞에 갑자기 미디엄 웰던 스테이크 한 판과 고구마, 감자 따위의 사이드 디시까지 빼곡히 들어찬 '디너 패키지'가 등장한다면 황당하고 벅찰 게 분명했다. 밥과 나물 따위를 기다리던 아이들의 식탁 위로 간간이 샐러드나 오믈렛, 베이컨과 소시지 같은 아메리칸 블랙 퍼스트를 곁들여 주자는 작전이었다. 아주 조금씩, 미국의 맛에 익숙해지도록 이끄는 게 연착륙을 가능하게 하는 필수 조건이었다.

마침 미국의 초등학교도 특수교육대상자를 선정해 지원하는 절차가 한국과 닮아 있었다. 9월에 새 학기 시작을 앞두고 있다면, 최소 반년 전에는 학교의 특수교육 관계자들과 만나 일련의 평가를 진행하고, 지원 대상으로 적합한지에 대해 선정 결과를 기다려야 했다. 한국에서 어린이집 새 학기를 맞는 시점이었으나, 앞으로 마주할 미국 학교 라이프에 가까이 다가가려면 잠깐의 안락함은 내려둬야 했다. 한국의 또래 아이들이 새 학기 준비를 하는 2월의 마지막 주간, 아이 둘 데리고 혼자 미국으로 장거리 비행을 하는데 23kg을 꽉 채운 캐리어 다섯 개를 끌면서도 마냥 씩씩하게 공항을 걷던 내가 있었다. 14시간을 이코노미 좌석에 쪼르르 앉아 가도, 달콤한 쿠키에 커피만 무한 제공되면 끄덕없을 기내용 엄마 체력도 다행히 찔끔 남아 있었다.

아이들이 오랜만에 대면하는 미국 집이 낯설까봐 페파 피그나 블루이 캐릭터로 웰컴 기프트를 준비하는 애들 아빠의 꼼지락거림이 있었고, 또다시 타국 육아에 지쳐 나가떨어질까 봐 더 걱정인 와이프를 위해 "이젠 거울 좀 보고 살아도 좋다"고 화장대 선물을 마련해 두고 마중하러 나온 남편의 세심함이 있었다. 식구가 장거리 생활을 청산하고 '롱디' 패밀리를 '숏디', 아니 '노디'가 될 수 있게 연착륙하자는 목표 앞에서 남편과 나는 기가 막힌 한 팀이 되었다.

이이 둘의 손을 잡고 미국으로 향하는 마음은 그랬다. 돌아갈 곳이 있는데도 방황하던 시간이 길고도 길었다. 언젠가 우리 넷의 보금자리로 돌아가야 한다는 걸 알면서도, 영유아 키우기에 좀 더 편안한 한국 찬스를 누리는 시간이 생각보다 늘어졌다. "애들 학교 진학할 때까지는 한국 좀 최대치로 누려두고 와야 후회가 없다"는 선배 미국맘들의 말도 스치듯 던지는 농담인 줄 알면서 때때로 흘려버리면 큰일 나는 부적처럼 고이 넣어 가지고 다녔다. 마치 두 아이를 낳고 2년의 육아휴직을 두 번 엮어 쓰다 보니, 4년 만에 풀타임으로 복직하기가 너무 커다랗게 느껴진 것과도 닮아 있었다. 미국 집 주소도 명백하고 가는 길도 14시간 남짓으로 직항 노선까지 선명한데, 미국행에 이르는 내 마음이 정작 늘 뿌옇고 흐릿했다. 그곳으로 향하는 티켓은 있는데, 막상 그걸 품고 뚜벅뚜벅 걷는 걸음걸이가 어떠해야 할지 몰라서 자꾸 비틀거릴 것 같았다. 넘어질 것 같으니 자꾸 한국에 기대 버리는 편을 택했다.

자폐스펙트럼 아이, 그의 동생을 데리고 미국행에 나서는 나. 그리고 현지 시각 9시쯤, 보스턴 로건 공항 입국장에서 현지인의 소울푸드 던킨 도너츠 한 박스를 품고, 설탕 한 꺼풀 입힌 맛보다 더 달달한 기대감에 서성거리고 있을 남편. 네 식구 완전체가 함께 마주하는 미국 맛은 과연 어떠할까. 김동영 작가는 타국에서 길을 잃고 울고 앉아 있을 때, 갑자기 번쩍이는 불빛이 켜지면서 순찰차가 다가왔다고 했다. 중요한 건 경찰차든, 소방차든 차종이 아닐 거라 생각한다. 외로운 타국에서 혼자인 줄 알고 주저앉아 있을 때 작가를 찾아낸 누군가가 있었듯이, 환한 빛을 들고 내 곁으로 다가와 선 존재가 결국 있더라는 이야기를 두 번, 세 번 더 읽어내야 한다.

또다시 타국 육아. 초등학교, 자폐스펙트럼 진단과 장애 등록, 이중언어의 고단함, 아메리카노 톨 사이즈 한 잔을 8천 원 가까이 주고 마셔야 하는 잔혹한 물가. 어느 하나 만만할 것 없는 키워드 투성이지만, 함께 환한 불빛을 켜줄 사람들이 결국엔 나타난다고 믿어 본다. 머리카락이 잔뜩 헝클어진 채로 거니는 2월 말엽의 공항, 모처럼 미국에서의 연착륙을 단정히 꿈꿔보는 날이 있었다. 아이들과 지금 미국 집으로 가고 있다.

보스턴,
전 세계가 답을 찾는 곳

둘째를 출산하던 날 방영을 시작한 드라마 한 편이 있다. 〈이상한 변호사 우영우〉. 산후조리원에 머물면서 곧 불어닥칠 신생아 육아가 어마어마할 것이라고 잔뜩 긴장하던 나는 2주간의 출산 휴식을 취하는 동안, 몇 개의 드라마와 영화를 섭렵해야겠다고 마음먹었던 참이었다. 마침 이 작품은 아이가 태어난 날과 작품의 첫 방영일이 같아 반가운 느낌, 그 이상이었다. 당시 첫째는 이렇다 할 발화가 거의 없는 무발화, 발달 지연 영역에 서 있었다. 자동차나 바퀴, 물건 돌리기에 대한 집착이 예사롭지 않아서 공식 진단은 받지 않았지만 자폐스펙트럼 성향이 다분히 있겠다고 짐작했었다. 소위 느린 아이를 키우는 거북맘에게 자폐 변호사가 주인공인 드라마는 남의 이야기 같지 않았다. 둘째가 신생아실에 누워 있던 때부터 막 50일에 가까워질 무렵까지 나의 육아는 우영우와 늘 함께였다.

〈이상한 변호사 우영우〉와 진짜 인연이라고 느꼈던 순간은 드라마 10화에서였다. 자폐스펙트럼이지만 비상한 암기력으로 법전을 통째로 외워 천재 변호사로 일컬어지던 우영우 앞에 엄마가 등장한다. 영우가 몸담고 있던 로펌 '한바다'와 경쟁 로펌이었던 '태산'의 대표 태수미가 바로 영우의 친엄마란다. 극중 영우의 엄마는 법무부 장관 후보자로 청문회를 앞두고 인생 최대의 기회 앞에 서 있다. 이런저런 가족사가 공개되면 영우에게도, 자신에게도 불편한 상황이 펼쳐질 것이라 우려했는지 전 연인이자 영우의 아빠를 찾아가 이렇게 이야기한다.

- 드라마 <이상한 변호사 우영우>[2] 중에서 -

보스턴? 거기 우리 아들 태어난 곳인데! 영우의 러브스토리를 기대하고 있던 차에 갑자기 미국으로 떠나라고 해외 출국 카드를 꺼내 드는 친모의 선언이 뜨악하기는 했다. 그럼에도 나와 우영우 사이에 또 하나의 접점이 있다는 사실이 참 반가웠다. 이 드라마, 나랑 진짜 인연인가 봐. 인생 드라마가 여기에 있었다고 무릎을 쳤다. 보스턴은 남편이 나와 장거리 연애를 이어가던 중 첫 직장을 잡은 곳이며, 나의 서른셋, 미국 유학 도전이 펼쳐진 꿈 같은 무대이기도 했다. 결혼 후에는 보스턴 근교의 자그마한 아파트에서 신혼 생활을 시작했다. 유학과 동시에 임신과 출산을 자연스레 겪어내면서 첫째를 낳은 곳이기도 했고. 코로나 시국의 뉴스를 처음 맞닥뜨리고 집콕 라이프를 이어갔던 곳도 미 동부 보스턴이었고, 아이의 발달이 예사롭지 않다고 체감하고 소아과 의사로부터 주 정부의 조기 중재 프로그램(Early Intervention)을 받아보라고 권유를 받은 곳도 바로 여기였다. 내게 보스턴은 롱디의 설렘과 만학도의 열정, 출산의 감동과 전염병에 관한 위기와 공포가 모두 뒤범벅된 애증의 도시였다.

보스턴, 실은 내게 한숨의 영역일 때가 더 많았다. 또래들보다 발달이 더딘 데다 예민한 감각 때문에 작은 것에도 자지러지는 아이를 육아하느라, 나 역시 까칠 지수가 하늘을 찍던 날들이 있었다. 그 마음고생, 몸고생을 그쪽 하늘 아래에서 몰아서 하느라 누군가 BOSTON이라는 알파벳 조합을 발음하기만 해도 긴장 모드가 되곤 했다. 남들은 고혹적이고 우아하다고 사랑에 빠지는 동네, 하버드와 MIT가 있어 공부하러 가고 싶다고 애를 태우는 도시인데, 나는 독박 육아에 허덕거리며 사연 많은 그림자까지 마스크 안에 품고 있어야 해서 늘 어두컴컴한 영역이었다.

그런데 하필 태수미는 왜 딸에게 보스턴으로 가라고 했을까. 런던과 파리, 베를린이나 취리히, 영우가 근무할 해외 지사를 핑계 대지 않더라도 로펌 대표 엄마가 멋들어지게 딸을 해외로 내보내자면 그럴듯해 보이는 선택지가 많지 않았을까. 영우의 엄마가 족히 14시간쯤 비행기를 타고 가야 하는 미국 동부를 골라냈던 데는 이유가 있을 것 같았다. 최대한 한국에서 멀리 떨어진 곳을 골라야겠다고 다짐한 게 전부였을까. 태산의 해외 지사를 콕 집어 보스턴으로 설정한 드라마 작가도 뭘 좀 알고 있는 게 아닐까. 영우가 좋아하는 고래를 실컷 보고 즐기라고 뉴잉글랜드 아쿠아리움의 '웨일 워칭(Whale Watching)' 프로그램이라도 염두에 뒀던 걸까. 보스턴은 자폐스펙트럼 성인이 미물기에 정말 특별한 무언기기 있는 것 같다고 상상을 부풀렸다.

첫째를 데리고 보스턴 어린이 병원(Boston Children's Hospital)에 방문했다. 이곳에 계신 한국인 교수님 한 분과 초진 스케줄이 잡혀 있었다. 한국에서는 이전 해 겨울, 이미 일련의 검사를 거친 뒤 자폐스펙트럼 진단을 받은 아들이었지만, 남편의 일터가 보스턴에 있는 이상 우리 가족이 앞으로 걸어갈 본 터전은 미국이었다. 첫째가 태어난 미국으로 돌아와 현지 초등학교에 입학하고 특수교육대상자로 지원을 받기 위해서는, 현지 의료진에게서 다시 진단을 받아야 했다. 미국에서는 특정 분야 전문가 한 명을 만나려면 수년을 대기해야 할 만큼 그 절차가 그야말로 꽉 막힌 고구마 속도라는데, 운이 좋게도 2년 대기하는 게 기본이라던 보스턴 칠드런스에서 우리가 간절히 만나

뵙기를 희망했던 교수님과 예약이 잡혔다. 우리 가족에게는 두 번째 보스턴 칠드런스 방문이었다. 첫째의 두상 교정을 위해 마스크를 칭칭 동여매고 이곳에 왔던 날로부터 꼭 3년 반쯤이 흐른 날이었다.

보스턴 어린이 병원의 슬로건은 보는 순간부터 심장을 쿵쿵 울렸다. 자폐 스펙트럼은 세계적인 권위자를 만나 외래 진료를 반복한다고 해서 치료가 가능한 것도 아니고, 어떤 신비한 약물을 복용한다고 해서 관련 증상이 사라지는 것도 아니다. 그럼에도 불구하고 '답을 찾는다'는 말은 아이에게는 편안함을, 부모에게는 여유를 선물하는 치유의 언어였다. 우리 아이가 자폐라는데 앞으로 어떡해야 하지? 막연하고 두려울 법한 수많은 물음표 앞에서 답을 찾는 공간이라고 말해주는 이 한 문장은 그 자체로 힐링이었다.

병원의 슬로건을 완벽하게 이해라도 한 듯, 병원에 가는 날 아들의 발걸음도 가벼웠다. 3월 초엽의 공기는 여전히 차갑고 날카로웠지만, 보스턴 어린이 병원 입구를 향해 뜀박질하는 몸짓만큼은 부드럽고 따뜻했다. 첫째가 들뜨니 둘째도 덩실덩실, 때마침 병원 안 텔레비전에서 좋아하는 〈페파 피그〉 애니메이션까지 틀어주니 아이들은 그야말로 신이 났다. 아이들이 좋다 하니 애미 애비도 대기실에서 마냥 웃었다. 네 식구 중 누구 하나, 자폐스펙트럼 두 번째 진단을 앞두고 긴장하거나 먹먹해하는 사람이 없었다. 아이들은 병원이 위치한 브룩라인(Brookline)을 지나는 전철을 보며 흥분한 듯 콩콩 뛰었고, 흥이 더 오르면 깔깔대며 한국에서 배워 온 동요를 불러댔다. 너희, 병원 온 거 맞니? 여기는 심지어 소아정신의학과 신경의학을 다루는 꽤 진지한 층이라고.

자, 여기에서부터 조금 더 집중! 미국과 한국이 다른 결정적 지점은 바로 진단 이후에 있었다. 한국에서는 자폐스펙트럼이라고 진단받은 뒤 부모가 찾아 해야 할 일들이 산더미지만 미국에서는 진단받는 순간부터 의료진과 보조 스태프들, 거주하는 지역의 기관들로부터 적극적인 소통 구애를 받는다. 나, 안 그래도 영어로 전화가 걸려 오면 여전히 얼어붙는 사람인데, 자꾸 전화가 걸려 오는 통에 때로는 부담스럽기까지 했다. '아니, 뭘 또 이렇게 살뜰히 챙겨주고 그러세요.' 아이 진단 위로금으로 엄청난 재정 지원을 해주는 것도 아니고 자폐스펙트럼 증상에 도움될 대단한 신약이 개발됐다는 홍보도 아닌데 "괜찮냐, 힘든 건 없냐"고 물어오는 전화에 설사 안 괜찮았어도 자꾸만 괜찮아지는 느낌이었다. 타지에서 이토록 챙김을 받는 느낌이라니, 귀찮고 불편했던 마음은 차츰 반가움과 고마움으로 번져 나갔다.

"아이가 진단받은 이후에
 일상에서 힘든 부분은 없었나요?"

"자폐스펙트럼에 대해
 더 필요한 정보가 있나요?
 앞으로 어떤 도움을 더 받고 싶나요?"

나도 한국에서 공인행동분석가로 일하고 있고, ABA 치료사로 행동 중재를 하고 있다고, 우리 아이의 행동 패턴에 대해 이미 잘 이해하고 대처할 수 있다고 배경 정보를 줬음에도 보스턴 사람들은 나를 가만히 내버려 두지 않았다. "엄마가 오티즘 행동 중재를 해왔으니 물론 더 잘 알겠지만요" 하고 단서를 내걸면서도 타지에서 어려운 일이 생기거나 심리적으로 불편한 일이 있으면 언제든지 알려달라고 한다. 아이가 미국에서 기관을 다녀본 적이 없어 사회성 기술을 훈련할 기회가 있으면 좋겠다고 하니, 수십 분에 걸쳐 이런저런 정보를 알려주고 백여 페이지에 달하는 자료를 이메일로 쏘아준다. 아니, 상담은 너무 고마운데 말이지, 아이에 대한 사뭇 진지한 이야기들을 영어로 나누고 있자니 토플 리스닝이나 리딩 영역을 푸는 것만 같아서 머리가 어질어질할 때도 있었던 건 안 비밀로 하겠다.

자꾸 걸려오는 영어 전화가 좀 불편하다고 남편한테 장난스레 볼멘소리를 했더니, 이 다정한 반려자는 그러한 내 마음을 득달같이 전달한 모양이다. 아이 엄마인 나와 통화할 때는 한국어 통역사까지 붙여 삼중 전화를 걸어주는 게 바로 대륙의 스케일이었다. 한국에서는 치료 센터를 알아보는 것부터 신경다양성 아이 육아에 대한 스트레스와 마음 관리까지 전부 내 몫이었는데, 이곳 사람들은 자꾸 그 짐을 나누자고 선을 넘는다. 아니, 뭐 이런 적극적인 사람들이 다 있을까 싶다. 내 아이가 신경다양성이라는데 마치 다들 가족처럼 나서주고 있다. 아이 한 명을 키우려면 온 마을이 필요하다는데, 한국에서는 자폐스펙트럼이라고 인정하는 순간, 온 마을이 슬슬 피해 다니지 않았나. 보스턴의 이런 선 넘기는 적극 환영이다.

결국 이런 몸짓들은 병원의 슬로건이 지향하는 바를 그대로 보여주고 있었다. 전 세계가 답을 찾는 이유가 딴 게 아니었다. 신경다양성 아이를 키워 나가는 몫이 단지 엄마 아빠만의 짐이 아니라고, 자폐스펙트럼이라는 자칫 무거워 보일 수 있는 진단명을 쥐더라도 함께 걸어주는 동반자들이 이렇게나 많다고 기꺼이 손잡아 주는 사람들이 있었다. 그 친절함 앞에서는 엄마 아빠의 국적이나 피부색, 고급 영어를 능수능란하게 구사하는지 여부는 문제가 될 게 없었다. 그리고 그 공간 속에서 내 아이들이 활짝 웃고 있었다.

이중 국적의 아이라 어떨결에 두 번을 진단받아야 했던 운명. 두 번째 진단의 날은 그 무게감이나 한숨의 밀도도 두 배쯤 될 것이라 오해할 수도 있겠다. 하지만 우리는 그 어떤 날보다 많이 웃었고, 네 식구의 발걸음도 업텐션의 리듬감 속에 동실동실 떠다녔다. 병원 일정이 끝난 뒤, 한국에서 '오늘부터 1일'이라고 선언했던 것처럼 가장 마음에 드는 카페를 골라 커피 두 잔과 주스 두 잔을 야무지게 홀짝이며 기념일처럼 놀았다. 웃고 떠드는 데는 다른 날들과 별반 다를 게 없었다.

생각해 보니 나는 결혼 전부터 이미 영화와 드라마를 통해 보스턴을 특별하게 기억하고 있었다. 작품을 통해 들여다본 보스턴은 내게 크게 두 가지로 기억된다. 영화 〈굿 윌 헌팅〉[3]에서 맷 데이먼의 보스턴, 〈날 미치게 하는 남자〉[4]에서 지미 펄론의 보스턴. 첫 작품부터 떠올리자면 주인공 윌 헌팅(맷 데이먼 분)과 숀 교수(로빈 윌리엄스 분)가 나지막이 대화를 나누며 치유의 첫 시작점을 찍은 장소, 보스턴 퍼블릭 가든이 두 눈에 아른거린다. "나를 찾아 내면의 이야기를 해야 한다"며 차분히 강조하던 교수 숀이 있었고, 그 이야기를 가슴에 담고 천천히 마음을 열어가던 윌이 그 곁에 있었다. 범죄와 학대로 엉망진창 얼룩져 버린 날들을 딛고 주인공이 가능성을 확인할 수 있노록 이끈 MIT가 있었고, 진짜 사랑에 빠지게 만든 하버드 근처의 바도 여기에 있었다. 영화 속에서 보스턴은 상처투성이가 된 개인이 회복을 시도할 수 있는 공간이자, 무언가에 진득하게 빠져들어 사랑할 수 있는 공간이었다.

영화 〈날 미치게 하는 남자〉의 벤(지미 펄론 분)은 펜웨이 파크에서 보스턴의 홈팀 레드삭스(Red Sox)에 푹 빠져 있는 야구 덕후로 등장한다. 한 개인이 어디까지 그 지역의 상징을 사랑할 수 있는지 최대치를 보여주는 것 같다. 린지(드류 베리모어 분)와 벤의 우여곡절 연애담을 보여주는 로맨틱 코미디 작품이지만, 소심하기 짝이 없었던 소년이 레드삭스를 응원하면서 내면의 불안을 잠재우고 살아가는 맛을 얻어내고야 말았던 뒷이야기를 알고 나면 이 도시가 얼마나 순수한 사랑과 열정을 이끌어내는지 눈치챌 수 있다.

바로 이게 보스턴이었다. 윌과 벤 모두 자기 자신의 본모습을 들여다 보며 각각 사랑하는 사람과 애정하는 홈팀으로 인생의 쓴맛을 치유해 가는 공간이었으니, 보스턴은 영화 속 주인공들에게도 결국 '답을 찾는 곳'이었다.

어쩌면 우영우에게 법무법인 태산의 보스턴 지사로 건너오는 삶도 꽤 괜찮지 않았을까. '전 세계가 답을 찾으러 오는' 기운을 듬뿍 담은 동네니, 남자 친구인 국민 섭섭남과 장거리 연애를 해야 한다고 해도 꽤 그럴듯한 신경다양성 연애가 내공을 더해 갔을 거라고 흐뭇한 미소를 떠올린다. 커리어 면에서도, 러브스토리를 풀어가는 데 있어서도 그들 나름대로 답을 찾을 수 있었을 거라고 상상해 보면서 말이다. 〈이상한 변호사 우영우〉 시즌 2가 제작된다는데 새로운 시즌이 자꾸만 만들어진다면, 회복과 치유의 도시 보스턴에서 그 해외 편도 촬영할 수 있기를 사심 담아 기대해 본다.

　우리집에 신경다양성이 삽니다

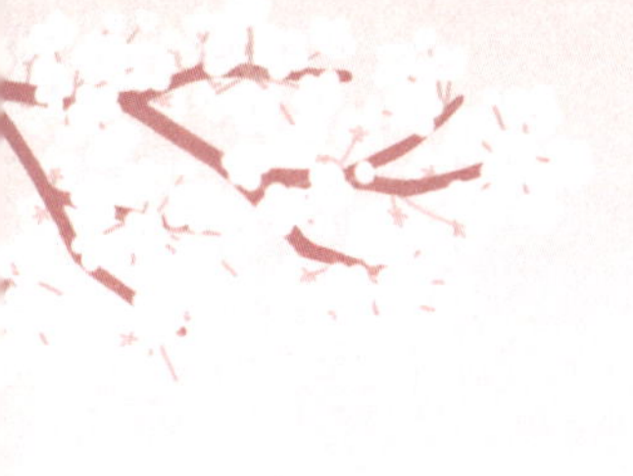

아파트 키즈가
주택을 만났을 때

"여기는 엄마 집, 여기는 아빠 집."

늘 복잡함으로 들끓는 잠실역과 잠실대교 남단 사이, 총 서른한 개 동이 들어찬 낡은 아파트 단지가 하나 있다. 내가 열두 살 무렵에도 곧 재건축에 들어갈 거라는 뉴스가 입에 오르내리던 곳이었다. 단지 내 초등학교 친구들과 10년 뒤에 이 학교에서 만나자는 약속을 하다가도, 재건축 때문에 온통 공사판이 되어버리면 과연 만날 수나 있겠냐며 아파트가 아닌 다른 접선 장소를 물색하곤 했다. 그 걱정의 언어를 주고받은 게 30여 년 전인데, 여태 재건축은 이뤄지지 않은 동네다. 덕분에 우리집 아이 둘을 데리고 오랜만에 추억의 아파트 단지를 찾았다. "527동은 엄마 집이고, 526동은 아빠 집이었어." 몇 주 전부터 겨우 열하나에서 스물까지 세기 시작한 아들인데, 뭔가 특별한 장소라는 걸 눈치라도 챈 듯, 오백이십칠과 오백이십육을 발음해보겠다고 입술을 씰룩거리며 애를 쓴다. 나와 남편은 잠실의 낡은 아파트 단지에서 나란히 초중고 시절을 보낸 이른바 '잠실 아파트 키즈'다.

삼십 년이 넘도록 아파트만 짝사랑했다. 나의 초중고 시절과 대학생, 취준생 시절까지 다 받아 준 잠실의 아파트 단지를 넘어, 춘천에서 아나운서 생활을 이어가면서도 방송국에서 가장 가까운 아파트를 물색했다. 여기자 선배와 PD 선배, 전임자 모두 거쳐갔다는 아파트는 단지를 지칭하는 이름도 예뻤지만, 깔끔하고 단정한 분위기가 흠잡을 데 없었다. 남향인지 동향인지 잘 기억나지 않지만, 8층이 받아내는 햇살량도 과하지 않고 딱 적당했다. 어린 시절 다 보낸 구축 아파트에 비해 새것이다 보니 아직 손을 많이 타지 않았다는 걸 증명이라도 하는 듯, 욕실에 들어설 때마다 반짝거리는 세면대에 기분이 산뜻해지곤 했다. 구축이든 신축이든, 아파트 말고는 다른 선택지를 떠올려 본 적이 없었다.

미국에 와서 그 오랜 사랑이 깨졌다. 보스턴 근교에 직장을 둔 남편과의 첫 신혼집은 학교와 가까운 곳에 위치한 낮은 층의 아파트였다. 서른한 동이 자리할 만큼 대규모 부지라거나 2호선 잠실역 같은 초역세권은 아니었지만, 크기만 아담했을 뿐 어린 시절을 다 보낸 그 구축 아파트처럼 곳곳의 산책로가 예뻐서 마음에 들었다. 처음 살아보는 1층의 느낌도 그럭저럭 나쁘지 않았다. 윗집 아이들이 쿵쿵 뛰어다니는 통에 첫째 임신 중 적잖이 스트레스를 받았던 것만 빼면, 그래도 익숙한 아파트의 형체였으니까 견뎌볼 만하다고 생각했다. 정작 우리 부부를 못 견디게 만든 건 하루가 다르게 치솟는 아파트 월세였다. 보스턴 중심부에 비해서는 근교 지역이었음에도, 전세 제도가 없는 미국에서 다달이 나가는 월세는 신혼부부에게 큰 부담이었다. 400만 원에 육박하는 월 임대료 앞에서 노답이었던 날들, 결국 남편은 결단을 내렸다. "우리 가족을 위한 싱글하우스를 찾겠어."

마음을 먹었다 하면 끝을 보고야 마는 독기쟁이 남편이 드디어 우리가 살 집을 찾아냈다. 학군이 나쁘지 않다는 구역에 뒷마당이 큼직한 이층집을 찾고 그 계약을 성사시키기까지, 코로나 시국 속에서 나 홀로 집 찾기 전쟁을 벌였던 남편에게 우리의 첫 싱글하우스는 디즈니 성처럼 반짝거리는 공간이었다. 반면 치솟는 아파트 월세 속에 피할 길이 없는 선택이었다 해도, 아파트 키즈의 정체성을 꼬박 지키며 살고 싶었던 나는 나날이 억울했고 짜증이 났다. 여태껏 아파트살이 잘 해왔는데 갑분 주택이라니! 한국에서 잠시 신축 아파트 친정 찬스를 쓰다 미국에 다시 돌아올 때면 어색하기가 이루 말할 수 없었다. 관리사무소도 없고 헬스장도 없고, 커피 한 잔 홀짝일 커뮤니티 카페도 없다. 내겐 이것도 저것도 마음에 안 차는 흠집투성이 공간이었다. "우리, 다시 아파트 살면 안 될까?"

싱글하우스로 이사를 하고 나서야 인생 처음 깨달았다. 공간이 관계를 만들고 다지는 데 엄청난 영향력을 가진다는 것을. 결혼 3년 차를 맞았는데도 여전히 동상이몽의 날들이었다. 같은 공간에 살고 있는데도 집을 대하는 마음이 애초에 다르니, 하루가 다르게 남편과의 관계가 틀어지기 일쑤였다. 우리의 싸움 리스트만 쓱 살펴봐도 예측할 만하다. 첫째, 애가 계단에서 넘어졌잖아. 아파트 살면 이런 일도 없었을 텐데. 둘째, 뜨거운 물이 왜 갑자기 안 나와? 이거 어떻게 고쳐? 아파트라면 온수 끊길 일도 없었잖아. 셋째, 집에 벌레가 왜 이렇게 많아? 무당벌레만 오늘 스무 마리도 더 잡았어. 넷째, 옆집 잔디 깎는 소리 때문에 애가 낮잠을 못 잤어. 내가 그래서 오늘 얼마나 피곤한 줄 알아? 다섯째, 다른 집들은 잔디가 파릇파릇한데 우리집은 왜 이렇게 누리끼리해? 관리도 못 할 거면서 도대체 왜 이렇게 마당 큰 집을 선택한 거야? 주택이 싫은 이유를 나열하자면 백 개도 댈 수 있을 것 같았다. 이렇게 우리의 첫 집은 완전히 망했다고 생각했다.

말이 좋아 미국에서 싱글하우스지, 내겐 늘 싸움거리가 끊이질 않는 전투 현장이었다. 스케치북에 "우리집을 그려보세요"라고 말할 때, 네모난 본체를 그리고 세모 지붕을 얹은 뒤 그 옆으로 나무 두어 그루, 꽃 세 송이, 잔디밭의 삐죽거림을 덧대면 완성되곤 했던 그림 속 집 한 채가 바로 미국의 우리집이었는데 그림책처럼 평화롭지가 않았다. 지하와 반지하, 1층과 2층이 옹기종기 맞닿은 아담한 주택이 눈앞에 있었는데도, 나는 그곳에서 늘 불편함과 고달픔, 낡고 빛바랜 나뭇결과 삐걱거리는 계단 소리를 읽었다. 도대체 여기에서 언제 벗어날 수 있을지 계산하는 데 온통 혈안이 되어 있었다. 한국에서 신축 아파트의 엘리베이터를 타는 사람들을 끝없이 부러워하면서, 지하 주차장을 쓱쓱 내려가는 동선을 SNS로 흘낏거리며, 정작 우리집에는 정을 붙이지 못했다.

인생은 반전의 맛이 있기에 살아볼 만하다. '싱글하우스'가 지독하게 싫어 전혀 다른 다섯 글자, '신축아파트'를 읊조리기만 하던 내게 또 다른 변수가 찾아들었다. 바로 '신경다양성'이라는 다섯 글자였다. 첫째가 걸음마가 서툴던 시절에는 2층으로 향하는 계단에서 꽈당 넘어졌다고 화가 머리끝까지 났던 집, 온 동네 여기저기 잔디를 깎는 시즌이 되면 청각이 예민한 아이를 끌어안고 재난 경보라도 울린 듯 가슴을 졸여야 했던 그 집이 서서히 파라다이스처럼 느껴지는 순간이 생기기 시작했다. 불만투성이 아내를 위해 신축 하우스 비스무레하게 내부 리모델링을 해보자고 남편이 결단을 내린 것도 아니었고, 우리집으로 향해 코너를 돌아올 때마다 마치 '얼른 여기 와서 살라'고 손짓하는 것 같던 그 아파트를 결국 계약하기로 한 것도 아니었다. 마음을 윷놀이하듯 철퍼덕 바꿔낸 건, 정말 별것 아닌 일상 속 한 장면이었다. 바로 아이들이 뜀박질을 하기 시작했다는 것.

"얘들아 제발 뛰지 좀 마."
"야야, 던지지 마. 조용히 좀 해."

한국 친정에 들어와 머무는 동안 아이들은 신축 아파트를 누렸지만, 그건 곧 아이들에게 싫은 소리 릴레이를 펼쳐야 할 내 운명을 암시하기도 했다. 엄마 3년 차쯤에는 첫째만 뛰었는데, 5년 차가 되고 나니 아이 둘이 짝꿍을 먹고 뛰는 판이다. "뛰지 마. 던지지 마. 소리 지르지 마." 아파트에서 내가 아이들에게 가장 자주 하는 말은 이 세 가지로 함축됐다. 내가 용수철을 낳았나. 태교를 트램펄린에서 한 것도 아닌데, 아이들은 조상님들 중 육상 선수의 DNA라도 내려받은 듯 참 부지런히도 뛰어다녔다. 잔소리 세 개를 합친 효율적인 다섯 글자를 참 많이도 내뱉었다. 아.쫌.하.지.마. 아이들이 엄마 흉내를 내보려고 폼을 잡으면, 높은 음부터 잡고 신경질적으로 리듬을 탔다. "아 쫌 하지 마!" 이 다섯 글자가 아이들이 긍정적인 마음을 꾸려가는 데 해로울 것을 알면서도 핸드폰처럼 당연히 달고 사는 일상이 이어졌다. 일생 꾸준히 애정해 온 아파트에서 말이다.

특히 신경다양성 첫째는 극도로 불안하거나, 정반대로 흥분감이 치솟을 때 콩콩 뛰어오르며 해소하는 아이였다. 층간소음이 걱정돼 친정집에 태권도장을 방불케 할 정도로 두꺼운 매트를 처덕처덕 깔아두었는데도, 마음이 놓이지 않는 날들이 많았다. 유독 아이들 거주 인구가 많은 단지였던 덕분인지 웬만한 콩콩거림 정도는 너그러이 이해해주는 분위기였지만, 첫째가 바닥을 두드리거나 물건을 던지며 청각 추구에 빠지기라도 하는 날엔 아랫집 컴플레인을 받은 것도 아닌데도 이미 신경이 미리 끝까지 곤두섰다. 늘 언제 터질지 모르는 폭탄을 안고 있는 느낌이었다.

아이들이 어떤 몸짓을 펼치려 할 때마다 바람 빠진 풍선처럼 이내 쪼그라들도록 이끌어야 하는 일상이 슬슬 답답해지기 시작했다. 틈틈이 다양한 감각을 채워 줘야 24시간 평화가 스미는 아이인데, 감각 추구라도 할라 치면 시끄러울까 봐 걱정이 앞서서 제지하기 바쁜 날들이었다. 집 안의 세탁기나 공기청정기, 주스 믹서기 소리에 심취하는 게 아이가 그나마 편안히 누릴 수 있는 감각의 전부였다. 혹시라도 넘어질까 봐 신경을 곤두세워야 했던 계단 라이프를 벗어나, 골드빛 엘리베이터를 매일 스르륵 타면 되니 안전하다고 생각했고, 분위기 좋은 아파트 커뮤니티 룸에서 남이 타주는 커피 한 잔을 받아 쥐면 육아 힐링에도 소소한 보탬이 되지 않겠냐고 생각했다. 맞는 말이다. 하지만 조금 특별한 아이를 키우면서 안전과 힐링을 떠올리는 기준은 조금 달라야 했다.

미국에 들어와서 또다시 마주한 싱글하우스, 아이들이 마음 놓고 뛰어다닐 수 있는 잔디가 비로소 보이기 시작했다. 그간 관리에 손을 놓은 탓에 아이들 허벅지까지 닿을 것 같은 잔디 높이를 보고, 여기가 진짜 풀밭이기는 한 건지 애초에 밀림이었던 건 아닐지 분간이 안 될 정도였던 건 안 비밀로 하겠다. 이제 그런 건 문제 될 거리가 아니었으니까. 옆집 잔디색은 청록색인데 우리집 잔디가 누리끼리하다고 속상했던 건 20개월도 안 된 아기를 키우던 엄마의 여유였다는 걸 깨달았다. 두 아이가 물감을 쏟아부어서 잔디가 빨간색이나 파란색으로 물든대도, 일곱 살, 다섯 살 언저리의 아이를 키우기엔 여기가 더 안전해 보였다. "아 쫌 하지 마!" 다섯 글자를 넣어두고 '헤헤헤' 같이 따라 웃을 수 있는 공간, 아이들이 하루 종일 뛰고 뒹굴고 소리 질러도 아랫집 눈치 볼 일 없이 그 모든 몸짓을 허락할 수 있는 공간이었으니까. 나는 싱크대에서 갓 씻어낸 머그컵에 캡슐 커피 한 잔을 내려 마시며 바라보면 될 일이었다.

무엇보다 시시각각 건강한 감각을 채워가기에 제격인 공간이었다. 오전 6시쯤엔 2층 창문을 타고 들려오는 새소리 알람에 눈을 떴고, 오후 5시쯤엔 뒷마당으로 이어지는 테라스에서 강아지를 산책시키는 가족들의 수다 소리가 들려와 하루가 다 저물었음을 짐작했다. 신축 아파트 단지의 최신 인테리어 감성이 담긴 놀이터는 아니었지만, 우레탄 마감이 아닌 잔디 위에서 아이 둘은 실컷 햇살을 받으며 다람쥐를 쫓아다녔다. 숲체험 클래스를 따로 등록하지 않아도 앞마당, 뒷마당 곳곳에 부지런히 피어나는 꽃나무를 관찰하는 재미도 풍성했다. 유튜브로 좋아하는 캐릭터 영상을 찾아보지 않아도 볼 게 차고 넘쳐나니, 타이머를 쥐고 "언제까지 볼 거냐"고 실랑이를 할 필요도 없었다. 대리석 바닥의 차고 딱딱한 감각을 추구하며 짓던 멍한 표정, 가전제품의 윙윙거림에 귀를 갖다 대며 흥미로워하던 표정이 사라졌다. 아이가 굳이 추구하지 않아도 아이 곁으로 찾아와주는 자연의 온갖 감각이 이 집에는 있었다.

두 번째 집에 온 이후
두 사람은 집에서의 기분 좋은 순간을
차곡차곡 모으고 있다.

뜨거운 물에 몸을 담갔다 나오는 순간
맞는 바람의 시원함,
수 공간을 보며 멍때리다가 발견한
나무의 절묘한 그림자,
책 읽다 고개를 돌렸을 때
눈에 들어온 괘칭힌 하늘 같은 것들.

- 정경화, 「디자이너 부부가 두 번의 집 짓기를 통해 얻은 것」[5] -

미국의 싱글하우스는 그냥 단독 주택, 아파트의 반대말에 그치지 않았다. 어쩌면 신경다양성 아이를 위한 공감각 주택이었다. 전 주인이 물려주고 간 뒷마당 그네를 30분쯤 내리 타다가 지겨워질 때면, 그 자리에 발라당 누워 하늘을 올려다보며 새파란 감각을 채웠다. 다람쥐들이 앞마당에 찾아와 사부작사부작 먹이를 까대기라도 하면 첫째는 둘째를 대동하고 창가에 한참을 달라붙어 귀를 기울였다. 민들레 홀씨라도 발견하는 날엔 그 보송한 씨앗을 살살 매만지는 느낌에 푹 빠져서 옷이 온통 하양투성이가 되기 일쑤였고,

또 어디에서 본 건지 돗자리를 질질 끌어다가 마당에 깔더니 좋아하는 젤리를 동생과 나눠 먹는 맛도 즐겼다. 5월 한가운데 자연을 품은 주택에서 하고 싶은 걸 다 하는 아이들에게 딱 '봄 냄새'가 났다. 신경다양성 아이도 인생 두 번째 마주한 우리집에서 기분 좋은 순간을 차곡차곡 모으고 있었다.

"더 놀고 와. 계속해도 돼. 이것도 좀 해봐."
'아 쫌 하지 마' 다섯 글자 돌림노래만 불렀던 엄마의 언어가 바뀌기 시작했다. 층간소음 때문에 이웃에게 방해가 될까 봐 연신 걱정을 품었던 아파트 키즈 엄마는 비로소 주택의 매력을 알아버렸다. 네 글자에서 다섯 글자로, 또 여섯 글자로 음절 수를 늘려도 모두 아이를 제지하는 잔소리가 아니었다. 또 해도 된다고 허락하고, 다른 걸 시도해도 더 재밌을 거라고 제안한다. 이쯤하면 공간은 엄마의 다정함 레벨도 바꿔내는 힘이 있음을 깨닫는다.

오늘은 아이들을 위해 앞마당 한편에 돗자리를 먼저 깔아두기로 한다. 집을 직접 짓고 소소한 자연을 만끽하는 순간을 즐긴다는 디자이너 부부처럼 오늘의 바람과 저 높은 하늘과 네 식구가 깔고 앉은 영역에 스며들 그림자까지 온 힘을 다해 느껴보기로 한다. 우리집 신경다양성 아이만큼은 아니겠으나, 그 소소하고 섬세한 감각이 얼마나 아름다운 것인지 오감을 활짝 열어 느껴보겠노라고 빨간 체크무늬를 활짝 열어 젖혔다. 동화책 속 예쁜 피크닉 매트가 아니라도 괜찮다. 은색과 회색의 중간 그 어디쯤의 돗자리도 자유롭게 뛰놀다 잠시 숨을 고르는 데는 상관이 없다. '이웃에 방해가 되지 않는 선에서' 몸을 잔뜩 움츠리고 놀아야 했던 아이들이 이제야 실컷 '춤'을 추는 것 같다. 이맘때 아이들을 위한 '보편적인 노래'는 이렇게 불러줘야 하는 게 아닐까 싶다. 오늘 야외 무대의 배경음악은 이 모든 노래 제목을 품은 '브로콜리너마저'의 1집 앨범 당첨이다.

햇살 예쁘면 문 열고 나가서 뛰놀면 되고, 비가 주룩주룩 내려도 섭섭해
하지 말고 지붕 아래 공간에서 자전거 타며 작은 원을 그릴 수 있는 일상. 그
소소한 재미를 그리느라 타국 땅 자그마한 주택에 사는 맛도 나름 괜찮아지
고 있다. 아이들과 함께라면 싱글하우스도 제법 마음에 든다.

다정함이
기본값입니다

"아우, 좀 잡아주지. 진짜!"

아이 둘과 외출을 할 때면 손이 모자랄 때가 많다. 한 손에는 아이들 간식과 우유가 한 보따리 담긴 보냉백을 들어야 하고, 다른 한 손에는 아이들이 잘 논다 싶을 때 잠깐이라도 내 작업을 할 노트북과 책 한 권 정도는 꼭 챙겨든다. 이런저런 일상 소지품을 챙겨 넣은 백팩을 둘러메는 것은 디폴트값이다. 왼손, 오른손, 등과 양쪽 어깨까지 정사각형 구도로 짐을 싸 들고 다니는데 자동문이 아닌 구역을 만날 때면 '아이고' 신음소리부터 나온다. 아이들은너도나도 먼저 들어가겠다는데 나도 따라 들어가야겠고, 지나가는 사람들은휙휙 지나가버리기 바쁘다. 한국은 늘 바쁘고 바지런한 세상이니까 다들 그러려니 하면서도 왠지 속상한 마음을 지울 수가 없다. 괜히 툴툴거리면서 소심하게 불만을 담아본다. "저기요, 문 좀 잡아주세요."

"여기 참 미국이었지" 하고 무릎을 탁 치게 되는 풍경은 크게 두 종류다. 첫째, 아이들과 횡단보도를 건널 때. 둘째, 아이들과 건물 입구로 들어서며닫힌 문을 밀 때. 우선 길을 건너겠다고 마음먹었을 무렵, 저 멀리서 달려오던 차가 내 마음을 진작에 읽기라도 한 듯 멀찌감치에서부터 속도를 줄이다가 천천히 정차한다. 아이 둘을 데리고 길을 건너려면 시간이 좀 걸리는 통에 "차 먼저 지나가세요!" 휘적휘적 손짓을 해도, 파란 눈을 한 할아버지의 큼직한 손짓이 결국 나의 서툰 양보를 이긴다. 고맙다고, 고맙다고 연신 고개를 꾸벅 하며 종종걸음으로 지나는데, 선글라스를 낀 얼굴 틈새로 싱긋 쿨한 미소를 짓는 운전자는 정말이지 너무 멋지지 않나.

자동차로 온 세상을 해석하곤 하는 자폐스펙트럼 아들과 도로에 나설 때는 처음부터 끝까지 바짝 긴장해야 한다. 차에 시선이 꽂혀버려 도저히 자박자박 걸을 생각이 없는 우리집 신경다양성 아이를 데리고 꾸역꾸역 길을 건너는 데에는 상당한 체력이 든다. 공간 구별 않고 발레 동작을 정성 들여 하면서 사뿐사뿐 걸어야 하는 동생도 붙들어야 하니 오죽하겠나. 아이 둘 끌어 잡고 도로를 건너는 데 이렇게 오래 걸릴 일이냐고 한숨을 쉰다. 속이 시꺼멓게 타 버린 엄마의 심정은 아는지 모르는지, 아이들은 멈춰 선 차 앞에서 "헬로, 하와유!"를 열 번 남짓 외쳐댄다. 이러쿵저러쿵 난리법석이 따로 없다.

그 모든 과정 속에서 우리가 길을 거의 다 건너 인도에 겨우 올라설 때까지, 멀찍이 멈춰 섰던 차는 미동도 않는다. '뭐, 지겨우니 핸드폰이라도 보시겠지' 싶지만, 슬쩍 넘겨본 차의 보닛 위로 우리를 향해 눈을 떼지 않는 노부부의 해사한 미소가 아른거린다. 한국에서 두 아이의 발바닥이 인도에 닿기도 전에, 기다렸다는 듯 쌩하니 출발해버리던 자동차의 굉음은 너무도 무례하게 느껴질 때가 많았다. 3초만 더 기다려주는 이곳 어르신의 차 덕분에 애둘맘은 그저 감격스럽다. 아이들을 인도 위로 간신히 올려보내고 뒤돌아서서, 땡큐와 목례가 뒤범벅된 국적 불명의 짬뽕 감사 인사를 건넨다. "땡큐 쏘 머치. 땡큐."

둘째, 카페에 들어설 때 단 한 번의 예외도 없이 문을 오래도록 붙잡아 준다. 여기서 주목해야 할 건 '오래도록'이다. 어쩌다 내가 문을 밀어젖히며 들어설 때 뒤이어 따라 들어오는 사람이 너무 가깝게 선 탓에 어쩔 수 없이 1초쯤 더 문을 잡아주는 정도가 아니다. 문 안쪽에서, 문 바깥쪽에서 서로 경쟁하듯 문을 잡아주는 통에, 아이와 함께 카페에 들어설 때면 그 문은 1분도 넘게 열려 있는 것 같다. 꽤나 장시간 열려 있어서 카페 안이 필요 이상으로 과하게 환기되는 건 쾌적한 실내 환경을 위한 보너스 되시겠다. 사장님 눈치, 안쪽에 자리 잡은 고객들 눈치를 살피느라 눈치의 여왕이 될 법한데, 도대체 그 누구도 불편한 기색이 없다. 다들 자기 일들이 너무 바쁜 건가. 아니면, 너무 불편해서 아예 투명인간 취급하기로 약속이라도 한 걸까.

소위 '문 여닫기 강박'이 있는 자폐스펙트럼 아이의 경우, 공공장소의 출입문에서 이슈를 빚을 때가 많다. 드라마 〈이상한 변호사 우영우〉의 회전문 씬을 기억하는가. 매 순간 뱅글뱅글 돌기를 반복하는 회전문 앞에서 엉거주춤한 몸짓으로 타이밍을 맞추려고 뜸을 들이다가 겨우 동그란 문 안으로 들어가곤 했던 우영우. 공간과 공간을 잇는 문 앞에서 하나, 둘, 셋 숨을 고르고 간신히 넘어서는데, 그럴 때마다 문은 엄청난 높이감을 자랑하는 뜀틀이나 철창이 매섭게 둘러쳐진 장벽처럼 보인다. 자폐스펙트럼 아이가 그렇게 행동하는 사이, 주변인들의 표정은 날 서 있을 게 뻔해서 내 등골이 다 저릿했던 장면들. "저 아가씨 왜 저래? 뭐 문제 있는 사람 아니야? 문 앞에서 거참 거슬리네." 하루에도 최소 열 번이 넘는 문을 마주하는데, 힘껏 붙잡아주기는커녕 따가운 눈총만 보내고 있는 어른들이 있을까 봐 얄밉다. 앞에서 배려해달라고, 기다려 달라고 꼿꼿이 고개 세워 따지지도 못할 거면서 괜히 구시렁구시렁거린다.

열린 문은 모두 닫혀 있어야 하고, 닫힌 문을 몽땅 활짝 열어젖혀야 직성이 풀리는 경우도 있다. 모든 문을 통제하고 싶은데 자동문이라도 맞닥뜨릴 때면 재앙이 따로 없다. 우리집 아이도 예외는 아니다. 공항 게이트마저 제 손으로 닫겠다고 난리를 쳐대는 통에 공항에서 민망함이 뻗쳐오르던 게 하루이를 일이 아니니까. 문 앞에서 까불다가, 혹은 제 맘 같지 않다며 주저앉아버리거나 아예 누워버릴 때면 민망한 것도 잠시, 열리고 닫히는 문에 다칠까 봐 또 애가 탄다. "아휴, 진짜 이러다가 다친다고." 문 앞에서 과하게 울고, 넘치게 웃는 현실 속에서 기꺼이 문지기가 되어준 미국의 어른들은 내게 영웅이다. 아이가 흥분을 가라앉히고 진정을 찾을 때까지 천천히 기다려주는 어른들의 손길은 미국에서 흔하고 소박하면서도 가장 감동적인 모먼트였다. 또 서툰 영어로 감사함의 최고 레벨 표현을 찾아내 전한다. "땡큐, 땡큐 쏘 머치."

그들은 어째서 그토록 다정한가? 미국 학교는 교과목에 '다정학 개론'이라도 있는 걸까. 타인에게 친절할 수 있는 수십 가지의 방법론이라도 꼼꼼히 다루는 것만 같다. 간헐적으로 깜짝 실습이나 팝업 퀴즈라도 실시하는 탓에 다들 카페나 식당에서 문을 정성 다해 잡아주는 몸짓에 사활을 거는 걸까. 친절함을 감사함으로 간결하게 맞받아치면 될 것을, 고국에서는 미처 경험하지 못 했던 배려를 연이어 겪다 보니 물음표부터 품는 게 습관이 되었다. 두 아이를 데리고 다니느리 말라깽이 아시아 여인이 땀을 삐질삐질 흘리며 육아 전투를 벌이는 모습이 너무 안쓰러웠나? 혹시 가게에 미스터리 쇼퍼라도 등장해서 아이를 동반한 가족들에게 얼마나 친화적인 분위기를 만들어내고 있는지 매의 눈으로 살펴보고 있나? 그리하여 타 고객을 가장한 이들이 문지기라도 자처하고 있는 걸까? 친절의 이유를 캐는 상상의 향연이 끝도 없이 펼쳐진다. 그간 '훅' 닫혀 버리는 문 앞에서 얼마나 억울한 적이 많았는지, 역으로 '여긴 도대체 왜 문을 꽝 닫아버리는 사람이 없느냐'고 한풀이라도 해대는 것 같다.

"문 잡아주는 어른들을 보고 자랐잖아.
거꾸로 다시 잡아줄 수 있는 거지."

친절의 이유를 뜨문뜨문 캐는 아내를 보다가 남편이 심리상담 교수님 특유의 마음 분석력으로 힌트를 준다. 좋아하는 카페에 데려다 달라더니, 돌연 '왜 이렇게 여긴 친절한 거냐'고 물음표만 찍고 있는 모습에 돌연 느낌표를 찍어준다. 그런 풍경을 경험하며 자랐으니 그대로 해낼 수 있다는 이야기였다. 엄마 아빠와 카페에 들어설 때마다 기분 좋게 웃어 주는 얼굴들을 바라보며 자란 아이들은 그와 꼭 닮은 미소를 다시 피워 올린다. 조금이라도 더 안전하게 지날 수 있도록 적당한 압력을 가해 두툼한 유리문을 기꺼이 잡아 준 어른들은 아이들의 머릿속에도 한 장의 귀한 사진처럼 고이고이 남고야 마는 것. 그런 카페의 기억을 품고 자란 아이들은 그 어떤 이방인이 지나도 같은 배려를 자연스럽게 꺼내 들 수 있을 것이라는 말에 절로 고개가 끄덕여졌다. 선의는 선의를 부르고, 누군가의 다정한 태도는 전염력이 있다.

때로는 쉽지 않을 것이다.
그러나 다정함은 선택이다.
그것은 용기 있는 선택이다.
우리는 다정해서 강해질 수 있고,
강하니까 다정할 수 있다.

- 안젤라 센, 『나는 다정함을 선택했습니다』[6] -

문 좀 잡아달라고 애원하는 눈빛으로 신호를 보내도 '남일'이라고 여기면 그만 아니던가. 본인의 입장이나 퇴장을 뒤로 미뤄가면서까지 아이들의 난리법석 블루스를 함께 바라봐 주는 어른 곁으로, 때로는 넘사벽의 성숙함이 아른거렸다. 진짜 어른이라면, 찐 다정함을 꿈꾸고 있다면 '이러한 몸짓을 선택해야 하는 거구나' 다짐하는 씨앗이 되어준다. 단지 한 개인이 매우 착해서, 인성이 훌륭해서, 좋은 학교를 다닌 덕분에 우아한 예절을 잘 알아서

가 아니었다. 어릴 때부터 '나도 경험해봤으니까' 베풀 수 있는 여유가 늘 실려 있었다.

문도 잡아주고, 물도 따라주고, 심지어 아이가 호기심에 문을 열고 홀라당 밖으로 나가버리면 엄마인 내가 아이를 미처 못 잡을까 봐, 밖에서 잠시 지켜봐 주기까지 하는 공간. 그러한 배려를 내보이는 데는 대한민국의 아이들이든, 남미 권역의 아이들이든, 인종도, 국적도, 세부적인 피부색이나 눈동자 빛깔도 기준이 될 게 없었다. 아이의 번잡스러움을 탓하기보다 아이가 문의 무게에 밀려 다칠까 봐 물리적 압력을 서로 견뎌주는 사람들. 잠시나마 문을 잡아주는 어른을 만나고 나면 카페 안에서의 모든 순간이 '고마워 미치겠는 기분'으로 꿈틀거린다. 그날의 빵도 맛있고, 커피 향도 일품이다.

한국이었다면 이미 직원에게 서너 번 제재를 받았을 것만 같은, 아이와의 카페 나들이. 문 여닫기에 바쁜 어른들 틈에서 애 둘 성가시다고 불호령이 떨어질까 봐 눈치껏 빨리 빠져나가야겠다고 엉덩이를 수십 번도 들썩거렸을 순간들. 문 좀 잡아주는 게 뭐 그리 대단하다고 한껏 설레고 들띠시는 오늘은 아이들과 이 카페에 아주 조금만 더 쉬었다가 자리를 떠도 괜찮겠다고 마음먹는다. 의자 안쪽 깊숙이 엉덩이를 바짝 붙여 앉고 손바닥에 턱을 괴며 나지막이 중얼거린다. "아, 뭐야. 여기 진짜 왜 이렇게 다정해!"

어떰결에
나도 도서관맘

미국에서 첫째를 낳고 갈 곳이 없었다. 아이를 낳은 것도 처음인데, 미국에서 1년을 꼬박 살아내는 것도 처음이었다. 게다가 한 세기에 있을까 말까한 바이러스 시국, 코로나도 처음이었다. 처음이라는 것들이 트리플 속도로 탕, 탕, 탕 찾아오니 몸이 향할 곳도 없고 마음 둘 곳도 없었다. 없는 것 많은 미국에서 그저 방황하는 나날이었다. 돌도 되지 않은 아이와 코로나 시국에 외출할 엄두가 나지 않아 늘 집콕 라이프였던 건 말해 무엇하랴. 집순이인 나도, 집돌이인 남편도 정말 집에만 있다 보니 결국 감정의 찌꺼기가 쌓여 틈틈이 해소할 타이밍을 놓쳤다. 우리 부부는 사소한 일에도 '쨍' 하고 폭발해버리곤 할 때가 많았다. 부부 사이에 평화로운 기류는 좀처럼 흐르지 않았다.

그 외중에 그나마 유일한 해방구는 동네 도서관이었다. 가깝고 돈도 안 드는데, 집에서 미리 내려온 커피 한 잔을 들이키며 아무도 방해하지 않을 것 같은 외진 자리에 앉아 활자를 쓰다듬어 내릴 수 있는 고요한 공간이었다. 오늘은 어떤 책을 빌려와야겠다고 단단히 계획해두고 나서지 않아도, 헝클어진 마음을 잠시 풀어내는 데는 효과가 탁월했다. 남편이 재택근무를 하는 목요일만 되면 아기를 맡겨두고 '폴짝' 날아오르듯 집에서 가장 가까운 도서관으로 향했다. 어서 오라고, 뭐 하나 얼른 골라서 결제해보라고 바짝 다가

    우리집에 신경다양성이 삽니다

서는 직원이 없으니 부담스럽지 않은 곳이었다. 카페와 달리 서너 시간 넘게 오래 머물러도 눈치 볼 필요가 없어서 그 맛에 자꾸만 향했다. 코로나 시국에 딱히 갈 곳 없는 이방인의 외로움을 다 받아주기에 도서관 같은 곳이 또 없었다. 현지 원서를 읽어보겠노라 서가 곳곳을 뒤적거리며 의지를 다진 것도 아니건만, 나는 그렇게 동네 도서관의 단골이 됐다.

　그로부터 꼬박 3년 뒤, 코로나 시국을 훌훌 지나 아이 둘을 데리고 다시 미국을 마주했다. 아, 그랬었지. 여기는 없는 게 너무 많은 곳이었다. 미국을 떠나 고국에서 친정 찬스를 쓰는 사이, 잠시 잊고 있었다. 물론 한국만큼 엄마 아빠가 커피를 마시며 쉬기 좋은 카페가 군데군데 있어주리라 기대하진 않았다. 하지만 체험형 키즈 클래스나 대학생 아르바이트 선생님들이 너무 잘 놀아주는 키즈카페는 한국 육아 중 유일하게 숨 돌릴 수 있는 달콤한 돌파구 아니었던가. 누군가에게 '툭' 외주를 주고 커피나 홀짝거리는 육아 스타일에 너무 익숙해져버린 게 틀림없다. 키카와 문센 찬스를 무한정 쓸 수 없는 미국에서 하루를 마감할 때면, 이불 속에 누워 있는데도 방금 달리기 경주를 마친 사람처럼 숨이 차서 히덕거리기 일쑤였다.

"엄마, 오늘은 또 어디로 가요?"
　아침 9시만 되면 나가자고 운동화부터 신어대는 두 아이는 내게 늘 마땅한 외출 장소를 찾아내야 하는 긴급 과제를 안겨주는 것 같았다. 한국에서 주 5일 꼬박 어린이집을 다녔던 것처럼 서둘러 나서느라, 그 과제는 시계가 아침 8시 30분을 가리킬 무렵이면 결단력 있게 마감을 해야만 했다. "자, 오늘 우리가 갈 곳은 말이야…." 아이 둘은 마치 월드컵 경기 조 발표를 앞둔 것만큼이나 기대에 찬 얼굴로 두 눈 반짝이며 집중했다. 한국과 미국, 두 나라를 왔다 갔다 하느라 미국에서는 아직 이렇다 할 기관에 정착하지 못한 터였다. 반스앤노블에서 책 구경을 하고, 홀푸드에서 서양 과자 구경을 하는 것도 하루이틀이지, 매일 소비와 지출 놀이로 시간을 때울 수는 없었다. 뭘로 또 하루를 버틴담. 아이들 데리고 갈 데가 없다고, 이놈의 미국 육아 막막하다고 툴툴거리기 바빴다. 이것도 없고 저것도 없다고 화만 내고 있던 차에 옆 동네에서 알고 지내던 동생이 메시지를 보내왔다. "언니, 도서관이요!"

육아에 있어서나 미국 경험에 있어서나 선배인 그녀, 그 순간만큼은 내게 무한 언니였다. 우리 동네에서 가까운 도서관 리스트는 물론이고, 각 장소를 들를 때마다 함께 방문해보면 좋을 놀이터, 공원, 식당의 목록까지 줄줄이 정리해 보내줬다. 이 갸륵한 정성에 방금 전까지 '애들 데리고 갈 데 없다'고 삐죽 나왔던 입술에 슬그머니 힘이 빠졌다. 이렇게 친절한 사람이 있나. 아무 무기도 없던 전장에서 땅속 깊이 묻혀 있던 비밀 병기를 발견한 느낌이었다. 미국 육아 도저히 못 해 먹겠다고, 한국에서처럼 아이들 좀 살뜰히 봐주는 공간 따위는 진정 없는 거냐며 폭발하기 일보 직전이었던 나는 눈썹에 한껏 힘을 주고 '한국보다 너무 별로'라고 따져 물을 전의를 상실했다. "애들아, 오늘은 도서관이야. 근데 조금 멀어. 저어기 먼 동네 도서관."

또다시 도서관이 있어 다행인 날들이 찾아왔다. 한국에서도 구마다, 동마다 도서관 하나쯤 마련해두곤 하지 않나. 우리가 몸담은 매사추세츠주에도 각 시마다 도서관 하나씩은 꼭 품고 있었다. 렉싱턴 도서관, 챔스포드 도서관, 앤도버 도서관 등등, 송파구립도서관이나 강동중앙도서관처럼 익숙한 지역명이 아닐지라도 '도서관, 라이브러리'로 단정하게 끝나는 목적지명은 안정감을 주기에 충분했다. 어딜 가나 어린이들을 반겨줄 수 있는 '칠드런스존'이 자리할 거라는 믿음이 있었고, 여기에도 유모차나 아기띠의 번거로움을 감수하면서까지 찾는 엄마들이 상당해 함께 눈빛 교환할 수 있는 기회도 있었다. 방문하는 사람의 국적이 어디든지, 이 도서관이 타국 언어의 책을 몇 권이나 소장하고 있는지 상관없이 모여드는 무대였다. 어쩌면 미국에서 만날 수 있는 공짜 문센인 셈이었다.

　미국이 품은 면적이 워낙 방대한 덕분에, 이 넓은 땅덩어리의 나라에서는 엄마들이 차를 끌고 이 지역, 저 지역을 '휙휙' 오가는 게 일상이었다. 마치 잠실에서 여의도로, 하남에서 과천으로 다니는 게 뭐 별거냐는 식이었다. 집에서 5분 컷 도서관만 다니자니 정말 별게 없어서 지겨워지던 참에 나도 그 '별것'을 시도해보자고 작정했다. 미국에 사는 엄마들은 체력이 유난히 짱짱하니까 장거리 운전도 마다않고 아이들을 끌고 다니는 건 아닐 것 같다고 어렴풋이 짐작했다. 제법 멀게 느껴지는 지역도 기꺼이 넘어가 도서관을 탐색하는 데에는 그만큼 커다란 가치가 숨어 있다는 의미로 읽혔다. '그래, 다시 한번 다녀보자. 도서관!'

　그날부터 기관에 안 다니는 꼬맹이 백수 아이들과 매사추세츠주의 도서관 탐방이 시작됐다. 가는 곳마다 잘 살펴보니 요일마다 백화점 문화센터의 정규 학기를 방불케 하는 아이들 클래스가 있었다. 동화책도 읽어주고, 어쩔 때는 댄스 타임도 있단다. 대게 도서관 내부 키즈룸에서 진행하는데, 날씨가 허락하면 바깥 잔디밭에서도 한다니 소풍 가는 기분도 낼 수 있겠다. 한국에서는 유료로 진행하는 영어 클래스를 일부러 찾아다니기까지 하는데, 여긴 영어가 디폴트값이니 학원비도 굳는 셈이라고 빠르게 계산해둔다. 먼 거리를 달려와야 하니 기상 시간을 좀 당겨야 하는 피로감이 있고, 주유비 소모도 꽤나 있겠으나 이것저것 따져봐도 이보다 더 가성비 좋은 놀이터가 또 있을까 싶다.

　"그래도 현지인 텃세가 좀 있지 않을까?"
　쓸데없는 걱정은 이방인의 어쭙잖은 낯가림에 불과했다. 미국에서 만난 도서관의 맛은 내 고정관념을 깨기에 충분했다. 보스턴 시내 중심부의 공공 도서관, 보스턴 퍼블릭 라이브러리(Boston Public Library)는 특유의 초록빛 조명등으로 그 자리에 있는 사람 모두를 하버드 학생이 되도록 이끌 것만 같은 집중의 현장이기도 했지만, 다른 층에는 유모차가 쉰 대는 족히 넘게 모여든 것 같은 공동 육아의 현장이 있었다. 우리 아이들 웃음소리가 이 구역에 방해가 되진 않을까 숨죽이며 들어갔는데, 정반대로 쿠션에 드러눕고 바닥을 굴러다니며 웃음을 터뜨려도 괜찮은 공간이었다. 동네 터줏대감들이 점령하고 있는 키즈 클래스에 영어가 자유롭게 터질 리 없는 아이들이 괜히 기웃거리다 눈칫밥만 잔뜩 먹고 돌아오면 어쩌나 걱정했는데, 이 또한 쓸데없었다. 주춤주춤 서성거리는 나와 아이들에게 '들어오라고, 들어오라고' 애타게 손짓하는 도서관 직원의 방긋거림만이 그곳에 있었다. 아무리 유아 전용 구역이라 해도 도서관이라면 늘 '쉿' 제스처를 달고 살았던 한국에서의 경험치는 잠시 '털썩' 내려두어도 괜찮은 공간이었다.

보스턴 중심에서 조금 더 멀리 떨어진 소규모 도서관을 방문했을 때도 '진짜 키즈 프렌들리'를 외치기에 손색이 없었다. 직원이 이런저런 도서관 안내 리플렛을 쥐여주던 차에 반가운 단어도 만났다. 와우, 도서관 키즈존에 뉴로다이버시티(Neurodiversity) 안내서가 따로 있다니! 이보다 더 반가울 수가 없다.

자폐스펙트럼이나 ADHD 등의 아이들을 조금 더 쉽게 이해할 수 있게 이끄는 책들만 골라 소개해 둔 리스트가 있었다. 이쯤하면 타국 육아 못 해 먹겠다고, 발달장애 아이 키우기는 얼마나 더 고단한 줄 아냐고 도망치고만 싶던 엄마에게 이 나라 사람들은 '리스트'를 들이미는 재주가 있다. 혹여 장애 아이가 주인공이 된 아동 도서가 있을지 어린이 도서관을 뒤적일 때마다 검색이 잘 되지 않던 한국 도서관에서는, 분기마다 희망 도서 신청을 꼬박 새로 해야만 했었다. 미국은 역시 다양성의 스케일이 다르다고 인정하게 되는 순간이었다.

　도서관의 시그니처, 초록빛 색지로 꾸며진 신경다양성 안내서 안을 조금 더 자세히 들여다보자니 면면은 이러했다. 자폐스펙트럼 소년이 교실 안에서 친구를 찾아가는 과정을 담고 있는 『A Friend for Henry(헨리를 위한 친구)』가 가장 먼저 눈에 띄었고, 소풍 가는 날 너무 번잡하고 시끄러울까 봐 걱정하는 후안의 이야기를 그린 『Juan Has the Jitters(후안은 조금 초조해)』의 내용에도 호기심이 번뜩거렸다. 담임 선생님이 신경다양성 소년 후안이 무탈하게 소풍에 함께할 수 있도록 이끄는 과정이라는데, 도대체 무슨 작전을 짠 걸지 궁금해서 당장 오늘 대여할 책 목록 1순위에 올렸다.

　이토록 친절한 신경다양성 도서 안내서라니, 아이들 놀리기에 한국의 문센이나 키카와 다르지 않다고 하여 하루쯤 편히 놀려볼 작정으로 무심코 들른 도서관에서 이방인은 감동을 몇 배나 선물받았다. 단순히 키즈존으로 치환해 지도 앱 저장 버튼만 눌러대기에는 이 공간에 '있는 게' 너무 많았다. 다양성 감성을 모락모락 피워내기에두 찰떡인 교육 현장이었고, 리스트의 존재만으로도 감동해 떡 벌어진 큰 입이 있었으며, '이런 게 진짜 있다고, 이게 가능하냐고' 되묻는 놀란 토끼 눈이 있었다. 미국 도서관, 정말이지 '있는 게' 이렇게나 많다.

단순히 "이 책을 읽고 무엇을 느꼈니?"라는 질문이 아니다.
표지를 보여주고 책의 내용을 상상해서 발표하게 하거나
독서 중간에 다음 내용을 상상해서 써보도록 한다.

"내가 작가라면 어떻게 다른 결말을 만들까?"라는

미국 학교에서도 독서 교육에 꽤나 큰 방점을 찍고 있다는 책 저자의 설명을 되새겨 읽으면서 다시 한번 미국 도서관을 향한 설렘을 부풀리기 시작했다. 이 현장에서는 신경다양성 친구들의 이야기에도 귀 기울일 수 있는 기회가 있겠구나, 조금 다른 친구들의 어려움이나 고단함을 상상하는 일이 가능하겠구나 생각하니, 이방인 특유의 울퉁불퉁한 적응 과정이 조금 더 동그랗게 다듬어지는 느낌이었다. 피부색이나 영어 구사력의 높고 낮음으로 출입에 제한을 두지 않는 곳, 여기에 뇌의 신경학적 구조가 조금 독특해도 먼저 손 내밀어 주는 곳. 이곳의 독서 교육은 '책육아'를 제아무리 강조하는 나라와 견준대도 남다를 게 분명해 보였다.

육아의 고단함을 받아주기에 없는 것투성이라고 불평하기 바빴던 미국에서 '있는 것'을 조금씩 찾아갔던 날들, 그 중심에는 도서관이 있었다. 미국을 마주하면 결국 '도서관맘'이 된다. 책을 원체 좋아했던 사람이든, 그와 거리가 먼 사람이든 빛바랜 소파에 앉아 색다른 코너를 탐색하는 맛에 빠져든다. 헬리콥터맘, 타이거맘, 캥거루맘, 아이를 키우다 보면 무수히 많은 유형의 맘들이 생겨나는데, 나는 그 모든 별칭을 제치고, 그렇게 천천히 도서관맘이 되어 간다.

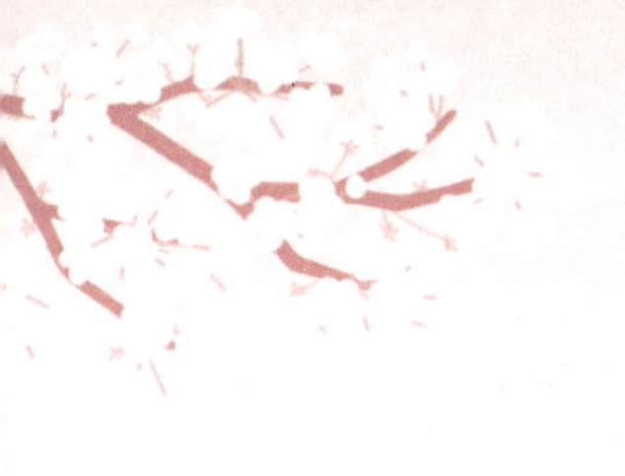

석 달 치료실
안 가도 괜찮아요?

주거지를 바꾼다는 건 품이 많이 드는 일이다. 오죽하면 이사는 인생 3대 스트레스 중 하나라는 우스갯소리가 있지 않던가. 나 혼자, 혹은 부부 둘이 거처를 옮기는 것이라면 이사 업체와 청소 인력의 도움을 받아 한껏 부지런 떨면 해결될 일일 텐데, 아이가 둘 있는 가족이라면 이야기가 달라진다. 지역을 이동하면서 아이들을 보낼 교육 기관이 달라진다는 건 부모의 기획 노동역시 상당하다는 걸 의미한다. '살림 전반을 계획하고 구상하는 보이지 않는 노동'[8]이 기획 노동이라는데, 아이들이 다닐 학원이나 치료실을 알아보고 내 아이의 성향과 맞는 공간과 선생님을 찾아 등록하는 데에도 그대로 적용이 됐다. 몇 달간의 이동이었지만, 한국에서 미국으로 옮겨가는 일은 기획 노동별 일곱 개짜리 난이도였다. "우리 애, 현지에서는 어느 치료실을 보내지?"

소위 '느린 아이'를 키우다 보면, 각 지역 거점에 한두 곳 있을 법한 발달센터의 문을 두드리는 것부터 시작한다. 자폐성 장애 첫째도 생후 20개월부터 한국에서 센터 생활을 시작했다. 소아정신의학과를 찾기 훨씬 이전부터였으니, 센터를 다니는 일상은 어느새 아이에게도 오랜 루틴으로 자리 잡았다. 아무리 엄마가 ABA 치료사로 활동하고 있다고 해도, 아이는 아이대로 선생님과의 세팅에서 다양한 영역을 고르게 중재해 나가는 별도의 기회가 필요하다. 자폐스펙트럼 자녀를 둔 부모 중에는 제법 많은 치료사맘이 있지만,

엄마표 가정학습 외에도 별도의 치료실을 찾아 나서는 이유다.

응용행동분석을 공부하는 엄마의 영향을 받아 아이가 가장 먼저 접했던 치료는 ABA였는데, 언어치료, 감각통합치료, 나아가 특수체육 수업에 이르기까지 성장 발달하는 지점마다 몇 가지 수업을 추가하거나 덜어내는 과정이 반복됐다. 같은 영역 수업이라도 아이와 잘 맞는 센터 스타일과 선생님을 찾아다니느라 메뚜기처럼 폴짝폴짝 이동하기를 마다하지 않았다. 우여곡절 끝에 아이와 정말 잘 맞는 곳을 찾아내면 그제야 가슴을 쓸어내리며 하원 후 라이딩에 혈안이 된다. 첫째의 수업 시간 동안 비장애 동생과 근처 빵집에서 대기하는 데도 익숙해진 생활이었다.

한국에서 치료사 엄마로 살아온 지 5년 차, 아이가 곧 맞닥뜨릴 미국 초등학교 생활을 차근차근 준비하기 위해 미국 집에도 잠시 다녀와야 했다. 오전과 이른 오후까지는 내가 치료사로 뛰고, 늦은 오후에는 아이의 치료실로 향하는, 말 그대로 치료 이중 생활을 오래 이어온 참이었다. 내가 치료사 일을 잠시 쉬는 건 괜찮은데, 아이가 이어 온 치료를 일괄 일시 정지해야 한다는 부분에서 마음이 쓰였다. 보스턴에서 태어난 아이가 곧 현지 학교도 다녀야 하니 차차 미국의 중재 환경에 익숙해져야 한다는 과제는 늘 품고 있었다. 하지만 애초에 아이의 첫 중재를 한국에서 시작한지라, 타국의 세팅을 처음부터 알아봐야 한다는 게 조금 막막했다. 중재 언어가 다른 건 둘째 치고, 아이와 잘 맞는 선생님을 만날 수 있을지, 미국의 치료 진행 방식은 한국과 얼마나 다를지, 적응해 가야 할 모든 과정이 풀기 힘든 숙제처럼 느껴졌다. 간신히 쌓아 올린 공든 탑은 여기 있는데, 또 다른 탑을 쌓아가야 할 일이었다.

"미국 치료실은 어떻대요?"
"거기도 오래 대기해야 하는 거예요?"

미국에서의 체류 일정을 밝히자, 같은 센터에서 얼굴을 자주 맞대던 또래 아이 엄마가 물었다. 아이들과 출국을 앞두고 준비할 것들이 많아 선박 택배로 보낼 장난감과 전집을 선별하고, 아이들 좋아하는 간식 패킹까지 출국을 위한 수많은 기획 노동에 시달리고 있던 나는 정작 아이의 현지 치료실 세팅에 대해서는 제대로 손을 뻗지 못하고 있었다. 미국에서 다닐 치료실 세팅, 중요한 걸 알면서도 알아볼 엄두가 나지 않으니 현지에서 일하고 있는 남편에게 '미리 좀 알아보라'고 공을 넘겨둔 상태였다.

미국은 대부분 도움이 필요한 아동이 머무는 집으로 찾아오는 '홈티' 기반 수업이 많다는 것 정도는 동료 치료사 선생님들로부터 익히 들어 알고 있었다. 물론 또래 아이들과 함께할 수 있는 언어 및 사회성 프로그램을 기관에서 제공하는 경우도 있다. 다만 아이와 현지에 계속 머물던 게 아니다 보니 사전 조사를 하는 데도 당연히 한계가 따랐다. 공든 탑을 타지에서 다시 지어가야 할 길이 막막할 때마다 장거리 부부 생활 중인 남편만 재우치기 일쑤였다. "한국에서는 내가 기획 노동하잖아. 미국 탑은 여보가 좀 쌓아줘." 그깟 공든 탑이 뭐라고, 마음만 다급해지던 날들이었다.

"아, 모르겠다. 진짜!
그냥 우리 딱 석 달만 치료 쉬자."

치료실 또래 엄마를 마주칠 때마다 '해외 치료 세팅이 얼마나 진행됐는지' 따져 묻는 질문이 기다리고 있었지만, 그 반짝거리는 눈빛에 화답할 만큼의 멋진 대안이 나오지 않은 상태였다. 도저히 더는 할 말이 없어서 그럴듯하게 결론을 내려버렸다. "저희 현지에서는 석 달만 치료 안 하기로 했어요." 말을 하면서도 이래도 되나 싶었다.

치료실 인생만 4년에 가까운데 공백기를 선언하는 건 마치 아이돌이 은퇴를 선언하는 것처럼 대단한 결의가 담겨 있어 보였다. 이 비장한 선언에 실은 엄청난 철학이 담긴 건 아니었고, 그냥 할 수 있는 게 없었다. 아직 미국 의료진에게 정식 진단을 받아두지 않았던 때라 센터 수업 웨이팅 리스트에 아이를 올리는 것도 불가능했고, 한국과 마찬가지로 센터 관계자와 상담이라도 하려면 아이와 동행해야 하는데, 아이가 미국에 건너가는 것부터 선행돼야 했다. 사전 준비고 뭐고, 일단 출국을 해야 일련의 절차가 순조롭게 진행될 터였다. 이왕 이렇게 된 거, 당분간은 치료실 스케줄에 연연하지 말자는 결론에 다다랐다. 현지에서 부딪치는 대로, 그날그날 물 흐르듯이 움직여 보기로 한 거다. 계획 없이 못 사는 트리플 J 엄마가 주 2회든, 주 3회든 현지 스케줄을 꼼꼼히 짜두지 않은 채 떠나는 데는 용기가 필요했다. 공들여 쌓은 탑은 저 뒤로 내버려 두고, 새로운 공터를 향해 빈손으로 나아가는 기분이었다.

다이어리에 자꾸만 생겨나는 빈칸을 무엇으로 채워가야 할지 부지런히 고민하는 게 필요했다. 미국에 도착하고 나서 아이들과 시차 적응을 하는 데만 꼬박 2주가 드는데, 보름 차쯤이 되면 시차 적응을 핑계 삼을 수도 없으니 뭘 하든 움직여야 했다. 요일별로 수업 일정이 제법 빼곡한 한국에서는 정해진 일정이 워낙 견고해서 땡땡이치고 놀러 갈 생각은 한 번도 해본 적이 없건만, '치료실 쉬자'는 선언은 곧 매일 땡땡이를 꿈꾸는 마음으로 돌아왔다. 그래서 이 빈 시간에 도대체 뭘 할 거냐고. 공백이 되어버린 시간을 이리저리 흘리듯 써 버리면 구멍이 되어버릴 테고, 머리를 굴려 잘 활용하면 아이가 한 걸음 더 도약할 수 있도록 이끄는 우아한 여백의 시간이 될 것 같았다.

'치료실도' 안 다니는 고단한 타국 육아를 앞두고, 엄마 아빠의 전직과 현직 능력치를 몽땅 끌어 써 보자는 야무진 생각부터 했다. 10년 이상 아나운서 일을 한 엄마의 최강점은 단연 목소리 아니겠나. 한국에서도 딱히 '책육아'라는 키워드에 꽂혀 있는 엄마는 아니었지만, 목소리 장기를 백퍼센트 활용해내기에는 책 낭독만 한 게 없다. 남편은 카운슬러인 만큼 특유의 안정감 있는 목소리가 심신 안정에 도움이 될 때가 많았다. 매달 수십 시간 받아온 언어치료를 한국어 책 몇 권 읽어주는 것으로 대체할 수는 없다는 걸 알면서도, 요즘 핫한 스토리의 힘에 엄빠의 낭독을 얹어보기로 했다. 어떤 장르가 됐든 최대한 많은 이야기를 노출해보겠다는 의지를 다졌다. 마침 미국맘 선배들은 입을 모아 한국 책은 다다익선이라고 했다. 최대한 이고 지고 많이 가져오라고들 하니 텅 빈 스케줄러를 메우는 데는 역시 책만 한 것도 없겠다고 확신했다.

미국에서의 책 낭독 대작전은 선편 택배와의 지루한 싸움이라고도 읽혔다. 그간 한국에 사두었던 아이들 전집을 틈틈이 남편에게 선편으로 보내두었는데, 우체국 5호 박스에 적당히 책을 채워도 한 박스당 20kg 가까이 나갔다. 미 동부까지의 택배 요금에 매번 '헉' 소리가 나와서 조금이라도 비용을 아껴볼 요량으로 모든 박스를 직접 우체국에 접수했다. 뒤늦게나마 48kg 체구로 낑낑거린 내 얄따란 팔목에 존경을 표한다. 엄마의 수고스러운 택배 기획 노동을 알아주기라도 하는 듯, 결국 남매는 이케아에서 들인 저렴이 책 꽂이 옆에 나란히 앉아 책에 몰입하는 재미를 알아채기 시작했다. 나란히 앉혀두고 온 가족이 책에 빠진 풍경에 흐뭇했던 건 말해 뭐해. 치료실 뺑뺑이에만 의존했다면 애도 애미도 지쳐 책꽂이 옆에 앉을 기운이 '빈칸'이 되었을 게 분명하다. 치료 공백기가 선물한 '책 낭독의 맛' 발견이었다.

한국 책은 아나운서 엄마 담당, 미국 책은 교수 아빠의 몫이었다. 매시간 지금 시각이 몇 시인지 전하던 정갈한 톤으로 '토끼가 어디 숨었는지' 탐정 놀이를 하는 이야기를 읽었고, 보스턴 대학교에서 심리상담 분야를 강의하는 힐링 톤으로 '별난 자태의 유니콘이 마을의 영웅이 되는' 스토리를 읽는 식이었다. 누가 봐도 전현직 경력을 한껏 투입한 고퀄리티 낭독이 아닌가. 언어치료실에서도 상황과 맥락에 맞는 발화를 연습해가던 참이었는데, 다양한 스토리를 마주하니 자연스레 아이는 때에 맞게 대사를 맞받아치는 데 점점 능숙해지고 있었다. 반복과 암기가 쌓이면 실전에서 응용할 수 있는 기본기가 된다고 믿는 엄마에게는 만족스러운 연습이었다. 캠핑이나 여행을 즐기지 않는 대문자 I, 내향형 부부의 집콕 스타일과도 한껏 잘 맞았으니, 애들도 엄빠도 윈윈. '노 치료 데이'가 가져다준 빈칸마다 엄빠 책 낭독으로 채우기 대작전, 미션 성공!

유달리 예민한 감각 때문에 꾸준히 받아왔던 감각통합치료는 집을 둘러싼 초록의 공간에서 그 빈칸을 채웠다. 작업치료사 선생님께서 사용하는 고가의 장비를 들인 것은 아니지만, 흙과 잔디의 거친 촉감을 느끼고 나뭇잎의 결을 매만지며 한숨 돌리는 시간은 한껏 예민하게 솟은 감각을 부드럽게 누그러뜨리는 데 제법 효과가 있었다. 보스턴 북부의 올림픽공원 같다고 별칭 붙인 뒷마당에서 쉴 새 없이 뛰어다니며 공을 차는 두 아이는, 셀프 체육 클래스라도 등록한 듯 잔디를 누렸다. 하원 후 졸려 하는 아이를 데리고 '안 졸린 척' 수업에 넣어야 했던 숙제 같은 날들에 비해 몸짓이 한결 더 자유로워졌음은 물론이다. 아이가 유독 졸린 것 같은 날은 돗자리를 깔고 벌러덩 누워, 늦은 오후의 뉴잉글랜드 햇살을 받으면 그만이었으니까. 소설 속 한 장면 같은 광합성을 넉넉히 누린 날은 아이도 나도 날 서지 않고 편안했다.

종종 자폐스펙트럼 아이의 제한된 세상을 넓혀주기 위해 최대한 다양한 세상 풍경을 경험하게 이끌고자 여행에 나선다는 사연을 보곤 한다. 여행 실행력이 약한 나와 남편은 잔디밭을 품은 단독 주택에서라도 '일상을 여행같이' 실천해보려 애썼다. 이도 저도 안 되면 책, 정 심심하면 잔디, 타이밍이 맞아 책과 잔디를 다 누린 날은 여러 치료를 하루에 효율 좋게 몰아 한 것 같은 기분이었다. 현지 치료실 스케줄을 미리 다 세팅하고 출국하지 못했다고 내세운 불안이 먼지처럼 산산이 흩어졌다. 엄빠의 깨알 같은 능력치와 다소 오래된 주택이 품은 절묘한 장점들을 합치니, 아이와 합이 잘 맞는 치료 군단과 동네 소문난 치료실 못지않게 환상의 콜라보를 자아냈다.

- 김붕년, 『4~7세 조절하는 뇌 흔들리고 회복하는 뇌』[9] -

오래도록 좋아했던 내 삶의 슬로건, '위기는 곧 기회'가 딱 맞아 떨어지는 날들이었나. 신경나앙성 아이를 기우면서 근거 없는 오기와 배쌍은 때때로 괜찮은 정답을 이끌어낸다. 아이가 미국에서 다닐 센터를 바로 알아보지 못하는 상황에서 반강제로 주어진 휴식기는, 치료실에 기대지 않아도 의미 있는 시간을 가꿀 수 있다는 자신감 충전의 기회였다. 위 책에 등장하는 신박한 포인트, '유대감 마일리지'를 쌓을 수 있는 행운도 누렸다. "지금 아니면 이걸 언제 또 애들이랑 이만큼 누려 보겠어"라는 말을 남편과 달고 살았다. 아이의 성장 터전을 사뭇 치료실 영역으로만 선 그었던 날들에 대한 우회적인 부부 반성문이기도 했다. 집에서 엄마 아빠 손으로 발달 포인트를 끌어올리는 것, 홈치료의 중요성을 알고서도 치료사 엄마 역시 '바쁘다'는 핑계로 병행하기가 쉽지 않았다. 결국 아무 데도 보낼 데가 없다는 상황을 온몸으로 겪으면서야 그간 놓친 시간들을 붙잡을 수 있었다.

엄마 스케줄러의 빈칸이 곧 아이 성장 발달의 빈칸을 의미하지는 않았다. 아이에게 필요한 중재를 위해 전문가와 만나 시기적절하게 개입하는 것도 중요하지만, 치료실에서 보내는 시간만큼 집에서 또 다르게 풀어 적용하는 시간도 중요했다. 그 옛날 수학책과 수학 익힘책을 함께 가지고 다녔던 것과도 비슷하지 않을까. 입시생 시절, 이론편 문제집과 실전편 문제집을 묶어 샀던 마음으로 아이의 치료 공백기를 보냈다. 책과 잔디로 메운 우리집 아이의 빈칸은, 하원 후 3시 40분이나 4시 20분쯤에 늘 맞춰 달려갔던 치료실 출석 라이프 못지않게 촘촘하고 생기가 있었다. 아무 데도 다니지 않았다고 해서 마냥 군데군데 구멍 나 버린 벽돌 담장이 아니었다. 벽돌과 벽돌 사이, 구멍 난 공간에 우리 식구는 꽃 화분도 올려두고, 우연히 발견한 네잎클로버도 사뿐히 장식하는 시간을 가진 셈이다. 필요한 여백이었다.

"석 달 치료실 안 가도 괜찮아요?"

그 언젠가 후배 엄마가 비슷한 질문을 해온다면 꼭 전하고 싶다. 주 2회와 주 3회, 촘촘한 수업 배치만이 아이의 발달을 완벽하게 보장하는 정답은 아니라고 말이다. 하원 후 발달센터 라이딩과 주차난에 진땀을 빼는 것만이 발달 지연과 장애, 그 어딘가에 선 아이를 위한 최선의 노력이 아니라는 것. 치료실에 근무해온 치료사맘이 하는 말이 다소 역설적으로 들리겠으나, 이건 진짜다. 혹시 찾아올 '치료실 공백기'를 두려워하지 않았으면 한다. 한 달 살기나 여행이 자아내는 유혹이 다가온다면, 아이와 함께 기꺼이 '빈칸'의 시간을 쥘 수 있기를 기대한다.

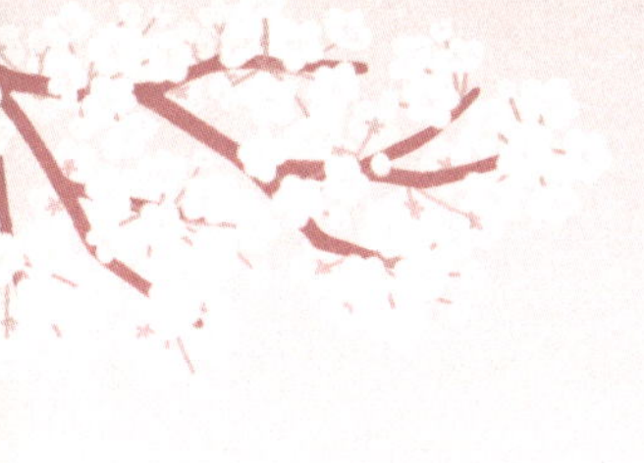

차별과 차별 사이,
타국에서 울다

　미 동부 매사추세츠에 살면서 자꾸만 발길이 닿는 애정 동네가 생겼다. 한국에서도 초중고 어린 시절 다 받아준 잠실 한복판을 사랑했던 것처럼, 나라가 바뀌어도 수개월을 머물다 보면 원래 쭉 친했던 것마냥 '내꺼하자' 싶은 공간이 생겨난다. 내겐 바로 콩코드(Concord)였다. 미국에서 태어난 것도 아니고, 초중고 유학 생활을 하면서 미 전역에 대한 경험치가 많은 것도 아닌데, 유독 콩코드 도시의 느낌이 좋았다. 『작은 아씨들(Little Women)』의 작가 루이자 메이 올컷의 생가가 있는 곳으로 유명했고, 헨리 데이비드 소로가 집필한 『월든(Walden)』의 실제 무대, 월든 호숫가를 품은 소도시다. 보스턴 도심부에서 차를 타고 북서쪽으로 40분 남짓은 올라가야 하는 곳이었지만, 운 좋게도 근교에 터를 잡은 우리집에서는 차를 타고 7분 컷이었다. 왠지 영미 문학의 산실이 집 근처라는 생각에 나도 작가의 기운을 좀 받을 수 있겠다고 호들갑을 떨었다. 주택에 살기 싫다고 그토록 짜증을 부리면서도 콩코드 옆 동네에 집을 구한 건 참 잘했다고 남편을 칭찬했다.

　카페와 도서관만 있다면 한국이 아닌 어느 나라에든 자리할 수 있다고 너스레를 떠는 나였다. 콩코드도 그런 점에서 예외는 아니었다. 소도시의 정체를 알게 된 뒤, 나는 틈만 나면 구글 맵을 열고 콩코드 영역을 확대했다. 마을 도서관이 어디쯤 있는지, 동네 주민들에게 평이 좋은 카페는 어디인지 살

샅샅이 검색했다. 강원권역에서 오래 방송 생활을 해온 덕분에 춘천에서 인근 도시로 생중계 출장을 갈 때마다 그 지역 지도를 확대하는 데 익숙했다. 양구 읍내나 화천 시내가 그러했듯, 어떤 소도시에나 메인이 되는 거리가 있고 그곳에는 약속한 것처럼 카페와 도서관, 그리고 내가 좋아할 만한 자그마한 참새 방앗간 하나쯤 자리하고 있기 마련이었다. 그 어떤 아나운서보다 소도시 출장 탐색에 전문이었던 내가 콩코드를 만났으니, 낯선 이방인도 하루하루 익숙해지는 건 시간 문제였다.

드디어 이 동네에서 단골 카페가 생겼다. 삐거덕거리는 나무 문을 열고 들어서면 『작은 아씨들』 속, 조가 어딘가에 자리 잡고 앉아 글을 쓰고 있을 것만 같은 분위기, 서정적이고 고즈넉했다. '영미 문학의 본고장답네!' 들어설 때마다 만족스럽게 고개를 끄덕이곤 했다. 서울 시내 하나의 구 규모도 안 될 것 같은 작은 지역이다 보니, 언제 들러도 늘 집중하기 좋은 자리 하나둘쯤은 비어 있었다. 조명에도, 테이블과 의자 구석구석에도 화려하거나 시끌벅적한 요소가 없었다. 동네 카페에는 젊은 층의 깔깔거리는 에너지보다는 연령대가 꽤 높은 어르신들이 담담히 책장을 넘기는 분위기가 자주 스쳤다. 최신식 전자기기에 맞닿은 손보다 연식이 꽤 된 책이나 신문을 넘기는 손을 자주 볼 수 있는 동네였다. 촌스럽기보다는 고풍스러웠고 디지털로 촘촘히 짜인 세상에서 유일하게 아날로그 맛을 볼 수 있어서 은근슬쩍 치유의 공간이라고 점찍어 두었다. 아이들이 미국에서 학교에 다니기 시작하면 얼른 들여보내고 여기로 와서 글을 써야지 다짐했다. 세기의 문인들이 남긴 에너지를 잔뜩 품은 동네니 그 기운의 가장자리에만 살짝 스쳐도 그럴듯한 작가 엄마가 될 수 있었을 것 같았다.

"이리 좀 와보세요.
애들을 그렇게 보면 어떡해요?"

마냥 느긋하고 편안했던 사랑방, 콩코드 단골 카페에서 눈물바람을 일으키는 데는 그리 오랜 시간이 걸리지 않았다. 공간이 마음에 쏙 들다 보니 우리집 남매도 몇 번씩이고 데려가 함께 카페 놀이를 즐기기 시작했던 게 불호령의 씨앗을 틔웠다. 들를 때마다 연세 지긋하신 할아버지, 할머니들이 본인의 손주 보듯 흐뭇한 미소를 지어주셨던 덕분에 아이들도 카페와 친해지기 시작한 무렵이었다. 카페 빵 진열대에서 서성거리며 이거, 저거 콕콕 짚어대는 아이들을 사랑스럽게 봐주던 눈빛들에 취해서 나도 미처 아이들의 자유로운 몸짓을 적극적으로 통제할 생각을 못했다. 카페 창가에 앉아 종알종알 한국어로 떠들어대던 아이들이 곱게만 보였을 리 없다. 결국 마을 할머니에게 제지를 당하고야 말했다. 매의 눈으로 매섭게 쳐다보던 미국 어르신에게 소환된 기분이란! 한국어로도 대꾸하기 힘든 상황에 영어로 변명을 덧대려니 할 말이 하나도 없었다. 이방인으로서 그저 진심을 담은 사과 한마디만 반복할 뿐이었다. "아임 쏘 쏘리."

갓 받아온 내 커피는 훅훅 식어가고 있었다. 타국의 언어 뉘앙스를 이해하는 데 취약한 내 앞에서 길고 긴 엉이 훈계를 시작하신 할머니의 눈빛은 날 한번 잘 잡았다는 듯이 강경한 어조였다. 한국이라면 주눅 들지는 않았을 텐데, 말문이 막히기 딱 좋은 타국이라 어깨에 힘이 탁 빠졌다. 그 와중에도 아이들은 엄마가 얼굴이 빨개지거나 말거나 카페 입구를 맴돌며 깔깔 웃어댔다. 출입문을 여닫았다가, 먹지도 않을 오트밀과 쿠키 포장 케이스를 만지작거렸다. 아무리 키즈 프렌들리한 미국이라지만 우리집 애들이 자꾸 선을 넘는 건 부인할 수가 없었다. "네네, 저희 애들이 잘못했습니다. 저희 첫째는 자폐성 장애도 있어서요, 규칙을 이해하는 데 시간이 필요합니다. 불편하셨다면 죄송합니다." 사과는 진심이었지만, 늘 모범생 영역에만 있던 내가 태어나서 이토록 혼쭐나는 건 처음이라 누가 툭 치면 눈물이 왈칵 쏟아질 태세였다. 특히 여긴 다정함의 천국, 미국 아니었나. 아이들이 좀 정신없게 군다고 고개를 조아린 적이 없는데, 이런 내 모습이 스스로도 참 생경했다. 어르신이 카페를 떠난 이후, 결국 참고 참던 눈물이 소나기처럼 주룩주룩 흘렀다.

콩코드 사랑방 같던 나의 최애 카페에서 백인 할머니에게 제법 '센' 훈계를 듣고 나니, 아이들 앞에서도 낯선 사람들 앞에서도 민망하기로는 이루 말할 데가 없었다. 그런데 아이들을 데리고 자주 카페에 오던 한국인 엄마가 '그 할머니'에게 혼났다는 게 금세 소문이라도 났는지, 이쪽저쪽 흩어져 계시던 어르신들이 하나둘 내 테이블 쪽으로 슬금슬금 모여들었다. 나를 혼쭐낸 분은 마을에서도 유명한 인싸인 게 틀림없었다. 그중 친정 엄마와 가장 비슷한 체격을 한 할머니의 하얀 운동화가 내 시야에 잡혔다. 삐거덕거리는 카페 나무 바닥을 밟고 결국 내 앞에 서시니 또 한 번 긴장감이 몰려왔다. 아까 동년배에게 덜 혼난 것 같으니 어디 한번 제대로 또 혼나보라는 신호 같아서 바짝 얼어붙으려던 순간, 갑자기 '와락' 안아주신다.

"그 할머니가 원래 좀 그래요.
괜찮아요. 그 나이 때 애들은 다 그런 건데
내 손주는 더 심했거든요.
마음 쓰지 말고 하던 대로 편하게 애들 봐요."

유독 영어 리스닝이 취약한데도 이런 말은 또 쫙쫙 흡수가 되니 신기하기도 하다. 첫 번째 할머니 앞에서 혼쭐이 날 때는 뭐라 반응해야 할지 생각의 회로가 막혀 '미안하다'는 말만 반복했는데, 두 번째 할머니의 토닥거림 앞에서는 고맙다는 말만 또 반복하고 있다. 5분 간격으로 미안함과 고마움이 교차하는 타국 생활이라니, 정말 아이러니한 하루가 따로 없다. 터진 눈물샘에 구멍을 탕탕 더 내기라도 한 것처럼, 그간 켜켜이 쌓아 둔 타국살이 설움까지 밀려들어 울음이 터졌다. 단골 아지트에서 이렇게까지 울어댈 일인가.

가뜩이나 자주 오는 곳인데 낯이 익은 직원들에게 퉁퉁 부은 눈을 들키기 싫어서 얼굴을 창문 밖에 고정해 두고 등 돌린 채 앉아 있기를 고수했다. '내가 왜 내 나라도 아닌 곳에서 신경다양성 아이를 키우며 모르는 사람에게 혼나며 살고 있나' 하고 회의가 밀려들었다. 내가 우는 건 타국 육아가 힘든 탓인지, 장애 아이 육아가 범상치 않아서인지 잘 분간이 되질 않았다. 코로나 시국을 넘기고 아이들이 두 돌만 넘어도 살 만할 줄 알았더니, 예측하지 못한 곳에서 구멍이 터진 날이었다.

두 명의 어르신이 내 앞을 스치는 사이, 한동안 못 본 친정 엄마 생각도 나서 눈물샘이 고장 나 버린 것 같았다. 아이들과 경쾌한 일상 사진을 공유하면서 #엄마나는잘살고있어 따위의 태그를 걸어야, 딸이 미국에서 멋들어지게 잘 사나 보다 하실 텐데 #엄마실은… 점점점 끝에 할 말이 없어서 연락을 아껴야 하는 하루였다. 울다가 퉁퉁 부어버린 눈으로, 그 좋아하는 라떼 한 잔을 한 모금 남긴 채 아이들과 함께 카페를 빠져나왔다. 애들이 잘 먹는 크랜베리 파운드케이크 조각도 포장해 달라고 외칠 기운이 없었다. 너덜너덜해진 마음을 간신히 부여잡고 집에 돌아와 반나절 사이 있었던 일들을 가까스로 남편에게 털어두니 덤덤했던 남편의 표정이 서서히 일그러지기 시작했다. 다음부터 이런 일 있으면 그 자리에서 꼭 바로 전화해서 자기한테 꼭 이야기하란다. "그 사람 레이시스트인 것 같은데!"

추측해 보니 그러했다. 워낙 방대한 지역을 품고 있는 미국인만큼 지역마다 일련의 정치색이나 이민자들에 대해 품는 시선이 다를 테고, 동부의 한 소도시, 영미 문학의 산실답게 지역 고유의 문화와 전통에 대한 자부심도 예사롭지 않을 터였다. 개개인의 성향도 다를 테니 지역색을 함부로 재단할 수는 없음을 안다. 하지만 이 지역 터줏대감임을 자처하는 어르신 중에는 종종 다양성 지점과 대척점에 서 있는 분들도 계실 게 분명했다. 카페에 앉았던 다른 어르신들에게도, 나를 혼냈던 그 할머니는 '그런 분'으로 제법 유명하신 듯했다. 이어 조심스러운 물음표도 떠올랐다. '혹시 우리 아이들이 백인 어린이 남매였다면 아무리 재잘거리는 수다 볼륨이 도드라졌더라도 화가 나지 않으셨을 수도 있을까?' 생각했다. 매서운 혼꾸멍에 잔뜩 쪼그라들었던 어깨 근육이 비로소 다림질되는 것 같았다. 적어도 우리 아이가 발달장애 아동이라서, 내가 신경다양성 아이를 키우는 엄마라서 눈총받고 소환된 게 아니라면 대뜸 낯선 땅에서 낯선 이에게 잔소리를 들어도 좀 더 나은 기분이었다.

결국 그날은 장애 아이를 품은 엄마로 혼난 게 아니라, 머나먼 아시아에서 온 이민자 아이 엄마로 호되게 불림 받았었노라고 잠정 결론을 내렸다. 물론 애초에 두 아이가 잠자코 의젓하게 앉아 있기만 했다면 더 좋았을 것이다. 나아가 약간의 일탈에도 미국 사람들 열이면 아홉의 경우처럼 모두가 흐뭇한 웃음만 꺼내들어 줬다면, 애 둘 끌고 간 카페에서 꺼이꺼이 울 일은 없었을 것이다. 어떤 차별로든 혼나지 않을 수 있었다면 너무 좋았겠으나, 카페에서 혼나버린 해프닝에 적어도 '장애' 요소가 개입하지는 않은 것 같아서 그나마 위안이 됐다. 한국에서 아이의 남다른 몸짓과 말투에 따가운 눈총을 받는 일이 부지기수였다 보니, 당연히 이곳의 어르신도 좀처럼 가만히 앉아 있지 못하고 들썽거리는 아이가 거슬려 화를 내는 줄로만 알았다. 눈물이 쏙 빠진 건 도로 주워 담을 수 없대도 그저 피부색이 다른 아이들의 떠들썩거림이 불편했던 것이라면 그나마 낫다고 생각하는 장애 아이 엄마, 여기 있다.

"미국에는 인종차별은 있어도
　장애에 대한 차별은 없다는데, 진짜 그런가?"

남편의 일터가 있는 미국에서 쭉 아이들의 학령기를 보낼 것 같다고 계획을 밝히자, 지인들 몇몇은 이렇게 스치듯 이야기했다. 아이가 장애 진단을 받기 전부터 실은 나도 어렴풋이 물음표를 떠올린 부분이었다. '차별'이라는 단어 자체를 꺼내 올리지 않는 세상을 꿈꾸고 싶은데 차별과 차별 사이의 정도를 재고 있자니 기가 막히면서도, 어떤 차별이 덜한지를 자주 견주었다. 미 동부와 서부, 중부와 남부, 권역별로 생각의 온도는 다르겠지만 미국에 제법 오래 살아온 선배 거주민을 만나면 오랜 수다 끝에 띄우는 단골 질문 중 하나였다. 어느 차별이 덜함을 따져 묻는 질문이 황당할 법도 한데 대부분은 끄덕거리는 제스처로 통일됐다. 미국에서 장애인에 대한 차별 대우를 엄벌한다든지, 장애인에 관한 인권 교육 이수 시간이 어마무시하다든지 등의 이유가 아니었다. 어린 시절부터 장애인과 함께하는 일상을 무던히 겪어온 터라 딱히 그 누구에게도 특별할 게 없다는 이야기였다. 처음부터 그들에게는 '차별'을 운운할 대상이 아니었던 셈이다.

장애 인식 개선에서 핵심은
장애인에 대해 '많이 아는 것'이다.
그리고 이것의 가장 효과적인 방법은
장애인을 많이 보고 많이 만나는 것이다.
같은 공간에서 함께 활동하고 교류하며 경험을 쌓는 일은
차별과 편견을 완화하는 데 강력한 역할을 한다.

- 유경림, 「우리는 장애인을 어디까지 알고 있을까」[10] -

한 인터넷 매체 기사에서 마주한 특수학교 선생님의 칼럼 하나가 내게 비슷한 힌트를 건넸다. 위 칼럼에는 박물관 현장학습을 갔던 날, 처음에는 타 학교의 비장애 학생들이 특수학급 친구들을 자꾸만 힐끔거렸지만, 자꾸만 마주치다 보니 크게 신경 쓰지 않더라는 사연이 실려 있었다. 고작 하루였지만 수십 분 안에도 같은 공간에 '함께' 있었다는 이유만으로 아이들은 장애

친구의 존재에 무던해질 수 있었다. 자꾸 보이지 않는 경계를 나누고 최대한 함께하지 않을 수 있도록 최선의 노력을 다하는 한국의 분위기에 비해, 미국은 선 긋는 분위기가 흐릿했다. 발달평가차 잠시 들른 아이의 초등학교에서 내가 그날 잠깐 마주친 장애 아동의 숫자만 열 명이 넘었다. 지극히 눈에 보이는 장애 학생의 숫자만 편협하게 세었을 뿐이니, 신경다양성 친구들은 더 있었을 것이다. 중요한 건 장애 진단을 받은 학생을 몇 명이나 받아주느냐가 아니었다. 함께하는 게 너무나 당연하니 불편해하는 사람이나 그걸 빌미로 '차별'이라는 키워드를 꺼내는 사람이 없을 수밖에. 그 일이 있은 뒤로부터 차별과 차별의 간극을 따져 묻는 내 우문도 쏙 집어넣었다.

애정하는 동네, 단골 카페에서 울고 난 뒤로부터 한동안 그 카페로 향하지 못했다. 일단 꺼이꺼이 우느라 한껏 못생김을 장착했던 내 얼굴이 부끄러웠던 건 말할 것도 없고, 그 어르신을 또 만날까 봐 살짝 무서웠음을 고백한다. 절대 있어서는 안 될 '인종차별'이겠으나 그럼에도 불구하고 그날 쏟은 눈물이 장애 아이에 대한 날선 시선 때문이 아니었음을 알고, 한결 서러움의 강도가 낮아졌던 날을 간간이 떠올린다. 신경다양성 아이 엄마의 하루는 '장애'에 대한 눈에 띄는 차별만 피할 수 있어도 그날 하루 참 순탄히 지나갔다고 기억한다. 아이를 위아래로 훑는 따가운 시선, 그리고 장애 아이 키우는 양육자를 향해 던지는 안쓰러움과 뜨악함 둘둘 섞인 한국의 눈빛들 역시 펑펑 울어버릴 것 같은 오후를 만들어 내지 않았었나. 타국의 눈물이나 고국의 눈물, 실은 별반 다를 게 없을지도 모른다.

"Don't let the sun go down on your anger."
분노를 품은 채로 해를 넘기지 마라.

- 영화 <작은 아씨들>[11] 중에서 -

다음 미국행에서는 마음을 살살 가다듬고 그 좋아하는 카페에서 다시 봄날의 햇살을 만끽하고 싶다. 그새 좀 커버린 아이들은 이제 '약속하는 법'을 배워서 그날의 자유인들처럼 촐랑촐랑 도망 다니진 않을 거라고 믿는 구석도 생겼다. 마침 나를 토닥거려준 친정 엄마 같은 할머니를 다시 만날 수 있대도 좋겠다. 봄날의 햇살 잔뜩 받으며 아이들과 콩코드 단골 카페를 향해 또각또각 거닐 날을 상상해본다. 영화 〈작은 아씨들〉을 보면서 가슴 깊이 심어두고 있었던 문장 하나가 다시 미 동부의 소도시를 마주할 용기를 주는 것도 같다. 그날 울음 터졌던 기억은 그날 석양이 지기 전까지 카페 옆 예쁜 길가에 산산이 흩뿌린 셈이라고 생각하기로 한다. 신경다양성 아이와 걷는 여정에서 그 어떤 날 선 시선이 화를 부르더라도, 하루를 넘겨 눈물짓지는 않기로 한다.

웰컴 신경다양성 존을 찾습니다

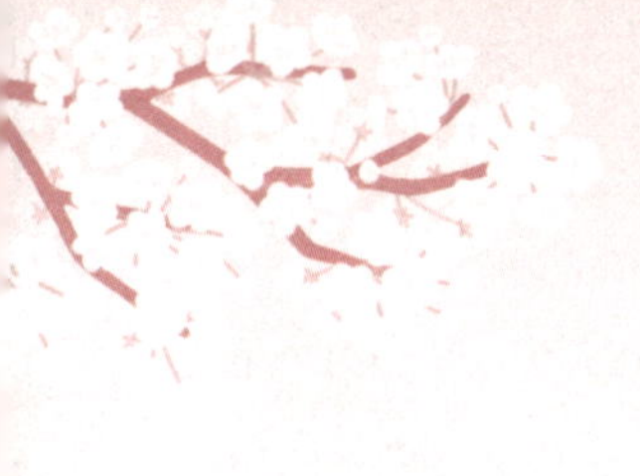

오티즘 웰커밍을
아시나요?

두 아이를 키우다 보면 검색창에 자주 두드려 입력하는 키워드가 있다. 바로 '키즈 프렌들리'. 이번 주말에는 애들 데리고 어디로 가면 좋을지 고민을 시작할 때 일단 '키즈'가 입장해도 눈총받지 않을 만한 곳인지 사전 점검은 필수다. 리버뷰라고 소문난 카페 명당 자리를 찾아 나서려다가도 연인이나 직장인이 조용히 시간을 보낼 것 같은 분위기라면 '노 키즈존'이 아니더라도 아이를 데리고 앉기가 미안해질 때가 있다. 언제든 가게 안을 뛰어다닐 수도 있고, 재잘거리다가 웃음이 터질 수도 있는 아이들이라서 외출의 목적지를 잡는 건 늘 십지기 않다. 결국 애들 데리고 와도 좋다고 적극적으로 손을 흔드는 예스 키즈존과 웰컴 키즈존, 키즈를 내세워 마케팅 해 둔 공간들을 찾느라 혈안이 된다.

다행히 '키즈 프렌들리'한 공간들은 최근에 자주 눈에 띈다. 호텔 숙박 패키지 안에 '키즈'라는 단어가 붙어있으면 아이와 함께 머물기 편하도록 객실 안에 장난감이나 핫한 육아용품을 미리 준비해 둔다. 애들 데리고 마음 편히 먹고 가라고 아예 판 깔아준 '키즈카페'는 언제부터인가 두 단어를 떼어놓기 어려운 조합이 돼 버렸다. 유모차 끌고 들르던 문화센터 인근의 식당에서 아기 의자가 잔뜩 쌓여있는 풍경을 마주하는 것도 더 이상 낯설지 않다. 아이가 하나도 아닌, 둘을 키우는 부모 입장에서 이런 공간의 존재는 크든 작든 기분이 말랑해지는 동력이 된다. 결혼 전, 서울과 춘천을 오가는 기차를 타고 출퇴근하던 시절, 뒷자리 아이가 자꾸 의자를 발로 찰 때면 잔뜩 예민해지곤 했던 나였다. 돌이켜보면 나는 꽤나 언프렌들리한 어른의 전형이었다. 그래서 더 잘 알고 있다. 과거의 나와 같은 어른들이 모여 있는 공간에 내 아이들을 데리고 간다면 상상만으로도 어깨가 움츠러든다. 내 모습과 정반대의 분위기를 하고 있는 공간에 문득 고마워지는 순간들이다.

전혀 프렌들리 하지 않았던 여자 어른이 키즈 프렌들리에 매료되어가던 중, 미국에서 또 다른 구역을 만났다. 바로, '오티즘 웰커밍(Autism Welcoming)'. 쉽게 말해 자폐스펙트럼을 가진 사람들도 편히 와서 머물고 즐겨도 좋다는 환영의 문구였다. 한국에서 건물이나 공공장소에 키즈나 시니어를 내건 간판이나 스티커는 자주 보던 참이었지만 '자폐'가 붙는 표식을 본 건 완전히 처음이었다. 반가움보다 놀라움이 먼저 밀려들었다. 이게 진짜 가능한 일이라고? 아이가 그 어떤 진단을 받기 전이었다면 뭐가 붙어있든 딱히 신경 쓰지 않고 지나갔을 지도 모르겠다. 하지만 그날의 나는 그 표식 앞에서 한동안 발걸음을 떼지 못했다. 내 아이 와줘서 반갑다고 옷자락 붙들고 인사해주는 것 같아서 '어머어머'를 연발했다. 미국이니까 '웁스'나 '와우'라고 했어야 하나. 그 스티커 하나가 뭐라고 내돈내산 입장하면서도 들뜬 마음이 가라앉질 않았다. 해죽해죽 웃으며 아이의 손을 붙들고 몇 번이고 말했다. "이거 봐봐, 너 환영한다잖아. 잘왔네, 진짜!"

나의 첫 오티즘 웰커밍 현장은 보스턴 근교 액튼(Acton)에 위치한 '디스커버리 뮤지엄(Discovery Museum)'이었다. 미국 동부 매사추세츠에 거주하는 가족이라면 아이를 데리고 한 번쯤 들러볼 만한 어린이 박물관이다. 실은 "아이들이 정말 좋아했다"는 지인의 추천을 받고 둘째가 두 돌도 되기 전, 이미 한 번 방문한 적이 있었다. 한국의 키즈카페가 주로 아이들에게 인기 많은 캐릭터 인형이나 최신 장난감으로 공간을 채우는 편이라면 이곳은 조금 달랐다. 트렌드를 좇는 장난감 대신 아이들의 오감을 건강한 방식으로 깨우는 놀이판으로 구성돼 있었다.

첫째도 둘째도 입장하자마자 훅 빠져들어 30분 넘게 머무른 곳이 '샌드 테라피' 닮은 모래놀이 공간이었던 것만 봐도 짐작할 만하다. 뭉뚝한 버튼 하나를 누르면 동그란 원형판이 천천히 돌아가기 시작한다. 아이들은 그 위에 주걱으로 모래를 올려 담고 '쓰윽쓰윽' 물결무늬를 만들어 냈다. 가끔 명상 앱 광고에서 모래 위에 천천히 그림이 그려지는 장면을 멍하니 바라보곤 할 때가 있는데, 그 장면을 아이들이 직접 만들어내고 있었다. 엄청난 예술 작품이 완성돼가는 것도 아닌데 모래를 쓸어 담고 다시 가지런히 고르는 아이의 반복적인 몸짓을 보고 있자니, 나조차 이상하리만큼 마음이 편안해졌다. 현란한 자극으로 가득한 장난감 세상에 취해 있다가 문득 과한 자극에 지친 심신을 씻어내는 느낌이었다.

작은 감각에도 예민하게 반응하면서, 동시에 특정 감각을 추구하는 지폐 스펙트럼 첫째에게 이곳은 완벽한 파라다이스였다. 이곳에서 아이는 스스로 감각의 강도를 조절할 수 있었다. 쉴 새 없이 깜빡거리는 불빛과 요란한 효과음에 수동적으로 휩쓸리는 것이 아니라, 지금 자신이 원하는 감각이 무엇인지 아이 스스로 알아차리고 시각적으로든, 청각적으로든 하나씩 채워갈 수 있는 공간이었다. 이곳에는 유독 '원형 구슬'을 활용한 놀이 공간이 많았는데, 구슬이 위에서 아래로 떨어질 때 나는 경쾌한 소리, 쇠구슬이 구르면서 만들어내는 빛과 그림자의 변화를 있는 그대로 즐길 수 있었다. 만약 시즌마다 신상품을 업데이트하기 바쁜 장난감 회사 같았다면, 아마 그 구슬에도 어떻게든 LED 조명을 장착하거나 버튼 하나만 눌러도 유행하는 애니메이션 주제곡이 줄줄 흘러나오도록 개발하지 않았을까. 이곳은 물체가 가진 본연의 성질과 단순한 움직임만으로도 아이가 충분히 원하는 감각을 채울 수 있게 이끄는 놀이 공간이었다. 돌 무렵부터 바퀴에 남달리 집착하면서 동그란 도형 패턴을 시간 가는 줄 모르고 바라봤던 아이, 달랑거리는 작은 소리에도 민감하게 반응하며 오래 귀를 기울이던 아이에게 이보다 더 건강한 자극은 없겠다고 생각했다.

"아우, 우리 애 또 시각 추구하네. 청각 추구 시작하네."

신경다양성 아이 부모들과 고충 섞인 수다를 떨다 보면, 우스갯소리로 이런 말을 주고받을 때가 있다. 소리가 나는 장난감을 귀에 최대한 가까이 들고 반복적인 멜로디에 몰입하거나, 불빛이 나오는 미니카를 눈에 당장이라도 넣을 듯이 집어 들고 오랫동안 멍하니 들여다보는 몸짓을 시크하게 자조하며 꺼내던 한 마디였다. 하지만 오티즘 웰커밍을 내세운 디스커버리 뮤지엄 안에서는 인위적이거나 해로워 보이지 않는 자연스러운 감각 추구가 가능했다. 아이의 각종 '추구미'를 걱정스러워하거나 뜯어 말릴 필요가 없었다. 현관문 도어락의 '띠리링' 소리를 듣기 위해 몇 번이고 버튼을 눌러대거나, 태블릿 화면 속 반복되는 팝업 알림에 매달리는 형태가 아니어서 안심이 됐다. 이런 감각 추구라면 얼마든지 환영이지! 여기, 곧 단골 될 것 같다는 마음이 자연스레 떠올랐다.

본격 '오티즘 전용 구역'이 아니라 '오티즘 웰커밍'인 것도 마음에 들었다. 자폐스펙트럼 아이만 웃고 즐기는 제한된 공간이 아니었다. 첫째도 둘째도 함께 웃고 떠들 수 있는 뮤지엄이었다. 웰커밍 구역이라는 건 환영받는 사람만 있는 게 아니라, 환영해주는 사람도 함께 존재한다는 의미이기도 했다. 미끌미끌한 감각 마음껏 누리라고 마련해 둔 양말 스케이트장에서는 자폐스펙트럼 친구들만 뒹굴고 미끄러지며 촉각 추구를 하는 것이 아니었다. 신경다양성 영역에 속하지 않는 또래 아이들도 같이 손을 잡고 썰매를 끌어주고,

왁자지껄 미끄러지면서 깔깔거리기를 주저하지 않았다. 이 웰커밍 공간은 내가 세상에서 마주했던 그 어떤 '웰컴'의 공간보다 가장 환하게 반짝거렸다.

오티즘 웰커밍에 매료돼 디스커버리 뮤지엄을 자주 들락거리던 중, 또 다른 공간에서 이 반가운 표식을 다시 만났다. 한국에도 체인점이 있는 패밀리 레스토랑 앞에 이 사인이 더 큼지막하게 입간판으로 세워져 있었다. 두 아이가 배고프다고 보채는 통에 맛집을 알아볼 겨를도 없이 그저 흔한 프랜차이즈 식당 한 곳을 골라 들어갔을 뿐인데, 이곳을 그냥 어물쩍 지나쳤다면 아쉬웠을 뻔했다. 자폐스펙트럼 친구들 어서 와서 맛있게 즐기라고 손짓하는 반가운 맛을 놓칠 뻔했으니까. 이 피자 맛집이 자리한 몰 전체에 유독 오티즘 웰커밍 인증을 받은 매장이 많아 보였다. 아마 가족 단위 방문객이 많은 쇼핑몰이라서 곳곳에 그런 배려를 담아둔 게 아니었을까.

"Ask a team member how we can help!
Our business is part of an Autism Welcoming community.
We take extra steps to support people
with autism and their families."

도움이 필요하시면 직원에게 언제든 말씀하세요.
저희는 '오티즘 웰커밍' 커뮤니티의 일원입니다.
자폐를 가진 분들과 그 가족들을 위해
더 세심한 배려를 제공하고 있습니다.[1)]

과연 피자 한 판의 식사가 오티즘 웰커밍을 만나면 어떤 모습의 배려가 곁들여질까. 남편과 나는 잠깐 상상의 시간을 가졌다. "혹시 한국에서 장애인 등록 차량이 주차비 할인을 받는 것처럼 식사도 80% 정도 할인해 주는 거 아니야? 아니면 감자튀김이나 파스타를 무료로 제공해 주는 건 아닐까?” 워낙 물가가 비싼 보스턴이다 보니 잠시 오티즘 할인이나 더블 포인트 적립 같은 게 있는 건 아닐지 한껏 설렘을 부풀렸다. 물론 할인 타령은 웃자고 하는 소리다. 자폐스펙트럼 아이와 레스토랑을 찾았다가 낯선 분위기에 적응하지 못해 결국 음식을 전부 포장해 나왔던 날들, 신경다양성 아이의 예사롭지 않은 몸짓을 보고 왠지 퉁명스럽게 서빙을 하는 것만 같았던 직원을 마주한 날을 떠올리면 ‘오티즘’을 먼저 언급해준 식사 공간은 그 자체만으로도 그저 고마웠다. 적어도 이번엔 끝까지 식사를 하고 나올 수 있겠다고 생각했다.

‘엑스트라 스텝’이 궁금해서 식사 주문을 기다리는 사이, 재빨리 오티즘 웰커밍 공식 웹사이트[2]를 찾아봤다. 살펴보니, 자폐스펙트럼 고객이 사회적 상황을 이해할 수 있도록 돕는 소셜 스토리와 감각 조절을 위한 진정 키트를 제공한단다. (They offer everyday accommodations for customers, including a social story and calming kit.) 경우에 따라서는 자리를 우선 배정해주거나 빠르게 결제할 수 있도록 돕는다니 끄덕여졌다. (They also offer preferred seating and expedited check out.) 우리집 신경다양성 아이는 자동차를 워낙 좋아하는 탓에 식당이나 카페에 가면 늘 차의 동선을 눈으로 훑을 수 있는 창가 자리를 선호한다. 인기가 많아 금방 예약이 다 차버릴 법한 인기석에 먼저 앉을 권한을 준다면 그날의 식사는 훨씬 수월할 수 있겠다고 생각했다.

(1) 식당에 간다, (2) 먹는다, (3) 다 먹으면 나간다. 일련의 순서가 흐트러짐 없이 딱딱 맞아 떨어져야 하는 아이인지라 결제 순서가 밀려 나가지 못하는 상황이 되면 금세 자체 사이렌 소리를 낼 게 분명했다. 별것 아닌 것 같겠지만 이 신속 결제 서비스도 꽤 와닿는 친절함이었다. 80% 할인가로 식사할 수 있는 역대급 혜택이 아닐지라도 오티즘 웰커밍이 건네는 배려는 충분히

따사로웠다.

오티즘 웰커밍은 아이와의 외출이 쉽지 않을 수 있지만 겁먹지 말고 얼마든지 나와도 된다고 손을 내미는 마음이었다. 사회적 상호작용에 어려움을 겪는 아이가 소금 별나고 독특한 행동을 하더라노, 눈치 보지 발고 돌아다녀도 된다는 외출 권유의 신호를 마주할 때마다 반갑고 고마웠다. 자폐인 과학자 카밀라 팡이 저서에서 언급한 것처럼, 다소 서툴더라도 타인과 끊임없이 연결되기를 꿈꾸는 마음이 어쩌면 내 아이의 가슴에도 별처럼 남아 있었을지 모른다. "아이도 불편할 것 같은데 왜 군이 데리고 나왔을까. 집이 더 안전하지 않겠어요?" '안전'과 '편안'이라는 키워드를 꺼내들며 되도록 집콕하기를 권하던 시선 속에서 살아온 한국형 엄마에게, 미국의 이 둥근 시그널은 의아하면서도 기뻐하지 않을 수 없는 서프라이즈 선물 같았다.

앞으로 만날 또 다른 공간에서의 사인이 기다려진다. 오티즘 웰커밍과의 세 번째 만남은 과연 어디에서 이뤄지게 될까. 이번에도 음식점이라면 어떤 도움을 받을 수 있을지 좀 더 구체적으로 물어봐야겠다. "혹시 추가 할인도 되나요? 신경다양성 아이랑 외출해서 바짝 긴장한 마미, 대디를 위해 혹시 공짜 커피도 제공될까요?" 이런 촌스러운 질문은 살짝 넣어두기로 스스로 약속해 보면서 말이다. 또 다른 박물관에서 이 환영 문구를 만난다면, 언어 표현이 서툰 우리집 자폐 소년도 즐겁게 참여할 수 있는 추천 프로그램이 있을지, 탈것에 유독 몰입을 잘하는 아이를 위한 놀이 시설은 뭐가 있는지도 아낌없이 질문해 봐야겠다. 아직은 미국이라는 타국의 영역 안에서만 마주했던 오티즘 웰커밍 표식이었지만, 세계 곳곳 더 넓은 공간에서 마주할 수 있다면 더없이 좋겠다. 그게 한국이라면 눈물겹게 반갑겠고.

미국 초등학교에 가면
생기는 일

자폐스펙트럼 아이를 키우는 과정에서 오르막을 느끼는 구간이 크게 세 지점 있다고들 한다. 아이가 병원에서 진단을 받을 때, 아이가 학교에 처음 입학할 때, 아이를 키우는 집이라면 어느 집이나 긴장할 수밖에 없는 사춘기가 기어코 찾아올 때. 세 가지 중 두 번째 미션을 기다리고 있자니, 본격 입학도 하기 전인데 나도 모르게 정인의 〈오르막길〉 노래부터 찾아듣고 있었다. '이제부터 웃음기 사라질 거야. 가파른 이 길을 좀 봐. 그래 오르기 전에 미소를 기억해두자. 오랫동안 못 볼지 몰라.'[4] 가사 한 소절마다 남의 얘기 같지가 않았다. 작사, 작곡 윤종신 님의 사랑 노래가 예비 학부모 입상에서는 초등 준비의 고단함을 표현한 노래로 들렸다. 세상 모든 유행가가 이렇게 점점 초등 준비송으로 해석되려나 싶어 쓴웃음이 떠오르기 시작했다.

선배맘들로부터 익히 들어왔다. 자폐 아이의 초등학교 준비가 얼마나 만만치 않은 작업인지에 대해서 말이다. 학교는 어린이집과 교실 안 친구들 숫자부터 스케일이 달랐다. 어린이집을 30년 가까이 외할머니가 운영해 오던 기관에서 첫 사회생활을 시작했던 건 타이밍이 좋았다. 한국에 머물면서 친정의 아파트 단지가 품은 인기 어린이집에 순번이 다가왔던 것도 대단히 운이 좋았겠고. 자폐스펙트럼 진단 이후에는 소수 정예의 장애 통합반만 다녔으니, 아이도 나도 각 잡힌 사회생활은 가까스로 피해 다녔던 셈이다. 누가 봐도 '꿀 같은 판'을 누리다가 돌연 미국 학교로 향하려니 그 격차가 하늘을 찔렀다. 학교 입학도 무서운데 한국도 아닌 미국 무대라니, 오르막길 이정표를 보자마자 현기증부터 났다.

아이는 미국에서 태어났지만, 내게 미국은 여전히 이역만리의 낯선 땅이었다. 미국에서 직장 생활을 하는 남편과 결혼을 했고, 결혼하자마자 미국 유학길에 올랐지만 삼십 년 넘도록 한국에서 모범생으로 안착해 온 탓에 미국은 늘 도전과 모험이라는 단어로만 읽혔다. 남들은 기회의 땅이라는데 누군가는 〈California Dreamin'〉이라고 노래도 만들었는데, 여태껏 내 삶의 모든 기회는 한국에 있지 않나. 결혼 생활의 주 무대가 미국이 될 걸 알고 이 남자와 평생을 약속했음에도 나는 늘 한국에 미련이 많았다. 한국에서 아이를 키우면 더 능숙하게 육아할 수 있을 거라고 자신했다. 담임 선생님과의 만남도, 아이 친구 엄마들과의 소통도 미국 아닌 한국에서 더 똑부러지게 할 수 있을 테니 은근슬쩍 한국어 쓰는 환경이 더 끌렸다. 언어도 문화도 낯선 것투성인 미국보다야, 한국이 나은 이유를 자꾸만 덧대고 있었다.

육아의 메인 무대를 어디로 잡을지 고민하던 초기, 아이의 발달 지연과 장애 여부는 미국이든, 한국이든 크게 달라질 게 없다고 생각했다. 치료 센터는 한국에도 우후죽순 생겨나고 있으니 내가 고국에서 그간 쌓아 올린 성실함을 바탕으로 또 열심히 다니면 될 일이었다. 전례 없던 코로나 시국, 미국 육아의 매운맛에 지쳐 한국에서 다소 긴 친정찬스를 누렸더니만 영유아 키우기에는 한국만한 곳이 없다는 생각이 더 굳건해졌다. 느리고 불편하고 때때로 지저분하기까지한 미국에 비해, 한국은 대단히 빠르고 깨끗하고 아기자기한 것투성이었으니까, 그야말로 육아 파라다이스였다. 게다가 모든 게 한국어로만 이뤄지니 육아 일상 전반이 간편하고 또렷했다. 모든 게 내 통제 아래 일사불란하게 움직인다는 생각에 고국 육아는 아름답기까지 했다. 그렇게 타국 육아를 싹싹 지워볼까 싶어 종종 남편의 한국 역이직을 두고 함께 고민을 나누기도 했다.

'한국이냐, 미국이냐'를 고민하던 가운데 가족과 지인들의 따끔한 잔소리도 백 번 넘게 들었다. "다들 미국 유학 간다고 난리인데 넌 왜 거꾸로야?" 대부분의 부모들은 어떻게 하면 아이를 미국에서 자리 잡도록 키워갈까 고민하는 것 같았다. 영유를 보내고 국제학교를 선택하면서 어떻게든 아이가 한국의 경계를 넘어설 수 있게 애쓰는 몸짓이었다. 이쯤하면 한국에 꿀단지라도 묻어 뒀나 물음표를 품을 만도 하겠다. 한국 땅에 거액의 자산을 숨겨둔 것도 아니건만, 나 홀로 고국에 대한 애정 지수가 하늘을 찌르던 날들이었다. 비로소 첫째가 자폐스펙트럼 진단을 받고 나니 장애 아이를 키우면서 이민을 택했다는 스토리도 자주 눈에 띄어 헷갈리기 시작했다. 그때 마주한 선배맘의 한 마디가 내 마음 정중앙에 꽂혔다.

"미국에서는 적어도 학교에서
　진구를 만늘어수더라고요."

친구, 고작 두 글자가 갈팡질팡하던 내 마음을 붙들어 잡았다. 친구란 있다가도 없고, 없다가도 생기는 것 아니냐고 말할 수도 있겠지만 자폐스펙트럼 아이를 키워가는 엄마에게는 조금 더 특별한 키워드다. '사회적 상호작용의 결함'이 주 진단 기준 중 하나가 되는 자폐스펙트럼 아이에게 또래와의 자연스러운 어울림을 기대하기는 힘들다. 어린이집에서 받아든 아이의 관찰 평가서에는 늘 또박또박 적혀 있던 단골 문구가 있었으니까. "친구에 대한 관심이 현저히 낮고 혼자서 활동하기를 즐깁니다."

그런 발달장애 아이에게 미국 학교는 기꺼이 친구를 만들어 준단다. 일상 속 작은 순간에도 도움이 필요한 아이를 위해 짝꿍을 붙여 주고, 등하굣길에 소소한 수다를 나눌 수 있는 동반자를 만들어 주니 선배맘은 만족스럽다고 했다. 물론 거주하는 주마다 지원 양상은 조금씩 다르겠지만 미국에서는 공립과 사립 형태를 불문하고 흔한 일이란다. 한국에서였다면 아이는 여전히 친구 한 명 없이 외로웠을 것 같다는 말도 잊지 않았다. 우정이라는 게 누군가가 나서서 제조해 준다고 샌드위치 만들 듯 뚝딱 만들어질 리 없지 않나? 의심의 눈초리를 품었던 것도 잠깐, 아이의 특성을 고려해 먼저 나서 주려는 학교의 원칙이 참 따뜻했다. 학비 비싸기로 유명한 국제학교나 명성 자자하기로 소문난 수십 년 전통의 국내 사립학교보다도 더 근사한 지침이었다.

'그래, 까짓것 해 보자.
 타국 육아, 더 이상 피하지 말자.'

미국의 공립 초등학교 입학을 앞두고 동네 학교를 찾았다. 진짜 입학까지는 반년도 더 남았지만 특수교육대상자로 선정되기까지는 몇 차례에 걸쳐 사전 평가 절차를 밟아야 했다. 한국에서는 여전히 어린이집 울타리 안에서 뒹굴던 아기였는데 벌써 미국 초딩이 된다니 가슴이 저릿저릿했다. 학교 측에서 보내온 평가 일정 메일을 열어보면서 나의 만성 걱정병도 도져버렸다. 가뜩이나 한국어 발화도 느린데 영어만 쓰는 선생님들 틈에서 가만히 앉아 있기나 할까. 다른 언어로 질문하는 사람들을 앞에 두고 자기 말을 못 알아듣는 상황이 답답하니 돌연 짜증 레벨만 높이면 어떡하나. 아이가 낯선 공간에 가면 꼭 나를 끌고 들어가는데 분리가 안 되면 어떡하지. 학교에 들어서는 주인공은 아이건만, 무대 주인공보다 백배는 더 겁먹고 있던 엄마, 바로 여기요.

'어떡하지, 어떡하나.' 잔뜩 '어떡'으로 시작하는 세상의 온갖 말을 품고 있

던 나는 아이와 학교에 들른 첫날, 입을 떡하니 벌릴 수밖에 없었다. 처음 가
보는 초등학교 교실이 궁금하니 애는 어찌어찌 입장하긴 했는데, 정작 애미
는 한두 시간을 족히 넘기는 평가를 아이가 평화롭게 버텨낼 수 있을까 '걱
정 조각'만 조각보처럼 이어붙이고 있었다. 쉴 새 없이 이어붙이다가, 가장
자리 실밥이 다 터져버릴 것만 같았다. 교실에 입장하고 정확히 2시간이 지
난 뒤, 밝은 갈색빛 머리의 선생님 손을 다정하게 부여잡고 아이가 폴짝폴짝
뛰어나왔다. 아이가 엄마를 찾지는 않았냐고, 아는 영어가 많지 않을 텐데
평가하는 게 가능하기는 했냐는 다소 어두컴컴한 질문 앞에서 선생님은 잇
몸을 드러내며 환하게 웃었다. 아이가 이미 알고 있는 영어 단어가 너무 많
아서 즐거운 시간을 보냈단다.

"얘가요?" 알고 보니 첫째는 실로 아는 게 많았다. 엘리베이터, 트럭, 카
캐리어, 버스에 더해 각종 차 브랜드들도 알파벳투성이니까 그런 면에서 아
이는 제대로 파닉스 클래스를 다닌 적도 없는데 영어 천재인 셈이었다. 아이
가 한국 토종식으로 읽어 내는 단어마다 감탄하며 대단하다고, 정말 잘한다
고 물개 박수를 쳐준 그들이 그저 고마웠다. 한국에서 받은 그 어떤 받아쓰기 평
가보다 높은 점수를 받았을 것만 같은 날이었다.

"엄마, 오늘 학교 갈래요."
"학교에 또 가고 싶어요."

아이는 알고 있었다. 학교 안에서 자기가 '예쁨받고 있었다'는 사실을, 학
교에서 만난 사람들이 자신에게 '친절했다'는 느낌을 고스란히 기억하고 있
었다. 아이가 유튜브 영상 어딘가에서 봤다가 기억해 둔 대사 한 마디를 한
국어로 대충 내뱉어도 어떻게든 아이 취향을 이해하기 위해 실시간 통역 앱
을 돌려 가며 해석하려 애쓴 선생님들의 손짓이 있었다. 교실 안 공기청정기

나 청소기 따위의 전자제품만 샅샅이 살피며 청각 추구를 하려는 아이를 두고 '제지'의 언어를 덧대는 대신, 아이가 호기심이 왕성하다고 감탄하며 나중에 친구들과 청소 놀이하자고 '제안'의 언어를 던졌다. 학교에서의 모든 순간, 아이는 늘 중심이었다. 배제되지도, 소외되지도 않는 자리에 섰다. 아이에게 학교는 센터와 리드보컬, 메인댄서가 될 수 있는 공간이었다. 언제 데뷔할지 몰라 기다리고만 있는 데뷔조가 아니었다. 자기도 충분히 주인공이 될 수 있다는 걸 감지라도 한 듯 학교 가자고 연신 졸라대는 아이, 그 마음이 끄덕여졌다. "야, 근데 너 아직 입학도 안 했어."

미국 초등학교 첫 방문 이후, 우리는 종종 학교에 들렀다. 딱히 평가 스케줄이 잡혀 있지 않아도 그냥 자전거를 타고 학교 주변을 구경하러 갔다. 한 번은 학교 뒤편 놀이터에 가서 미끄럼틀만 50번도 넘게 타고 왔다. 또 한 번은 동생의 손을 꼬옥 잡고 2인 3각 경기라도 하듯 나란히 뛰어갔다가 꼬깔콘 반환점을 기점으로 뱅그르르 돌아오기만도 했다. 교실 안에서 내다보는 사람이 있었다면 애교심 하나만큼은 나란히 1등과 2등을 다툴 남다른 남매였다. 학교 가기 싫다고 실랑이를 펼치는 풍경은 흔할 텐데, 아직 입학식을 치르지도 않은 학교를 자꾸만 가겠다고 운동화를 신어대는 건 낯설고 때때로 성가셨다. 그런데 그 번거로움이 나쁘지만도 않았다. 아이가 미국 학교를 참 좋아하는 것 같으니 일단 안심. 안 가겠다고 하는 것보단 먼저 간다고 난리인 게 나을 테니 다행이었다. 그 마음이 떠오르게 이끌어 준 분위기 메이커 선생님들은 내게 하나같이 헬렌 켈러의 설리번 선생님 군단과도 같았다.

"미국에서는 적어도 친구를 만들어주니까."
지인의 말이 다시 마음속에서 동동 떠다니기 시작했다. 아이의 소소한 관심사 표현에도 실시간 감탄을 자아내던 선생님들만 봐도 눈치챌 수 있었다. 이들이 자폐스펙트럼 아이와 함께하는 마음이 진짜 '찐'이라는 것을 말이다.

주 정부가 권고하는 대로, 장애인 복지법이 시키는 대로, 법과 원칙에 맞춰서 최소한의 장애 학생 자리를 열어두고 적당히 지원하는 게 아니었다. '친구를 만들어준다'는 말 안에는 아이가 일상의 작은 부분에서까지 행복할 수 있도록 소소한 의사소통 스킬을 키워주려는 진심이 함축돼 있었다. 흔한 농담도 이해하기 힘든 신경다양성 아이지만, 그럼에도 까르르 웃고 떠드는 분위기에 어디 한번 마음껏 섞여보라는 사회성 스킬 수업의 연장선 같았다. 전국에서 모여든다는 소문난 발달센터를 찾아 수십만 원을 들여 등록하는 것보다 값지고 설레는 전략이었다.

아이 곁에 정말 몇 명의 친구를 붙여줄 수 있는 건지, 숫자를 따져 물을 때가 아니었다. 중요한 건 학교가 친구라는 다리를 통해 힘들 땐 언제든 옆으로 푹신히 기대도 좋다고 다정함의 신호를 쥐어준다는 데 있었다. 천천히 남다르게 자라는 아이라서 성적도, 우정도 예외가 되어야 하는 게 아닐까 잠시 오해했다. 느려도 할 수 있는 게 있다고 마음을 열어주는 곳이 바로 그들의 무대였으니까. 평균의 시선에서 보면 잘하지 못하는 것 같지만, 세세히 살펴보면 분명 잘하는 것도 있다고 알아봐주는 곳, 그 강점을 보면서 우리 모두 같은 곳에 나란히 앉아 있어도 좋다고 기꺼이 예쁜 색의 의자를 내어주는 곳. '미국'과 '학교'라는 어마무시한 단어의 조합 앞에서 잔뜩 얼어붙어 있던 마음이 그제야 해빙기를 맞은 것 같았다.

내 아이가 사랑받을 수 있는 공간 안에서는 못 할 게 없겠다고 생각했다. 누군가는 아들이 대단한 자동차 박사라고 감탄할 테고, 어떤 또래는 잘 웃는 내 아이의 웃음소리가 호탕하다고 손뼉을 쳐 주겠지. 학교가 작정하고 만들어주는 친구든, 네잎클로버 발견하듯 계획 없이 찾아온 친구든, 이런 따뜻한 공간 안에서는 신경다양성 아이도 우정을 지을 수 있을 것 같아 내가 다 설렜다. 아들이 누구라도 집에 데려오는 날이 생긴다면 K-푸드 서너 가지는 당당하게 만들어줘야겠다고 생각했다. 여전히 요알못 엄마지만, 아이들이 좋아할 만한 김밥이나 불고기쯤은 미리 연습해 둘 필요도 있겠군. 아들의 친구가 될 것 같은 영어 이름 몇 개를 떠올리며 나는 상상의 나래를 펼쳤고, 요리 유튜브도 켰다.

- 정인, <오르막길>[5] 중에서 -

노래 도입부는 초등 생활, 앞으로 경험할 오르막이 장난 같지 않을 테니 엄마 아빠 정신줄 단단히 붙잡으라는 경고장 같았는데 결국에는 따뜻한 마무리가 기다리고 있었다. 오르고 또 오르면 못 오를 리 없을 거라는, 그러니까 인내심 좀 가져보라는 잔소리가 아니었다. 오르막에 다다르고 나면 결코 거기에 혼자 선 게 아니라는 희소식, 함께할 '우리'가 있다는 이야기였다. 학교의 문턱 앞에서, 그것도 한국이 아닌 타국의 학교 앞에서 잔뜩 겁먹고 울어버릴 뻔했는데 당황할 필요도 없고 헤매느라 속상할 이유도 없다는 토닥거림에 힐링이 됐다. 이 정도면 초등학교 입학을 준비하는 학부모 마음챙김 플레이리스트의 타이틀곡으로 배정해도 손색이 없겠다.

미국 초등학교에 첫 방문했던 날이 3월 초엽이었다. 달력의 세 번째 장이 품은 기운 그대로 학교 유리창에 '봄날의 햇살'이 스며들었다. 보스턴은 4월까지도 패딩을 꺼내 입어야 할 정도로 겨울 맛이 제법 오래가는 편인데, 이 날만큼은 내 눈에 와닿는 풍경 모든 게 부드럽고 포근했다.

우리 애,
대학 갈 수 있을까?

자폐스펙트럼 아이를 키우는 엄마들에게 앞으로의 희망사항을 물으면 다들 비슷한 결의 답변을 내놓곤 한다. "우리 아이보다 하루 더 살았으면 좋겠어요." 험난한 세상살이에 적응해 가려면 서툰 것이 많다 보니 엄마가 곁에서 챙길 게 많은 탓이다. 감각이 예민한 아이를 생각해서 외출할 땐 장소의 배경음악이나 조도도 신경 써야 하고, 처음 맞닥뜨릴 상황에 긴장할까 봐 맥락도 천천히 짚어줘야 할 때가 잦다. 아이의 흥미와 관심사가 하나에만 제한된 경우가 많으니 기본적인 사회생활이 너무 방해받지 않도록 자연스레 확장하도록 이끌어야 하는 과제도 평생 가져간다. 믿음직스러운 친구나 애인, 비장애형제가 도울 수도 있겠으나 어디 엄마만큼 아이의 욕구와 감정을 살뜰히 알아차릴 수 있겠나. 아이의 세상이 끝나는 날까지 옆자리에 함께하고 싶다는 마음은 단순히 가늘고 길게 살고 싶다는 욕심이 아닌 걸 너무 잘 안다. 하지만 내게 같은 질문을 던진다면 1초 컷으로 이렇게 얘기할 것 같다. "우리 애가 대학에 갔으면 좋겠어요."

신경다양성에 대해 이야기하려 글을 쓴다면서 갑자기 웬 입시 열풍에 휩싸이는 소리를 하고 있냐며 황당하실 수 있겠다. 결국 아이가 좋은 대학에 철컥 붙었으면 좋겠다고 소원을 비는 데는 아이의 장애 여부를 가를 것 없이, 요즘 엄마들 다 똑같다고 실망하실 수도 있겠다. 자자, 잠시 진정들 하시

라. 내 희망사항을 좀 더 구체적으로 들여다보면 오해가 풀릴 것이다.

첫째, 남들이 Top 10으로 손꼽는 대학에 아이가 진학하길 바라는 게 아니다. 보스턴에 거주한다고 해서 하버드나 MIT에 가기만을 야무지게 꿈꾸고 있다는 건 더더욱 아니고. 아들이 갔으면 하는 대학의 이름이나 순위는 내 관심 밖이라는 걸 또렷하게 밝혀둔다. 둘째, 아이가 꼭 스무 살부터 대학생활을 하길 바라는 게 아니다. 입학시험을 준비해서 치르기까지 또래들보다 어림잡아 10년이 더 걸린대도 괜찮다. 남들 직장에서 대리 달 때쯤, 서른 살 새내기 생활을 시작하는 것도 꽤 신선할 테니까. 셋째, 남들이 좋다고들 하는 유망 직종의 인기 전공을 택하길 바라는 게 아니다. 자동차 정비 기술을 단련하는 전문대학이든, 자동차 내부와 외부를 디자인하는 예술대학이든, 아들이 미쳐 있는 분야라면 상관이 없다. 학교가 어디든, 세부 전공이 무엇이든, 필수 의무교육 과정을 모두 마친 뒤에 아이가 가장 좋아라 하는 '그것'만 신나게 파고들 수 있는 판을 경험해봤으면 좋겠다고 생각한다.

대학 생활의 낭만, 초록초록한 잔디밭 독서도 마음껏 누려봤으면 좋겠고, 자동차에 푹 빠진 또 다른 친구를 만나서 창업 동아리를 꾸려본다고 해도 재밌겠다. 청소년기에서 성년기로 넘어가는 사이, 진로를 고민하고 관계를 모색하는 그 접점에 캠퍼스 특유의 설렘과 열기가 곁들여졌으면 하는 바람이다. 캠퍼스 커플까지도 가능하다면 그야말로 영화 〈클래식〉 속 빗속 달리기 장면도 연출해 볼 수 있을 테다. 그런데 어찌어찌하여 10년 더 걸려서 입시까지 치러낸다 하더라도 자폐스펙트럼 아이, 진짜로 대학 생활을 할 수 있을까. 신경다양성 아이 인생에 '대학'이 끼어들 자리가 있을까.

아이가 18개월 무렵, 미국 소아과에서 오티즘(Autism)일 수도 있겠다는 이야기를 듣고 난 뒤, 남편과 나눈 첫 대화는 이러했다. "내 동료 직원 중 한

명도 자폐스펙트럼 아이를 키운대. 지난해 우리 대학에 합격해서 다니고 있어." 우리집 아이가 내가 한 번도 상상해본 적 없는 세계에 살고 있다는 이야기는 가뜩이나 막막했던 코로나 시국 속에서 혼란스러움을 더했지만, 내가 경험해 온 세상과 크게 다르지 않은 길을 걸을 수 있다고 생각해 두는 건 마음 관리에 제법 좋은 전략이었다. 그중 하나의 키워드가 바로 '대학'이었다. 한국이든 미국이든, 입학과 졸업이 마냥 쉽지만은 않겠으나 나도 남편도 기꺼이 경험했던 세계, 우리가 간절히 원했던 꿈을 이루는 데 결정적인 밑바탕이 되어줬고, 대학 동아리 활동은 딱 좋은 청춘 시절을 추억하게 해주는 매개체였다. 그런 대학에 갈 수 있다고 한다. 자폐스펙트럼이라고 하면 학교에 끝까지 다니지 못해 홈스쿨링을 해야 하고, 몇 가지 직업교육만 받다가 결국 적당한 일거리를 잡지 못해 생계에 어려움을 겪는 결말만 마주해야 하는 줄 알았다. 미국에서는 대학도 간단다. 자폐스펙트럼 아이도 캠퍼스를 거닐 수 있다고 한다.

그로부터 몇 해를 거치며 알게 된 사실 하나, 남편이 재직하고 있는 대학에도 제법 다양한 신경다양성 학생들이 있을지 모른다는 이야기였다. 미국 보스턴 대학교에서 심리상담 교수로 재직하고 있는 남편이 수업마다 우리 아이와 닮은꼴 제자를 마주해 왔을지도 모른다고 생각하니 반가움이 배로 치솟았다. 물론 개개인의 의료 정보 보호를 위해 규정된 법률상, 남편은 어떤 학생이 무슨 진단을 받았는지에 대해 구체적으로 알 수 없다. 교수는 학생이 강의에 잘 스며들 수 있도록 이끌면 될 일이니 꼭 알아야 할 필요도 없겠고, 궁금해할 필요도 없겠다. 단지 교수는 학교 본부 측으로부터 특정 학생에게 수업 중 어떤 지원이 필요한지에 대한 공식적인 협조 요청 메일을 받는단다.

"이를테면 어떤 학생을 위해서는 30분에 한 번씩 일어나는 걸 배려해줄 수도 있겠지." 불가능해 보이는 상황을 가능하도록 이끄는 건 결국 대학의 시스템이었다. 남편이 들려준 몇몇 가정 상황은 생소하지만 감동적이기까지 해서 웃음이 나왔다. 도움을 주는 몇 가지 방안으로는 대표적으로 제출해야 할 페이퍼의 마감 기한을 늘려주는 안이 있었다. 다음 주 월요일까지 제출해야 하는 게 원래의 미션이라면 난독증이나 ADHD 등의 신경다양성 학생들에게는 닷새 정도 더 작업할 여지를 주는 거다. '내가 너그러운 유형의 교수니까 좀 봐준다' 식으로 얻어걸리는 행운이 아니었다. 과제에 집중하는 데 남들보다 시간이 더 걸릴 수밖에 없다는 뇌의 신경학적 특징을 존중하고, 공식적으로 배려해주자는 학교의 조치였다.

이뿐만이 아니다. 대학 측에서는 학생의 공식적인 요청이 있다면 수업 형태와 교수 재량에 따라 충분히 시험 시간을 연장해주는 방안도 고려해줄 수 있단다. 60분 내에 분초를 다투며 풀어야 하는 지필 고사는 가만히 앉아 집중하는 게 힘들거나 특정 시간대 정해진 장소에서 해당 루틴을 꼭 하고 지나가야만 하는 학생들에게 어쩌면 다소 폭력적인 형태가 아닐까 생각했던 적이 있다. 우리집 첫째도 장애 등록을 위한 웩슬러 지능 검사를 해본 적이 있는데, 점수의 고저를 논하기에 앞서 검사의 진행 방식 자체를 너무도 힘겨워했었으니 말이다. 난청 때문에 강의 녹취를 해야만 수업 내용을 따라갈 수 있다면 이 역시 허락받을 수 있었고, 난독증 등의 이슈로 필기가 힘들거나 수업 참여 시 도와주는 이가 반드시 있어야 하는 학생이라면 학교 측의 지원을 받아 도움 인력을 고용할 수도 있다.

대학마다 세부 지침은 다르겠으나 미국 대학교에서는 이런 배려가 딱히 유별난 것도 아니라는 남편의 말에 더 놀라웠다. 자꾸만 호들갑을 떨며 "진짜?"를 열 번도 넘게 반복하는 내 모습이 오히려 더 촌스럽게 느껴졌다. 그들에게 신경다양성 학생의 특징을 알고 배려하는 건 카페에서 아메리카노를 마시는 것만큼 일상 속에서 당연한 일인데 '이게 가능하냐'고 자꾸 토끼 눈을 하는 내가 더 이상해 보일 게 분명했다. 어느 세계에서는 결코 당연하지 않은 것들을 당연한 풍경으로 만들어가는 미국 강의실의 모습에 나는 점점 더 반하고 있었다.

우리집 자폐스펙트럼 아이가 대학 강의를 듣는다고 상상해봤다. 얘가 강의실에 1시간 넘도록 앉아 있을 수 있겠나. 교수님 말씀을 듣다가도 자꾸만 일어서서 강의실 구석구석을 탐색하고 다닐 것만 같다. 청각이 극도로 예민하고 누군가 한 말은 토씨 하나 안 틀리고 기억해 재생해 내는 편이라 분명 교수님 말씀을 안 듣는 게 아닐 텐데도, 너무나 죄송스럽게 아이는 여기저기 돌아다닐 게 뻔하다. 한국이었다면 '어른이 이야기하는데 예의가 없다'고 수없이 질책받을 만한 상황이다. 30분마다 복도 창문 앞에 서서 시원한 바람을 '쏴악' 쐬어줘야 하는 그만의 루틴이 생겨났을 수도 있다. 이미 고정된 루틴을 해체하고 싶어하지 않는 아이를 쉽사리 제지할 수 있는 사람은 없을 것이다. 강의 도중에는 '무단 외출 절대 금지' 같은 규정이라도 생긴다면 우리 애는 C도, D도 아닌, F만 술술이 받아늘 게 뻔하다. '품행이 방정하지 못해 수업 분위기를 저해합니다' 같은 메모도 F로 장식된 성적표 끄트머리에 적혀 있을 것만 같다.

완전히 반대인 교실에서는 어떨까. 정각만 되면 벌떡 일어나서 강의실을 한 바퀴 빙 돌고 마는 신경다양성 아이가 있다 해도 그 누구도 날 선 시선을 던지지 않는 곳 말이다. 진단명이 뭔지도 모르겠는데 페이퍼 마감 기한도 늦춰주고, 시험 시간도 늘려주고, 강의를 듣다가 뛰쳐나가도 교수님이 싫은 내색 하나 보이지 않는 학생이 있다. 함께하는 학생들은 '저 친구에게 뭔가 사연이 있겠거니' 생각해두고 신경 쓰지 않는다. 교수님에게 "쟤는 재벌 4세나 정치인의 자녀라도 되는 겁니까?" 따져 물으며 왜 저 학생만 봐주는 거냐고

'불공평하다'는 단어를 입에 올리는 이들도 없다. 이쯤하면 그 특혜 받아 보겠다고 신경다양성임을 가장하는 꼼수를 써 가면서 성적에 올인하는 학생도 어딘가 있을 것만 같은데, 그럴 일은 상상할 수 없다. 이곳은 한국의 강의실이 아니다. 날짜 변경선을 넘어서 시차 적응을 하는 데만 꼬박 일주일이 걸리는 남의 나라, 미국 땅에서 마주할 수 있는 모습이다.

그렇다고 해서 신경다양성 학생을 투명 인간처럼 없는 사람 취급한다는 얘기는 아니다. 팀 프로젝트를 해야 할 상황이 오면 어떤 역할을 희망하는지, 어떤 작업을 할 때 편안할 수 있는지 존중한다. 남들과 대면해 소통하는데 극심한 피로를 느끼는 것 같다면 어떻게든 함께 의견을 나눌 수 있는 최적의 안을 찾아 다른 팀원과 머리를 맞댄다. 같은 조가 돼서 점수를 잘 못 받을까 봐 전전긍긍하는 학생들은 없느냐고, 새로운 조 편성을 희망하지는 않더냐고 물었더니 남편의 대답은 생각보다 간결했다. "함께 겪어보는 것도 중요하니까, 살면서 결국 뭐든 같이 풀어가야 하는 거니까." 다양성에 대한 배움을 얻기에는 그보다 훌륭하고 완벽한 수업도 없어 보였다.

자폐인은 비자폐인보다
세상살이 자체가 더 고단한 만큼
더 수면 시간이 긴 것도 당연한 일일지 모른다.
감각 과부하, 사회적 압박, 가면 쓰기의 부담감 등이
우리의 기력을 크게 소모시킨다.

다시 말해 많은 자폐인들은
아홉 시부터 다섯 시까지 근무하는 직장에
적합하지 않으며 그와 다른 시간에

근무할 수 있어야 한다는 것이다.

- 데번 프라이스, 『모두가 가면을 벗는다면』[6] -

우리 아들도 결국 대학생이 될 수 있을 것이다. 남편보다 더 큰 키를 하고 긴 다리로 휘적휘적 캠퍼스를 활보할 날이 올 것이다. 자폐성 장애 아이가 어떻게 입시를 치르고 대학에 갈 수 있겠냐고 종이학 접듯이 꼬깃꼬깃하게 마음을 접어둘 일이 아니었다. 상호작용에 결함이 있는 자폐인이 어찌 대학의 팀플을 견디고, 마감을 지켜 페이퍼를 내겠냐고 먼저 선 그어둘 꿈이 아니었다. 신경학적 독특함을 이해하고 존중해주는 마음이 모여 있다면, 아이는 남들보다 10년 늦게 입학한 학교에서 F투성이 성적표를 쥔 천덕꾸러기로만 자리하지 않을 것이다.

아이는 어쩌면 어느 한 대학의 자동차 정비학과에서 좋아하는 차종의 내부 구조를 세밀히 점검하는 데 2박 3일 넘게 빠져 있을지도 모르겠다. 자기만의 방식으로 세상에 없을 독특한 프레센테이션을 준비하느라 불러노 대답 없는 상태, 호명 반응 없던 18개월의 아기 모습으로 잠시 되돌아갈 수도 있겠다. 뭐, 많은 사람들 앞에서 실전 발표가 불가능할 것 같으면 미리 촬영해서 재생하면 될 일이다. 그때의 찍사는 한때 '방송국놈들' 중 하나였던 엄마가 담당해주겠노라 발 빠르게 찜해본다. 한국식으로 50학번쯤, 미국식으로 'Class of 2055'쯤 될 아들을 상상하고 있자니 마음 단단히 먹고 저속노화에 힘써야겠다는 결론에 다다른다. 첫째가 새내기 생활을 시작할 때 65세 지점을 찍을 것만 같다. 사진 한 장이라도 곱게 건지려면 오늘부터라도 얼굴에 1일 1팩을 덧대야 할 것만 같다.

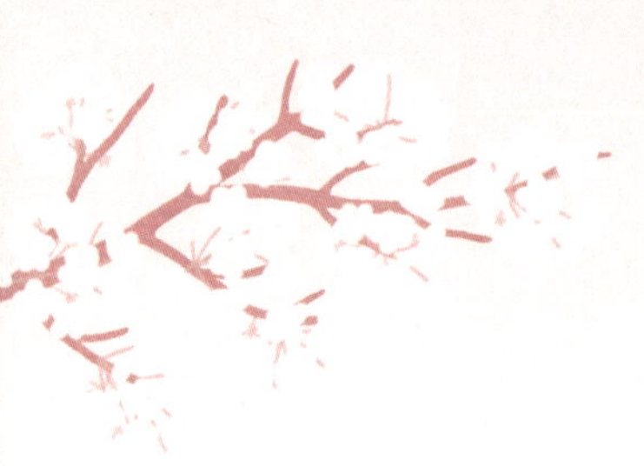

이웃에게
자폐를 고백할 때

　다음 보기 중, 가장 쉬운 고백은 무엇일까? (1) 썸만 타던 이성 친구에게 이제는 사귀어 보자는 고백, (2) 반년 넘게 잘 사귀어 오던 애인에게 마음이 바뀌었다고 떠나겠다는 이별 고백, (3) 10년 남짓 잘 다니던 회사에 나 곧 사직서 낼 거라며 곧 자유로워질 몸짓에 설레발 떠는 퇴사 고백, (4) 우리집 아이가 다른 또래에 비해 많이 달라서 함께하는 데 불편할 수 있을 거라는 발달장애 고백. 네 가지 모두 고백 난이도가 높을 건 분명하지만 그중에서도 난이도 최상을 찍을 것만 같은 고백은 과연 무엇일지 생각해 보시라. 이어서 그나마 넷 중 가장 쉬울 것 같은 고백은 또 몇 번일까. 어쩌다 보니 네 가지의 고백을 찬찬히 다 겪어봤는데, 내게 별 하나짜리 난이도는 단연 4번이었다. 네 가지 고백을 수험 생활에 비유하자면, 미국에서 겪은 4번은 난이도 조절에 실패한 물수능에 가까웠다.

　자폐스펙트럼 아이와 살아가는 드라마틱한 여정 안에는 '이웃'이라는 조연이 등장한다. 아이가 타이틀 롤이고 그 곁에 함께하는 나와 남편, 그리고 두 살 터울의 동생이 메인 캐릭터라고 해두자면, 두 아이 육아에서 빠질 수 없는 지원군인 조부모님과 어린이집 선생님들은 주연 못지않게 빛나는 조연쯤 될 것이다. 그런데 작품은 여기에서 끝나지 않는다. 신경다양성 아이와 살아가는 복잡다단한 여정이 16화짜리 미니 시리즈로 간단히 끝날 리 없다. 22년 넘게 방영된 〈전원일기〉만큼이나 호흡이 길고, 각 방송사가 메인 뉴스 전후로 배치하는 수십 회 스케일의 일일 드라마만큼 수많은 에피소드가 켜켜이 얽혀 있다. 각 회차마다 새로운 이웃이 등장해 긴장을 타게 만드는 것은 물론이다. 우리집이 〈겨울왕국〉에서 엘사와 안나가 자라나는 성이나, 〈미녀와 야수〉에서 저주받은 왕자가 홀로 살아내야 했던 성이 아닌 이상, 옆집이 있고 앞집이 있다.

한국에서 친정 아파트에 머무는 사이, 아이 곁에는 아랫집과 윗집도 있었다. 어느 집에 누가 몇 명 사는지 정확히 알지는 못해도, 엘리베이터를 탈 때마다 어렴풋이 예측할 수 있는 구조였다. 취학 전 연령의 아이들을 키우는 가구가 많았던 아파트 단지의 특성상, 아침 9시 등원 시간만 되면 뜻하지 않게 층마다 호구조사가 가능했다. 13층에선 우리집 남매와 연령이 비슷한 또래 남매가 탑승하고, 항상 아빠가 등원을 시킨다. 10층에 멈출 때는 늘 웃음이 많은 쌍둥이 형제가 탔고, 2층에 다다르면 우리 아이들보다 좀 더 어린 아기가 할머니와 등원길에 나서곤 했다. 한국 아파트에서는 생각했던 것보다노 제법 많은 수의 이웃을 만나게 된다. 그 말은 곧 신경다양성 아이가 내보이는 변수의 몸짓들을 실시간으로 공유할 사람들이 많다는 이야기이기도 했다.

"문이 열립니다. 문이 닫힙니다."
엘리베이터 기계음을 실감 나게 따라 하는 아이를 보면서 '풉' 하고 웃음을 터뜨렸던 것도 잠시, 문이 열릴 때마다 매번 내렸다가 다시 타는 아이만의 규칙이 생겨버렸을 때는 꽤나 속이 탔다. 아무리 자폐스펙트럼 아이들과 그 부모들을 만나 행동 중재에 대해 이야기를 나눠온 시간이 쌓여도, 내 아이와 함께하는 일상의 모든 순간을 치료의 연장선으로 가져가는 건 쉽지 않았다. 치료사 정체성으로 각 잡고 중재를 해보고 싶다가도, 아침 시간대의 나는 "늦었어. 빨리!"라는 말을 가장 많이 반복하는 엄마 정체성일 때가 잦았다. 바짝 가까운 옆집과 윗집, 아랫집을 마주칠 때 특히 더 예민해졌음은 물론이다. 아파트에서 육아 중이라면 층간소음이나 벽간소음 걱정에서 완전히 자유로울 수 없는데, 여기에 '어쩐지, 그 집 애가 좀 남다르더라'는 편견까지 얹고 싶지 않았다. 하물며 친정 부모님의 집에 얹혀 있는 상황이었다. 불필요한 갈등을 끌어들이고 싶지 않아서 나는 늘 고슴도치처럼 바짝 곤두서 있었다. 이쯤 되면 애 둘을 데리고 현관을 나서는 마음은 항상 하나로 굳어지고 만다. "오늘은 제발, 목적지까지 아무도 안 만나게 해주세요."

첫째가 태어난 미국에 잠시 머물던 날들, 아파트가 아닌 자그마한 이층집에도 당연히 이웃은 있었다. 일명 '오각형 이웃'. 대저택은 아니지만 네 식구 각자 자기 방에 틀어박혀 '방콕 힐링'은 누릴 정도는 되는 단출한 싱글하우스였다. 아파트가 아닌 덕분에 아랫집과 윗집은 없었다. 층간소음 해방 만세! 대신 촘촘히 심어진 십여 그루의 나무를 경계 삼아 양옆으로 이웃집 두 채, 앞마당이 훤히 내다보이는 창문 너머로 앞집이 세 채, 집들마다 꼭짓점을 찍는다고 가정하면, 딱 오각형 모양이 됐다. 우리집을 둘러싼 펜타곤이었다. 배치 모양도 펜타곤인데, 마치 이방인 가족을 지켜주려고 자처하고 나선 이웃집 부대가 아닐까 내 맘대로 생각했다. 미 국방부를 지칭하는 별칭 그대로 든든한 느낌이었다.

한 동에서 엘리베이터 한 대를 함께 타고 오르내릴 게 아니니, 더 이상 이웃을 마주칠 일이 얼마나 되겠냐고 생각했다. 단 며칠 만에 초보 주택러의 완벽한 오해였다는 게 밝혀졌다. 우리집 곁에서 오각형으로 자리 잡고 있는 이웃들이 아침저녁으로 마을길을 산책하는 통에 네 식구는 거실에 앉아서도 창문 밖을 지나다니는 이웃들을 향해 "헬로, 하와유!"를 외칠 일이 허다했다. 아파트에 살 때는 좁은 엘리베이터 안에서 머쓱하게 내릴 때만 기다리느라 내 아이들의 정수리만 바라보고 서 있던 날들의 연속이지 않았나. 혹은 아이의 돌발 행동을 제지하느라 층수가 얼른 1을 가리키기만을 간절히 빌고 또 빌 때도 많았다. 몇 평 안 되는 좁은 공간에서만 마주하는 게 아니니, 비로소 이웃의 웃는 표정을 볼 일이 많아졌다. 이웃집 사람들의 웃음은 전염력이 있다. '네가 웃으면 나도 좋다'는 사랑 노래는 연애에만 해당되는 게 아님을 이렇게 타지에서 체감한다. 국적과 피부색에 상관없이 생긋 웃는 이웃을 만나는 날엔 오전과 오후가 몽땅 몽글몽글, 솜사탕 같은 기분이 된다. 고슴도치처럼 가시를 세우고 예민해질 필요가 없다.

첫째가 16개월 무렵이었을 때, 이 동네에 처음 이사 왔던 날부터 우리를 살뜰히 챙겨주던 이웃을 참 오랜만에 만났다. 한국에서 제법 오랜 시간을 보내고 왔더니, 아장아장 걷다가 넘어지기 일쑤였던 첫째와 그땐 존재하지도 않았던 둘째가 그 집 마당을 아무런 경계도 없이 잘도 걸어 다닌다. 핼러윈 때마다 올라프 코스튬을 하고 어리둥절해하던 아들에게 가장 먼저 사탕 한 바구니 퍼 날라 주곤 했던 그 아저씨였다. 지금이라면 사탕과 초콜릿 잔치에 눈이 휘둥그레져 밤을 새우도록 뛰어나닐 것 같은 남매인데, 그 당시 첫째는 통통한 눈사람 솜옷 속에서 그 부들거리는 촉감에 취해 마을 웅덩이만 빙글빙글 돌던 애였다. 이웃들이 귀엽다고 인사를 건네도 못 본 척 꿈쩍도 안 하는 아이를 두고, 그저 영어가 낯설어 그런 것 같다며 분주히 웃어넘기던 내가 있었다. 가장 가까운 옆집, 남편과 내게 삼촌뻘 되는 아저씨에게는 우리 아이의 진짜 이야기를 하고 싶었다.

"저희 아들이 실은 오티즘이에요."
"오, 정말? 저기 코너 돌면 나오는 집 있잖아.
거기도 오티즘 아이 살아."

아니, 우리 애가 자폐스펙트럼이라는데 뭐 이렇게 쿨할 일인가. 미간 한번 찌푸리지 않고 자폐 고백을 맞받아치는 아저씨가 너무 신선했다. 보통은 이런 커밍아웃이 갑자기 툭 튀어나오면, 상대방은 뭐라고 대답할지 몰라 빙글빙글 눈동자만 굴리는 게 예측 가능한 시나리오 아니던가. 적어도 한국에서는 그랬다. "저희 아이가 발달장애 아동이에요. 재작년에 자폐스펙트럼 진단을 받았어요." 한두 문장이 끝나면 상대방은 대부분 멈칫하고 간신히 화제를 돌리는 데 집중하거나, 적극적으로 위로 태세에 진입하거나 둘 중 하나였다. 사는 게 힘들겠다고 토닥거려주는 이웃을 만나면 그 마음은 매번 감사했지만, 슬픈 눈을 하고 어떻게 위로해줘야 할지 몰라 애를 태우는 것 같은 표정을 마주칠 때면 내가 더 미안했다.

"어쩌다가 내게 이런 비극이!"라고 생각해 본 적이 없건만, 이 소식을 전해 들은 지인들은 대부분 나라 잃은 표정이었다. 아이와의 일상이 만만치 않을 때가 있는 건 사실이지만, 매 순간 속상해서 미칠 것 같은 기분으로 살고 있지는 않았다. '아이고, 오늘도 내가 대화에 찬물을 끼얹어 버렸네.' 아이의 진단명에 당황스러워하다가 적당한 리액션을 찾지 못해 어려워하는 사람들을 보면서, 앞으로는 고백하지 말아야겠다고 마음먹은 적이 한두 번이 아니었다. 내 아이가 부끄러워서 넣어두는 고백이 아니었다. 상대방이 어쩔 줄 몰라 하는 게 너무 미안해서 입을 닫을 때가 많았다. 자기소개할 때 자주 꺼내두는 MBTI 유형을 말하듯 자폐스펙트럼 키워드를 담았는데, 사람들의 표정은 열이면 아홉, 꽁꽁 얼어붙곤 했다.

그 '열의 하나'를 미국에서 만난 셈이다. 아저씨는 신경다양성 수다를 줄줄이 이어갔다. 이 동네 자폐스펙트럼 아이들이 가 볼 만한 좋은 프로그램들도 많다면서, 그 자리에서 핸드폰을 뒤적거렸다. 그 앞에서 어떨결에 에어드롭 기능을 켜고 배실거리는 내가 있었다. 아저씨도 흐뭇하게 웃고, 나도 덩달아

웃었다. 이런 분위기가 진짜 맞아? 말할 때마다 슬픈 눈의 이웃을 마주하는
데 익숙했던 내가 비로소 미소 짓는 이웃을 만난 순간이었다. 이웃집 아저씨
의 연기력이 대단해서 덤덤한 척을 하는 게 아니었다. 자폐스펙트럼을 알아
듣고 애써 당황함을 감추려는 제스처가 아님을 한눈에 알아차렸다. 그 웃음
은 비웃음이나 생각 없는 껄껄거림이 아니었다. 아이가 좋아할 만한 프로그
램이 있으니 다행일 거고, 너희 가족이 혹시라도 그것 때문에 걱정을 품어왔
다면 한시름 내려놓아도 된다는 미소였다. 도움이 필요하다면 언제든지 오
라는, 활짝 열린 웃음이었다.

남편이 박사과정 시절을 보낼 때 함께했던 지도 교수님도 같은 반응이었
다. 이쯤 하면 우리 옆집 아저씨랑 작전 회의라도 하셨던 건가 싶었다. 남편
과 전화로 안부를 주고받는 사이, 첫째가 자폐스펙트럼이라는 일련의 고백
앞에서 또 이 화제는 별게 아닌 게 됐다. 본인이 알고 지내는 동료 가족 이야
기도 들려주고, 아이를 어떤 방식으로 이끌어 주는 게 도움이 되는지 지인들
의 사례를 덧붙인다. 그 대화의 흐름은 무겁지도 않고, 할 말을 잃은 탓에 툭
툭 끊어지는 일도 없다. 아이의 혈액형이 이렇다고 밝힌 깃처럼, 오티즘 이
야기는 그저 아이가 품은 본연의 특징 중 하나로 소화된다. 한국에선 걱정을
전제한 상담이 이어지는데, 미국에선 미래를 겨냥한 수다가 이어진다. 우리
아이가 신경다양성이라고 운을 뗐을 뿐인데 반색을 한다. 와, 정말 신기한
이웃들을 만났다.

오각형 모양의 펜타곤 이웃집 부대는 든든했다. 미 국방부를 지칭하는 별
칭만큼이나 우리 가족을 지켜주려고 시시각각 안정감 있는 도형을 그리고
있는 것 같았다. 옆집 할머니는 "우리집 닭이 오늘따라 새벽에 너무 시끄럽
게 울지 않았느냐"며 달걀을 한 바구니 건네주고 가셨다. 한창 미국 계란값
이 천정부지로 솟구칠 때였다. 새벽닭은 사실 핑계고, 하루가 다르게 쑥쑥

크는 애들 비싸다고 못 사 먹이지 말고 꼬박꼬박 달걀 잘 챙겨 먹이라는 다
정함으로 읽혔다. 첫째가 뱅글뱅글 돌아가는 것에 한참 몰입하는 걸 지켜본
파란 지붕 집 아저씨는 본인 차고에 오래 묵혀 둔 바람개비 하나를 우리집
마당에 친히 꽂아주고 가셨다. 마트에서 장을 보다가 생각났다며 '오다 주웠
다' 느낌으로 미니카를 꼭 쥐어주고 간 앞집 할아버지도 있었다. 저쪽 앞집
에 사는 초딩맘은 초콜릿 쿠키를 한 대접 구워다가 쓱 내밀고 간다. 우리 애
들이 초콜릿에 환장하는 건 또 어떻게 아셨어요. 대각선 앞집 할머니는 내
손자 이름도 제이크라면서 아들 머리를 한껏 쓰다듬어 주신다. 우리 첫째가
스킨십 좋아 죽는 건 또 어떻게 눈치채셨고요. 오각형을 그리는 이웃집에는
자폐에 얽힌 편견이나 불편한 마음이 손톱만큼도 없었다. 나는 고슴도치 가
시 같은 방패를 서서히 내려놓기 시작했다. 상대방 눈치를 보느라 아이의 고
유함 그대로 내보이기를 망설여야 했던 날들도 지워가기 시작했다.

이 세상에는 숨겨진 신경다양성이
놀라울 정도로 많다.
가장 친한 친구, 배우자, 상사의 의식적인 경험은
나와 완전히 다를 수 있으며
그 사실을 전혀 알지 못할 수도 있다!

- 세이디 딩펠더, 『얼굴을 알아보지 못하는 사람들의 뇌』[7] -

미국 이웃에게 자폐스펙트럼을 고백한 날은 난이도 최하, 별 하나짜리 문
제를 푼 것 같은 기분이었다. 숨겨져 있던 사실을 꺼내드는 건 자칫 위험할
수 있는 판도라의 상자를 열어젖히는 게 아니었다. 여태껏 알지 못했던 초콜
릿 상자를 꺼내 들고 함께 맛보는 기분이었다. 모르고 있던 사실, 옆집 아이
가 우리의 세계와 완전히 다른 세계를 살고 있다는 사실을 알아채고도, 그

앞에서 함께 웃을 수 있는 사람들이었다. 조금은 생소할 수 있는 여정을 기꺼이 함께 걸어주고 싶어서 달걀과 바람개비, 미니카와 초콜릿 쿠키, 집 안에 있는 무엇을 동원해서라도 표현해주고 싶어 안달난 이웃들이 있었다.

첫째가 좋아할 만한 장난감을 찾아 놨으니, 잠깐 들렀다 가라고 기꺼이 초대해 주는 마음을 기억한다. 신경다양성을 진지하고 무겁게만 봐주지 않는 사람들이 오히려 눈물 나게 반가운 날들이었다. 발달장애 아이를 키워간다는 건 그렇다. 너무 절절히 안타까워하는 F의 이웃보다, 쿨하고 산뜻하며 덤덤한 T의 이웃이 참 좋은 거였다.

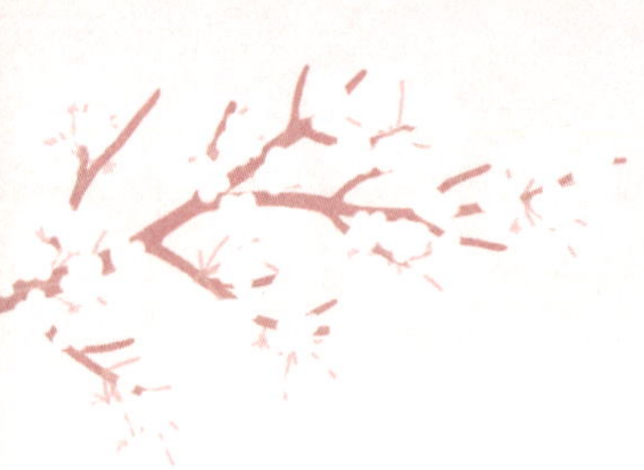

네 발 자전거가
품은 설렘

2025년 4월 9일

첫째의 다섯 살 생일은 미국에서 맞이하게 됐다. 봄날에는 늘 한국에서 지낼 때가 많았기에 아들의 생일파티를 보스턴에서 여는 건 놀랍게도 처음이었다. 보스턴에서 태어난 아이가 현지에서 맞이하는 첫 생일이라니, 선물도 파티도 좀 더 힘을 주고 싶었다. 좋아하던 자동차 장난감을 사주는 건 너무 뻔해 보여서 좀 더 큼지막한 걸 사주고 싶던 차에, 마침 미국에 와 계시던 친정 엄마가 첫 자전거를 사주시겠다고 했다. 옳거니! 역시 친정 찬스가 최고다. 세상의 온갖 탈것과 바퀴에 푹 빠진 아이에게 자전거야말로 최상의 아이템이 아닌가. 동생이 서운해할까 봐 둘째용 킥보드까지 세트로 사자고 정해 두었다. 외가 사랑 누리러 가던 길, 아이들은 그야말로 신이 나서 투 스텝으로 방방 뛰어댔다.

흥분을 높이는 아이들 틈으로 나 역시 어린 시절 자전거를 사러 갔던 그날을 더듬어 봤다. 잠실 한복판 백화점이나 마트 어딘가에서 보라색 자전거를 골랐던 것 같다. 색깔에 성별 구분이 있는 건 아니지만 여자는 빨강, 남자는 파랑 같은 촌스러운 구분이 익숙한 옛날 사람이 바로 나였다. 빨강은 너무 튀고 흑과 백은 심심하고, 그렇다고 푸른 계열은 어색해서 적당히 모호한 영역의 보라를 골랐던 모양이다. 우리 아이들은 무슨 색을 마음에 들어 할까 상상해 보는데 도무지 신경다양성 아들이 자전거를 타는 그림이 내 머릿속에는 그려지질 않았다. '얘가 솔직히 진짜 자전거를 탈 수 있을까?'

제법 비싼 장비를 들였지만, 아무리 연습시켜 봐도 진도가 나가지 않을 아들의 모습이 먼저 그려졌다. 또래 아이들에 비해 배움이 느린 아이에게 운동 기술 하나를 장착하게 이끌기까지 얼마나 고될 것인가. 수십 시간이 들 게 뻔한 여정에 걱정부터 되기 시작했다. 페달을 밟고 앞으로 미는 연습만 한 달 넘게 하다 보면, 애도 나도 네 개의 바퀴 앞에서 지쳐버릴 게 뻔했다. 행동분석가 엄마이니 차근차근 '과제분석'을 해서 최종 목표까지 다가가면 된다는 것을 모를 리 없었지만, 내 아이 앞에서는 치료사이기 이전에 '잔소리 엄마' 모드가 먼저 켜질 것 같았다. 운전 연수하다가 부부싸움 났다는 에피소드를, 나는 아들과 겪을 판이었다. 머지않아 "자전거 안 탈래요" 하는 항복 선언이 빠르게 나올 것 같다고 예측했다. 어차피 짧게 타고 말 거라면 일찍이 동생에게 물려주는 게 낫지 않을까. 동생이 타던 킥보드는 자전거보다야 난이도가 낮을 테니, 맞바꿔 타도 괜찮겠고. 다행히 큼직한 바퀴에 꽂힌 덕분에 색상이나 디자인 요소에는 크게 관심이 없던 아들은 핑크핑크힌, 동생의 취향 저격 디자인을 고르는 데 동의했다.

2025년 4월 10일

그렇게 핑크색 유니콘 자전거가 우리집에 들어왔다. 일명 '아들 색깔' 같은 걸 운운하는 게 다소 촌스럽다는 건 알지만, 이건 누가 봐도 공주님 스타일에 푹 빠진 너댓 살 여아들을 겨냥해 제작된 자전거가 틀림없었다. 남자라고 꼭 파랑, 검정 같은 걸 골라야 하는 건 아니지만, 공주님 헤어 장식을 하고 달려야 합이 맞을 것만 같은 이 네 바퀴의 정체를, 키가 훅 자란 아들이 쓰다듬고 있는 모습은 뭔가 영 구색이 안 맞아 보여서 엉뚱하고 귀여웠다. 네 바퀴 도전이 성공하지 못할 것 같아서 '이건 금방 아들 손을 떠날 것'이라고 점쳐 둔 엄마의 마음을 아는지 모르는지, 아이는 이걸 정말로 잘 타고 싶었던 모양이다. 자전거를 구입한 날부터 며칠간 내리 비가 와서 거실 한편에 모셔두기만했는데, 어떻게 알았는지 고정 지지대를 풀어내고 안장 위에 살살 올라 이리저리 조작해보기 시작했다. 집 안에서 타는 거 아니라고 손사래를 쳤지만, 아이의 몰입을 그 누가 막겠나. "그래, 어디 너 하고 싶은 대로 한번 해봐." 보스턴의 봄비가 며칠은 더 갈 것 같았고 가르치는 데 미리 힘 빼고 싶지 않아서 일체의 조언을 삼갔다. 아이는 그렇게 몇 날 며칠 자전거 자습을 했다.

2025년 4월 15일

마침내 그날이 왔다. 매사추세츠주 전역을 적시던 비가 그치고 해가 반짝떠오른 날이었다. 아이는 약속이라도 했던 듯, 자전거를 질질 끌고 현관으로향했다. 수일 동안 비가 내려서 무조건 마당행을 해야겠다고 단단히 결심한자태였다. 쓱 봐도 바깥 햇살이 내리쬐는 강도가 만만치 않아서 자전거를 붙들고 한참 씨름을 벌이려면 페이스메이커로 함께 뛸 나도 완벽한 착장이 필요하겠다고 생각했다. 챙이 깊은 캡 모자에 때가 덜 탈 것 같은 회색빛 운동복을 골라 입었다. 바퀴를 따라다니다가 내 신발도 제법 긁힐 것 같아서 구석에 한참 묵혀 두었던 낡은 운동화를 꺼내 신는 것도 잊지 않았다. 자, 그래어디 나서 보자!

앞마당으로 이어지는 계단을 따라 묵직한 핑크색 자전거를 낑낑거리며 내려줬더니 이내 아이가 움찔거리며 안장 위에 앉는다. 거실에 세워 둔 자전거를 소파 삼아 며칠 동안 올라탔으니 자전거 위로 우뚝 솟은 삼각형 모양의안장에 '폴짝' 착석하는 것쯤이야 자연스러웠다. 이내 아이는 양 페달에 발을 척척 올린다. 아이의 발 무게 덕분에 페달이 쓰윽쓰윽 앞으로 밀린다. 오른쪽 밀고, 왼쪽 밀고, 그래 맞아. 그거야! 그런데 우연치고는 자꾸만 앞으로나가는 모양새가 범상치 않다. 뒤따라 뛰어 내려온 딸이 오빠의 행진을 보더니 시키지도 않았는데 호들갑을 떨며 박수갈채를 보낸다. 마침 바로 옆집 아저씨가 산책한다고 집을 나서다가 아들을 봤다. "오, 제이크 잘 타는데!"

2025년 4월 20일

그날부터 우리집 첫째는 자전거 잘 타는 어여쁜 핑크 보이가 됐다. 비슷한 나이로 보이는 또래 소년들이 스파이더맨이나 아이언맨 자전거를 타고 다니는 트렌드와 정반대 지점에 서 있어서였을까. 핑크 유니콘 자전거를 타고 마을 길을 달릴 때면 온 동네 사람들이 '쏘 스윗' 하다고 열렬히 환호해줬다. 민트색 헬멧 아래로 드러난 아이의 얼굴에는 소녀 같은 수줍은 웃음이 번져 올랐다. 한번 페달 밟는 맛을 알고 나니 엄마도, 아빠도, 외할머니도 아이에게 더 이상 가르쳐 줄 게 없었다. 바퀴와 탈것을 지독히도 사랑하는 아이는 봄비가 내리는 동안 실내에 모셔 둔 자전거를 매만지며 홀로 작동법을 익혀버린 셈이었다. 보스턴의 빗방울을 타고 흘러든 자전거 실력은 날이 갈수록 아이의 질주 본능과 함께 쑥쑥 자라났다.

알고 보니 우리 애가 자전거 천재였다고, 자랑의 언어로 이 글을 미무리 지으려는 것은 아니다. 자전거 버전의 〈말아톤〉 실화를 찍을 만큼 스포츠인으로 키워 내 보겠다는 설렘의 표현도 아니다. 그때 핑크 유니콘 자전거 말고 좀 더 남성적인 느낌을 팍팍 자아내는 우람한 자태의 자전거를 샀어야 한다고 한탄의 쇼핑 후기를 남기려는 것은 더더욱 아니겠고. 아이가 외출하지 못한 봄비의 날들, 실내에서 찔끔찔끔 타 보던 자전거 연습이 실전에서 통했던 데에는 신경다양성 아이를 품어준 이웃들의 열린 마음이 한몫을 했다. "오, 제이크 잘 타는데!"라고 감탄의 언어를 내뱉은 아저씨나 '쏘 스윗' 하다고 환호하며 아이가 이 구역의 핑크 보이 캐릭터로 자리하도록 만들어 준 이웃집 사람들은 우리집 첫째가 자전거에 다가가게 이끌어 준 최초의 조력자들이었다.

2025년 2월 20일

"너도 한번 타볼래?" 우리집 아이가 동네 또래의 자전거를 졸졸 따라다니기만 했던 날, 옆집 아저씨는 동네 소년의 자전거를 멈춰 세우고, 한국에서 온 이 친구도 일단 한번 타 보게 해주자고 제안했다. "아우, 괜찮아요. 안 그러셔도 돼요." 수줍게 손사래를 치는 나를 뒤로한 채 아저씨는 우리 애가 기어코 '첫 시작'을 하게 이끌었다. 금발의 동네 소년은, 낯선 친구 앞에서 눈도 못 마주치는 우리집 아이에게 벽을 치지 않았다. '이건 내 거'라고 선 긋지 않고, 자신의 네 발 자전거에서 눈을 못 떼던 검은 머리의 친구에게 넌지시 핸들을 넘겨줬다. 당시 아들은 자전거에 어떻게 앉아야 하는지, 발을 어디에 놓아야 하는지, 이 네 바퀴의 정체와 원리에 대해 하나부터 열까지 아는 게 없었지만 그 활짝 열린 마음만큼은 단번에 알아차린 것 같았다. 그날은 엉거주춤 안장에 앉아서 앞으로 가지도 못했을 뿐 아니라 '딸랑딸랑' 울리는 종소리에 돌연 귀부터 막아버린 아들이었다. 그럼에도 자전거에 대한 애정을 키워도 된다고 긴히 허락이라도 받은 것처럼 오후 내내 싱글벙글거렸다. 또박또박, 천천히 말했던 날이었다. "기분이 좋아요."

2024년 9월 20일

"얘, 이거는 친구 거니까 조금만 떨어져서 걸을까? 위험할 수도 있어."

내 아이 물건에 손대지 않았으면 좋겠다는 우회적인 거절의 표현을 자주 접하다 보면, 이런 미국 이웃들의 배려는 생경하면서도 곱씹을수록 눈물나게 고마울 수밖에 없었다. 대부분은 자폐스펙트럼 아이가 '아직 서툴 테니 위험할 수도 있지 않겠냐'는 근거로 뒤로 비켜나야 하는 경우가 많다. 위험과 안전을 운운하는 배려의 언어 같겠지만 실은 '일단 비켜줬으면 좋겠다'는 배제의 언어에 가깝다. 친구가 불편할 수도 있고 그의 가족들이 불쾌할 수도 있으니 아이가 호기심이 생겨도 멀찍이 거리를 유지해야 하는 게 예의인 줄만 알았다. 코로나 시국을 넘어선 지도 한참인데 신경다양성 아이를 키우는 일상에는 사회적 거리 유지 원칙이 은근슬쩍 이어지고 있었다.

2025년 2월 24일

"Jake, Come here!" 만날 때마다 자주 아이를 불러대는 이웃들이 있었다. 아이가 자전거 탄 친구를 마주칠 때마다 그 반짝거리는 눈빛을 못 본 척 넘기지 않는 사람들이었다. 이에 우리집 루틴 지킴이 아들은 새롭게 생겨난 오후 일정에 내내 들떠 있곤 했다. 산책을 나갈 때마다 사람들이 이리 와서 좀 타 보라는 제안을 꼬박 즐기기라도 하는 듯, 오후 4시 20분쯤만 되면 밖에 나가자고 졸라댔다. 해가 저물어 오기 전, 다소 일찍 퇴근한 미국 사람들이 흐느적흐느적 거닐며 수다 나누기 딱 좋은 시간이었다. 민트 헬멧의 핑크 자전거 보이는 운 좋게 단번에 만들어진 게 아니었다. 자폐 소년이 자전거를 타기까지 실로 가담한 인력들이 많았다. 양손을 손잡이에 감싸듯이 올리고, 양발을 페달에 가볍게 올리고, 그다음 힘껏 밀어 보라는 식으로 세세하게 쪼갠 탑승 매뉴얼보다 더 기가 막힌 건, "여기 좀 와 볼래?" 하는 다정한 제안이었다. 우리 동네 자폐스펙트럼 아이도 거뜬히 할 수 있다고 믿고 함께 이끄는 마음은 그 어떤 득수체육 교실의 소문난 커리큘럼보다도 귀했나.

- 템플 그랜딘, 『템플 그랜딘의 비주얼 씽킹』[8] -

자신의 자폐 경험을 바탕으로 미국의 학부모와 교사를 다방면에서 돕고 있는 템플 그랜딘은 장애인도 비장애 아동이 있는 교실에서 함께할 권리에 대해 이야기하며 스티비 원더의 사례를 언급한다. 시각 장애가 있다는 생각에만 갇히면 아이가 도전할 수 있는 영역이 극히 적어진다. 보이지 않으니, 섬세한 기술이 필요한 작업은 하지 못할 것이라고 처음부터 마음을 내려놓기도 쉬울 것 같다. 자폐스펙트럼도 마찬가지 아닌가. 두 돌, 세 돌 시절부터 또래들에 비해 느린 것투성이었는데 새로운 활동을 배우기에는 애도 나도 지쳐 나가떨어질 것만 같아서 마음먹기가 쉽지 않다. '절대로 집안에만 두지 않았다'라는 말은 장애 엄마 지치지 말라는 토닥거림 같았고 '하다 보면 결국 된다'는 희망 선언문 같기도 했다. 아마 스티비 원더가 어릴 적부터 줄곧 집에만 있었다면 전 세계인에게 사랑받는 노래 〈Isn't She Lovely〉도 탄생하지 못 했을지 모른다.

아직 네 발을 타지만 곧 보조 바퀴를 떼고 두 발 자전거도 유연하게 탈 날이 찾아올 것 같다. 페달에 발을 얹어 바퀴를 굴리는 감각을 익혔으니, 롤러스케이트도 도전해보겠다고 선언하는 날이 머지않을 것 같다. 이러다가 바퀴 달린 건 모두 도전해 보겠다고 나서는 건 아닐까. 열 살 생일쯤에는 스케이트보드를 사 달라고 졸라대는 아들의 모습을 머리 위로 가만가만 상상해본다. 조금 시도해보다 오래 못 탈 것 같다며 딸에게 물려줄 자전거 디자인을 고른 엄마의 성급했던 결론을 뒤늦게 반성한다. 덕분에 핑크 보이로 이름을 날렸으니, 센스 있는 엄마의 고집이었다고 살짝 이해해주시기를! 내후년 이맘때, 어떤 바퀴 달린 것을 타든 아이가 달려 나가는 마을길을 둘러싸고 다정하고 훈훈한 시선이 흐를 것이라고 믿어본다. 그날은 아이 뒤를 따라가며 스티비 원더의 명곡을 은근슬쩍 〈Isn't He Lovely〉라 개사해 흥얼거려야겠다고 슬쩍 꾀를 부려본다.

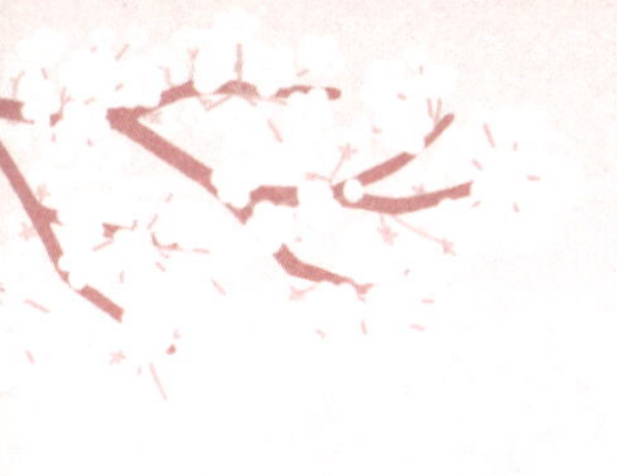

미국 뮤지엄에는
'이게' 없어서요

"뮤지엄, 뮤지엄, 뮤뮤뮤뮤 뮤지엄!"

우리집 신경다양성 아이는 같은 말 반복이 특기다. 하고 싶은 게 있거나 가고 싶은 곳이 있으면 한두 번 힘주어 이야기하는 것만으로는 직성이 안 풀린다. 오늘 아침만 해도 뮤지엄이라는 단어를 50번 넘게 말한 것 같은데, 엄마 아빠가 들은 체도 하지 않고 무반응 하니 이제는 노래까지 만들어 부른다. 원더걸스의 〈Tell me〉 후킹 구간에 뮤지엄을 갖다붙였다. 이 책을 읽어 가다가 다소 지겨우셨던 분들은 잠깐 나지막이 따라 불러 보셔도 좋겠다. "뮤지엄, 뮤지임, 뮤뮤뮤뮤 뮤지임." 하다하다 엄마 대학 시절 유행가까지 그럴듯하게 개사하는 통에 이러다가 진짜 초현실주의 음악가라도 나올 판이라고 부부가 실소를 터뜨린다. "진짜 가고 싶으면 딱 세 번만 얘기해." 요청하고 싶은 사항을 횟수로 제한해 두어도 뮤지엄 앞에서만큼은 좀처럼 같은 말 반복 중재가 잘 안 된다. 아휴, 얼마나 가고 싶으면 저럴까 싶어서 결국 온 식구가 그날 외출을 서두르게 된다.

금요일 오전, 보스턴 어린이 박물관(Boston Children's Museum)에 가는 길이다. 남편이 학교 강의가 없는 금요일마다 이곳에 아이들을 데리고 가기 시작했더니, 두 아이에게 주말로 들어서는 초입은 늘 뮤지엄 가는 날로 자리를 잡았다. 한국에서 지낸 세월이 상당해서 여전히 한국어가 편한 아이들인데도 '박물관'이라는 단어만큼은 발음하기가 여간 쉽지 않다. 모국어를 놔두고 '뮤지엄'이라는 발음을 물 흐르듯이 더 편하게 내뱉는 덕분에 주말이 다가올 때쯤이면 아이 둘은 '뮤지엄 뮤지엄' 내리 합창을 했다. 개개인마다 1회 입장권을 끊어 다니기에는 가성비가 좋지 않아서 고민 끝에 보스턴 한 곳과 시내에서 떨어진 근교 한 곳, 총 두 곳의 뮤지엄에 연간 패스를 구입했다. 각각 200달러 남짓이었으니 원화로 환산하자면 총 60만 원쯤 들었다. 365일을 굳이 나눠 보니 하루당 1,700원쯤 투자하는 꼴이 된다. 통장이 텅텅 비어 가는 순간이면 '바르르' 떨려 이렇게 계산기를 두드려 대면서 네 식구가 뮤지엄으로 향한다. 어린이 박물관에 도착할 즈음이면, 보스턴 항구와 인접한 새파란 바다까지 코앞에서 구경할 수 있으니 연간 이용권 값어치를 하고도 남는 환상 뷰라고 짐짓 지출을 정당화해 보는 마음이다.

미국 뮤지엄이 뭐 그리 좋을까. 한국식 아기자기한 키즈카페 스타일도 아니고 꼬불꼬불한 미끄럼틀이 현란하게 들어찬 대형 실내 놀이터도 아니건만 아이들은 제대로 뮤지엄에 꽂혔다. 나 어릴 적에도 잠실 한복판에 대기업이 운영하는 어린이 박물관 한 곳이 문을 연 적이 있었다. 박물관이라면 국립민속박물관이나 국립중앙박물관이 가장 먼저 스치는데, 당시 '어린이'라는 이름을 달고 오픈한 그곳의 존재가 마냥 신기했더랬다. 기억을 더듬자면 과학 실험을 하는 구역도 있었고, 이런저런 도구들을 활용해 미술 놀이를 하는 곳도 있었던 것 같다. 그 시절 시립 과학관이나 미술관의 변형처럼 느껴지는 공간이었다.

박물관은 고려청자나 백자, 옛 선조들의 의상 따위가 진열된 곳이어야 마땅하다는 꼿꼿한 편견이 있던 어린이는 이도 저도 아닌 체험형 공간이 그저 낯설기만 했다. 만지지 못하고 유리벽 너머에서 멀찍이 구경하는 공간이 단연 박물관답지 아니한가. 딱 한 번 가 보고서는 그 모호한 정체의 공간이 어색해 그다지 뮤지엄에 가겠다고 조르지 않았다. 90년대 당시 가격이 얼마쯤 이었는지 기억나지 않지만 가성비를 고루 따져봤을 때 우리 엄마도 연간권을 끊어 주지 않았음은 물론이다.

그로부터 30년 후, 뮤지엄에 열광하는 아이들 곁에 있노라니, 같은 장소 지칭어를 두고도 격세지감이다. 애들은 저 멀리 뮤지엄 간판이 보이기만 해도 입구를 향해 전력 질주를 한다. 뭐가 저렇게 좋을까. 박물관이라면 모름지기 좀처럼 손댈 수 없는 것투성이라 답답하고 지루한 공간이라고 개념을 담아왔던 라떼 부부였으니, 아이들의 촐랑거리는 달리기가 쉽게 이해되지 않는 포인트였다. 박물관에 들어설 때면 제아무리 '어린이'라는 전용 수식어를 덧대더라도 조심해야 할 게 많았고, 마음대로 만지면 안 되는 공간이었다. 박물관이든 뮤지엄이든 '얼음'이 되어야 했던 80년대생 부모에게는 뮤지엄에 흠뻑 빠진 아이들이 그저 신기하게 읽힌다.

"엘리베이터 타고, 2층 가자."
"아니아. 1층부터 차레차레 해야 돼!"

뮤지엄 입장 스탬프를 찍고 나면 귀여운 말다툼이 시작된다. 신경다양성 아들은 중장비 존이 있는 2층에 가자고 하고, 재잘재잘 수다쟁이 딸은 비눗방울 존이 있는 1층부터 섭렵하자고 나선다. 남편과 같이 갈 땐 각각 조를 짜서 나눠 다니면 되겠지만, 혼자 애 둘을 끌고 입장한 날은 양쪽 입맛을 고루 맞춰 드려야 하니 빠릿빠릿한 몸짓을 발휘하는 게 필수다. 어떻게든 합의점을 찾아서 공간 곳곳을 다녀야 하는데, 오늘은 딸의 고집이 이겼다. 집에서 비눗방울 놀이를 시작하면 한껏 미끄러워진 바닥을 청소하기가 번거로워서 "이제 그만 좀 하면 안 되겠니?" 하고 화를 내기 일쑤였지 않나. 이곳은 정반대로 자유의 전당이다. 어디 너희들 할 수 있는 만큼 최대치로 비눗방울 갖고 놀아 보라고 아예 판을 깔아 준다. 이 성지에 도착한 애들은 조금도 망설일 겨를이 없다. 시키지 않아도, 놀이를 유도하지 않아도 제각각 피부색 다른 친구들 틈에 자리를 잡고 놀이를 개시한다. 한국의 흔한 키즈카페와 달리 2시간 놀이 제한이 없어서 한곳에 실컷 눌러앉아도 영역을 좀 옮겨 가면서 놀아 보라고 재촉하는 엄마의 눈치를 살필 필요가 없다. 1시간 가깝도록 같은 곳에 머물며 비눗방울만 보글보글 피워 올리는 작업은 지겨울 것도 같은데, 일상 속에서 금지당해 왔던 걸 공식적으로 허락 받는 공간은 이토록 매력적이다.

자동차 마니아 아들에게 2층 중장비 존은 파라다이스가 따로 없다. 집 근처 마을 어귀에서 진짜 중장비 몇 대를 발견한 아들을 향해 무조건 '하지 마 3종 세트'를 쏟아냈던 적이 있다. "만지지 마. 타지 마. 가까이 가지 마." 마치 '리, 리, 리 자로 끝나는 말은' 동요를 부르는 것처럼 '마'로 끝나는 잔소리만 연달아 노래 부르던 나도, 실은 그런 제지의 언어를 덧대 가는 데 지쳐 가고 있었다. 세상엔 아이들이 하면 안 되는 일이 왜 이렇게 많은 건지, 다른 누군가가 훈계하기 이전에 선제적으로 잔소리를 던지는 것도 슬슬 짜증이 나던 참이었다. 박물관이야말로 제지의 공간으로는 최고봉이라고 생각해 왔는데 그 편견이 스르륵 허물어졌다. 요즘의 어린이 박물관은 얼마든지 다가오라고 손짓하고 있었다. 'Please do not touch' 같은 문구는 어디에도 찾아볼 수 없었다. 금기의 영역인 줄로만 알고 몸을 사렸는데 마음껏 들어가 타 보라니 아이 표정도 조금씩 밝아진다.

장애, 비장애를 또렷이 구분하지 않더라도 육아는 두말할 것 없이 고되다. 그런데 자폐성 장애 아이를 키워 가면서 난이도 별 다섯 개를 찍게 되는 결정적 이유는 아이를 조금 더 힘껏 '제지'해야 할 일이 많기 때문일 거다. '하지 마 3종 세트' 앞에서 딸은 한두 번이면 설득이 되지만 아들은 여러 차례

[Don't] 입력값을 던져도 좀처럼 잘 먹혀 들어가지 않는다. 되레 자기의 입력값만 상대방을 향해 던져댈 때가 많다. "이거 할래요. 하고 싶어요. 이거 하자!" 마치 녹슨 테이프 재생기가 고장이라도 난 것처럼 무한 반복의 돌림노래가 시작된다. 이미지와 상징, 기호를 해석하는 데 강점을 가진 아이니까 차근차근 그림 카드 중재를 해볼 수도 있겠지만 일련의 방법들을 적용하는 데는 시간이 좀 필요하다. 부모가 아닌 타인은 세부 사정을 모르니 이 별난 아이는 단번에 사고뭉치 천덕꾸러기로 찍히기 쉽다. 박물관이나 도서관같이 고요와 근엄, 엄숙 같은 키워드를 품는 공간에서는 더더욱 그러하다. "어머님, 아이가 말을 해도 안 듣네요. 이거 좀 못 하게 해주세요."

결국 제지의 언어에 지친 엄마는 둘 중 하나의 노선을 택해야 한다. 사람 많기로 소문난 핫플레이스로의 외출을 포기해 버리거나, 사람 많은 곳 한복판에서 결국 참아 내던 화를 터뜨리고 아이를 향해, 혹은 세상을 향해 얼굴을 붉히거나. 따지고 보면 두 노선은 극과 극인데 부모도, 아이도, 그 형제자매도 그날의 기분을 망쳐 버린다는 점에서는 결론이 같다.

도합 400달러를 들여가며 미국 뮤지엄 두 곳의 연간권을 끊은 이유는 딱 아홉 글자로 간결하다. 제지할 필요가 없어서. 처음 마주하는 자극이 있으면 꼭 자기 두 눈으로 확인하고 만져 봐야 불안도가 내려가는 우리집 자폐 소년에게 "그거 하지 마"라는 소리는 그간 얼마나 답답했을까. 시각으로든, 청각으로든 틈틈이 감각을 해소해야 안정을 찾는 아이인데, 사회가 정한 규칙에 따라 감각을 풀어 볼 기회를 확보하지 못하고 두 손, 두 발 일시 정지해야 하니 아이에게 그 순간은 다소 억울했을 것도 같다. [Don't] 코드를 내려두고 놀 수 있는 공간은 그래서 부모에게도 힐링이다. 아이에게 '안 된다'는 말을 최소화할 수 있는 공간. 뛰어다녀도 되고, 들어가도 되고, 물을 튀겨도 되고, 하고 싶은 대로 놀 수 있는 판이라서 긴장할 필요가 없다. 제지당하던 끝에 결국 배제당하기 쉬웠던 신경다양성 아이를 품은 가족이라면 여기에서는 긴장의 끈을 풀어도 된다.

보스턴 어린이 박물관은 비눗방울이 궁금해지면, 주저앉아 엉덩이 끝까지 비누 범벅이 되도록 놀아도 되는 곳이었다. 축축한 비눗물에 아이가 흠뻑 빠졌다가 나와도 옷을 충분히 말리고 다른 공간으로 이동할 수 있도록, 곳곳에 의류 건조기가 친절히 세워져 있다. 중장비의 실제 탑승감이 궁금하면 얼마든지 앉아서 작동을 해 봐도 되었고, 박물관을 나서기 전에 실컷 물장난하며 클라이맥스를 찍고 떠나라고 워터존 스케일도 미 대륙답게 널찍했다. 야외 수영장에 다녀온 것 못지않게 흠뻑 젖어 나오는데 해죽거리는 아이들이 너무나 명랑하고 밝아서 "조심 좀 하고 놀아!" 호통치는 부모나 직원은 단 한 사람도 없다. 다들 그렇게 노는 판이 만들어지니 어느 누구도 문제 아이로 낙인찍히지 않는다. 중장비 만지느라 더러워진 손을 닦아 줄 물티슈만 충분히 준비해 두면 그만이었고, 워터존에서 물 가득 담긴 양동이를 쏟아 물기를 혼자 다 뒤집어쓴다 해도 수건과 여벌옷을 챙겨 가면 해결될 일이었다. 따지고 보니 아이에게 하지 말라고 할 건 아무것도 없었다.

우리는 어렸을 때부터
가족이나 친구, 선생님들,
그리고 우리의 행동을 보았을
다른 모든 사람들로부터 지적을 받는다.
상동행동을 지적받고 당황하게 될 뿐 아니라,
다른 모든 특이한 점들을 차례대로 계속 지적받는다.
엉뚱하고 종종 통제하지 못하는 행동 때문에 비난도 받는다.

- 루디 시몬, 『아스퍼걸』[9] -

몇 달 전, 한국에서 새로 개관했다는 도서관에 들렀다가 한껏 '제지'만 받고 나온 적이 있다. "아이들이 뛰지 않게 해 주세요. 이거 만지면 안 돼요. 여기 앉으면 안 돼요." 어린이 전용 공간이라고 이름 붙은 키즈존에서조차 하도 많은 [Don't]의 언어를 들어서인지 엄마인 내가 다 머리가 어지러울 정도였다. 도서관이 조용히 해야 하는 공간인 것은 너무나 맞다. 다른 사람이 시끄럽지 않도록 주의하면서 책을 읽기로 약속된 공간에서 우리 아이들의 움직임이 한 치의 티도 나지 않을 만큼 고요했다면 매우 좋았을 것이다. 그런데 아이들은 그러한 약속을 장착하고 태어나지 않는다. 특히 신경다양성 아이에게 구어 명령만 따박따박 반복하는 건조한 지시어는 먹힐 리가 없다. 장애 여부를 꼭 따지지 않더라도 아이들이 조금씩 규칙을 연습해 갈 수 있도록 살짝 기다려주면 어땠을까.

제지를 당한 건 장애, 비장애 손잡고 있는 우리집 남매뿐만이 아니었다. 그 공간에 머무는 아이들의 몸짓 하나하나가 모두 날 선 통제의 대상이었다. 그 공간 매뉴얼을 만들어 내린 사람은 분명 육아를 해 본 적이 없는 사람일 기라고 내 멋대로 판단했다. 아이들과 이곳에 다시는 오기 힘들겠다고 쓸쓸히 생각했다. 아이들이 좋아하는 요소로 예쁘장하게 인테리어 해 둔 키즈룸조차 얄밉게 느껴지던 순간, 이럴 거면 왜 어린이 전용 공간이라고 이름을 붙여 뒀을까. 진짜 키즈 프렌들리는 구정 홍보지 1면에 내세울 만큼 반지르르한 인테리어에서 나오는 게 아니다. 엄격한 잣대를 살짝만 내려 두고 아이들 제지하는 데 바짝 긴장해 있는 부모를 향해 살짝 미소만 지어 줘도 '프렌들리'해진다.

자폐스펙트럼 아이가 뮤지엄에 가자고 그렇게 시도 때도 없이 졸라댄 건, 곧 눈치 보지 않고 마음껏 자유로울 수 있는 공간을 향한 열렬한 지지가 아니었을까. 엄마가 이곳에서는 나랑 동생에게 "하지 마"라는 말 던지지 않아도 될 테니, 우리 신경 쓰지 말고 한 발 뒤로 물러나 앉아 잠깐 휴식시간 가지시라는 속 깊은 배려의 표현이었을 지도 모르겠다. 이렇게 보니 지겨울 만큼 많이 들은 뮤지엄 노래는 곧 효심 가득한 어버이날 노래였던 셈이다.

하고 싶은 걸 하라고 있는 힘껏 판을 깔아주는 미국 뮤지엄을 애정한다. 이곳에는 '제지'가 없다. 대신 뭘 하든, 하고 싶은 걸 하라고 '제안'의 언어를 꺼내 드는 덕분에 낯선 나라에서 바짝 얼어붙어 있던 타국맘도 슬슬 부드러운 표정을 지었다. 내년에 다시 정기권을 끊어야 할 시즌이 다가온다면 기꺼이 도합 60만 원을 또 지출하지 않을까. 한 곳당 200달러 남짓 하는 연간권이 물가 상승으로 300달러까지 훌쩍 뛰어오르지만 않는다면 좋겠다고 주머니 사정을 들먹이며 소심하게 소원을 빌어 본다. 애들 박물관 행차하다가 금방 '텅장' 신세 마주할까 봐 손이 바르르 떨려오는 건 이 순간만큼은 모른 척해 주시길. 신경다양성 오빠도, 함께하는 동생도, 엄마도 함께 '제지받지 않는 공간'이 가끔은 절실히 필요하다.

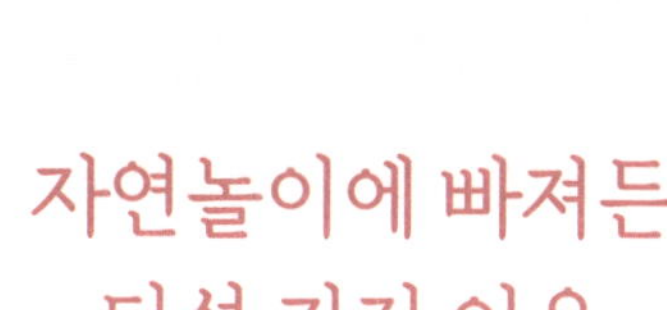

자연놀이에 빠져든
다섯 가지 이유

미국에서 동네 산책을 하다가 우리집 남매와 비슷한 또래 형제를 키우는 이웃을 만났다. 미국에서 석사를 땄어도 내겐 너무 어려운 영어 스몰토크. "헬로, 하와유, 굿!" 정도를 주고 받으면서 육아하기 너무 힘들고 피곤하지 않냐는 등의 흔해 빠진 문장을 주고받던 중이었다. 또 무슨 말을 건네야 이 어색함이 잦아들까 고민하고 있는 차에 다행히 상대방 엄마가 간단한 문장을 던졌다. 대화에 공백이 뜨는 걸 못 견디는 전직 방송인 엄마에게 먼저 말 걸어줘서 매우 고마웠던 마음도 잠시, 찬찬히 해석해보니 "아이가 흙을 만질 때 이렇게 대응하냐"라는 물음이었다. "흙… 흙놀이요?" 쏘 터프한 질문이 따로 없다. 사실 흙을 만져서 더러워지는 건 어린 시절부터 엄청 별로인 사람인데 완전 싫다고 정색하면 저 엄마랑 다시는 대화 못 할 것 같아서 적당히 둘러댔다. 흙놀이가 썩 달갑지는 않지만 애들이 좋아하기는 한다고. "낫투 배드… I think they really like it."

미국 동네 이웃이 이런 질문을 던진 이유는 딴 게 아니었다. 보스턴 근교에 위치한 우리 동네는 아이들이 동네 구석구석 흙놀이를 하기 딱 좋은 공간이 많았다. 마을 도서관 주변이나 학교 인근에 공공 놀이터도 있지만 대부분의 집들은 작든 크든 자기들만의 마당이 있었다. 아이의 연령대가 낮을수록 앞마당과 뒷마당은 '누가누가 더 귀엽게 꾸미나' 대결이라도 하듯이 각종 캐릭터 장식에 소규모 놀이기구까지 더하면서 점점 화려해지곤 했다. 아이들은 마당 곳곳을 즐기면서 자연스레 꽃, 나무가 심긴 흙에서도 뒹굴었다. 한마디로 애들이 진짜 흙 파먹고 놀기 딱인 환경이었다. 비라도 살짝 흩뿌린 날엔 애니메이션 〈페파 피그〉 속 남매가 빗물 웅덩이에서 참방참방하는 것과 똑같은 장면이 펼쳐지곤 했다. 귀엽기는 한데 흙투성이가 된 옷가지를 보면 절로 한숨이 '푹' 새어 나오는 풍경이었다. 그 엄마도 궁금했던 모양이다. 성가심과 귀여움 사이에서 K-엄마는 어떤 육아 스타일인지 말이다.

미국 주택에 머무는 하루하루가 더해질수록 우리집 남매는 흙투성이가 되어 갔다. 하루는 개미에 꽂혀서 그들의 흐름을 남매 둘이 졸졸 쫓아다니가 손에 쉽게 지워지지 않을 만큼의 짙은 흙 흔적을 남겼다. "개미를 따라다니는데 왜 손이 까매질 일이야!" 손톱 깊숙한 곳까지 진고동색으로 물들어버린 애들을 붙잡고 손톱 깎느라 사투를 벌인 날이 있었다. 또 하루는 '다람쥐 뷰'라고 별칭을 붙일 만큼 청설모가 자주 출몰하는 우리집 앞마당에서 다람쥐 잡겠다고 달리기 경주를 하다가 새하얀 파스텔톤 상하복을 한껏 더럽힌 날이 있었다. 외할머니가 한국에서 고이고이 쇼핑해 사 보낸 신상 옷이었다. "다람쥐를 눈으로 보면 되지, 왜 잡으러 다니느라 흙투성이가 되고 난리야." 한국에선 엄마의 짜증 섞인 잔소리에 잔뜩 움츠러들 애들인데 새소리와 바람결이 얽힌 봄날의 앞마당에선 두 아이 중 누구 하나 꿈쩍도 안 한다. 이 자연 풍광 속에는 '잔소리 캔슬링' 버튼이라도 있는 것 같다. 엄마가 혼내든 말든 아랑곳하지 않을 만큼, 여기에서 이렇게 장난치고 노는 게 좋아 죽겠다는 이야기로 읽혔다. 그런 날들이 반복되면서 차차 나도 깨닫기 시작했다. 혼나더라도 좋은, 그저 행복해서 큭큭거릴 수 있는 자연놀이의 매력.

자연놀이라는 게, 실은 별 게 없다. 자연놀이 명소로 소문난 트레킹 코스를 찾아서 1시간쯤은 달려가야 할 것 같지 않나. 혹은 한국에서라면 자연놀이, 숲놀이 60분 클래스에 신청 성공하려고 등록 오픈 시간만 기다렸다가 '꾹꾹' 빠르게 터치를 감행해야 하니 제법 긴장까지 된다. 제대로 즐기자면 챙길 놀이 장비도 많고 여벌 옷가지도 넉넉히 준비해서 출동해야 할 것 같은데, 미국 주택에서는 그 수고스러움이 간편히 해결됐다. 마당으로 통하는 문만 활짝 열어두면 절반의 준비는 넘어선 셈이었으니 말이다. 엄마나 아빠가 운동화를 갈아 신고 뒤따라 나서기도 전에 이미 아이들은 잔디밭에서 하고 싶었던 영역을 찾아 기다렸다는 듯이 자리를 잡는다. 알아서 뛰어나가주니, 그 사이 냉큼 커피머신에서 두 잔의 부부 커피를 내린다. 멀리 나갈 게 아니니 오늘은 쇳덩이같이 무거운 텀블러를 꺼낼 필요도 없다. 늘 마시던 머그컵을 대충 헹궈서 봄날답게 스트로베리 향이 가미됐다는 캡슐 두 개를 추출해 낸다. 이렇게 비로소 네 식구 자연놀이 준비 완료! 챙이 깊은 캡 모자를 걸쳐 쓰고 찬찬히 마당으로 향한다.

한 녀석은 일전에 아빠가 호스를 연결해 물 뿌리는 게 재밌었는지 수도를 틀어 달라고 조른다. 또 한 녀석은 지난 주말 피어난 꽃나무 앞에 앉아서 꽃잎 색을 뚫어지게 관찰하고 있다. 이거는 빨간색, 저거는 주황색이란다. "미국이니까 영어로 좀 해 봐!" 또 괜히 애꿎은 잔소리를 덧대다가 '에라 모르겠다' 하고 아이 곁에 털썩 앉아 버렸다. 가만히 앉아 보니 나도 미처 모르고 있던 꽃들이 며칠 사이 한가득 피어나고 있었다. 연갈색으로 시들시들해지는 꽃나무 가지만 보고 남편더러 "저거 괴상하지 않아? 마당 분위기에 영 아닌데 뽑아버리면 안 될까?" 시큰둥하게 '뽑기' 제안을 했는데 큰일 날 소리였다. 소중한 생명이 움트고 있는 현장을 못 알아챈 무심했던 내 마음가짐이나 뽑아버려야 할 일이었다. 딸과 꽃잎 관찰에 빠져 있는 사이, 저쪽에서는 아빠와 아들이 물총 놀이하듯이 잔디밭 곳곳을 촉촉하게 적셔 대고 있다. 이내 딸도 번쩍 일어나 물길을 따라 뛴다. 뉴잉글랜드의 5월 햇살이 참 예뻤다. 그 자연광 아래, 그 셋의 모습을 핸드폰으로 담겠다며 새하얀 운동화를 신고 흙을 묻힌 채 뛰어다니는 내가 있었다. 넷은 잔디 위에서 흙을 묻히며, 이내 흙탕물을 튀기며 하나가 됐다.

이른바 '결이 다른 남매'는 자연 위에서 하나가 됐다. 종종 아이들을 소개할 때마다 나는 둘을 두고 "진짜, 참 결이 달라요"라는 말을 자주 쓰곤 했다. 자폐스펙트럼 아들은 낯선 공간을 방문할 때마다 청소기나 공기청정기 같은 전자기기를 탐색하는 데 30분쯤은 훌쩍 쓰는 아이였다. 딸은 대문자 I인 엄마 아빠 중 도대체 누굴 닮은 건지 모르겠을 정도로 낯선 친구에게 다가서서 같이 놀자고 하기를 망설이지 않는 타입이었다. 장애 아이와 비장애 아이의 발달 양상이 다르다고 해서 비교하고 좌절하는 수순은 아니었음에도, 다른 건 다른 거니까 자꾸 결을 운운했다.

표준국어대사전에 따르면 '결'은 나무, 돌, 살갗 따위에서 조직의 굳고 무른 부분이 모여 일정하게 켜를 지으면서 짜인 바탕의 상태나 무늬[10]란다. 딸로 말할 것 같으면 낯선 친구들과 격 없이 소통하면서 새로운 무늬판을 짜 나가기를 주저하지 않는 식이었고, 아들은 자신이 켜켜이 짜 둔 무늬를 꽉 붙잡고 견고히 지켜 나가는 식이었다. 나무의 뿌리는 같은데도 틈틈이 보이는 소통 양상이나 표현 방식, 욕구가 다르니 그저 신기했다. 한편으로는 시간이 갈수록 그 다른 결 때문에 서로가 한 지붕 아래에서도 아예 다른 세상을 사는 건 아닐까 걱정도 되던 참이었다. 해답은 결국 자연놀이에 있었다.

집에서 하는 자연놀이에는 다섯 가지 매력이 있었다. (1) 연령 제한 따위 없음, (2) 놀이 시간 2시간 제한 없음, (3) 미끄럼 방지 양말 없이도 충분히 출입 가능, (4) 당연히 외부 음식 반입 가능, (5) 가성비 좋은 동물원 입장 효과까지 가능. 한국 키즈카페에 갈 때마다 입장 문구에 꼬박 붙어 있는 유의 사항 고지들과 정반대 지점에 놓인 것들이었다. 잔디밭에 뛰어나가는 데는 애들만 신나는 게 아니었다. 마흔에 접어든 남편과 나도 신발에 흙 묻히며 노는 재미에 슬슬 스며들고 있었다. 물론 일반 키즈카페에도 늘 보호자 입장표를 끊고 입장하지만, 애들이 노는 사이 엄빠는 테이블에 앉아 적당히 시간을 '때우는 데' 몰입하는 경우가 잦지 않나. 그렇다. 그런 시간 때우는 엄마, 내 이야기가 맞다. 앞마당과 뒷마당은 취학 전 아이들만 뛰어노는 공간이 아니었다. 남편도 뛰고, 나도 뒹굴었다.

자꾸 놀다 보니까 정든다. "흙… 흙놀이요?" 하고 이웃 앞에서 당황스러워했던 예민한 K-엄마의 모습이 슬슬 사라졌다. 아이들 새 신발과 새 옷에 흙 묻는 게 싫어서 몸을 사렸던 미국살이 초보는 종종 흙투성이가 돼도 '아, 몰라몰라' 웃어넘기는 여유를 장착했다. 흙 묻은 손을 바로 안 닦았다고, 오늘 선크림을 덜 바르고 나갔다고 바짝 예민해져서 잔소리 폭격을 해대던 엄마는 본인도 슬슬 세수만 겨우 하고 나가서 흰색 실내복을 입고 애들과 함께 잔디밭에 앉기 시작했다. 자연놀이는 바짝 긴장해 살던 사람의 태도를 바꾸는 힘이 있었다. 보스턴 근교 채광의 힘인지, 아무도 간섭하지 않는 우리집 잔디밭의 푹신한 매력인지, 엄미의 태도를 바꾼 결정적 원인이 무엇인지는 잘 모르겠다. 두 시간이고 세 시간이고, 시간 제한 없이 마음껏 누울 수 있는 마당에서 직접 만든 샌드위치를 꼭꼭 씹고, 방금 내린 캡슐 커피를 홀짝여 넘기는 맛은 10달러도 안 되는데 테라스 카페의 브런치보다 더 그럴싸했다. 고무딱지가 가득 박힌 양말을 챙겨 신을 필요도 없고, 운 좋을 땐 토끼나 다람쥐가 멀찍이 나타나기도 하니 작은 동물원 같았다. 그야말로 일석오조였다.

자연에서는 마음의 안정을 찾을 수 있었고,
아무 생각도, 아무 걱정도
할 필요가 없었어요.

실내 놀이터에서는 결이 달라도 너무 달랐던 두 아이, 자연놀이를 만나면 두루두루 뭉쳐 하나가 된다. 키즈카페의 붉은 핀 조명 아래에서 자동차 바퀴만 만지작거리던 아들은 앞마당 잔디밭에서 햇살을 듬뿍 머금은 채 서서 동생과 함께 롤러코스터를 민다. 실내 놀이터만 가면 에어컨과 공기청정기 앞을 그토록 서성거리던 아들이 가만가만 돗자리에 눕는다. 그 옆에 동생도 홀랑 따라 누워버리고 나면 보고 있던 엄마 아빠도 '에라 모르겠다' 좋다고 누워버리니 가족 도미노가 따로 없다. 누워서 맞는 자연 바람의 맛이 성능 좋은 하이엔드 전자기기보다 넘사벽이라는 걸 넷 모두 알아차린 결과다. 언어 표현 능력도, 사회성 기술도, 하나부터 열까지 극과 극 같았던 남매의 격차를 자연을 마주하는 순간에는 알아챌 틈이 없다. 햇살 좋고 바람 좋은 데서 넋 놓고 실컷 웃고 있는데, 여기에 발달 양상의 결 따위를 운운할 새가 있을 리 없지. 아이 둘도 윈, 부부도 윈, 네 식구 모두 '윈윈' 하는 곳은 프리미엄 키즈카페가 아니라, 집 앞 자연놀이의 현장이었다.

"엄마, 더 참방참방 할래요!"
또래보다 말이 느린 첫째나, 두 살 터울이지만 오빠의 언어 능력에 바짝 다가선 둘째나 이 한 마디를 하는 데는 격차가 없어서 또 웃음이 난다. 봄비 내린 날, 마을 곳곳에 생긴 웅덩이를 보고 둘은 하나가 되어 절실한 요구사항을 볼륨 두 배로 키워 이야기한다. 더 참방참방 하겠다는 의지 앞에서 엄마는 이제야 애니메이션 〈페파 피그〉 속 페파와 조지를 바라보는 상냥한 엄마가 된다. 레인부츠 사이즈는 각각 200cm와 170cm, 두 아이 사이즈에는 30cm나 격차가 있지만 흙탕물 튀기면서 뛰노는 아이들 사이에 흥의 격차란 없다. 달라도 너무 다른 아이들이, 하나도 다르지 않은 순간을 맞닥뜨리는 기분이 이제 더는 싫지 않다.

비 오는 날의 자연놀이를 흔쾌히 허락하는 엄마 앞에서 아이들은 그간 써오던 잔소리 캔슬링 헤드폰을 착용할 필요 없게 된 것도 물론이다. 지난번 만났던 이웃집 엄마가 이 풍경을 보기라도 하면 "저 깐깐한 엄마가 웬일이야"라며 해죽거릴 것만 같다. 이번에 마주치면 "They really like it"에 이어서 이렇게 이야기해 줘야겠다. "I've come to love it too. I finally let it go." 아, 긴 문장 덧댈 필요 있나? "같이 놀아요! Come on, Mommy!"

5부

신경다양성의
엄마로 사는 마음

자폐맘을 향한 시선,
'어쩔수가없다'

　기자와 아나운서. 10년이 넘는 세월, 다수에게 주목받는 게 일상이었다. 명동 한복판에 서서 마이크를 쥐고 카메라를 또랑또랑하게 바라보며 사회와 경제를 이야기하던 시절이 있었다. 모르는 사람을 붙잡고 게릴라 인터뷰를 하는 게 특기라며 '취재가 재밌다'고 건방 떨던 병아리 수습기자 시절도 있었고. 아나운서가 되고 난 뒤에는 비록 전국권 무대는 아니었지만 전북과 강원 지역에서만큼은 아이돌 스타라도 된 것처럼 굴었다. 카메라 앞에 서는 직업이 뭐 그리 대수라고 그런 나를 쳐다보는 사람들의 시선을 부지런히 즐겼다. 나를 비추는 소닝이 '번쩍', 내 목소리를 증폭하는 마이크 전원이 '반짝' 들어오면 말로는 다 표현 못 할 희열이 샘솟곤 했다.

　나를 쳐다보는 수많은 눈동자, 무대를 향해 또각또각 옮겨가는 발걸음을 즐겨왔던 내게 반전의 일상이 생겨났다. 누군가의 시선을 한 몸에 받는 게 이렇게까지 부담스러워질 줄 몰랐다. 신경다양성 아이를 키우다 보면 한 번도 마주한 적 없는 낯선 사람들의 눈길이 자주 따라붙는다. 단, 다정함과 따뜻함만을 전제하지 않는다는 게 조금 다를 뿐이다. 아이가 다소 유별난 몸짓을 보일 때면 아이 한 번 쓱 쳐다보고 연이어 엄마를 올려다본다. 층고가 높은 거대한 스튜디오에서 현란한 카메라 무빙 속에 담겨온 세월이 몇 년인데, 낯선 사람들이 나와 아이를 훑는 거친 시선에는 도무지 익숙해지질 않는다.

주목받기 좋은 현장은 대부분 닮은 점이 있다. 되도록 사람이 많이 모이는 공간일 것. 주의나 경고 문구가 붙어 있어서 일련의 규칙을 따르는 것이 당연한 장소일 것. 토요일 오전, 대기번호 100번까지 거뜬히 찍는 소아과 대기실이나, 사람들로 꽉 찬 일요일 오후의 백화점 엘리베이터, 갓 돌이 지난 아기들부터 초등학생 형, 누나들까지 와르르 몰려드는 대형 키즈카페, 그리고 도서관, 박물관, 미술관처럼 종종 '쉿' 하는 제스처를 동반해야만 하는 공공의 문화 공간들이 그렇다. 그런 곳일수록 자폐스펙트럼 아이의 돌발 행동은 더 또렷하게 티가 나기 좋다. 제자리에서 콩콩 뛰어오르는 몸짓이 스무 번을 넘어서거나 의젓하게 서 있다가도 돌연 귀를 팔랑팔랑 털어내는 아이의 손짓을 보는 순간 익숙한 시선들이 시작된다. 여기에 얇고 가느다란 목소리로 아이의 한 단어 반복이 이어지면 쳐다보는 눈동자의 개수는 기하급수적으로 불어난다. "네네, 저희 집 아이 조금 남다른 거, 저도 압니다."

사람들의 시선은 대체로 다섯 가지로 갈린다. 아니, 쟤는 초등학생쯤은 돼 보이는데 왜 말을 저렇게 더듬거리는지 모르겠다는 의아함, 혹시 영화나 드라마에서만 보던 자폐스펙트럼 아이가 우리 동네에 사는 걸지도 모르겠다는 호기심, 본인의 아이와 나이가 비슷해 보이는데 웬만하면 어울리지 않았으면 좋겠다는 경계심. 그런데 저렇게 예사롭지 않은 아이를 키우는 엄마는 참 힘들겠다고 생각해두는 동정심. 이러나 저러나 사연 많은 이웃과 되도록 얽히고 싶지 않아서 한 번도 쳐다보지 않았다는 듯 무관심으로 포장해두는 마음까지. 개수는 다섯 가지나 되는데 좀처럼 마음에 드는 마음은 하나도 없다. 자폐스펙트럼 육아 6년 차, 제법 익숙해졌다고 생각했는데 이런 시선이 스며들면 곧 다시 씁쓸해진다.

박찬욱 감독의 영화 〈어쩔수가없다〉를 보는 내내, 140분 가까운 러닝타임 중 가장 먼저 시선이 닿은 곳은 극 중 만수(이병헌 분)의 딸 리원(최소율

분)의 얼굴이었다. 자폐스펙트럼 아이를 키우면서 뜻하지 않게 생긴 능력이 있다면, 우리 아이와 결이 비슷한 신경다양성 아이를 꽤 빠르게 알아본다는 것이다. 자폐스펙트럼 아이들과 주로 만나는 공인행동분석가, ABA 치료사로 일하다 보니 동료 치료사들과도 이런 이야기를 종종 나누곤 했다. "우리는 '우리 아이들이구나' 금방 눈치채잖아요." 영화 초반, 첼로 연주에만 푹 빠져 있는 리원이를 보면서 왠지 우리 아이들 같다고 생각했다. 밥 먹고 하라는 엄마의 말이 흐릿하게 튕겨 나갈 만큼 리원이의 첼로 몰입력이 예사롭지 않았다. 좀처럼 언어 표현 없이 일상을 이어가는 모습도 우리집 아이와 닮아 있다고 생각했다. 아빠의 거친 운전에 자동차가 쿨럭거리며 소음을 내자, 그 소리 못 견디겠다는 듯 귀를 단단히 막아버리는 장면 역시 낯이 익었다. 신경다양성 아이였다.

내가 영화에서 인상적이었던 건 AI 세상에서 종이 생산 공정이 기계로 대체돼 가는 변화만이 아니었다. 만수(이병헌 분)와 미리(손예진 분) 부부가 자폐 딸 리원이를 대하는 태도였다. 부부는 단 한 번도 아이가 발달장애를 지녔다는 사실에 힘겨워하거나 흔들리는 기색을 보이지 않는다. 만수의 실적으로 긴축 재정 모드에 들어가느라 다른 건 다 포기해 두더라도 아이의 남다른 재능 분야, 첼로 레슨은 놓지 않으려 하는 모습은 인상적이다. 내 커피값에 드는 카페 지출 항목은 줄여도, 아이 센터 치료만큼은 또 포기할 수가 없어 전전긍긍하는 내 마음을 들킨 것 같았달까. 첼로에 푹 빠진 아이에게 "왜 하필 너는 레슨비도 비싼 첼로에 빠졌니?" 불만을 표하지도, 원망 섞인 시선을 던지지도 않는다. 악기에 푹 빠져 식사를 거르는 아이가 걱정돼 어떻게든 한 술 한 술 정성 들여 떠먹이는 모습만 내보일 뿐이다. 아이가 신경다양성 영역에 서 있다고 난감해하거나 불편해하는 모습은 대사에서도 행동에서도 딱히 찾아볼 수 없었다.

사실 자폐스펙트럼 아이와의 일상을 살다 보면 영화 속 리원이네 집과 닮아간다. 내가 손예진의 나긋나긋한 매력을 어찌저찌 따라잡을 수 있겠다는 말을 하려는 건 결코 아니다. 자폐 아이가 드러내는 유별난 기운 때문에 일상의 모든 순간을 압도당하지 않는다는 이야기다. 좋아하는 음식을 밝히고 끼니를 꼬박 챙겨 먹는 것보다, 좋아하는 자동차에 집착하느라 시간 가는 줄 모르고 뒹구는 모습에 속이 바사삭 타들어가지만은 않는다. "아이고, 진짜!"라는 한탄과 한숨을 꺼내는 대신 "이야, 어쩜 저렇게 좋을까?" 하고 신기해하며 감탄하는 데 서서히 익숙해져 간다.

아이의 예상치 못한 특기를 마주할 때마다 드는 기특함과 대견함은 또 어떻고. 대입 지원서나 취업을 위한 이력서를 쓸 때 취미나 특기란에 어떤 걸 적어야 진부하지 않고 내 개성이 살아 있게 느껴질지 늘 고민해왔지만, 신경다양성 첫째는 그 빈칸을 굳이 고민할 필요 없는 삶을 산다. 즐겨 하는 것과 잘하는 것이 너무나 분명한 아이니까. 취미가 자동차 세차와 주차장 놀이라면, 특기는 세상에서 마주치는 모든 사람을 그가 타고 내리는 자동차 라인업으로 기억하는 일쯤 되지 않을까. 딱 한 번 들은 노래를 음가 그대로 재현하는 일, 방문하는 모든 공간의 층수를 정확히 외워버리는 일 역시 발달이 느린 아이에게서 발견한 신비로운 능력치에 포함된다. 영화 후반부, 리원이가 자신만의 독특한 기호로 첼로 연주곡을 작곡해 나가는 장면에 관객이 놀라움을 금치 못하듯이, 뜻밖에 마주하는 아이의 예사롭지 않은 능력은 언제나 반갑다. 느린 발달에 고민하고 걱정했던 시간보다 아이만이 품고 있는 보물을 발견하는 시간은 참 귀하다.

주변 사람들의 시선은 개집에 들어가 앉은 리원이에게만 향할지 모른다. 자폐스펙트럼 아이를 겉으로만 훑는 눈빛이다. "어머, 아무리 키우던 강아지와 이별을 했다 해도 그렇지. 속상하다고 개집에 들어가 앉아 있으면 어떡해. 그 집 엄마, 참 속상하겠네." 사람들은 신경다양성 아이가 대다수의 또래가 하지 않는 말이나 행동을 할 때, 그 순간만을 집어 주목하는 데 익숙하다. 하지만 신경다양성 아이의 엄마로 살다 보면 개집 이외의 순간에서 반짝거리는 장면이 많다는 걸 깨달아 간다. 비장애 육아를 별 세 개짜리 난이도라고 설정할 때 장애 아이를 키운다고 해서 그 별의 개수가 20이나 30으로 튀어버리는 건 아니다. 때론 특출난 기억력과 나보다 훨씬 나은 정리력으로 정신없는 마흔 엄마의 비서 역할을 해낼 때가 있다. 그럴 땐 별 하나짜리 난이도다. 어쩔 땐 비장애 동생과 무던히 잘 어울리며 한껏 발랄한 매력을 보여줘서, 일반적인 육아와 별다를 게 없다고 느껴진다. 그럴 땐 똑같이 별 세 개 정도를 그리곤 한다. 자폐스펙트럼 아이를 키워가는 여정에 개집에 들어가 앉은 머리 아픈 순간만 있는 건 아니다.

다시 리원이의 엄마, 미리를 떠올린다. 미리는 남편이 치통을 앓는다고 고민을 털어둘지언정 자폐 아이를 키우고 있다는 사실에 걱정하는 내색을 보이지 않는다. 앞서 만수가 기어를 잘못 바꾸는 바람에 차가 컹컹거리며 요란한 소리를 냈을 때도 운전하다가 찌질하게 당황한 남편을 탓할 뿐, 그 굉음에 귀를 틀어막고 발버둥 치는 리원이를 향해 짜증 내지 않는다. 이 가족에게 어떤 고난이 닥칠지라도 단 한순간도 리원이의 자폐가 그 고충을 극대화시키는 데 영향을 미치지 않게 그려낸 박찬욱 감독의 연출이 좋았다. 오히려 리원이의 연주는 네 식구의 힘든 순간마다 치유의 리듬이 된다. 묵직한 선율 속에는 깊은 곳에서부터 우러나는 울음이 담긴 것 같아서, 그간 남몰래 비밀스러운 혈투를 벌여온 각 식구의 피와 땀을 식히는 역할을 해낸다.

자폐스펙트럼 아이의 엄마로 사는 마음은 그렇다. '설마, 우리 애가?'라는 마음으로 첫 출발점을 지나 '우와, 우리 애가!' 하고 결승점에 다다르는 과정이다. 출발한 뒤 '에이, 진짜 아닐 거야'라는 마음에만 사로잡혀 있다면 아이의 반짝거리는 순간을 몽땅 놓쳐버리기가 쉽다. 만수의 자동차가 당장 주저 앉을 것같이 굉음을 냈던 것보다 더 큰 소리로 일상을 흐트러뜨릴 수 있고, 강아지 시투와 리투가 떠난 자리에 그대로 들어가 단식투쟁이라도 하는 것처럼 별난 구석을 내보이는 탓에, 아이가 잘할 수 있는 것과 이 아이만이 내뿜는 매력을 놓치기가 쉽다. '우와, 우리 애가!'라는 마음은 강점과 매력에 집중하는 날들에서 나온다. 실은 사람들이 품는 의아함이나 경계심, 동정심 같은 마음을 신경 쓸 필요가 없다. 신경다양성 아이의 엄마로 사는 삶은 의외로 정말 괜찮다.

가장 존경받는 전문가들조차
이들을 거의 지원해주지 못했던 시절에도
부모들은 수십 년간의 경험을 통해
자폐인들을 있는 그대로 사랑하는 것이
중요하다는 사실을 스스로 깨달았다.

- 스티브 실버만, 『뉴로트라이브』[1] -

신경다양성을 뇌에 관한 '또 다른 부족의 등장'으로 개념화한 스티브 실버만은 책의 후반부에서 '있는 그대로 사랑하는 것'의 가치를 언급한다. 이웃집에 자폐스펙트럼 아이가 산다는 걸 문득 알아차리는 순간이 온다면, 우리 모두 영화 속 손예진이나 이병헌이 되었으면 좋겠다. 아이가 첼로 음악에 취해 있으면 "어머, 첼로를 너무 좋아하는구나" 하고, 아이가 자동차 바퀴에 빠져 있다면 "우와, 자동차 박사가 따로 없네" 하고 호들갑 떨면서 따뜻한 말 한마디 더해줄 수 있다면 매일이 봄날 같지 않을까. 자폐 아이를 키우는 엄마를 향한 다섯 가지의 마음이 무겁고 어두운 시선으로만 변주되지 않을 날을 꿈꾼다. 물론 아들이 엘리베이터에서 콩콩거리며 연신 제자리 점프를 하거나 갑자기 노란색 테슬라를 사러 갈 거라고 뜬구름 잡는 소리를 하는 게 '귀여워서' 쳐다보는 건 '어쩔수가없다'고 할지라도 말이다.

다이어리 빼곡한데
워킹맘은 아닙니다

ABA 치료사로 수련하던 시절, 수퍼바이저를 따라 집집마다 홈티를 다녔다. 아이들은 치료를 받기 위해 발달센터로 향하기도 하지만, 새로운 환경에 적응하는 데만 수개월이 걸리기도 한다. 그러다 보면 엄마도, 아이도 진이 빠진 채 40분 수업 시간을 그대로 흘려보내는 경우도 있다. 이럴 때 센터는 오히려 악몽 같은 선택지가 된다. '이렇게까지 치료를 받으러 다녀야 하나?' 소위 '현타'가 밀려든다. 고역에 가까운 날들을 피하려 치료실을 택하는 대신 반대로 집을 치료 공간으로 삼기도 하는데, 이를 '홈티'라고 불렀다. 학원에 가는 것과는 별개로 집으로 선생님을 모셔와 과외를 받는 방식과 비슷한 셈이었다.

응용행동분석 전문가가 되기 위해서는 생각만 해도 혀가 내둘러질 만큼의 긴 수련 시간을 쌓아가야 한다. 내게는 발달장애 아동의 집으로 찾아가는 서비스, 홈티 치료가 그중 하나였다. 내 수련을 지도하는 수퍼바이저, 나의 스승님이 향하는 집에 뒤따라가 아이에게 행동 중재를 하는 모습을 뒤에서 찬찬히 지켜보기도 했고, 그에 대한 치료 기록지를 정리할 때도 있었다. 수련생으로서 마주한 첫 달의 역할은 미미했지만 병아리 치료사는 홈티 가정을 부지런히 오가는 것만으로도 숨이 헉헉 찰 때가 있었다. 한 주에 서너 차례 발달장애 아이와 그 가정을 마주하는 것은 생각보다 에너지가 많이 드는 일

　　우리집에 신경다양성이 삽니다

이었다. 아이뿐 아니라, 아이를 품은 가족의 단면을 의도치 않게 관찰할 수밖에 없는 위치가 아닌가. 부모가 매 시간 써 내려나가는 걱정이나 고충이 남의 일이 아니었다. 아이의 치료를 위해 집에 갔지만, 실은 자폐스펙트럼 아동의 엄마 아빠가 자리한 현실을 함께 마주하는 일이기도 했다.

유독 서현이라는 아이 집에 들를 때 풍경이 맴돈다. 아이 어머니는 늘 베이지 톤의 단정한 니트 원피스를 입고 환하게 웃으며 문을 열어주셨다. 아이의 치료가 시작되면 거실 한편에 놓인 테이블로 가 앉아 무언가를 오래도록 끼적거리곤 했다. 수퍼바이저의 치료를 보조하는 위치에 설 땐, 아이 수업 중에 이리저리 장소를 옮기면서 다음 세션을 준비하거나 준비물을 챙기곤 했는데 그런 틈새마다 마주치는 풍경 속에는 아이 어머니의 두툼한 다이어리가 있었다. 아이가 수업하느라 엄마를 찾지 않을 두 시간 남짓은 어쩌면 모든 신경다양성 엄마들이 하루 중 나만의 호흡으로 숨 쉴 수 있는 유일한 순간이 아닐까. 그 황금 시간을 놓칠 새라 어머니는 기다렸다는 듯, 서둘러 의자 끄트머리에 매달리듯 앉곤 했다. 아이가 갑자기 찾거나, 선생님이 엄마를 호출하면 언제든 일어날 준비가 되어있는 모양새였다. 짧고 귀한 엄마만의 시간, 까만색과 빨간색 볼펜을 맞바꿔가면서 전화 속 대화를 받아 적기도 했고, 동그라미를 쳤다가 엑스표도 그어댔다가 형광펜을 들었다 놓기를 반복하면서 비어 있던 백지를 빼곡하게 물들여 나갔다.

신경다양성 아이 엄마들에게 연간과 월간 달력이 따박따박 새겨진 다이어리 한 권은 필수다. 작은 핸드백에 쏙 들어갈 법한 작은 사이즈든, 그 옛날 우리 엄마가 식탁 앞에 펼쳐 들고 적던 두툼한 가계부 사이즈든, 헝클어진 생각과 아이의 얽히고설킨 스케줄을 가지런히 풀어 적을 백지의 영역이 충분히 필요하다. 언뜻 봐선 중요한 스케줄 몇 가지를 체크하기에 스마트폰의 캘린더 기능만큼 간편한 것도 없을 것 같지 않나. 하지만 느린 아이의 주간

치료 일정과 앞으로 다닐 센터, 혹은 그만 정리해 둬야 할 치료 수업, 아이를 둘러싼 그간의 고민과 걱정을 모두 풀어 담기에는 6.3인치의 액정 화면이 너무 협소하다. 아이가 잠시 곁에 머물지 않는 틈새 시간이 바로 다이어리를 펼치고 볼펜을 꺼내 들기에 최적의 타이밍이다.

치료사가 아닌 엄마의 영역에 설 때, 나 역시 종이 다이어리를 채우는 데 익숙하다. 경험상 고민이 얽힌 복잡한 사안일수록 손을 움직이면서 털어내는 편이 좀 더 효과가 좋다. 아이가 다니는 치료를 쭉 나열하듯 적어보고 이쪽저쪽으로 가지를 뻗어나가면서 장점과 단점을 끄적거려본다. 각 수업의 치료 목표도 적어보고, 그중 겹치는 것을 교집합 영역에 넣어보기도 하면서 말이다. 노트북 꺼내 들고 스프레드시트나 요즘 MZ들이 자주 쓰는 노션 페이지에 생각하는 바를 일목요연하게 정리해볼 법도 하지만, 문서화하겠다고 나설 날짜 잡기가 하늘의 별 따기라는 걸 안다. 아이와 함께 걷는 일상 속에서 노트북 뚜껑 휙 열어젖힐 기회를 만나기가 어디 쉬운 일인가. 아이 간식으로 잔뜩 채워 넣은 보냉백 맨 윗단에 슬쩍 다이어리를 얹는 쪽을 택한다. 볼펜 하나는 옆 주머니에 끼워 넣는 편을 택하면 되니까.

새내기 직장인 시절부터 카페가 주최하는 연말 다이어리 이벤트 홀릭이었다. 2008년 말엽, 경찰서를 드나들던 수습기자 시절부터였으니까 작년 말까지 받은 다이어리까지 꼽자면 스무 권에 가깝다. 선배에게 주야장천 구박받던 병아리 기자 시절에도 다이어리 이벤트는 놓칠 수가 없어서 끝끝내 경찰서 근처 카페를 찾아다니며 깨작깨작 '찐 스티커'를 모았던 스물셋 여대생, 어느새 자폐스펙트럼 아이와 일상을 사는 마흔의 엄마가 되었다. 취재원과의 대화를 메모장에 임시 기록해 두던 시절을 지나, 아이의 치료실 선생님과 상담을 하다가 더 노력할 부분들을 미션 지령처럼 날림체 글씨로 받아적고 있다. 뉴스 당직표나 지역 축제장에서 생방송이 잡힌 일정 따위를 촘촘하게 정리하던 서른 초엽의 아나운서는 두 아이의 수업 스케줄을 각각 다른 색깔로 정리하는 데 몰두한다. 같은 카페의 증정 다이어리를 앞에 두고 전혀 다른 일상을 구워삶고 있다.

월간 달력을 채우는 이야기의 주인공, 열의 아홉은 아이다. 대개 주간 일정 계획표 하단에는 투두리스트가 있기 마련인데, 해야 할 일의 목록 대다수는 첫째 아이로 시작해 둘째 아이로 끝난다. 첫째 아이의 발달 설문지 작성하기, 아이의 소통을 돕기 위한 그림 카드 자료 업데이트하기, 오감각이 모두 예민한 첫째를 위한 감각 놀이 장난감 구매하기에 이어 둘째의 음악 수업과 미술 학원 알아보기, 발달이 느린 오빠의 영향으로 둘째의 언어 발달 양상에 또 다른 이슈는 없을지 검사 받기 등 알아볼 것도, 구매할 것도, 작성할 것도 산더미인 날들이다. 대학 시절부터 학보사에서 취재하고 기획하고 기사를 써냈는데, 신경다양성 영역 안팎에 각기 자리한 남매를 키우는 양날의 육아 일상도 결국 취재와 기획 작업의 도돌이표다.

"도저히 일할 시간이 안 나더라고요,
 특히 우리 같은 엄마들은요."

센터에서 늘 같은 시간대에 마주 앉아 있던 엄마와 눈인사만 하다가 처음 말을 튼 날이었다. 그날의 대화 주제는 기승전, 경력 단절이었다. 그 엄마의 손에도 모서리가 반질반질 닳아 있는 수첩 하나가 들려 있곤 했다. 내 손에도 카페 좋아하는 사람이라면 단번에 알아볼 만한 흔한 증정용 다이어리가 얹혀 있었다. 우리는 서로의 수첩을 가끔씩 응시하면서 서로의 바쁨 지수와 고단함의 레벨을 짐작하곤 했다. 그 어떤 엄마들보다 월간 달력과 주간 일정표를 새까맣게 물들이고 형광 노랑과 형광 주황으로 포인트를 주는 삶을 살아가지만 정작 워킹맘은 아닌 삶. 센터 라이딩을 하느라, 또각또각 고층 빌딩을 활보할 하이힐 장착은 꿈꾸기 힘든 삶. 다시는 조직 생활 따위 하지 않겠다며 직장 입성을 강력히 거부하는 것도 아니건만, 우리가 쥔 다이어리 속에는 아이 외 또 다른 주연을 캐스팅할 공간이 없다.

워킹맘에 도전했다가 하루 만에 항복해버린 날이 있었다. 자폐스펙트럼 첫째의 센터 치료 일정을 모두 6시 이후로 미뤄 잡고, 두 아이의 등원은 아침 9시가 되기 전까지 최대한 빠르게 완료하자는 작전을 세웠다. 나인 투 식스 일정에서 약간의 유연 근무만 보장받을 수 있다면, 다섯 살, 세 살 아이들을 키우면서도 일해볼 만하겠다고 어림짐작했다. 둘째가 좋아하는 발레 수업은 나중에 다시 시작하자며 끊어냈고, 대신 집으로 와주시는 학습지 선생님과의 수업을 추가했다. 친정 엄마는 밑도 끝도 없이 '일 좀 다시 해보고 싶다'며 애간장을 태우는 딸 때문에 한 명도 아닌 두 명의 손주 돌봄으로 평일 오후를 불태우기로 판을 짜둔 상태였다. 대학을 졸업하기도 전에 취업에 성공하고, 각각 석 달 정도의 백수 생활을 거쳐 두 번의 이직을 했던 나는 잠깐의 공백도 용납하지 못하는 바쁨 모드 지향자다. 경력의 공백을 도저히 못 견디겠어서 전신이 근질거렸다.

그럼에도 불구하고 제법 통할 것 같던 재취업 대작전은 삼일천하도 아니라 일일천하로 끝이 났다. 평소보다 빠른 등원과 늦은 하원에 아이 둘은 눈에 띄게 불안해했다. 첫째는 끝없이 징징거렸고, 둘째는 하원길에 종알거리던 수다력을 싹 지워둔 채 눈을 맞추지 않으며 삐친 표정을 했다. 저녁밥 못 먹고 저녁 시간대 치료실에 간 아들은, 수업을 듣다가 졸았다고 한다. 내 커리어가 뭐라고, 무슨 대단한 일을 하겠다고 이럴 일인가. 자정을 향해가던 늦은 밤, 두 뺨을 타고 연신 눈물이 쏟아져 내렸다. 흐느끼며 울다가 소중히 매만지며 다녔던 다이어리 속지 몇 장을 빡 뜯어버렸다. 새로운 일터의 정보와 유념해야 할 것들, 해야 할 일의 체크리스트를 적어 나가던 오늘 낮의 페이지였다. 이게 다 무슨 소용인가. 이 다이어리의 주연과 센터 자리는 결국 내 것이 아니었다고 억울해했다. 하루 만에 포기할 수밖에 없는 허무맹랑한 워킹맘 선언이었다.

다이어리는 빼곡한데, 워킹맘은 아닌 날들을 살아간다. 그날, 서현이 엄마 다이어리에는 어떤 이야기가 적혔을까. 발달장애 아이의 병원 재진 일정을 정리하고, 각종 검사 결과 서류들을 요약해내느라 분주했을까. 새로 시도해볼 만한 치료실 대기 리스트, 아이의 연령대에 체크해볼 필요 있는 발달 이정표, 발달 전문가가 추천하는 놀이법 등을 하나도 놓치지 않으려 적어내고 있었을지도 모르겠다. 혹은 아이를 낳고 키우느라 놓쳐왔던 커리어의 끈을 붙잡아보고자 아이가 학교에 간 시간만이라도 새로 배우고 도전해보고 싶은 '엄마의 목록'도 한구석의 지분을 차지했을 수도 있겠고. 경력이 단절된 시간의 틈을 메워보려고 나처럼 제법 그럴듯한 '워킹맘'의 시간표를 짜보고 있지는 않았을까.

그러다가 치료실이나 의료기관에서 진행하는 상담 결과에 뭉게뭉게 부풀리던 꿈의 형체를 비눗방울처럼 터뜨려버리는 순간도 마주해야 했을지 모른다. "어머님, 이 영역은 집에서도 시간을 들여서 바짝 노력해보면 좋을 것 같아요. 괜찮으시면 치료도 좀 더 추가해보면 어떨까요?" 공들여 조심스레 짜둔 엄마의 스케줄을 투박한 선 두 줄을 그어 지워버린다. 아이의 치료를 채워야 하니까, 결국 너의 루틴이 꽈배기처럼 꼬여 버리면 안 되는 거니까. 금세 지저분해진 종이 면을 보면서 애초에 아무것도 쓰지 말걸, 낮은 목소리로 후회하는 날들이다.

아이의 새 학기 적응을 앞두고 있던 날, 신경다양성 아이 엄마가 제작한 숏폼 하나를 봤다. 자폐스펙트럼 아이 엄마라면 "오, 저거 내 얘기네!" 싶었을 스토리, 그 모든 고충과 애환을 집약해 보여주는 듯해서 웃픔 지수 100 되시겠다. 아이를 기관에 들여보내고 '휴우' 간신히 찰나의 여유를 즐기려 커피잔을 꺼내는 순간, 울려대는 전화벨 소리에 심장이 철렁한다. "어머님, 아이가 오늘 배변 실수를 했어요." 영상 속 담임 선생님의 전화에 숏폼 시청자도 덩달아 마음이 급해진다. "네, 지금 갈게요." 커피잔을 집어넣고 언제든지 출동 태세로 변신하는 엄마. 그렇고 말고, 꼭 화장실 이슈가 아니더라도 신경다양성 아이를 둔 엄마라면 다 같이 초조해질 만한 포인트다.

언제 아이와의 전쟁이 터지더라도 문제없이 엄마가 동원될 준비, 방어 준비 태세 '데프콘 1단계'쯤은 갖춰둬야 한다. 출동 시, 아이의 모든 것이 담겨 있는 전쟁 전략서 같은 다이어리 챙김은 필수다. 치료실의 대기 공간에 앉아, 육퇴 후 거실 소파 끄트머리에 앉아, 지금 이 시간에도 다이어리를 끄적이고 있을 엄마들을 위하여 박수. 그 언젠가 빈칸에 엄마의 이야기를 채울 날을 꿈꾸며, 토닥토닥.

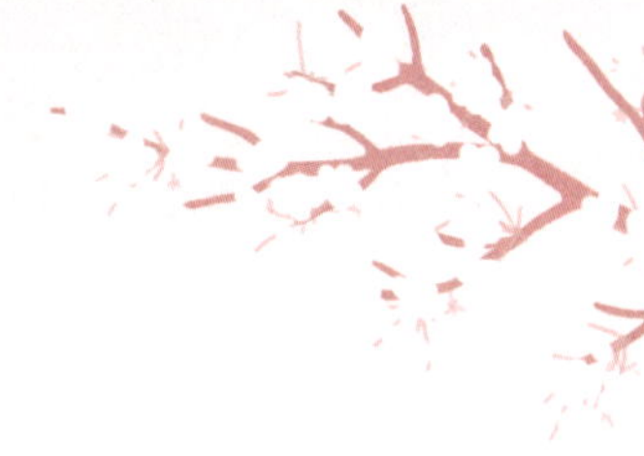

신경다양성 아이
'동생'도 키웁니다

아이를 둘 키우다 보니 변수투성이인 날들이다. 살면서 응급실 찾을 일이 얼마나 되겠나 했는데, 어린이 보험 안 들어놨다면 땅을 치고 후회했을 판이다. 토요일 한낮, 두 돌도 채 안 된 둘째가 아파트 내리막길을 달려 내려오던 자전거와 부딪쳤다. 단지 카페 앞을 촐랑촐랑 뛰어다니면서 엄마 커피가 언제 나오나 함께 기다리던 참이었다. 모처럼 미세먼지도 없고 쾌청해서 테이크아웃 커피 한 잔 들고 남매와 좀 걸어볼 작정이었는데 사고가 났다. 중학교 교복을 입은 남학생은 브레이크가 작동을 안 한 것 같다고 울 것 같은 표정으로 내 앞에 있다. 한껏 평화로운 풍경을 즐겨야 할 주말에 번수러니 찌증과 화가 뒤범벅이 됐다.

망설일 겨를이 없었다. 아이가 아장아장 걷던 시절에 자전거 사고라니, 냅다 대학병원 응급실로 향했다. 외상이 있거나 아이가 정신을 잃은 건 아니었지만 한참을 빽빽 우니 겁부터 났다. 동생을 들쳐 안고 주차장으로 뛰는 엄마를 따라, 첫째도 영문도 모른 채 뛰었다. 엄마가 허둥지둥대니 뭔가 예사롭지 않은 일이 생겼음을 직감한 표정이었다. 평소 같으면 콩콩 트램펄린 타듯이 뛰었을 텐데, 그날만큼은 보폭을 큼직하게 넓혀서 전력 질주에 협조해 줬다.

문제는 응급실에 도착한 다음이었다. 무사히 병원에 온 것까지는 좋은데 첫째가 도통 엄마와 떨어지려고 하지 않았다. 당시 40개월 남짓이던 첫째는 엄마와 잠깐이라도 분리되는 걸 극도로 싫어했다. 병원이라고 뭐 다를 게 있겠나. 예상했던 일이기는 했지만 답답해서 화딱지가 났다. "야, 지금 동생이 다쳤잖아." 7개월 무렵부터 슬슬 엄마 껌딱지가 되어 낯을 가렸던 둘째에 비하면 너무나 늦은 분리불안 신호 아닌가. 동생이 엑스레이를 찍으려면 엄마인 내가 납복을 입고 촬영실에 함께 들어가야 한다는데, 첫째는 나만 붙잡고 엉엉 울고 서있다. 응급의학과 당직 선생님은 어서 둘째를 안고 촬영실에 들어가 앉으라고 재촉했다. '아, 진짜 미쳐버리겠네.'

응급실 환아 팔찌는 16개월의 동생이 차고 있는데 빽빽 울어대는 건 오빠였다. 동생이 다쳐서 속상해 어쩔 줄 몰라 하는 감정이라면 얼마나 감동이겠나마는, 실상은 그게 아니었다. 일상 속에서 아주 작은 요소가 꼬여 버리기라도 하면 잠자코 봐줄 리 없는 첫째였다. 엄마랑 동생이랑 커피 사 들고 동네 산책을 하려다가 갑자기 대학병원까지 끌려왔으니, 어느 하나 예고된 것 없는 상황에 네 입장에서도 참 이토록 배배 꼬인 날이 없겠다고 생각했다. 하지만 응급실 곳곳에는 왜 저렇게 큰 아이 하나 설득하지 못하는지 모르겠다는 표정들이 가득했다. "아, 저희 애가 자폐스펙트럼 징후가 좀 있어서요." 당시엔 진단받지 않은 아이였고 등록 장애인도 아니었기에 누군가를 단번에 이해시킬 만한 복지카드도 없었다. 지금 이 순간, 엄마와 왜 떨어져야만 하는지 맥락을 이해하기 힘들고, 몇 마디 말로 설득한다고 해서 이 변수를 받아들일 수 있는 아이가 아니며, 이렇게 소리 지르기 시작하면 한 시간이 훌쩍 넘도록 응급실이 떠나가라 울 수도 있다고 줄줄이 읊어댄들 무엇하리오. 긴 말 해봐야 상황은 크게 달라지지 않을 것 같았다.

"저, 죄송한데요. 저희 아기 좀 안고 대신 엑스레이 찍어주시면 안 될까요?"

어차피 두 아이 모두 다 울어버릴 상황이라면, 조금이라도 덜 울 것 같은 아이의 손을 빨리 놓는 쪽이 나아 보였다. 그렇게 나는 첫째에게 빨리 항복하는 편을 택했다. 16개월 무렵의 아픈 동생은 결국 낯선 선생님들에게 두 손을 붙들린 채 꺼이꺼이 울며 엑스레이를 찍었다. 동생을 홀로 방사선실로 떠나보낸 오빠가 엄마의 팔뚝을 확보하는 데 성공한 순간이었다.

한마디로 둘째의 수난시대다. 자폐스펙트럼 아이를 키워가면서 '풀기 어려운 문제' 같다고 느끼는 결정적인 순간들은 바로 동생과 함께하는 일상에 있다. 아이 둘을 키운다면, 보통은 나이가 어린 동생에게 손이 더 갈 것 같지 않나. "너는 오빠니까 조금 참아줘. 이럴 때는 오빠가 동생 좀 도와줘야지." 손위 형제자매를 애어른으로 키워내는 단골 멘트를 덧대어가면서 두 아이 육아를 이어갈 때가 아무래도 흔할 것 같다.

우리집은 정확히 반대로 걸으며 살아간다. 두 해 늦게 태어난 동생이 발달이 남다른 오빠를 위해 양보해야 할 일이 많다. 응급실 엑스레이 촬영실에서 엄마를 놓아줘야 했던 게 끝이 아니다. 언어치료며, 감각통합치료며, 각 치료실을 전전하는 오빠를 둔 탓에 둘째를 어린이집에서 하원시키자마자 엄마인 나는 소리 소문 없이 사라질 때가 많았다. 그럴 때마다 딸은 줄곧 외할머니와 단짝이 되어갔다. 인사도 못 한 채 아들 손을 잡고 바삐 어디론가 달려 나가기 일쑤였던 나를 두고, 딸은 할머니와 단둘이 남겨진 집에서 조곤조곤 입을 뗐다고 한다. "엄마는 오빠랑 병원에 갔어. 나는 할머니랑 있으면 된대."

미국행 비행기 안에서도, 공항 출국장에서도 낯선 자극들에 한껏 예민 지수를 올릴 첫째를 챙기는 게 우선순위가 될 때가 많다. 가뜩이나 사람 많고 복잡한 공간에서 자극될 만한 요소가 무수히 많지 않나. 운 나쁘게 감각이 뭐 하나 꼬여 버리기라도 하면, 비행기 타기도 전에 재난 경보 수준이 된다.

장거리 비행을 앞두고서 상황을 중재하기가 더 곤란해질 수 있으므로 두 눈은 자꾸 첫째를 향해 먼저 꽂힐 때가 많다. 젤리 한 봉지를 나눠도 일단 오빠부터 쥐어주고, 공항 편의점 장난감을 사달라고 조르는 통에 바가지요금을 감수해야 할 때도 첫째가 고른 아이템은 가격표도 보지 않고 빠르게 계산해버리는 손놀림이 익숙해져 버렸다.

태어난 서열을 고려한 '장유유서' 때문인지, 세상과 상호작용하는 데 애를 먹어온 첫째의 아기 시절부터 워낙 단련된 결과인지 나도 잘 모르겠다. 분명한 건 그런 몸짓을 보인 날이면 밤마다 나의 격렬한 이불킥이 동반된다는 것. '아까 딸이 속상했으면 어떡하지. 내가 둘째였어도 서운했겠다' 하는 마음이 비눗방울 퍼지듯 몽글몽글 올라온다. 애 둘을 고르게 살피지 못한 그날의 흑역사를 돌아보며 이불 속에서 몸을 배배 꼰다. 내일은 작정하고 딸 좀 챙겨야겠다고 다짐하며 잠드는 날이 많아졌다.

"장애, 비장애 남매 그래서 어떻게 키워야 하는 건데?"
첫째가 한국에서 장애 등록을 마친 뒤, 모닝커피 한 잔 위로 흐른 부부의 대화에서 나는 마치 화가 난 사람처럼 질문을 던졌다. 비장애 동생을 대하는 엄마의 마음이 도대체 어떠해야 하는 거냐고 캐묻는 아내였다. "아무리 그래도 도움이 많이 필요한 첫째를 먼저 챙겨야 하지 않겠냐?"라는 답변을 기다린 것도 아니요, "둘째도 소외되지 않도록 우리가 최선을 다해야지" 같은 틀에 박힌 겉핥기 대답을 기다린 것도 아니었다. 동생만큼은 느린 발달의 여정에 속하지 않도록 더 빠릿빠릿하게 키워보자는 의지를 함께 다지고 싶어서 던진 질문인 건 더더욱 아니겠고. 남편도 장애, 비장애 남매를 키우는 데 있어서는 나와 똑같이 인생 1회차이건만, 이럴 땐 심리상담 교수라는 걸 빌미로 해답 좀 내놓아보라고 아내 권한으로 재촉을 한다.

앞으로 우리 둘째의 마음 관리는 도대체 어떻게 해야 하는 건지, 장애 오빠에게 우선순위가 자꾸 밀려서 결국 상처가 쌓이고 곪아 터질 때, 뒤늦게라도 수습할 수는 있는 건지 명쾌한 답을 찾고 싶었다. 어릴 때부터 미리 심리 상담이라도 받으러 다녀야 하는 걸까. 딸이 갖고 싶은 장난감 개수를 아낌없이 늘려주는 물적 공세라도 공격적으로 펼쳐야 하나? 우리집 같은 사례를 미국에서도 부지기수로 보지 않았을까 싶어서 토끼 눈을 하고 남편의 대답을 기다렸다.

"너무 빨리 어른스러워지지 않았으면 좋겠어."

모호하기 짝이 없는 나의 우문에 남편은 제법 마음에 꽂히는 현답을 건넸다. 아이는 그 시절 아이답게 철부지로 자라났으면 좋겠다는 이야기였다. 언뜻 들으면 별거 아닌 이야기 같은데, 찬찬히 생각할수록 신경다양성과 애 둘 조합의 가족에게 이것 이상의 명답은 없을 것 같다. '우리집은 가뜩이나 오빠 때문에 정신없을 텐데 내가 이렇게 하면 우리 엄마 아빠가 곤란해하지 않을까?' 애어른 같은 생각 따위는 서랍 깊숙이 넣어버릴 수 있도록 이끌자는 다짐이었다.

비장애 딸이 조금 '이기적으로 자랐으면 좋겠다'는 마음을 품은 건 그날부터였다. 하고 싶은 게 있으면 때론 끝까지 억누르지 않고 박박 우겨댈 수 있기를 소원했다. 때로는 말이 느린 오빠의 상호작용을 이끌어 주기도 하고, 놀이 기술을 되려 전수해주는 야무지고 기특한 또래 선생님이었지만 "오빠는 오빠 인생 살아" 하고 탁 놔버릴 수 있는 쿨함도 장착해야 한다고 믿었다. 혹여 오빠를 배려하느라 마음이 허한 날엔 그 공허함이 구멍으로 영영 자리 잡지 않도록 내 눈치도 빨라야겠다고 생각했다.

소셜 미디어를 뒤적이다가 우연히 비장애형제들을 위한 모임이 있다는 것을 알게 됐다. 자조 모임 '나는'은 자폐스펙트럼, 지적장애 등을 가진 형제를 둔 20대, 30대 청년들의 모임이다. 그간의 성장 과정에서 장애 형제를 먼저 배려하느라 괜찮은 척 하며 살았던 날들이, 실은 '괜찮지 않았음'을 고백하는 시간도 갖는단다. 딸이 이곳의 대나무숲 티타임을 찾는다면 왠지 이렇게 이야기하지 않을까. "엄마는 늘 오빠를 데리고 치료실에 갔어요. 나 때문에 달려간 응급실에서조차 엄마는 오빠 곁에 서 있어야 했죠." 모임의 전시회에서 마음을 표현한다면 화려한 색감을 쓴 쪽에 오빠를, 거무튀튀하게 얼룩진 면에 스스로를 배치하는 건 아닐지 미리 애가 탄다. 아직 펼쳐지지도 않은 풍경인데, 상상만으로도 가슴을 졸이게 된다.

『'나는' 괜찮지 않아도 괜찮아』. 이 모임에서 출간한 책 한 권의 제목이 내게 힌트를 던져줬다. 신경다양성이 사는 집에서 애써 괜찮은 척하고 앉아 있는 딸의 모습이 눈의 아른거리려 할 때면, 그 비눗방울은 내가 터뜨려주겠노라고 다짐한다. 이내 '퐁' 하고 사라져버릴 것같이 여리여리한 자태인데, 깨지지 않는 공간인 것처럼 투명한 자태를 부풀리는 비눗방울이 마치 딸의 세계와 닮았을 것 같다고 생각한다. '아무렇지 않은 척' 원 안에 숨어 있지 말고 서운한 것, 속상한 것, 억울해 미치겠는 것, 몽땅 다 지금 같이 이야기하자고 틈틈이 밖으로 끌어낼 작정이다. 어른답게 행동할 필요 없다고, 네가 하고 싶은 대로 말투와 몸짓을 보여도 괜찮다고 속삭여주고 싶다. 혹시라도 애어른으로 자라날까봐, 그러지 않게 키우고 싶다고 진작에 고백한 네 아빠도 곁에 있다고 몇 번이고 일러주고 싶다.

한 달에 한 번쯤은 꼭 딸과 일대일 데이트를 나간다. 어린이집 결석이 동반되어야 하고 오빠 몰래 감행해야 하는 특급 작전인데, 이거 참 재미가 쏠쏠하다. 주말 데이트를 나가려면 오빠를 함께 챙기는 것도 딸 몫이 되어 버린다. 그리하여 오빠는 등원시키고, 동생은 살그머니 등원시키지 않는 수를 쓴다. "오빠가 어린이집 가고 나면 오늘은 엄마랑 단둘이 재밌게 놀자. 이건 비밀이야" 하고 귓속말도 잊지 않는다. 둘만의 엄마 딸 데이트가 몇 번 반복되면서 딸은 상대방의 귀에다 대고 소곤소곤 이야기하는 힘을 알아버렸다. 하고 싶은 게 있을 때, 가고 싶은 곳이 생겼을 때, 이내 엄마의 귓가에 다가온다. 볼륨을 낮추고 속닥거리다 보면 애써 참지 않아도 되고 괜찮은 척 꼿꼿할 필요도 없다. 오빠를 먼저 챙기는 엄마가 어제는 유독 얄미웠다고 이야기할 수도 있고, 그러니까 오늘 하루는 오빠 몰래 엄마랑 단둘이 놀고 싶어 미치겠다고 귓바퀴가 촉촉해지도록 속삭인대도 좋겠다.

신경다양성이 '아닌' 딸을 위해서는 언제든 귀를 열어둘 작정이다. '오빠 때문에 안 되겠지, 오빠가 먼저 해야겠지.' 아이가 뭘 해보기도 전에 짐짓 체념해버리는 언어를 쓰지 않도록 하기 위해선 귓속말처럼 좋은 것도 없지 않을까. 비장애형제 모임에서 '대나무숲 티타임'을 분기별로 갖는 것처럼 마음 상하기 일보 직전일 때 엄마 귀에 온갖 짜증과 화를 털어두고 지나가라는 딸 전용 특급 찬스다. 그 아기 시절, 응급실에서 엄마의 팔뚝은 오빠가 확보해 버렸으니, 내 팔다리와 허여멀건 얼굴 어디가 되었든 하나쯤은 널 위해 온전 히 독차지하게 해줘야지…라고 다짐하던 차에, 한창 귓속말 재미를 익힌 둘 째가 첫째에게 귓속말 하는 방법을 알려준다. 아이고 얘야, 그건 너만의 찬 스라고! 오빠는 간지러워 죽겠다는데 동생은 신기한 비밀을 알아낸 것처럼 귀를 붙잡고 호들갑을 떤다. 서둘러 애어른이 되지 않았으면 좋겠다는 마음 으로, 신경다양성 아이의 '동생'도 키워가고 있다.

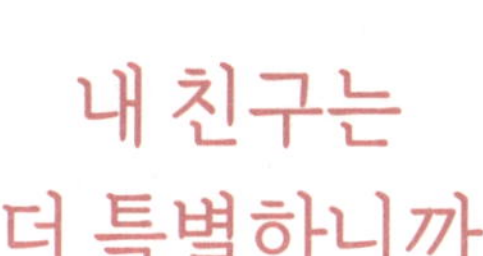

내 친구는
더 특별하니까

　서울 친정집에 머무는 기간, 우연히 지역 내 도서관이 새로 생겼다고 홍보를 해대는 통에 덩달아 들뜬 적이 있다. 이참에 신축 도서관에 들르면 기대할 수 있는 소소한 행운 몇 가지를 먼저 공개한다. 첫 번째, 공간이 새 거 새 거해서 어떤 의자에 앉아도 안락하게 몰입할 수 있는 맛이 있다. 꼭 책이 아니더라도 넷플릭스든, 유튜브든 나만의 것을 감상할 수 있는 쾌적한 감상실이 탄생하는 셈이다. 두 번째, 신축 도서관이 마침 영유아 많기로 소문난 신축 대단지 아파트 곁에 위치한 덕분에 키즈 프렌들리를 내세운 공간도 제법 짱짱해 보인다. 두 아이 데리고 한 번 갈 때마다 족히 5만 원씩 드는 키즈카페 대신, 잠깐이라도 머물 수 있는 공간이 생긴 것 같아 든든하다. 마지막 세 번째, 무엇보다 손을 타지 않은 새 책을 마주할 수 있는 크나큰 행복을 누릴 수 있다. 대형 서점에서나 맛볼 수 있는 새 책의 향기를 가장 먼저 점령했을 때, 묘한 흐뭇함이 번져온다.

　어린이 열람실에서 이 책을 마주했을 때가 꼭 그랬다. 마리사 베스티타, 줄리아 파스토리노의 그림책 『내 개는 특별하니까!』 제목부터 '특별함'을 내세워서일까. 이 책은 아이들 그림책이 빼곡히 꽂힌 낮은 서가에서, 아직 아무도 꺼내보지 않은 듯 새 책의 자태를 하고 있었다. 손을 타지 않은 레몬빛 표지는 자그마한 지문 하나 없이 반지르르했고, 그 누구도 열어본 흔적이 없었다는 걸 증명이라도 하는 것처럼 책등 또한 빳빳했다. 아직 한 번도 활짝 펼쳐진 적이 없는 책인 게 분명해 보였다. 새 책의 반반한 얼굴만으로도 도서관에서 만나기 드문 특별한 존재인데, 제목마저 '특별하니까' 더 특별해 보였다. 그 자리에서 홀린 듯이 바로 대여했다. 아들은 여느 때처럼 자동차 책을, 딸은 늘 그랬다는 듯 『페파 피그』 시리즈를 줄줄이 대출 기계에 올려댔는데, 나만 이 특별한 책에 유독 꽂혀 있었다. 잠자리 독서가 중요하다는 걸 알면서도 끝끝내 실천을 미뤄온 불량 엄마이건만, 그야말로 갑분 '그림책'을 빌렸다.

내게는 말이야, 특별한 개가 있어.
내 개는 말이야, 절름발이야.
내가 위험할 때마다 날 구하러 와.

- 마리사 베스티타, 『내 개는 특별하니까!』[3] -

책은 우리 아이도 좋아할 법한 자동차 그림을 담뿍 담고 있었다. 그 누구보다 자동차 장난감이 많다고 내세우는 아이, 여태껏 모아온 그림 카드가 수십 장은 된다고 어깨를 으쓱하며 자랑하는 아이가 있다. 그림책 안에 머무는 친구일 뿐인데 두 살 터울의 어린이를 키우는 엄마에겐 이보다 더한 적수는 없을 것 같다. 장난감 쇼핑몰만 잠깐 스쳐도 "이거 사달라, 저거 사달라" 난리인 남매 곁에, 내가 가진 장난감 개수로 승부를 겨루겠노라 작정한 친구라니, 당연히 반갑지가 않다. 친구와 빠이빠이 한 이후, 당장 엄마에게 쪼르르 달려와 저 친구보다 더 화려한 걸 갖고 싶다고 졸라댈 게 뻔하지 않은가. 그런데 그림책 속 자랑에 심취한 친구 곁에서 주인공 아이는 들뜨지 않는 가만가만한 태도로 이렇게 이야기 한다. 나에게는 특별한 개가 있다고.

실은 잠깐 오해했다. 빨간색 강아지가 유독 눈에 띄는 표지라, 나에게는 세상 예쁜 색깔의 개가 있다고, 그 어떤 집의 강아지보다 더 밝고 화려하다고 자랑할 줄 알았다. '절름발이'라는 표현이 썩 달갑지는 않았지만, 아이의 순수한 시선에만 주목해보자면 약점을 감추려고 급급해하지 않는 태도라 반가웠다. 그 개는 발을 절뚝거리면서도 주인공 아이를 구하러 오고, 그 어떤 위기에서도 망설이거나 주춤거리지 않는 강인한 개였다. 다치게 된 이유도 알고 보니 아이를 구하던 중 입은 부상 때문이었다. 어찌나 충성스럽고 용맹한지, 장난감 많다고 자랑하던 친구마저 돌연 외치기 시작한다. "나도 특별한 개가 갖고 싶어요!"

대출 가능 기간 2주 동안, 나는 부지런히 새 그림책을 후루룩 읽곤 했다. 줄곧 읽던 소설이나 에세이가 아니기에, 돌연 그림책을 열고 닫는 내 몸짓이 스스로도 낯설었지만 꾸준히 레몬색 표지에 손이 갔다. 아이와 친구를 둘러싸고 '누가누가 더 많이 가졌나' 식의 소유욕 대결이 증폭되지도 않고, 각자의 장난감과 개를 맞바꾸는 기묘한 전개가 펼쳐지는 것도 아니건만, 이 책은 아이두 어른두 끌어당기는 힘이 충분했다. 대다수가 감추고 싶어 할 법한 상처와 결점을 자랑으로 내세우는 패기가 대담했고, 특별하다고 자랑하는 아이의 시선이 그저 예뻤으니까. 또 그 특별한 시선을 반박하지 않고 '특별함'을 더 특별하게 소유하고 싶어 하는 친구 아이의 욕심마저 기특했다. "야, 저게 뭐게 특별해. 괴상하고 부끄러운 거지." 지나가는 어른 하나쯤은 아무 말이나 툭 던졌을 법도 하건만, 아이는 오히려 갖고 싶다고 더 울어버릴 것 같다. 그렇게 친구의 것을 탐하는 마음이 세상 밉지가 않았다.

『내 개는 특별하니까!』를 줄곧 매만지다가 이 책이 시리즈로 제작되어도 좋겠다고 반짝 아이디어가 떠올랐다. 세상 살다 보면 어디 '개'만 특별할 일인가. 주인공을 구하다가 외계인의 습격을 받아 다리를 다치고, 우스꽝스럽게 다리가 반대로 붙었다는 설정처럼 세상사 이런 변수는 살다가도 허다하게 툭툭 튀어나온다. 머리를 쓸어 다듬던 주인공의 베프 같은 존재, 바비 인형이 알고 보니 인형의 세계에서는 세상 산만한 ADHD 소녀였던 것으로 판명될 지도 모를 일이고, 히어로 영화의 주인공처럼 듬직하니 멋있던 옆집 형아가 난독과 난청으로 고생을 하는 일상을 지내고 있을지도 모른다. 그 어떤 독특함을 내재하고 있을지라도, 그들은 주인공 곁에서 우정을 쌓아가고 있는 따뜻한 주축이라는 점에는 변함이 없을 것이다. 도서관의 설명에 따르면 소비주의, 물질주의를 넘어 정말 중요한 게 무엇인지 알려주는 주제를 담았다는데 그렇다면 특별한 책의 속편도 기다려볼 만하지 않을까. 『내 바비는 특별하니까!』, 『옆집 형은 특별하니까!』.

『내 친구는 더 특별하니까!』. 아이의 어린이집, 같은 반 친구들의 얼굴을 떠올리며 속편을 그려봤다. 우리 아이가 속한 반 친구들이 우리집 신경다양성 아이를 소개한다면 부디 이런 느낌이었으면 좋겠다고 가상 편집자로 나서 봤다. "엄마, 우리 반에 좀 이상한 애 있어. 쟤는 왜 말도 못하면서 나랑 같은 반이야? 답답해." 혹시라도 친구들이 불만 가득한 표정을 하고 뾰로통하게 우리집 아이를 소개하는 건 아닐까. 가끔 이런 생각에 마음이 닳아 없어질 것만 같을 때도 있었는데, 그와는 반대이기를 바라며 조심스럽게 가상 스토리로 담아보는 마음이다. 『내 개는 특별하니까!』 원작에 대한 오마주로, 너그러이 읽어주시길.

내게는 말이야, 특별한 친구가 있어
내 친구는 자폐스펙트럼이야.
가만히 앉아 있지도 않고 자꾸 드러눕지만
재미있는 소리가 나면, 나랑 같이 깔깔 웃을 수 있어.

한번은 내가 자동차 장난감을 잃어버렸는데
친구는 단번에 내 차를 찾아다 줬어.
떨어진 바퀴도 거뜬히 끼워주고,
깨끗하게 세차도 해줬어.
내 친구는 참 특별해. 자동차 영웅 같거든.

아이의 하원길, 데리러 간 아이를 만나기도 전에 같은 반 친구들이 새하얗게 웃으며 나를 먼저 반긴다. 정작 내 아이는 저 멀리에서 제 나름의 주차장 놀이를 하느라 정신이 쏙 빠져있는데, 친구들이 먼저 아들의 특별함을 칭찬하면서 내게 다가온다. "오늘 저한테 주차장 만들어줬어요. 아까 이것도 나눠줬어요." 하나같이 『내 개는 특별하니까!』 확장 에디션의 주인공들이다. 신경다양성 아이를 '특별하게' 아껴주는 친구들이 있다는 건 참 고마운 일이다. 아이를 데리러 갈 때마다 반겨주는 반짝거리는 웃음들 덕분에, 오늘도 그 특별함의 가치를 한 수 더 배운다.

기꺼이
11만 원 쓰는 날

한때 뮤지컬 마니아였다. 정확히 말하면 고등학교 1학년, 한일 월드컵이 우리나라를 뜨겁게 달궜던 시절이다. 24년 전만 해도 한국에는 지금 같은 수준의 대형 공연장이 많지 않았다. 뮤지컬을 보러 간다 하면 예술의전당 토월극장과 종로에 있는 연강홀, 국립극장 대극장부터 떠올리곤 했으니, 너무 '라떼' 시절임은 틀림없다. 아, 이렇게 MZ세대 카테고리 속에 간신히 끝자락 부여잡고 들어온 티가 나나.

내가 다녔던 고등학교는 1학년 음악 시간에 여덟 명 남짓 짝을 지어 뮤지컬 한 편을 연출해내는 게 전통 프로젝트였다. 덕분에 유별난 수행평가는 한 청소년의 문화 취향을 견고히 다져주고야 말았다. 공부만 파던 내신형 모범생을 뮤지컬도 파는 마니아로 만들었으니 말이다. 대한민국 내신 만만세! 입학하고 싶은 대학의 정보를 모으는 것만큼이나 공연장에서 좋은 자리를 잡아 앉으려고 예매 좌석 새로고침을 하는 데 익숙한 손길이 되었음은 물론이다. 최대한 앞자리에서 내가 좋아하는 배우의 핏대 선 목덜미를 바라보겠다는 결연한 의지였다. 공연 티켓팅이 시작되자마자 오픈 시간에 칼같이 맞춰 최상의 자리를 고르는 미션에는 남부럽지 않게 자신이 있었다. 일간지 인턴 기자를 하던 시절에도 기어코 문화부 공연팀에 배정받아 뛰었으니, 마니아도 이런 마니아가 따로 없었다.

아이를 낳고 접속하는 공연 예매 사이트 앞에서는 사뭇 다른 결의가 묻어난다. 두 아이를 데려갈 생각으로 티켓을 예매한다는 것은 이런저런 할인을 덧대어도 1시간 남짓의 문화생활에 11만 원쯤을 지출하겠다는 의지가 선행 조건이기 때문. 장애인 할인 50%에 다둥이 할인을 덧대고 지역구민 할인까지 싹싹 긁어모으면 어른 하나, 아이 둘의 티켓은 딱 10만 5천 원 정도가 된다. 공연 비용이 다 그쯤 하지 뭐, 쿨하게 퉁치기에는 아직 해결되지 않은 이슈 하나가 있다. '내 아이가 과연 끝까지 자리를 이탈하지 않고 집중력을 다해 잘 봐줄 것인가'에 대한 물음표는 티켓 취소가 불가능한 당일 아침까지도 잔잔히 맴도는 법이니까. 만 5세 자폐스펙트럼 아이와 만 3세 아이의 손을 잡고 공연장으로 향하는 발걸음으로 말할 것 같으면 설렘만 퐁퐁 샘솟지 않는다. 그 묵직한 기분이 양 발목에 쇳덩이를 걸쳐둔 것마냥 덜그럭거린다. 돈을 제법 쓰면서도 이렇게까지 걱정 보따리 싸들고 꼭 가야만 할 일인가. 스스로 '괜히 예매했나?' 되묻다가 결국 '에라 모르겠다' 하는 마음으로 공연장 가는 일에 도가 텄다.

사, 그럼 이쯤에서 자폐스펙트럼 아이와 볼 뮤지컬, 공연장 명당자리 골라 잡는 노하우를 공개하겠다. 첫째, 무대를 바라보는 시야가 대단히 좋은 곳을 고르고 싶더라도 너무 앞자리는 피할 것. 스피커 볼륨 레벨과 조명의 강도가 세서 아이가 감각 조절이 힘들 수 있기 때문이다. 둘째, 공연 도중에도 금방 출구를 향해 나갈 수 있는 통로 쪽 자리를 고를 것. 좋아하는 캐릭터 공연일지라도 그날의 컨디션에 따라 집중력이 흐트러져서 중간에 갑자기 나가자고 '갑분' 떼를 쓸 수도 있으니 말이다. 마지막으로, 포토타임에 주인공과 단독으로 사진 찍을 기회가 생겨도 욕심 부리지 말 것. 낯선 이와의 대면은 연습을 거듭해야 겨우 쉬워지는 아이일진대, 캐릭터 탈을 쓴 배우든, 무대 분장이 짙은 배우든 울음이 터질 만한 포인트가 되기 때문이다. 간신히 이벤트에 당첨돼 행운의 엄마 되어 어깨를 으쓱하던 것도 잠시, 아이가 배우를 등지고 서서 머쓱한 상황이 생길 수 있으므로 주의 바람. 이상, 땅땅땅.

　노하우는 곧 우여곡절 끝에 만들어진다. 위의 나열과 반대로 해서 돈 아까운 경험도 제법 많았다는 이야기이기도 하다. 문화생활 좀 시켜보겠다고 기어코 좋은 자리랍시고 예매했는데, 아이가 너무 시끄럽다고 귀를 막고 있다가 결국 중도 포기하고 나왔던 날도 있었다. 헐레벌떡 공연 시간 딱 맞춰 갔더니 이미 자리 잡고 있는 사람들의 숫자에 압도돼 공연장 문턱도 안 넘겠다고 선언한 날도 있었다. 측면 각도 아쉬워서 한가운데 정중앙에 앉혔더니만 중간에 기어코 밖으로 나가겠다 하는 바람에 사람들의 발을 다 짓밟고 자리를 뜬 적도 있었다. 돈 아깝다는 명분으로 "제발 조금만 견뎌보자" 타일러 본다 한들, 결국 "나갈래요" 같은 말 서른 번쯤은 외치는 아이가 이긴다. 출구까지 이어지는 어두컴컴한 동선을 따라 더듬더듬 걸어 나가자니, 비상구를 응시하며 따라 나가는 통로는 달까지 향하는 길보다도 지루하고 애타게 느껴진다. '아, 이럴 거면 보자고 하지 말지. 아, 이럴 거면 보자고, 보자고 졸라대는 말에 넘어가지 말지.' 공연 보다가 중도 퇴장한 날, 집으로 돌아오는 길의 배경음악은 백아연의 〈이럴거면 그러지말지〉가 당첨이다. 이건 진짜다.

　돈 좀 아껴보겠다고 요령을 좀 부린 달도 있었다. 아이가 분명히 좋아할 캐릭터인데 '공연'이라는 프레임 안에서 보기가 괜찮을지 판단이 가물가물하던 참이었다. 마침 그 뮤지컬을 제작한 프로덕션에서 엄마 홍보대사를 모집한다고 해서 비대면 면접까지 봤는데, 덜컥 합격했다. 대학 합격보다 더 믿기지 않을 만큼 좋았다고 밑도 끝도 없이 과장할 수는 없지만, 돈 번 느낌에 해벌쭉 신나서 은근슬쩍 지인들에게 자랑해댄 건 안 비밀로 하겠다. 홍보용 숏폼 콘텐츠를 만들거나 블로그 포스팅을 올리면 4인 가족 뮤지컬 티켓을 준단다. "축하드립니다. 홍보대사로 선정되셨습니다"라는 문자 한 통만으로도 대충 15만 원 남짓의 현금이 통장에 찍힌 것 같은 기분이 드니 들뜰 수밖에. 홍보대사라는 이름 아래 모인 짱짱한 육아 인플루언서들 사이에서 은근 슬쩍 기가 죽을 법도 한데, 언인플루엔셜 하면 좀 어떠랴. 아이의 집중력 레벨이 어떻든, 돈 걱정 없이 유유자적 공연장으로 향할 수 있는 유일한 순간이기도 했다.

이러쿵저러쿵 우여곡절을 겪으면서도 변하지 않았던 건 단 하나. 아이와 손을 잡고 계속 뮤지컬을 보려고 부단히도 애를 썼다는 것. 고작해야 키즈카페 기본 입장 시간 2시간도 안 될 100분 남짓의 어린이 뮤지컬이 키즈카페 10회권 끊는 가격에 버금갈 정도이니 결제창을 볼 때마다 손가락을 멈칫하게 되었던 게 사실이다. 고1 때부터 차곡차곡 쌓아온 뮤지컬 마니아의 좌석 고르기 패턴은 하나둘 털어버려야 했건만, 반대 노선을 따른 덕분에 아이는 조금씩 늘었다. 공연 하나 안 봐도 일상이 삐걱거리지는 않지만, 영화나 뮤지컬로 힐링하는 마력을 알게 해주고 싶었던 엄마의 욕심은 결국 통했다. 일련의 문화생활에 다가서는 데 아이의 장애 여부가 걸림돌이 되지 않았으면 했다. 불안과 예민, 긴장도가 높다는 이유로 공연장에 오래 머물지 못하는 것 또한 너무 익숙하지 않니. 이 또한 연습하면 충분히 즐거울 수 있다는 걸 몸으로 알려주고 싶었던 거다.

단 한 번도 커튼콜까지 온전히 즐기고 나오지 못할 것 같던 아이는 막과 막 사이 어두컴컴해지는 순간에도 불안을 꺼내들지 않을 만큼 덤덤해졌다. 전국 각지에서 수백 명씩 몰려들어 1층과 2층 자리를 가득 메우고 있는 현장에서도 아이는 더 이상 눈을 흐리게 뜨지 않았다. 오히려 이쪽저쪽 좌우로 고개를 돌리며 자기와 같은 취향과 최애 캐릭터를 즐기는 사람이 얼마나 많은지 해죽거리면서 손가락으로 짚어 세어보는 데 재미가 붙었다. 레이저 광선에 화들짝 놀라 예민한 기운을 끌어올리는 일도 없었고, 요란한 커튼콜 댄스파티에도 민망해하거나 당황하지 않고 콩콩 뛰어오르며 리듬을 타는 아이가 됐다. 아이가 이 공간을 당장이라도 벗어나자고 손을 끌며 조를 것 같아 탈출 준비 태세로 공연장 옆자리를 지키던 나 역시 한시름 놓은 지 오래다. 엉덩이를 조금 더 의자 깊숙이 밀어 넣고 슬금슬금 아동극을 즐길 여유가 생겼다. 영영 정체되어 있을 것만 같던 아이의 공연 관람력은 언제 그랬냐는 듯이 상승 곡선을 그렸다. 문화생활도 연습이 생명이었다. 연습만 조금 하면 우리 아이도 세상 못 할 것이 없었다.

물론 아이 덕분에 뮤지컬 좌석을 고르는 기준이 결혼 전과 철저하게 반전된 셈이다. 공연장에 들어서서 분위기를 타는 방식에도 변화가 생긴 것은 물론이다. 예전 같았으면 공연 시작 직전까지 포토존을 충분히 누리고 기프트숍 아이템을 구경하느라 시간 가는 줄 몰랐을 텐데, 자폐스펙트럼 아이와 함께 공연장에 입장할 때면 최대한 입장 1등을 찍는 편이 낫다는 경험치가 생겼다. 아이의 성향에 따라 다를 수 있겠으나, 아무래도 사람이 북적거리는 공간에 들어설 때면 일단 눈부터 찌푸리며 최대한 흐린 눈을 하는 아이다. 다수의 사람들이 웅성거리고 있는 분위기 속에서 시야 조절을 힘들어하기 때문에 아예 냅다 1등으로 입장한다. 마치 티켓을 확인하는 직원의 보조를 자처하는 양, 뒤이어 들어오는 친구들의 입장을 찬찬히 지켜보는 게 공연장 분위기에 적응하는 데 실제로 큰 도움이 된다.

다행인지 불행인지, 김소현의 〈에비타〉를 못 보고 옥주현의 〈안나 카레니나〉, 이성경의 〈알라딘〉을 다 놓쳐버렸다 해도 억울해할 필요가 없다. 어차피 두 아이 손을 잡고 '티니핑'이나 '헬로카봇' 뮤지컬을 볼 때도 무대 앞에 시선을 두는 건 신경다양성 아이 엄마에게 지극히 사치 같은 일이니까. 소위 어른용 작품을 보든, 아이들 취향 저격 작품을 보든, 무대의 주인공과 메인곡을 곱씹을 새가 없기는 매한가지다. 아이가 작품 속 조명에 취해 감탄의 제스처로 손을 번쩍 들어 올릴 때나 익숙한 테마 노래에 흥얼거리며 의자에서 일어나 방방 뛸 때, 1초 이내로 내리누를 수 있는 '제지'의 몸짓을 재빨리 발휘해야만 한다. 오빠의 일탈은 이내 '모방 천재' 동생의 따라 하기로 번질 수 있으므로 나의 시선은 올곧이 무대를 향하지 못한다. 아이들이 뮤지컬에 집중하기를 바라는 마음은 내내 간절한데, 정작 내 눈은 아이러니하게도 정면에 두지 못하는 신세다. 아동 뮤지컬 치고 노래가 너무 고퀄이라 티니핑 무대의 로미 공주 솔로곡에 심취해버린 적이 있었는데 1분도 채 되지 않아 어둠을 뚫고 직원이 다가와 내 왼쪽 어깨를 탕탕 두드린다. "저기 어머님, 여기 남자아이 바른 자세로 앉게 해주세요. 자꾸 양옆을 왔다 갔다 해서요. 특히 팸플릿 흔들지 않게요!"

"엄마, 저것도 보러 가요!"

남매 최애 캐릭터, 티니핑 뮤지컬을 보고 나서 집으로 향하던 길, 첫째가 길가에 붙은 공연 현수막을 보고 연신 같은 말을 외쳐댔다. 새로운 공연을 또 보러 가자는 걸 보니 오늘 본 뮤지컬도 적잖이 재밌었나 보군. 왕년에 공연 마니아를 자처하던 엄마의 피를 물려받았을까 싶을 만큼 아이들은 아동 뮤지컬 포스터를 질도 꿰뚫이 본다. 11만 원쯤을 또 들어야 하는 공연 비용을 떠올리자면 덜컥 주머니 사정 이슈로 생각의 회로가 넘어가지만, 아무쪼록 괜찮다. 나가자고, 무섭다고, 시끄럽다고, 못 견디겠다고 공연 도중 중도하차해야 했던 처음의 풍경들에 비해서는 훨씬 행복한 고민 아니겠나.

엉덩이를 들썩거려서 뒷자리 친구가 불편해할까 봐, 공연 속 주인공들의 대사를 암흑의 객석 속에서 연신 반복하며 똑같이 외쳐댈까 봐 '라떼 뮤지컬 마니아'의 얼굴을 하고도 여전히 무대 위에 1분 넘게 눈을 둘 수는 없겠으나, 아이들에게 취미를 대물림할 수 있는 엄마 마음에는 흐뭇함이 감돈다. 문화를 즐기고픈 설렘만큼은 장애와 비장애의 경계가 없었으면 좋겠어서 어제도 오늘도 또 다가올 다음 공연의 날들에도 자꾸만 뮤지컬 현수막을 바짝 건 공

연장 앞으로 걸어 나간다. 연습하다 보면 취미를 즐기는 방법에도 슬슬 아이
만의 취향과 요령이 생길 테니까. 그런 마음이라면 커피 22잔 값쯤은 아껴볼
만하지 않을까.

아이에게는 환상,
엄빠는 환장

　여기서 잠깐, 퀴즈 하나 내면서 시작하겠다. 자폐스펙트럼 아이는 뛸 듯이 좋아하는데, 옆에서 엄마 아빠는 환장할 것 같은 공간은 어디일까. 망설임 없이 힌트 세 개 들어간다. 하나, 성냥갑 같은 아파트가 촤라라 펼쳐지는 대한민국 한강 뷰 라인에 유독 많을 것 같다. 둘, 당신이 예상하는 그 어떤 공간보다도 평수는 적을 것이다. 셋, 시청각과 촉각을 고루 만족시키는 요소가 가지런히 포함돼 있다. 자, 이쯤이면 대부분 눈치채셨는지? 바로 엘리베이터다.

　자폐스펙트럼 아이에게 엘리베이터란 공간은 참 특별하다. 우리집 신경다양성 아이에게 '엘베'는 거의 죽고 못 사는 아지트 같아 보인다. 환상 같은 이 공간은 들어서기 전부터 아이를 잔뜩 흥분시킨다. 화면에 찍힌 빨간 숫자가 차근차근 일정한 속도로 바뀌고, 숫자가 바뀔 때마다 양발로 점프점프하며 흥을 올리다 보면 어느새 아이 스스로 힘주어 열지 않아도 문이 열린다. 올라타는 순간, 또다시 아이를 유혹하는 것들이 산더미인데 그중 최우선 플러팅 강자는 바로 엘베 속 '버튼' 되시겠다. 숫자를 꾸욱 누를 때마다 찰지게 '쏘옥' 들어가는 맛의 버튼이든, 손만 살짝 터치해도 '짠' 불이 들어오고야 마는 버튼이든, 아이가 누르는 대로 시각으로, 촉각으로 응답하는 녀석이 있으니 1층을 가든, 지하 2층을 가든 도착지를 눌러대는 맛이 있다. 이러니 흥분하고도 남지. 이러니 엘베라면 사족을 못 쓰고 좋다며 방방 뜨지!

"아이가 엘리베이터만 보면 흥분을 해요."
"엘리베이터에서는 유독 더 소리를 질러요."

알고 보니 엘리베이터는 우리집만의 핫이슈가 아니었다. 신경다양성을 품은 가족들의 오랜 골칫덩어리이기도 했으니, 이쯤하면 엘베는 아이의 발달 고민을 꾸준히 해온 대다수 집에 웬만해선 빠지지 않는 걱정 키워드요, 천덕꾸러기요, 없어서는 안 되는 일상 필수템이면서도 마주할 때마다 꼭 탈이 나는 두 얼굴의 존재였다.

ABA 치료사로 일하면서 부모님들에게 집에서 함께하는 행동 중재 코칭도 담당했는데, 가장 핫한 키워드 1순위는 단연 엘리베이터, 다섯 글자였다. 아이랑 단독으로 누릴 수 없는 공간이고, 이웃의 시선을 한 몸에 받을 때가 허다하다 보니 아이가 지나치게 떼를 써도 무반응 전략을 고수하기가 대단히 어려운 장소가 바로 여기였다. 주저앉아 발버둥 치는 아이를 어떻게든 살살 달래 가며 일으켜 세워야 하고, 상승과 하강을 쑥쑥 느껴야만 하는 공간에서 아이의 감각을 우리 나름대로의 속도로 찬찬히 제어하는 것도 불가능했다. 고층부에 접근 가능한 엘베에 타면 숫자는 또 왜 이렇게 많은지, 그 많은 숫자를 일일이 가리켜 큰 소리로 외쳐대는 탓에 "제발 좀 조용히 해!" 하며 '쉿' 제스처를 남발하느라 지쳐 가는 경우가 많았다.

백화점이나 대형 쇼핑몰에서는 또 어떠한가. 시즌마다 데코레이션이 화려한 엘리베이터에는 아이를 자극할 요소가 무수히 많았다. 아이는 엘리베이터가 아래위로 향하는 기차 정도라고 상상했을까. 정차하는 역마다 껑충 뛰어내려서 역 주변을 살피기가 바빴다. "애야, 지금 그 역은 우리가 내릴 역이 아니란다." 우리가 몇 층에서 내릴 것이며, 그 뒤에 벌어질 이야기를 미리 시각지원 빵빵하게 곁들여 설명해 주어도 끄덕거리는 건 역시나 잠깐뿐이다. 아이는 이내 층층이 서는 엘리베이터에서 마치 리듬을 타듯 '내렸다 탔다'를 반복해대기 일쑤였다. 사람들이 밀물과 썰물처럼 빠져나갔다 들어왔다를 반복하는 비좁은 공간에서 아이의 통통거리는 일탈은 엄빠의 다리가 쉼 없이 풀어지게 만드는 대단한 변수였다. 삐쭉빼쭉하게 예측한 경로를 빗겨 나가는, 다루기 힘든 탱탱볼 같았달까.

"엘베 없는 집에서 살고 싶어.
 적어도 엘리베이터는 없잖아, 미국 집에는!"

육아하기에 천상낙원, 편리함의 끝장인 한국에서 종종 미국의 아날로그 감성 충만한 이층집을 그리워했던 건 딴 게 아니었다. 아이가 두 돌도 채 되지 않았던 시절, 2층으로 올라가는 집 계단에서 몇 번이고 '쿵' 넘어져 가슴을 졸였는데, 사람이란 참 간사하기도 하지. 엘리베이터에서 소리와 빛의 감각에 마냥 취해 각성을 올리는 아이를 함께하다 보니, 돌연 디지털 감각을 싸악 도려낸 아날로그 주택이 그리워지기 시작했다. '매일 등원길 엘베 탈 일이 없다면?' 따위의 가정을 그 그리움에 대한 방증처럼 떠올리곤 했다. 전광판에 돌아가는 숫자 여럿을 보면서 층마다 소리 지르지 않아도 될 것이며, 층층이 뛰어내리다가 문 앞에 선 이웃 여럿을 제치고 내리는 통에 사람들의 옷매무새를 흐트러뜨리지 않아도 될 일이다. 그리고는 다시 엘리베이터 틈을 파고들며 재탑승해서 남녀노소를 밀치다가 타인의 표정을 일그러뜨리지 않아도 됨은 물론이고. 이 모든 소모전 속에서 자꾸만 출근길이 늦어지는 사람들로부터 눈총을 받지 않아도 될 것 아닌가.

엘베 없는 건물을 꿈꿀 수 없다면, 또 이래저래 요령과 작전을 꾸려내는 애미 여기요. 건물에는 엘베 아닌 계단도, 에스컬레이터도 있으니까 자꾸만 대체템으로 아이에게 플러팅해 보는 거다. "오늘은 에스컬레이터 타고 저쪽으로 가볼까. 계단에서 자동차 굴리면서 올라가 볼까?" 나도 엘베 타고 한방에 6층 식당가로 향하고 싶은데, 아이를 한눈팔게 하려고 갖은 수를 쓴다. 에스컬레이터를 타고 3층 서점에 들렀다가, 계단으로 4층과 5층에 올랐다가, 또다시 에스컬레이터를 타고 사람 구경하며 6층으로 가기도 한다. 이래저래 돌고 돌아 우회해도 목적지에는 도착할 수 있는 법이니까. 시간을 들이고 땀을 쏟아내면서 아이의 시선이 좀 더 다양한 곳에 가 닿도록 이끌어본다. 3층 서점에서 로봇 책이 어디에 숨었는지 찾아보는 미션, 4층에 있는 카페에서 엄마가 좋아하는 아메리카노 글자가 메뉴판 어디에 있는지 발견해내는 미션. 미션을 서너 개 반복하면서 정상을 향해 오르다 보면, 그 과정에서 깔깔거리며 웃을 일도 많아지는 건 덤이다.

물론 나도 안다. 고층 빌딩 숲이 잔뜩 수도권을 메운 대한민국에서 엘리베이터 타기를 대체할 루틴 만들기가 어찌나 어려운지. 어디에선가 "내가 그걸 모를까! 내가 그걸 모를까!" 외치는 시크한 랩 노래가 들려오는 것만 같다. 세상 모든 어린이들이야말로 서로 버튼을 누르겠다고 앞다투는 엘리베이터 공간일진대 자폐스펙트럼 아이에게는 더 특별하고도 소중한 애착 공간이니, 딴 루틴 전략을 세우든, 사회적 상황 이야기를 만들든 이래저래 용을 써봐도 엘베에서 각종 감각 추구 '삼종 세트'를 해왔던 루틴을 그 누구도 쉽게 포기하지는 못할 것이다. 어떤 아이가 크로와상과 소금빵 맞바꾸듯 쉽게 다른 루틴으로 타협하리오.

하물며 엘베는 발달장애 아이의 무발화마저 유발화로 바꿔내는 마법이 스민 공간으로도 이미 유명하지 않던가. "문이 열립니다. 문이 닫힙니다." 또 랑또랑하면서도 가지런한 안내 언니의 말투를 어찌나 잘 따라 하는지! 켜켜이 쌓인 언어치료의 시간을 지났음에도 자발화가 극히 드물었던 아이조차 엘베에서 이 말문만큼은 터지고 만다는 수많은 간증 사례를 보아왔다. 아니, 어떻게 그렇게들 똑같니, 애들아. 엄마 아빠와 선생님 말은 "따라 해" 수십 번 유도해도 모방을 거부하던 우리네 아이들. 안내용 기계음을 찰떡같이 재현해내는 기가 막힌 재능을 지녔으니, 이쯤하면 그냥 웃음부터 터지는 포인트가 된다. 이 세상 모든 엘베 문을 다 열고 닫을 것만 같은 그 기세등등한 구현력은 어쩔 거냐고. 아니, 발화 욕구가 샘솟을 정도로 그렇게 좋은 거냐고. 엘리베이터가 뭐라고.

"부디 오늘은 지하 1층 주차장까지
 아무도 안 타게 해주세요."

신경다양성 아이 엄마가 집을 나서며 다지는 희망사항은 이처럼 조촐하고도 찌질하다. "우리 아이 오늘도 어린이집에서 가장 신나게 놀고 오게 해주세요"라며 아이의 사회성과 알콩달콩한 우정 라인을 갈망하는 것도 아니요, "오늘은 아이 등원시키고 제 일에 차분히 집중하게 해주세요" 하고 빌어보는 프로페셔널 워킹맘의 간결한 호흡과도 거리가 멀다. 그저 나와 아이만 동떨어진 외딴섬 같아 보여도 좋으니, 단둘이 엘베에 타면 참으로 속 편하고 좋겠다는 내향인의 집착과도 같다. 그저 하루를 여는 내 소망은 고작 탑승 압박감 최상급을 찍는 엘리베이터 관문을 아이랑 조금이라도 더 수월하게 통과하기를 바라는 마음이다. 엘베에서 타인과 마주치지 않는 편이 가장 간편하겠다는, 그저 빨리 주차장으로 '휙' 순간 이동해버리고도 싶다는 꼬깃꼬깃한 마음.

이 마음은 곧 내 아이가 부끄럽다는 얘기가 아니다. 자폐스펙트럼 특유의 감각 추구의 세계를 들키기 싫을 정도로 민망하다는 이야기가 아니다. 아이가 엘베 안쪽 상단부를 향해 손을 휘저으며 콩콩 뛰어오르든, 층층마다 '내렸다, 탔다' 하는 수고스러움을 반복하든 그건 괜찮다. 사람들의 따가운 눈총이 따발총처럼 꽂힐 때마다, 아이의 독특한 성향을 알면서도 애써 '시선 의식용' 제지 언행을 하는 내 자신을 도리어 억누르고 싶을 때가 많기 때문이다. "그러면 안 돼. 여기에서 그러는 거 아니야." 나의 날선 잔소리 몇 마디로 자폐스펙트럼 아이가 시각 추구와 청각 추구를 멈춰줄 거라 기대하지 않는다. "저 엄마는 왜 애를 가만 놔 둬?"라는 질타의 시선에 조금이라도 부응해보고자 애쓰는 척, 최선을 다해보는 몸짓인 셈이다. 타인이 기대하는 잔소리, 훈육하는 엄마 탈을 쓰고 나름의 미숙한 연기를 펼치는 내 자신이 어색해서 엘베에서 아무도 마주치지 않고픈 마음이다. 30년 가까이 어린이집을 운영하며 수많은 어린이들을 마주해온 육아 고수, 나의 친정어머니도 한마디 더 덧댄다. "엘리베이터가 가장 어렵지. 아이가 어려운 게 아니야. 사람들의 시선이 너무 어렵지."

부모가 이토록 어려운 감정선을 타며 '환장'하는 사이, 오늘도 아이는 그저 '환상' 뿜뿜하며 엘리베이터 앞에서 통통 튀어 오른다. 이따 오후에는 은근슬쩍 에스컬레이터도 타보자고, 내일 등원길에는 다섯 층 정도만 우회해보자며 계단으로 플러팅해봐야지. 때때로 마주할 수밖에 없는 엘리베이터 앞에서 환상과 환장, 획 하나를 두고 극과 극을 오고 가는 우리집의 마음은 오늘도 내일도 계속 이어질 것만 같다. 하고 또 하다 보면, 그 언젠가는 아이의 환상과 엄마의 환장 영역이 서로 엇바뀌는 날도 찾아올 수 있기를 기다려 본다. 내일, 또 내일은 엘리베이터가 사뿐히 얼른 도착해주기를 바라는 마음을 담아 천천히, 그리고 꾸준히.

 우리집에 신경다양성이 삽니다

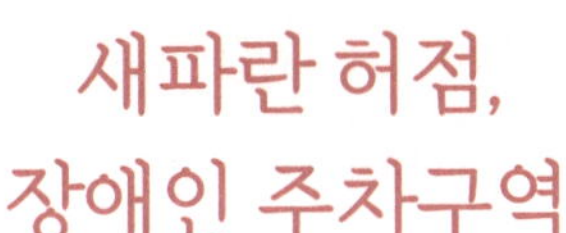

새파란 허점,
장애인 주차구역

오늘 아침도 가슴을 쓸어내렸다. 하마터면 아이의 하루를 폭삭 망칠 뻔했으므로. 장애인 주차구역을 가로막은 한 대의 트럭 때문에 10분이 넘도록 두 아이를 태운 차를 빼지 못하고 발만 동동 굴렀다. 매일 아침 8시 50분, 5분 정도 차를 몰아 아이들을 어린이집에 데려다주고 있다. 꼬박꼬박 같은 루틴이 반복되는 것에서 평화를 찾는 아이에게 예상치 못한 변수의 등장은 아이에게도 내게도 악몽의 신호탄이다. (1) 차를 탄다, (2) 안전벨트를 맨다, (3) 시동 걸고 부르릉 앞으로 나아간다. 따박따박 같은 루틴이 돌아야 하는데, 앞을 가로막은 차 때문에 출발하지 못하는 상황을 자폐스펙트럼 아이는 좀처럼 이해하기가 힘들다. 숨 쉴 때마다 달라지는 맥락에 따라 기존 루틴을 사뿐사뿐 바꿀 수 있는 유연함이 흐릿하다는 것, 그게 바로 우리집 신경다양성 아이가 가진 고유의 특징이다.

루틴이 꼬이면 하루가 완전히 꼬인다. "출바알!" 하고 아무리 소리를 질러도 차가 앞으로 갈 수 없는 상황에 화가 날 대로 난 아이. 달래는 데 진을 빼다가 내 컨디션도 꼬이고 만다. 트럭 기사 아저씨가 10분 늦게 나타난 탓에 타임라인만 10분 늦어지는 거라면 열 번도 이해하겠다. 울다 지쳐 등원한 아이는 어린이집 안에서의 일과도 꼬인다. 선생님 말씀도 잘 들릴 리가 없고, 친구들에게 괜히 심술이라도 부릴까 괜스레 겁부터 나는 건 어쩌겠나. 꼬이고 꼬인 아이의 오전, 오후가 괜히 억울해지는 순간이다. 장애인 주차구역을 막은 트럭 한 대 때문에 이러다 진짜 아이도 나도 꽈배기가 되어버릴 것만 같다. 전화번호를 남겨두지 않아 애를 태웠던 운전기사는 다행히 10분을 채 넘기지 않아 돌아왔다. "아니, 하필 주차구역을 막으시면 어떡해요?" 따져 묻기도 전에 쏜살같이 운전석에 앉아 차를 빼더니 휘리릭 자취를 감춰버렸다. 그런 빠른 몸짓이 더 얄밉다. "오늘 우리집 꼬인 건 어떡하실 거예요. 진짜!"

내 차에는 장애인 주차 표지가 붙어 있다. 자폐성 장애 중증을 진단받은 아이가 보호자의 차량을 타고 다닐 때 그 권한을 누릴 수 있도록 주어진 하얀색 원형의 표지다. 아이가 병원에서 자폐스펙트럼을 진단받는다고 해서 모두 보행상 장애를 인정받는 것은 아니다. 신경다양성 아이라는 것을 알게 되었다고 하더라도 국가에 공식적으로 장애 등록을 할지 여부는 지원 필요 정도나 부모의 가치관에 따라 달라질 수 있다. 더불어 장애 등록을 했다고 하더라도 '심한 장애'가 아니라면 보행상 장애는 인정받지 못할 수 있다. 장애에 대한 심사는 나라가 정한 주기에 따라 재심사를 받아야 하니, 일련의 혜택 중 하나인 주차 권한이 영구적인 것도 아니다.

우리집 첫째의 경우, 한국에 머무르면서 주변의 도움이 필요한 상황이 자꾸 늘어나고 있었다. 병원에 가서 협조가 잘 되지 않는 아이에 대해 치료 협조를 구할 때가 그랬고, 낯선 공간을 찾을 때마다 기다리기나 줄 서기 등에 대한 규칙을 너무 힘겨워하는 아이와 몸 씨름을 할 때도 그랬다. 물론 사회가 정해 놓은 틀을 배워가는 것도 중요함을 안다. 그럼에도 가족들이 자주 찾는 테마파크에서 장애인 전용 우선 탑승권을 제공해 주거나, 시청각 등 감각 처리가 어려운 사람들을 위한 공간을 따로 마련해 두었다는 뉴스를 들을 때면 아이가 조금은 덜 힘든 하루를 만들어갈 수 있을 것 같아서 힘이 났다. 우리집 아이에게 한국에서든, 미국에서든 장애 등록이 꼭 필요하다고 느낀 순간이었다.

자동차에 평균 이상으로 과몰입하는 아이를 볼 때마다 그 마음은 더해 갔다. 하루빨리 장애 등록을 하고, 보행상 장애까지 인정받는 게 절실했다. 영어나 한글을 낱글자로 알려주면 도무지 익힐 생각이 없어 보였지만, 차 브랜드만큼은 제법 긴 글자 단어까지 줄줄 읽는 아이였다. 돌 무렵부터 바퀴만 굴리고 있던 아이는 예상했던 대로 '카 마니아'로 자라났다. 메르세데스 벤츠의 스펠링이 중간에 하나라도 어긋나면 두고 보지 못하는 정확도까지 장착했다. 사람을 만나면 그 사람의 이름보다는 그들이 타고 내린 차로 호칭하기 일쑤였다. 그런데 지나가다가 차의 옆 라인을 스치기만 해도 찰떡같이 어떤 브랜드의 무슨 라인인지 대답해 낼 만큼의 강한 애착은, 곧 탈이 났다. 아이의 눈에는 정말 차만 보일 때가 많았다.

차만 있으면 아이의 짜증이 금세 가라앉지만, 차 때문에 화를 부르는 일도 상당했다. 다른 외부 자극은 아이의 눈에 전혀 입력되지 않는 것처럼 보였다. 좋아하는 차나 처음 보는 신기한 차를 보면 무조건 뛰어들기부터 하니 "차 조심해!" 하는 어른들의 잔소리가 기꺼이 이해가 됐다. 정말 조심해야 했다. 주차할 곳이 없어 대형 쇼핑몰 주차장을 빙빙 돌다 보면 점점 아이의 흥분 지수는 최대치로 올라가기 시작한다. 엄마가 주차를 못해 한참을 헤매는 사이, 두 눈에 담아 두는 차의 숫자가 많아질수록 아이는 발을 콩콩 구르고 흥얼거리면서 온갖 방법을 동원해 각성을 끌어올리곤 했다. 간신히 주차를 마치고 내릴 때는 이미 아이가 내가 통제할 수 없을 정도로 흥분이 차오른 상태일 때가 잦았다. 달려오는 차가 그저 좋아서 달려들기도 했고, 주차를 하고 있던 낯선 차의 문을 열고 그냥 뒷자리에 타버린 적도 있다.

미국 키즈카페에서 잘 놀고 나서다가 주차장에서 아이가 정말 치일 뻔했던 날, 우리 부부는 할 말을 잃었다. 엄마 아빠가 주차된 차량을 찾아 헤매며 우왕좌왕하는 사이, 아이가 쌩 달려오던 차를 향해 뛰어들었다. 남편이 할리 우드 액션을 방불케 할 만큼 아이를 잽싸게 낚아챈 덕분에 그날의 위기는 모면했지만, 앞으로의 날들이 걱정이었다. 그날은 하필 집으로 돌아가면서 보스턴에 있는 한국식 치킨집에 들러 양념치킨을 포장해 가기로 했던 날이었다. 치킨이 웬 말인가. 이러다가 정말 큰일 나겠다는 생각에 내 마음은 바삭하게 태운 치킨 껍질처럼 딱딱해졌다. 사고가 날 뻔한 기억 때문에 그날 이후로 나는 그 집 치킨은 꼴도 보기 싫어졌다. 치킨은 죄가 없는데, 하필 위험했던 장면과 놓칠 수 없는 K-푸드가 별나게 페어링되었다.

부부가 '아이를 항상 잘 살펴야 하는' 의무를 넘어 추가적인 조치가 더 필요했다. 그게 바로 장애인 주차구역 권한이었다. 최대한 건물 입구 가까이에 빠르게 주차를 마치고 일과를 진행할 수만 있다면, 다른 차량과 맞닥뜨릴 변수를 줄일 수 있지 않을까. 오로지 자동차에 매료된 아이, 한 가지에 지독하게 몰입하는 자폐스펙트럼 아이의 특성을 고려해 선제적으로 보호해야 하지 않을까. 예측은 정확히 맞았다. 한국에서 장애 등록을 마친 뒤 장애인 주차구역에 대한 대한 보호자 권한을 얻은 덕분에 아이가 주차장에서 벌일 실랑이가 반 이상 줄었으니까. 주차 자리가 없어 빙빙 도는 사이 차를 보며 흥분할 일도 줄었고, 멀찍이 주차하고 한참을 걷는 사이 남의 차가 마음에 든다고 덥석 올라타는 일도 없었다. 가뜩이나 낯선 변수에 흔들리기 쉬운 아이인데, (1) 주차하고, (2) 건물에 들어간다는 루틴만 안정적으로 확보해줘도 발달장애 아이를 둔 가족의 삶의 질이 눈에 띄게 달라졌다.

"여기 장애인 안 탔잖아요?"
"저희 장애인 아동이 탑승한 차량 맞습니다."
"아, 요즘은 이런 애도 장애인이에요?"

물론 입구에 근접한 곳에 주차할 수 있는 새파란 권한 하나를 쥐었다고 모든 게 싹 해결될 리는 없다. 주차장에서 맞닥뜨릴 위험한 에피소드는 반으로 줄었는데, 타인과 갈등을 빚는 경우가 그 반을 또 채운다. 질량 보존의 법칙이 있다면, 한평생 겪어야 할 주차장 이슈도 총량이라는 게 있는 것 같다. 장애인 주차 표지도 있었고, 첫째 아이도 탑승을 했는데 "여기에 주차하면 안 된다"라고 화를 냈던 남성의 표정은 그 전에 내가 못 먹은 치킨만큼이나 분노 버튼이 됐다. 장애, 비장애 남매가 까륵까륵 웃으며 차에서 내리고 있던 터라, 내가 아이들 케어가 힘들어 불법 주차를 감행한다고 오해할 수는 있겠다. 그런데 주차증을 확인하고도 믿지 못하겠다는 듯, 여기 자주 걸린다고 기어이 조언을 해주고 돌아섰다. 주차 자리가 없어 당황스러운 날보다 기분이 더 별로였다.

아무리 생각해도 나는 잘못한 게 없는데 잘못했다고 지적당한 것 같아 불쾌하고, 불편하고, 불안하기까지 했다. '불불불' 삼종 세트의 마음을 떠안은 나는 곰곰이 생각하기 시작했다. 나는 그 사람의 말투에 화가 난 걸까. 아이의 장애에 대해 미처 정확히 설명하지 못해 억울했던 걸까. 그런데 내가 아이의 의료 정보까지 샅샅이 드러내고 이해를 구해야 하는 게 맞나. 새파란 구역에 설 수 있는 권한이 콘크리트 잿빛처럼 어두워지는 순간이었다.

남편은 그 사람이 참 무례하다고 했다. '장애'를 신체적 활동에 어려움이 있는 사람으로 선 긋는 태도가 참 배려심이 부족하고 위험한 생각인 것 맞다고, '불불불'할 필요 없다고 덧붙였다. 어느 나라가 완벽할 수야 있겠냐마는 한국은 특히 장애를 이해하는 감수성이 더 부족한 것 같다고 말했다. 그 사람을 탓만 하고 있었는데 듣다 보니 돌연 나도 반성 모드에 진입해버렸다. 신경다양성 아이를 키우기 전에 나는 그걸 얼마나 이해하고 있었던가. 스르륵 부끄러웠다. 장애인 주차구역에 정확히 어떤 사람이 주차할 수 있는지 잘 몰랐다.

아이가 자폐스펙트럼으로 진단을 받았어도 어떤 경우에 그 권한을 인정받을 수 있는지 나중에야 알았다. 나는 무례한 적이 없었을까. 나는 기억하지 못하는 무례를 범해 그 어떤 가족이 상처받았던 적은 혹시라도 없었을까.

남편이 꺼낸 '무례'라는 키워드는 간결한데 힘이 있었다. "이런 애도 장애인이에요?"라고 물은 내 또래 남성은 아이가 장애 아이가 아닌 줄 오해했을 뿐이고 잘못한 게 없다고 생각하겠지만, '무례'했다. 우리의 등원길 10분의 루틴을 꼬이게 만든 트럭 아저씨도 주차 차량의 통행을 방해해서 미안하지만, 총알같이 출차해줬으니 신고하지 말아달라는 마음이었겠지. 그럼에도 한마디 사과 없이 사라져버린 몸짓은 '무례'했다. 신기할 정도로 주차구역을 둘러싼 이슈로는 따로 벌금을 내는 일이 있을지언정, 도통 아무도 사과를 하지 않는다. 미안하다고 하는 사람이 없으니 그 순간 잘못한 사람은 아무도 없는 것만 같다. 아니, 누군가 사과를 해줬으면 좋겠다고 날 서 있는 내가 오히려 '예민하고 까칠한' 잘못된 사람 같아서 마음이 시큰거린다. 잘못했다고 사과하는 사람은 없었을지라도 무례한 사람은 있었다는 그 말에 조금 위로가 됐다.

"정말 내가 뭘 잘못했나?" 진지하게 되짚어볼 때면 어린 장금이까지 떠오른다. "홍시 맛이 나서 홍시 맛이 난다고 했는데, 왜 홍시냐고 물으시면 어떡해요." 아니, 장애인 주차 권한을 받아 주차를 한 건데, 왜 주차를 하느냐고 물으시면 제가 뭘 어떻게 말씀드려야 해요. 아니, 장애인 주차 권한을 받아 이곳에 안심하고 들어왔는데, 여길 막고 섰다가 잠깐인데 괜찮지 않냐고 쿨한 척하시면 제가 뭘 어떻게 해야 해요. 화내는 건 아님 주의. 장금이 말투라고 상상해주시길.

아이 둘을 데리고 서울형 키즈카페에 방문했던 어느 일요일 오후, 다섯 대의 무례함에 화가 나서 또 울 뻔했다. 공공기관이니 당연히 장애인 주차구역이 있었고, 그 구역에 누군가가 불법 주차를 해서 짜증이 난 것도 아니었다. 그 자리는 비어 있었지만 도무지 진입할 수가 없었다. 교통량 많기로 소문난 잠실 한복판이라 주차 공간이 협소하다는 고지는 읽고 출발했지만, 장애인 차량 주차는 가능하다고 사전에 확인했던 터였다. 하지만 도착하자마자 절망했다. 공간은 있는데 도무지 들어갈 수가 없었다. 키즈카페를 방문한 차량들이 켜켜이 이중, 삼중, 사중 주차를 해 둔 탓이었다. 파랑의 영역은 텅 비어 있는데 그 공간을 둘러싸고 테트리스 게임 조각들이 덕지덕지 쌓여 경계를 그려낸 것과도 같았다.

공공 키즈카페이니 쉽게 도움을 받을 수 있을까 싶어 건물을 코앞에 두고 연락을 했는데, 이전 타임에 방문한 가족들이 아직 놀고 있어서 당장 빼줄 수 있는 차량이 없을 거란다. 장애인 주차를 못 하고 있으니 막고 선 차량들에 대해 출차 안내방송을 해달라고 부탁했다. 하지만 형식적인 안내 방송 끝에 출차해주는 사람은 아무도 없었다. 결국 나는 이전 시간대가 끝나기를 기다리며 그 주변 골목을 빙글빙글 도는 수밖에 없었다. "설마 여길 장애인이 오겠어?" 주차구역은 비어 있었지만, 다들 합창하듯 같은 소리를 머금고 있는 것 같았다.

그날도 새파란 구역을 둘러싼 무례함 때문에 아들은 또 꼬일 대로 꼬여버렸다. 빈 주차구역에 주차하지 못해 차에서 내렸다가 다시 탔다가를 반복하는 엄마, 목적지를 바로 앞에 두고 몇 바퀴를 더 빙빙 돌다가 주차할 방법이 도저히 없겠냐고 기관과 통화를 하는 사이, 우리집 첫째는 그야말로 제대로 터졌다. "괜히 나왔네. 엉망진창이야!" 엄마의 한숨을 감지한 남매는 서로 누가 더 목소리가 큰지 대결이라도 하듯 빽빽 울기 시작했다. 텐트럼 돌림노래가 있다면 바로 이 장면을 두고 하는 얘기일 것이다. 박박 울어대는 오빠 옆에서 동생도 벌벌 떨었다. 어찌저찌 돌다 보니 간신히 주차는 했지만, 한껏 빨개진 얼굴로 새파란 구역에 겨우 진입한 애둘맘은 그저 초라해 보였다. 그곳에는 불법 주차를 한 사람도 없었고, 그러니 벌금을 물 만큼 잘못한 사람도 없었다. 모두가 느긋하게 앉아 있는데 나 혼자 애쓰고 있는 모습, 그 모든 상황이 무례하게 느껴졌다. 결국 1시간도 안 돼서 애 둘을 데리고 그 어렵게 입장한 서울형 키즈카페를 빠져나왔다. "여기 별로 재미없다. 그치? 장난감이나 사러 가자."

대한민국에서 장애인으로 살아가기란
절대 녹록지 않다.
이 사회의 모든 시스템이
장애가 없는 95%에 맞춰 설계된
사회 시스템에서 불편하게 살아야 한다.

- 마선옥, 김도운, 『장애가 장애가 되지 않게』[4] -

그로부터 몇 달 후, 미국에서도 자동차 등록청 (Registry of Motor Vehicle, RMV)으로부터 장애인 주차구역에 대한 권한을 최종 승인받았다. 미국이라고 해서, 우리보다 땅덩어리가 조금 넓은 덕분에 주차난이 비교적 덜하다고 해서 완벽한 파라다이스는 아닐 것이다. 분명 또 어떤 드라마 같은 에피소드들이 줄줄이 이어질 수 있으리라 마음의 준비를 해둔다. 한국에서는 좀처럼 보기 드물었던 차 브랜드를 마주하며 아이가 또 흥분할 수 있고, H마트 지상 주차장에서 날개 달린 자동차를 보며 처음 보는 외국인 운전자에게 태워 달라고 무한 떼쓰기를 할 수도 있다. 그럼에도 그 에피소드가 스릴러나 공포물만큼은 아니었으면 좋겠다. 미국 주차장에서는 깔깔거릴 만큼의 가족 코미디까지는 아니어도 좋으니, 불쾌, 불편, 불안하지 않은 드라마를 찍고 덤덤하게 엔딩 크레딧을 올릴 수 있다면 참 좋겠다.

우연인지, 필연인지 '세계 자폐인의 날'을 기념하는 파란색과 우리 아이들이 물고기의 흐느적거림을 따라 자유로운 몸짓을 보이곤 했던 아쿠아리움의 파란색은, 장애인 주차가 가능한 새파란 구역과 꼭 닮았다. 파란색 안에서 더 이상 애도 나도 울어버릴 것 같은 순간은 그만 만날 수 있기를 바란다. 안전지대인 척하는 공간이 아니라, 정말로 신경다양성 아이와 안전한 하루를 완성하는 지지의 공간이 되기를, 발달장애 아이의 가족으로 살아도 안정감 있다는 느낌을 줄 수 있는 공간이 되기를 바란다. 새파란 바람들을 품고 오늘도 아이와 함께 시동을 건다.

스크린에 스며든 신경다양성 세계

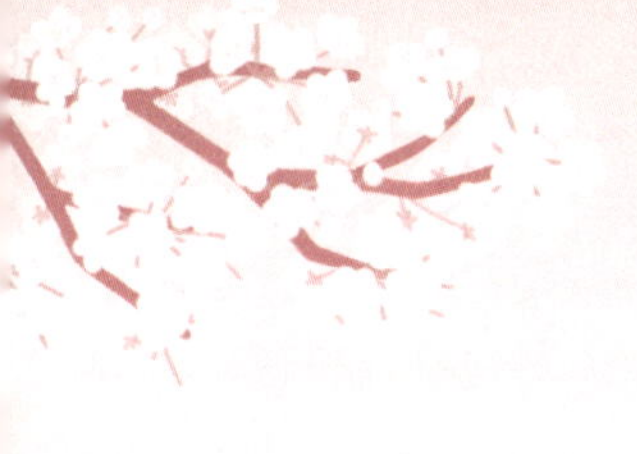

디즈니가
자폐를 그린다면

　며칠 전, 아이들과 디즈니 픽사의 신작 〈호퍼스〉를 보러 다녀왔다. 아이들이 영화관에서 보는 생애 두 번째 스크린 작품이었다. 첫째가 학교 갈 나이에 가까워지면서 1시간이 넘는 장편 애니메이션도 제법 도전할 만해졌다. 꽤나 긴 러닝타임에 한 번도 엉덩이를 떼지 않는다고 하면 거짓이겠으나, 약간의 들썩거림을 동반하면서도 앉아서 무언가를 감상한다는 행위 자체를 흥미로워했다. "과자 좀 그만 먹어!" 하는 엄마의 잔소리 대신 합법적으로 미디움 사이즈의 팝콘을 버석버석 씹어댈 수 있는 곳이었으니 첫 경험에 찐하게 반해버렸던 게 분명하다. 첫째는 쇼핑몰을 지나다가 디즈니 픽사 신작 예고편을 보고 파파스인지 후무스인지를 보러 가자고 졸라댔다. 비버 캐릭터를 좋아하는 것도 아니면서 예고편 영상에서 DISNEY 로고만 등장하면, 사고 싶어 찜해 둔 장난감이라도 만난 것처럼 통통 뛰어댔다. 그래, 공주도 왕자도 등장하지 않는 것 같지만 동물이 나오니까 분명 좋아할 포인트가 있겠지. 일단 가자고, 호퍼스!

　오늘의 주인공은 비버턴 마을에 사는 메이블이다. 어린 시절 학교에서 사고를 칠 때마다 할머니 댁으로 와 지내면서 자연 생태계를 온몸으로 누렸다. 인생이 힘겹게 느껴질 때마다 스스로가 대자연 속의 일부라고 생각하면 제법 괜찮아진다는 할머니의 말을 새기며 비버턴 연못을 '치유의 공간'으로 마

주해 왔다. 시가 고속도로 건설 사업을 추진하는 과정에서 이 연못 생태계가
영영 사라져 버리는 것을 막기 위해 고군분투하는 당찬 소녀로 그려진다. 연
못에 비버 한 마리만 데려다 놓으면 댐을 짓고, 다양한 동물들이 모여들게끔
이끄는 웅덩이도 생긴단다. 비버가 다시 연못에 머물 수 있도록 메이블이 진
심을 다해 뛰어다니는 장면 곳곳에서 사슴도, 오리도, 물고기도, 새도, 곰도
등장하는 덕분에 웬만한 동물도감을 섭렵해 내는 느낌이었다. 공주와 왕자
의 데이트 장면이나 그들이 사는 왕국이 등장하지는 않았지만, 높은 성벽 안
의 세상만큼이나 소중하고 귀한 영역을 초록빛으로, 하늘빛으로 그려 내고
있었다.

‘이번엔 어떤 가치를 또박또박 심었을까?’
해마다 디즈니 픽사의 작품을 마주할 때면 지난 작품이 그려낸 것보다 얼
마나 더 큰 원을 그려냈을지 궁금해하며 극장을 찾는다. 나의 물음표는 2018
년 개봉작 〈코코〉에서부터 본격적으로 시작됐다. 뮤지션이 되기를 꿈꾸는
미구엘의 이야기는 멕시코의 한 시골 마을을 배경으로 펼쳐진다. 대표적인
멕시코 명절인 ‘망자의 날’이 스토리의 중심에 놓인 점에 눈이 번쩍 뜨였다.
지금까지의 디즈니 세계에서는 다소 생소할 만한 남미 권역을 무대로 삼고,
공주가 아닌 소년의 꿈을 따라가는 이 영화는 제90회 아카데미 시상식에서
장편 애니메이션상을 거머줘었다. 미국 애니메이션의 판도가 변화를 추구하
고 있다는 게 느껴지는 부분이었다.

2017년의 〈모아나〉도 마찬가지였다. 폴리네시안 이야기를 담아낸 이 영
화는 디즈니의 또 다른 공주 라인업을 늘리는 데 초점을 두지 않는다. 하늘
빛이나 레몬빛의 드레스를 걸친 주인공 대신 구리빛 피부의 근육 소녀가 등
장한다. 실제로 〈모아나〉 1편과 2편은 서구 중심적 사고에서 벗어나 다양한
신화와 이야기를 찾겠다는 제작진의 의지가 담겨 있단다.[1] 디즈니를 떠올리

면 백설공주나 신데렐라, 벨과 재스민 등 각 캐릭터에 맞는 드레스 디자인과 상징하는 색상부터 떠올리곤 했던 나의 세계가 쪼그라든 풍선 모양처럼 협소하게 느껴졌다. 공주 일색이던 디즈니 콘텐츠 기업 스스로도 달라지려 애쓰고 있는 포인트 같았다.

〈호퍼스〉가 품은 키워드는 #생물다양성, #지속가능한생태계 키워드쯤으로 압축된다. 북미 지역에서 남미로, 남태평양의 섬 지역으로, 캐릭터가 머무는 물리적 영역을 넓혀 나가기 위해 최근 10년 사이 꽤 심혈을 기울여 온 디즈니였다. 소수의 부족 문화까지 놓치지 않고 포용하려는 시선에 더해 이제는 인간을 넘어 다양한 생명을 품는 시선으로 나아가고 있었다. 비버를 연못에 데려다 놓기 위해 스스로 비버도 되기도 하고, 진짜 비버와 신뢰를 쌓는 찐친이 되기도 하며 동분서주하는 주인공 메이블은 디즈니 애니메이션 중에서 가장 평범하면서도 거칠게 묘사된 캐릭터가 아니었나 싶다. 깜찍하거나 혹은 우아하거나, 그 어떤 쪽의 형용사에도 속하질 않았다. 디즈니에서 특히 엘사나 인어공주 드레스를 좋아했던 딸은 관람 기대치가 달랐는지 초반부에 잠간 울먹이기까지 했다. 다행히도 사슴이나 토끼, 아기 오리들의 등장에 다시 웃음을 찾았지만 말이다.

디즈니의 행보는 아이들이 좋아할 만한 것, 어른들이 동심을 떠올리며 추억할 만한 것을 그리는 데 머물지 않았다. 기업 내 최고다양성책임자(Chief Diversity Officer, CDO)를 둔 조직답게 나아가고 있었다. CDO는 다양한 연령과 성별, 인종, 출신지를 가진 직원들이 회사 내에서 차별 없이 제 능력을 발휘하며 일할 수 있도록 근무 환경을 만드는 임원이다.[2] 디즈니와 같은 콘텐츠 기업의 경우, 사내 문화뿐 아니라 작품 안에 그러한 다양성 가치를 녹여 영화를 향유하는 관람객들 역시 그 가치를 자연스럽게 마주하도록 만드는 게 중요하다. 실제로 2017년 디즈니에 합류해 CDO를 맡았던 래톤드라

뉴튼은 애니메이션 시리즈와 영화에 게이, 레즈비언, 트랜스젠더를 비롯한 다양한 소수자 캐릭터가 등장할 수 있도록 이끌었다.[3] 물론 이후 일련의 상황들로 인해 사임하는 논란이 있었지만, 내가 주목하고 싶은 건 수십 년간 꾸준히 인기를 누려온 공주 서사를 고수하는 데 그치지 않았다는 점이다.

그렇다면 디즈니는 신경다양성도 담아낼 수 있을까. 지금까지는 상상도 못 했던 자폐스펙트럼 공주나 ADHD 왕자가 시나리오 안에 담긴다면 어떻게 그려질 수 있을지 사뭇 궁금해졌다. 〈호퍼스〉를 보면서 생물다양성 키워드를 떠올리다 보니 내 생각은 신경다양성으로까지 자연스럽게 흘러들었다. 비버와 토끼, 사슴과 곰, 물고기와 새 등 저렇게나 다양한 생물이 한데 어우러져 함께 살아가는 연못을 꿈꾸는데, 사람들이 사는 세상도 크게 다를 바 없지 않나. 신경학적으로 다양한 형태의 사람이 함께하는 풍경도 디즈니라면 충분히 품어낼 수 있을 것 같았다. 꼭 비버나 메이블처럼 주역으로 내세우지 않아도 괜찮다. 주인공이 등굣길에 잠깐 만나는 친구로든, 스치듯 지나는 이웃집 동생으로든, 늘 같은 자리에서 활짝 웃어 주는 동네 마트 직원으로든, 신경다양성 캐릭터를 화면 안에서 만날 수 있다면 덩달아 웃을 수 있겠다고 생각했다.

이미 전 세대를 관통하며 사랑받아 온 디즈니 공주 서사라는 걸 알면서도, 가끔 내 마음대로 신경다양성 요소를 곁들여 재해석해 보는 일에 소소한 취미가 붙었다. 자세한 근거와 정황을 속속들이 갖다 붙일 수는 없지만 '알고 보니 실은 이랬다더라', 이른바 '카더라'식 뒷이야기를 덧대어 보는 거다. 물론 전적으로 나만의 상상임을 밝혀 둔다. 디즈니의 본 캐릭터를 아끼는 독자들에게 내 마음대로 해석을 꾸미고 덧대었음에 미리 사과를 구한다. 신경다양성 아이를 키우는 엄마로서 아이들이 만날 애니메이션에 이런 색깔의 캐릭터가 잠시 얼굴을 들이밀기만 해도 반가워서 어쩔 줄 모를 것 같다.

<거울왕국>의 동생 안나가 그토록 노크를 해 대며 같이 눈사람 만들고 놀자고 해도 문을 굳게 닫고 마음을 열지 않는 엘사. 어쩌면 엘사는 내향형 인간이었을 뿐 아니라 함께 어울려 상호작용 놀이를 하는 것에 극한의 두려움을 느끼는 신경다양성 공주였을지도 모른다. <미녀와 야수>의 벨은 어디서든 책을 섭렵하는 독서광인데, 길을 걸어가면서도 책을 읽는 통에 활자에 대한 집착이 예사롭지 않아 보인다. 어릴 적 생겨난 불안 요소를 잠재우기 위해 또렷한 강박이 생겨 버렸을 수 있겠다고 조심스레 짐작해 본다. 아무리 12시 '땡' 해서 급했다지만 신고 있던 신발을 흘리고도 허둥지둥 가 버린 <신데렐라> 속 주인공은 알고도 못 주운 게 아니라 애초에 무엇을 잃어버린 줄조차 몰랐던 건 아닐까. 혹시라도 주의력 결핍 때문에 힘든 일상을 이어가고 있던 건 아닐지 되짚어 본다. 어쩌면 계모와 의붓언니들과의 관계가 힘들었던 원인은 딴 게 아니라 신경다양성에 대한 이해를 구하지 못해서 벌어진 갈등일지도 모른다. 상상은 여기에서 끝! 우리가 사랑하는 캐릭터 세상 속에도 군데군데 신경다양성이 녹아들어 있을지도 모른다는 엄마의 도발적인 해석을 잠시만 이해해 주셨기를.

"도대체 왜 저 말고 아무도 신경을 안 쓰는 거죠?"[4]

영화 <호퍼스> 속에서 연못을 지키는 여정이 마음처럼 순탄하게 흘러가지 않자, 메이블은 지쳐버렸다고 호소한다. 그럴 만도 하다. 이 애니메이션 안에서 연못 생태계를 지키겠다고 나서는 사람은 메이블밖에 없다. 함께 손잡은 환경 단체도 없고, 곁에서 응원해 주던 할머니도 더 이상 없다. 아무도 신경 쓰지 않는 것 같은 가치를 지키려고 머리가 헝클어지도록 뛰어다니는 주인공이 내내 안쓰러웠다. 한국에서 발달장애 아이를 키우는 가족들의 상황과도 닮아 있지 않나 생각했다. 장애인 가족의 고충과 신경다양성의 가치를 알리고자 애쓰지만, 아이를 위한 정부 지원은 한정적이고 아이의 치료비나 중재 프로그램을 고민하는 일은 개인의 몫으로 떠맡겨지니 말이다. 생태계의 가치를 지키고 싶은 메이블의 대사를 이내 나도 웅얼웅얼 곱씹었다. "도대체 왜 저 말고 아무도 신경을 안 쓰는 거죠. 장애 아동 가족의 하루를, 신경다양성 아이의 마음을 말이에요."

디즈니 콘텐츠의 서사와 캐릭터에서 곧 신경다양성도 마주할 수 있는 날이 기다려진다. 소중한 가치를 지키기 위해 어떤 것과도 타협하지 않고 강인하게 나아가는 주인공, 〈호퍼스〉의 메이블 같은 찐 영웅이 또 다른 작품 속에서 그려진다면 그땐 신경다양성 친구와 손을 맞잡고 그들의 안전지대를 귀하게 여기며 '함께' 지켜 나갈 것이라고 꿈꿔 본다. 신경다양성 가족들이 걸어가고 싶은 길을 사랑받는 캐릭터를 통해 보여준다면, 이 세상 속에서 장애와 비장애를 가르지 않고 함께 걷는 풍경을 만들어 가는 데 톡톡한 역할을 해낼 수 있을 것 같다. '도대체 나 말고 아무도 신경을 안 쓰는 것 같다'고 투덜거렸던 다양성의 가치가 그렇게 우리 마음속에 조금씩 스며들 수 있으리라 믿는다.

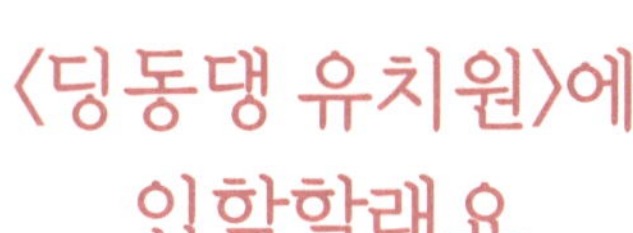

〈딩동댕 유치원〉에
입학할래요

　새 학기를 맞는 엄마의 마음은 바쁘다. 아나운서 시절엔 시간마다 배정된 라디오 뉴스를 놓칠 새라 알람을 맞춰두고 '바짝' 정신 차리면 그만이었다. 지역 방송사 특성상 한 명의 아나운서가 장르를 넘나들며 다양한 프로그램을 소화하느라 매일 아이돌 스케줄과 다를 것 없다고 볼멘소리를 할 때도 있었지만, 두 아이의 일정을 확인하고 챙기는 것만큼 다사다난하지는 않았다. 첫째가 슬슬 학교에 입학할 나이가 되면서부터 기관 선택에 대한 고민까지 얹어졌다. 아이가 태어난 미국에서 기관을 다닐지, 아니면 엄마가 상대적으로 편한 한국에서 학부모 역할을 시작할지부터가 고민이었다. 만약 한국에서 학령기를 맞이한다면 어린이집 장애 통합반을 거칠지, 특수교육대상자 선정 심사를 거쳐 병설 유치원에 입학할지에 대해서도 선택해야 했다. 경쟁률이 어마어마하기로 유명한 특수학교의 유치원도 있었다. 학부모가 되는 길은 고민 하나 너머 또 다른 고민을 마주하는 장거리 경주 같았다.

　"어린이집에 계속 보낼지, 유치원에 갈지, 영유에 도전할지 모르겠어요."
세 가지 선택지의 구체적인 내용은 우리집과 사뭇 달랐지만 다섯 살 남짓의 아이를 둔 대부분의 엄마들이 삼지선다형의 문제 앞에서 치열하게 고민하는 모양새는 비슷해 보였다. 9시에 등원해서 오후 서너 시쯤이 되면 집으로 돌아오는 아이들의 라이프 스타일이 달라봐야 얼마나 다르겠냐마는 고민의 농도로 따지자면, 고3 수험생 시절 '수시냐 정시냐'를 두고 갈팡질팡하던 때만큼이나 진했다. 나 때는 예비 고1 시절을 어떻게 보내느냐에 따라 갈 대학의 전철 노선이 바뀐다고들 했는데, 한 세대를 훅 건너와 보니 이제는 예비 초등 시절을 잘 보내야 아이의 인생이 달라진다고들 말하고 있었다. 그렇게 중요한 시절에 특수교육대상자가 향할 곳은 어디일까. 새 학기를 준비해야 하는 마음은 첫째가 가정 어린이집 만 2세반 문턱을 넘어서는 시점부터 줄곧 무거웠다. 결혼식 본식 드레스도 일말의 고민 없이 한방에 골라냈던 내가 아이가 다닐 기관 앞에서는 '결정을 못하겠다'는 말을 입버릇처럼 중얼거렸다.

그러던 차에 말 그대로 꿈의 기관을 만났다. 아이를 진짜 보낼 수만 있다면 근거리 아닌 장거리라고 해도 1시간을 꼬박 달려서 입학시키고 싶은 마음이 두둥실 떠올랐다. 교육지원청의 근거리 배정 원칙에 근거해 우리 아이도 진짜 배정받으면 좋을 텐데, 실제 도보 거리가 얼마나 될지 짐작할 수 없어 더 애가 타는 곳, 2023년의 여름날 마주한 〈딩동댕 유치원〉이었다. 나 어릴 적부터 챙겨봤던 유아 대상 방송 프로그램 안에 조금 특별한 친구 '별이'가 등장하기 시작했다. 교실에 등장하는 순간부터 바람개비에만 꽂혀 있는 별이에게서 아들의 모습이 보였다. "안녕, 별아" 하고 인사를 건네는 다섯 명의 친구들 앞에서 아무 말도 들리지 않는 것처럼 바람개비만 뱅그르르 돌리는 아이. 선생님은 이러한 별이의 모습에 당황하지 않고 천천히 또박또박 친구들의 존재를 알려주며 인사를 이끈다. "별아, 별아, 우리 친구들하고 인.사.할.까?"

2023년 8월, 자폐스펙트럼 친구 별이가 등장했다. 1982년 첫 방영을 시작한 〈딩동댕 유치원〉은 매년 다양성 캐릭터를 부지런히 추가해왔다. 2022년에는 다문화 가정의 아동 마리, 운동을 좋아하는 신체장애 아동 하늘이, 태권도를 좋아하는 여아 하리, 유기견 댕구가 등장하기도 했다.[6] 다문화 가정과 신체장애 아동에 이어 신경다양성 캐릭터까지 국내 유아 대상 프로그램에 등장한다는 소식에 마음을 다해 힘껏 박수를 보냈다. 반가워서 눈물이 날 것 같았다. 유튜브에서 아이들이 좋아하는 캐릭터 위주로 율동 동요만 줄곧 틀어주곤 했는데, 학창 시절 이후로 오랜 기간 잊고 있던 교육방송의 가치를 새삼 떠올렸다. '이게 바로 공영방송을 시청하는 이유' 아니겠냐며 공식 홍보대사도 아니건만, EBS가 EBS 했다고 여기저기 별이의 존재를 소문내기를 자처했다. 자폐스펙트럼 친구가 TV에 등장해준 것만으로도 이토록 감동이었다. 드라마 〈이상한 변호사 우영우〉의 영우에 푹 빠져 있었던 2022년에 이어 바로 다음 해의 만남이라 더 특별했다. 연령을 불문하고 신경다양성 캐릭터가 친숙한 장르 안에 등장해주는 빈도가 1년에서 반년, 석 달에서 한 달쯤으로 점점 좁혀지면 좋겠다고 소망했다.

과연 자폐스펙트럼 친구 별이는 딩동댕 유치원에서 무탈하게 잘 적응하며 지낼 수 있을까. 언뜻 봐서는 고개를 갸우뚱거리게 된다. 별이는 영우처럼 법전을 달달 외울 만큼 암기력이 뛰어나 보이지 않는다. 자칫 '자폐는 다 천재 이닐까' 오해하도록 이끄는 영화 속 '서번트 증후군'도 별이에게는 해당되지 않는 것 같다. 1화 〈안녕, 별아〉 에피소드 안에서 별이는 할 수 없는 게 너무 많아 보일 뿐이다. 저러다가 결국 전학 가게 생겼다고 짐작하는 사람도 어딘가에 있을 것만 같다.

별이는 처음 들어선 교실 안에서 손에 쥔 바람개비를 돌리며 두 글자 단어만 툭툭 내뱉는다. "불어, 불어, 좋아, 불어." 바람개비를 발견하고 나서 덩달아 들뜬 친구들을 만나도 그 좋아하는 마음을 나누지 못한다. 처음 만난 반 친구들 앞에서 먼저 인사를 건넬 수 없음은 물론, 친구들이 다가와 건네는 질문도 듣지 못하는 것만 같다. 입을 거의 떼지 않지만 짤막한 단어 형태로만 말을 하는 통에 신경 써서 귀 기울이지 않으면 도대체 무슨 소리를 하고 싶어 하는 건지 이해하기도 힘들다. 작은 소리에도 한껏 예민해져서 귀를 틀어막다 보니 한 교실에서 지내는 게 진짜 가능하긴 한 건지 눈을 흘기는 사람도 있을지 모르겠다.

반면, 별이는 할 수 있는 게 많다. 선생님과 친구들이 도와주면 기꺼이 해 낼 수 있는 것들이 참 많다. "우리 친구들하고 인.사.할.까?" 선생님이 가까이 다가가 또박또박 천천히 알려주면 잠시 주춤거렸다가도 "안녕?" 하고 입을 뗄 수 있다. "이거 다 네 거야?" 별이의 자동차 장난감 개수에 감탄을 머금는 친구 앞에서 바로 "내 거 멋있지!" 하며 능청스럽게 유세 떨 수는 없지만 "이제 자.동.차. 놀이할까?" 별이의 애착템 세 글자에 조금 더 힘주어 말해주는 선생님 앞에서 이내 바람개비를 놓고 차 놀이로 돌아설 수 있다. "이거 다 진짜 별이 장난감이거든!" 대신 거들어주고 자랑해주는 친구들이 있는 덕분에 별이는 놀이 무대의 특별한 중심에 선다. 청소차, 굴착기, 레이싱카, 크레인, 래미콘, 로드롤러, 견인차 등 차종을 줄줄이 읊어대는 별이 앞에서 "진짜 대단하다"고 연신 감탄해 주는 친구들도 있다. 뭘 저렇게 잘 아는 척을 하냐며 시큰둥해하지 않는다. 별이가 능력을 보여주기만을 무척 기다렸다는 듯이 반가워한다.

"어떻게 저걸 더 알지?"
"별이는 자동차를 진짜 진짜 좋아하거든."

딩동댕 유치원에선 또래에게 먼저 대화를 개시하지 못하는 특성도, 동일성에 대한 집착도, 같은 말에 대한 잦은 반복도 문제가 될 게 없어 보인다. 친구들도 담임 선생님도 별이가 잘하지 못하는 것에 대해 지적하지 않는다. 눈을 잘 맞추지 않고 장난감만 들여다보는 별이에게 '이상하다'는 잣대를 들이대는 대신, 어떻게 하면 더 감탄하고 감동할 수 있을지 고민하는 리허설이라도 꾸준히 해온 것 같다. 이런 분위기를 만들어가는 데는 자폐스펙트럼 친구의 특징에 대해 차근차근 알기 쉽게 풀어주는 선생님의 설명도 한몫을 했다. 별이가 놀이하던 중 자동차의 경적 소리에 놀랐을 때 딩동쌤은 놀란 별이를 진정시키는 데서 멈추지 않는다. 귀를 막고 오랫동안 덜덜 떨며 불안해하는 별이를 보며 덩달아 당황스러워하는 다른 아이들을 위해, 노래를 덧대어 가며 자폐 친구가 보일 수 있는 특징을 하나하나 일러준다. "우리 별이는 너희들이 놀란 것보다 조금 더 놀랐어. 왜냐면 별이는 소리, 빛, 냄새 같은 것에 훨씬 더 예민하거든."

이쯤하면 별이를 유치원에 들여보낸 뒤 초조했을 별이 엄마의 모습을 떠올려보게 된다. 아이가 신발을 벗고 학급에 들어간 뒤로도 혹여 금방 뛰쳐나오거나 소리를 지르기라도 할까 봐 한참 유치원 앞에서 서성거렸을 몸짓이 어렴풋이 그려진다. 다섯 살 남짓의 아이를 유치원이나 어린이집에 들여보내고 난 뒤 엄마들끼리 삼삼오오 모여 들이키곤 하는 모닝커피, 이 흔한 맛을 누리기가 별이 엄마는 조심스러웠을지 모른다. 매 순간 남다른 몸짓과 말투를 보이는 아이가 대다수의 친구들 곁에서 겉돌거나 미움을 받지는 않을지, 선생님마저 아이를 불편해하거나 난감해하시지는 않을지 불안과 걱정이 촘촘히 덧대진 오전 시간을 보낸다. 아무리 신선한 원두를 갈아 갓 내린 드립 커피를 마신다 해도 맑은 머리로 그 맛을 온전히 즐기기가 쉽지 않을 것만 같다. 특수교육대상자 아이를 기관에 보내는 엄마의 마음은 그렇다.

그래서 별이 엄마가 부러웠다. 아이가 어쩜 그렇게 찰떡같이 잘 맞는 기관을 만났냐고 대신 호들갑을 떨어주고 싶었다. 이젠 모닝커피 한 잔, 힘 좀 풀고 편히 마셔도 좋겠다고 말이다. 거기 입학하려고 얼마나 대기했냐고 캐묻는 질문까지 덧대고 싶은 마음은 안 비밀로 하겠다. 신경다양성 아이가 한 교실에 편안히 자리하도록 이끄는 건 특교자 엄마 아빠가 밤새워 머리를 맞대고 쓴 개별화 교육 목표를 짜기 위한 제안서만도 아니요, 특수교육 선생님의 오랜 경력과 연륜에만 기댈 일도 아니다. 아이의 강점을 먼저 읽어주는 다정한 분위기, 그 흐름 안에서 그 독특한 매력에 감탄해 줄 수 있는 타이밍을 포착하는 선생님과 친구들의 절묘한 협업이 아이를 결국 '가능하도록' 이끌어준다. 안 될 것 같은 학교 생활을 제법 해 볼 만하게 이끌어주고, 불가능할 것 같은 우정도 가능하게 만들어준다. 아이를 어느 기관에 보낼 생각이냐고 누군가 묻는다면, 허허 웃으면서 이렇게 대답하고 싶다. "가능하기만 하다면요, 저희 딩동댕 유치원에 입학할래요."

친구를 만드는 기적,
〈원더〉

12시 20분. 서너 명씩 약속이라도 한 듯 바쁘게 책상을 한데 붙인다. 한 줄당 여덟 칸으로 가지런히 정렬돼 있던 책걸상이 10초도 되지 않아 동그라미를 그려내고 비뚤배뚤한 마름모꼴을 구현하며 한 무더기 책상 그룹을 완성해낸다. 점심시간 종만 치면 누구 할 것 없이 책상 대열을 바꾸는 데 올곧이 집중하곤 했다. 책상 다리가 바닥을 긁는 소리에 인상이 일그러질 법도 한데, 어느 아이도 불평하지 않는다. 허기를 채운다는 설렘은 이렇게나 대단하다. 어떤 그룹은 금세 여덟 명 남짓이 모여들어 재잘거리기 1등임을 선포하고, 또 어떤 그룹은 한편에 둘셋만 모여도 부족할 것 없이 꽁냥꽁냥 아담한 그룹의 모양새를 자랑한다. 숫자가 몇이 되었든 혼자가 아니면 되었다. 이 시간만큼은 밥을 같이 먹을 동반자, 나란히 앉을 누군가가 있다는 사실만으로도 배가 부르다. 실상 학교 울타리 속 점심시간은 사교력 레벨을 점검하는 이정표 같다.

영화 〈원더〉에도 점심시간은 중요한 상징으로 등장한다. 고작 열 살 나이의 아이들에게도 식사할 때 같이 앉을 누군가가 있다는 사실은 자존감의 높낮이를 결정짓는 순간이 된다. 안면기형 장애로 9년의 세월 홈스쿨링만 했던 주인공 어기 풀먼(제이콥 트렘블레이 분)에게도 어쩌면 점심시간은 공식적인 학교 생활을 시작하는 데 있어 가장 난도가 높은 전투의 시간이었으리

라. 얼굴을 마주 보고 간간이 센스 섞인 스몰토크를 이어가면서도 무겁지 않은 화제들을 핑퐁처럼 주고받으며 깔깔거릴 수 있는 여유. 장애의 종류가 어떤 것이든 그 여유를 장착하는 데 온 힘을 기울이기는 쉽지 않다. 자폐성 장애 친구라면 그때그때 맥락에 맞는 대화의 흐름을 타는 것부터가 초고난도일 것이며, 신체를 마음먹은 대로 움직이기가 다소 어려운 경우라면 카페테리아로 향하는 데까지만 해도 땀이 삐질삐질 나서 결국 급식판을 쥐어 들기도 전에 지쳐 나가떨어질지도 모른다.

하물며 어기는 오죽했을까. 이름만 들어도 손끝에 이미 눈물 닦은 흔적이 묻어나는 것 같은 가슴 저릿한 진단명, 안면기형 장애. 상대방이 얼굴을 보고 불쾌해하면 어쩌나 싶어 방구석 안으로, 헬맷 안으로 자신의 얼굴을 감추고 살아온 세월이 10년에 이른다. 집에서 마주하는 밥상 앞에는 익숙한 사람들과 낯익은 대화만 가득하다. 엄마(줄리아 로버츠 분)와 함께하는 홈스쿨링 시간표 아래, 늘 그래왔듯이 스크램블 에그와 토스트 조각을 씹어대면 그만이었던 순간들. 어기의 집은 힐끔거리며 경계하는 시선도 없고, 대놓고 찡그리며 조롱하는 미운 말들도 존재하지 않는 청정 구역이었다. 그야말로 안전지대에서 식사하는 마음은 탈 날 게 없다. 하지만 졸지에 관계 맺기의 맛도 없다는 게 문제라면 문제다. 울타리 안에서만 식사를 견디면 새 친구를 만들어 나가는 쫄깃거리는 경험치가 전무해 결국 아이의 시야도 점점 좁아질 수밖에 없을지도 모른다.

학교에서의 점심시간은 집안 풍경과는 전혀 다르다. 어제까지 나란히 앉았던 아이가 저 멀리 달아나 나를 모른 체하며 거리두기를 하는가 하면, 어느 날부터인가는 혼자 앉아 빵 끄트머리를 끼적끼적 씹는 게 당연한 듯한 풍경이 돼 버리기도 일쑤다. 이미 짐작이라도 했다는 듯, 어기는 카페테리아에 발을 들인 처음부터 큰 욕심이 없었던 것처럼 보인다. 자기 곁에 아무도 앉으려 하지 않는 풍경을 마치 예측이라도 했던 양, 혼자 떨어져 앉아 뻔한 음식거리를 가장 맛없어 보일 만큼 천천히 우물거린다. 점심시간을 혼자 보내는 게 당연한 운명이라는 듯한 어기의 무덤덤한 표정은 오히려 영화를 보는 이들을 더 간절하게 만든다. 우연히라도 누군가 어기 옆에 앉아 줬으면, 딱 하루만이라도 외롭지 않게 빵을 같이 뜯어줬으면, 대단한 대화가 아니라도 좋으니 그저 싱긋 웃으며 어기와 같은 식탁에 머물러 줬으면.

어기가 앉은 식탁에 드디어 친구가 찾아온다. 아이의 이름은 썸머(밀리 데이비스 분). 이기스트의 어기와 썸머가 만났으니 본격 '여름 클럽'이라고 이름도 지었단다. 〈이상한 변호사 우영우〉에선 동료 변호사 최수연더러 '봄날의 햇살' 같다고 되뇌었던 우영우가 있었는데 그 햇살의 따스함 못지않게 뜨겁다. 이름만 따져봐도 여름 클럽 체면이 있지 않겠나. 새로운 우정을 지어보겠다고 나서는 두 아이의 마음은 여름날 작렬하는 태양만큼이나 열정적이다. 썸머가 용기 내서 찾아오지 않았더라면, 어기가 기어코 썸머를 외면하고 고개를 숙여 버리는 데 급급했다면 빚어지지 않았을 우정이다. 이때부터 점심식사 시간 어기랑 같이 앉겠다고 찾아오는 아이들은 하나둘씩 늘어난다.

결국 어기의 점심 식탁은 그 어떤 자리도 남부럽지 않게 풍성해진다. 이야기꽃이 피어나고, 딱히 맛있어 보이지 않는 그저 그런 음식거리들마저도 무리를 지어 앉은 식탁 앞에서 괜스레 생기를 찾는 것 같은 착각이 든다. 한여름 무더위가 하루가 다르게 온도를 끌어올리는 건 반갑지 않은데, 아이들의 점심 급식 테이블에 재잘거림의 활기가 쌓이는 건 다정함 그 자체다. 이쯤하면 식사 시간이 1시간으로 제한된 게 관람객조차 아쉬워진다.

교장 선생님은 어기가 처음 학교에 들르는 날에 맞춰 친구 셋을 사전 매칭했다. 기부를 많이 하는 부잣집의 무늬만 엄친아, 장학금을 받는 탓에 엄마가 시키는 대로 친구가 되고자 나섰던 아이, TV 출연을 자랑하느라 자기만 빛날 수 있다면 뭐든 오케이가 되는 예쁘장한 아역 모델. 셋은 '친절함'이라는 덕목 아래 간신히 어기의 학교 투어 미션을 마치지만, 어기의 곁은 어른의 시선에서 맞춤 재단된 친구들만 지키지 않는다. 오히려 첫 번째 아이는 어기의 학교 생활을 악몽같이 만드는 데 기여했지 않나. 어기의 진짜 매력을 알아본 친구들은 어기와 놀고 싶어서, 이야기를 나누고 싶어서, 같이 깔깔대며 밥 먹고 싶어서 곁을 지킨다. 누가 시켜서가 아니라, 스스로 어기의 세계로 걸어 들어온다. 아이들이 내보이는 새하얀 웃음 안에는 '안면기형'이라는 일그러진 글자가 자리 잡을 새가 없다. 입을 쩍 벌리고 웃는 표정이 어기의 오랜 수술 자국을 덮어내니까.

"When given the choice between being right and being kind,
Choose kind."
옳음과 친절함 중 하나를 택해야 한다면
친절함을 택하라.

친구들이 하나둘 어기를 놀리고 공격해도 무던히 견뎌 내고 있던 어기를 지켜만 보던 끝에, 결국 용기를 냈던 썸머. 영화를 여러 번 보다 보니 뒤늦게 떠올랐다. 이 친구, 새 학기 첫날 담임 선생님이 칠판 위 격언을 읽어 보라고 지목당했던 아이였다. 주춤거리며 수줍어하면서도 또박또박 분필 글자를 읽어 나가며 첫날을 열었던 소녀, 결국 한 학기 동안 그 친절함의 가치를 몸으로 보여 냈다. 전염될 수 있다고 어기를 슬슬 피하는 친구들 틈에서 썸머는 악수를 청했고, '친구 찾아 삼만 리' 전투를 방불케 하는 점심 급식실의 짝 찾기 소동 속에서 기어코 겸상을 했으며, 어기와 사이가 틀어진 친구를 다시 딱풀처럼 찰싹 붙여 주는 데 결정적인 큐피드가 된다. 어기는 학교 안에서 친구들에게 중요한 가치를 알리는 '타의 모범이 되어' 우등상을 탔지만, 또 한 명이 그 가치를 몸소 실천한 공을 인정받아 우등상을 더 탈 수 있다면 나는 단연 '여름 클럽'의 썸머를 내세울 것 같다. 여름날이 종종 뜨겁고도 뜨거워서 화가 나지만, 이들이 펼쳐 낸 우정의 열기는 온도를 아무리 올려도 웃음부터 번졌다.

아이들 서넛이 모여 재잘거리며 밥을 먹는 풍경. 급식실에서 너무도 당연할 것 같은 이 풍경은 실은 '장애'라는 글자를 달고 살아가는 아이의 엄마에겐 너무도 특별한 풍경이다. 이뤄질 수 없는 꿈같아서, 진짜 잠들었다가 꿈꿀 때나 '우리 아이에게도 친구가 있구나' 하고 어렴풋이 떠올릴 만한 장면이다. 학창 시절 친구들이랑 놀이터에서 서너 시가 넘도록 놀다가 "왜 이렇게 늦게 들어오냐?"고 핀잔을 들을 때가 있었는데 나의 첫째 아이에게만큼은 그런 잔소리쯤은 잠시 저 깊은 서랍에 넣어둘 수 있을 것만 같은 다짐도 번뜩인다. 친구랑 그 어떤 미션 없이 자유롭게 뒹굴거리며 재잘대는 일상이 그토록 귀하고 예쁜 건 줄 몰랐다. 아이를 낳고 장애 아이를 키우기 전까지는 정말 알 길이 없었다.

영화 〈원더〉 속에서 급식실 풍경은 총 일곱 번 그려진다. 투쉬먼 교장 선생님이 지목한 세 명의 '짜여진 친구들'이 어기에게 점심 먹는 장소를 소개해 줄 때가 처음이다. 어기의 등교 첫날, 같이 앉아도 되냐는 같은 반 아이의 물음에 뒤이어 이내 '괴물처럼 먹는다'는 조롱을 받고 어기가 고개를 숙여야만 했던 곳으로, 온 가족이 어기의 학교 생활에 몰입해 있는 사이 자꾸만 외로워지는 비장애 누나 비아가 함께할 친구가 없어 쓸쓸함을 증폭시키는 공간 등으로 말이다. 남매 모두 각자의 급식실에서 관계의 쓴맛을 깨닫고 방황하는 장소로 그려진다. 하아, 이쯤하면 엄마 관람객 1인은 급식실에 뛰어들어가서 이 아이, 저 아이 친구 하라고 테이블이라도 힘껏 붙여주고 맛있는 음식 잔뜩 사다 먹이면서 우쭈쭈 해 주고 싶은 마음이 된다.

하지만 급식실은 곧 따스한 관계를 확장시키는 공간으로 재단장된다. 쪽지시험에서 어기의 도움을 단단히 받았던 옆자리 잭이 먼저 어기의 테이블에 찾아오는가 하면, 상처받은 어기가 다시 덩그러니 혼자가 되었을 때 썸머가 어기에게 악수를 청하며 진짜 친구가 되는 자리가 되기도 한다. 어기를 피해 앉던 친구들이 다시 주변에 모여들고, 그 어떤 식탁보다도 어기의 자리에 앉은 아이들의 얼굴에 화색이 돌기 시작한다. 옳은 것과 친절한 것 중 하나를 택한다면 '친절'을 고르라는 격언은 칠판 안에만 머물지 않았다. 일곱 번의 장면 전환 중 절반쯤은 '함께'인 장면이었으니 말이다. 어기의 안면기형 장애가 전염되는 것 아니냐고 웅성거리던 친구들은 어느 순간부터 서로에게 다정한 관계를 만들어 가는 노하우를 전염시키는 듯하다.

내 아이를 둘러싼 세상, 모든 날 모든 순간이 친절하고 다정하기만을 바라는 것은 아니다. 다만 영화에서처럼 일곱 중 서넛 정도는 아이가 '이 세상 참 따뜻하다'고 느낄 수 있었으면 좋겠다. 뜀박질할 맛이 나서 엇박자라도 좋으니 셔플댄스를 추고 싶을 만큼 들썽거릴 수 있기를 바란다. 그렇게 엉거주춤 뛰놀다 보면 결국 누군가와 친구가 되는 기적, 함께 깔깔대는 소소하고도 대단한 기적의 순간들이 아이 곁에 퐁퐁 튀어 오를 거라 기대해 본다.

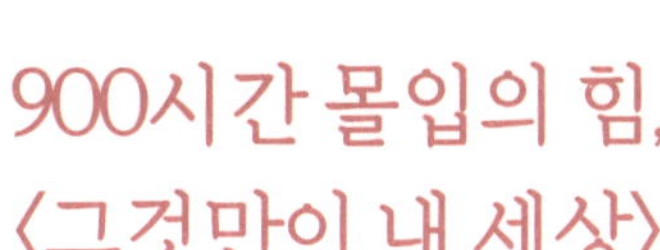

900시간 몰입의 힘,
〈그것만이 내 세상〉

청룡영화제가 화제였다. 영화인들의 축제라고만 생각했는데 단번에 전 국민이 열광하는 무대로 번져버렸다. 바로 배우 박정민과 가수 화사의 콜라보무대 때문이었다. 그 눈빛, 무심한 듯 신경 쓰는 듯한 그 눈빛이 그게 뭐라고 사람들이 난리였다. 이제 막 연애를 시작한 20대 썸 입문자만 그러는 게 아니었다. 이 집의 애 둘 엄마도, 저 집의 애 셋 엄마도 너무 설렌다고 무한 돌려보다가 소셜 미디어의 알고리즘마저 다 꼬여버렸단다. 아니 손주 손녀 다 보신 할머니도 설레신다며 보고 또 보고, 또다시 보는 영상이 숏폼으로도 등장했으니 말 다 했지 뭐야. 아니, 박정민 씨 신발 들고 정말 이러실 거예요? 애둘맘인 저도 설렜잖아요. 남편 옛 사진 뒤적거리며 그 눈빛 혹시 있나 찾아봤잖아요.

화사와의 콜라보 무대를 하도 찾아본 탓에 〈Good Goodbye〉 도입부가 흘러나오기만 해도 박정민 배우 따라 흐느적흐느적 앞으로 걸어 나가서 손 털기 춤을 따라 춰야 할 것만 같았을 무렵, 수년 사이 잊어가고 있던 영화 한 편이 떠올랐다. 남들이 저 눈빛 때문에 미치겠다고 입을 모을 때, 내게 박정민 설렘 포인트는 진작에 따로 있었다. 2025년 청룡영화제보다도 7년이나 거슬러 올라간 영화, 이병헌, 윤여정, 박정민 주연의 〈그것만이 내 세상〉. 박정민 배우는 빨간 구두를 두 손에 쥐고 그윽한 눈빛을 하는 대신 스마트폰을 목걸이에 달아 걸고 늘 춤추듯이 날개를 단 것처럼 걸었다. 박정민 배우는 피아노를 제대로 배운 적도 없으면서 스물네 시간 피아노 연주에만 푹 빠진 것 같은 자폐스펙트럼 청년 진태의 모습을 제대로 그려냈다. 평범하지 않은 발달 속도를 보이는 스물여섯 청년의 표정은 박정민이라는 배우를 만나 제대로 빛을 발했다. 화사의 퍼스널 컬러가 배우 박정민이라는 우스갯소리가 있었는데, 진태는 화사보다도 7년 먼저 박정민을 만나 매력 터지는 신경다양성 캐릭터로 연주된 셈이다.

하루 다섯 시간씩 여섯 달, 총합 900시간. 배우 박정민이 천재 피아노 청년 진태를 연기하기 위해 공들인 연습 시간이란다. 한 달만 해도 150시간인데 이토록 몰입 가능한 시간은 우리 일상 속에서 얼마나 될까. 아이를 등원시키고 나서 오늘은 집중력을 다해 책을 읽어 봐야지 결심해도 그 다짐은 두 시간을 못 가서 와장창 깨질 때가 제법 많았다. 10시부터 허리 꼿꼿이 세우고 나만의 시간을 알차게 쓰겠노라 의지를 다져봐도 결국 배가 고파서, 갑자기 병원 갈 일이 생겨서, 긴급히 전화 통화할 일이 생겨서 이래저래 핑계를 대던 끝에 12시나 1시 무렵 자리를 뜨고 마는 것이 일상이다. 온전히 다섯 시간 남짓을 무언가에 집중하는 것은 별것 아닌 듯 보이지만 끝끝내 쉽지가 않아서 겸연쩍게 머리를 긁적이는 게 또 다른 일과 되시겠다.

아니, 그러니까 박정민 씨는 어떻게 900시간의 연습량을 다 채워낸 걸까. 꼬박꼬박 하다 보니 저도 모르게 채워진 걸까. 연기에 대한 집념이면 수백 시간 따위의 땀은 당연한 것으로 끄덕거려지는 걸까. 매일 다섯 시간이라는 노력이 고스란히 느껴지는 피아노 연주 장면을 자꾸만 보고 싶어서 영화 다시 보기 버튼을 몇 번이고 눌렀다. 〈그것만이 내 세상〉을 자꾸 돌려보니 한 동안은 이 영화만 세상에 존재하는 것 같았다. 저렇게 연습만 한다면 이 세상 안 될 일도 없을 텐데! 한지민 배우와의 협주에서 또 한 번 감탄을 내뿜고

만다. "와아, 진짜 예술이다." 배우 박정민이 투자했다는 하루 5시간의 연습량은 곧 신경다양성 아이들이 한 가지에 푹 빠지면 보여주는 몰입량처럼 느껴졌다.

- 영화 <그것만이 내 세상>[9] 중에서 -

영화 속에서 진태의 엄마(윤여정 분)는 진태가 피아노를 연주하던 복지관 바닥을 쓸고 닦다가, 콩쿠르에 한번 나가보라고 권한 사회복지사에게 이렇게 말한다. 자폐스펙트럼 아이들의 경우, 일상을 살다가 예민한 감각을 압도하는 자극을 마주하거나 낯선 환경에 지나치게 불안해질 때, 쉽게 진정되지 않을 만큼 각성이 높아져 발을 쿵쿵 구르거나 소리를 지르는 등 소위 '텐트럼'을 보일 때가 있다. 그런데 그마저도 진태의 엄마에겐 문제 될 게 없다. 좋아하는 피아노 앞에서만큼은 아이가 차분해지고 매끄러워진다고 했다. 자폐스펙트럼 육아 경험이 있는 엄마들은 이 장면 앞에서 한 번쯤 끄덕일 것이다. 얼마나 좋으면 저럴까. 일주일에 한두 번을 꼬박 마주하곤 했던 그 텐트럼도 사그라지게 만드는 위력, 그 세계 속에 걸어 들어갈 때만큼은 아이가 행복 레벨 최고치를 찍었다는 방증이라는 걸 안다.

박정민 배우의 900시간은 가히 놀라웠지만, 피아노 건반을 누르며 이 세상 다 가진 듯한 진태의 표정만큼은 낯설지 않았다. 자폐스펙트럼 아이들이 한 가지에 푹 빠졌을 때 얼굴을 타고 자연스럽게 흘러드는 그 표정! 외부에서 누군가 당신의 세계에 들어가겠노라고 '똑똑' 문을 두드려도 노크조차 짐작하지 못할 만큼 몰입한 눈빛을 드러낸다. 신들린 것 같기도 하고, 어딘가에 단단히 빠져 있는 것만 같은 얼굴이다. 무언가를 잘해야겠다는 독기는 싹 빠진 채 희열만 가득하다. 이보다 행복할 수 없을 것 같고 재밌어 죽겠다는 마음을 표정 한가득 채운 진태가 영화 보는 내내 나는 너무 익숙했다. 우리 아이에게서 자주 마주하는 얼굴이니까. 아이는 단연 '900시간'이라는 명확한 목표 설정을 하고 무언가에 매료되지 않았을 텐데 좋아하는 것과 함께하는 시간, 천 시간쯤은 금방 돌파할 것만 같은 열기로 한 가지를 좋아하곤 한다. 우리 아이에겐 그게 피아노가 아닌 자동차다.

일반부 36번을 달고 피아노 콩쿠르에 나간 진태는 연주석에 앉기도 전에 피아노 뚜껑 속으로 들어가려고 한다. 흡사 자동차가 너무 좋아서 뒷자리 카시트에 타기도 전에 트렁크 뚜껑부터 열고 고개를 들이미는 아이와 닮아서 웃음이 났다. '하아, 진짜 똑같아, 똑같아.' 어디 그뿐인가. 갈라 콘서트를 하다가 자신의 피아노 파트가 잠시 쉬어가는 길목에선 벌떡 일어나 지휘자의 손짓을 따라 하는 듯, 허공에 손을 휘저으며 음악의 흐름에 온전히 몸을 맡긴다. 차가 잔뜩 달리는 고속도로에서 그 어느 때보다 편안한 표정을 하고 휙휙 흘러가는 도로 풍경에 몸을 맡기는 아들과 닮은 구석이 있다고 생각했다. 진태를 잃어버린 줄 알고 대학로 곳곳을 이 잡듯이 뒤지는 조하 형(이병헌 분)을 뒤로하고 한나절 음반 가게 안에서 음악 감상만 하며 시간을 보냈던 건 어떠한가. 자동차가 가득 진열된 장난감 코너에 데려다 놓으면 밥 먹는 것도 잊고 하루 종일 머무는 게 가능한 우리집 아이와도 다를 게 없다. 그런 아이를 키우는 엄마는 짐작할 수 있다. "아, 아이가 정말 좋아하는구나. 눈물나게 너무 행복한가 보구나."

'모든 곡을 유튜브를 통해 안 보고 치고
　세상의 소리를 피아노 88개 건반으로 이해하는 사람.'

진태가 수십 번도 더 되뇌는 "한가율 예뻐요"의 주인공, 피아니스트 한가율(한지민 분)은 진태에 대해 이렇게 말했다. 악보를 볼 줄 모르고 어설프고 종잡을 수 없지만, 아무나 흉내 낼 수 없는 능력을 탑재한 피아노인이라고 강조한다. 순간 자동차 정비 현장을 제대로 견학한 적이 없으면서도, 집에서 유튜브만 보고 정비사 흉내를 내며 장난감 피규어를 샅샅이 끌어모아 재현해 내는 아들의 소질이 떠올랐다. 악보를 볼 줄 모르지만 한 가지를 집요하게 좋아하는 마음이 피아노를 기가 막히게 연주하도록 이끌었듯이, 탈것에 지나치고도 강력하게 매료된 아이는 스쳐 지나는 자동차의 옆 라인만 봐도 차의 브랜드와 구조를 정확하게 알아차린다.

또래들에 비해 2년이나 늦은 언어 구사력을 보이면서도 자동차 엔진 구조를 꼼꼼히 살피고 명칭을 대는 표현력에 때때로 놀란다. 이쯤 하면 텔레비전으로 첼로 연주만 보다가 자기만의 특별한 악보를 짓고 기가 막힌 첼로 선율을 만들어내는 〈어쩔수가없다〉의 리원이도 떠오르고 말고. 진태와 리원이만큼이나 특별한 방식으로 애정을 표현하는 자폐스펙트럼 아이, 어쩌면 우리 아이도 다음 시대 테슬라 버금가는 자동차 회사 창립자가 되는 건 아닐까. 내가 그런 차 천재를 키우나 싶어서 마음이 몽글몽글 부풀 때가 있는 건 안비밀로 하겠다. 그만한 열정과 애정을 구현해내기 위해서 결국 900시간을 연습해 내야 할 정도인 셈이니, 아무나 쉽게 따라 할 수 없는 집요함인 건 분명하다.

영화가 끝나고 검은 화면에 배우의 이름이 오를 때면 상상해본다. 갈라 콘서트 막이 내린 이후, 진태의 피아노 인생은 어떻게 흘러갔을까. 피아노 초보였던 배우가 진태를 소화하기까지 반년간 천 시간 가까이 들였다고 했는데 영화가 개봉한 후 약 6년이 지난 이 시점, 대충 계산해봐도 1만 시간을 넘길 만큼의 연습량을 탑재한 거물 피아니스트가 되어 있을 것만 같아서 팬스레 가슴이 벅찼다. 물론 '거물'이라는 타이틀이나 '피아노계 떠오르는 샛별' 따위의 거창한 별칭을 달지 않아도 상관없겠고 말이다. 피아노 앞에만 앉으면 무언가에 중독된 것처럼 행복하게 취해버리는 진태의 표정을 한 사람이라도 더 알아봐줬다면 좋겠다고 생각했다. 진태를 무대에 세울 또 한 번의 갈라 콘서트가 한두 번쯤 더 열렸을까. 혹은 진태의 천재성을 알아봐 준 각종 매스컴 보도에 힘입어 진태만을 내세운 독주회가 자그마한 소극장에서라도 열릴 수 있었을지도 모르겠다. 혹은 오랜 공백을 깨고 용기 내 복귀한 한가율의 단독 연주회에 특별 게스트로 초청받은 유일한 1인이 진태일 수도 있었겠다고 이런저런 환상을 부풀린다.

물론 〈그것만이 내 세상〉에서 진태의 세상이 온통 피아노로 채워질 수 있도록 이끈 사람들이 있었기에 이러한 상상도 가능했다. 진태의 재능을 알아봐주는 피아노 여신 한가율의 다정한 시선이 있었고, 퉁명스럽고 거친 모습이 디폴트값이지만 동생의 자질이 예사롭지 않음을 알아보고 무대에 오르도록 뒷바라지하는 복서 형 조하가 있었기에 뭉게뭉게 부풀릴 수 있는 환상이다. 영화는 끝났지만 '그때만 잠깐 내 세상'이었노라고 회고하지 않길 바라는 마음이 간절하다.

피할 수 없는 결정적 강점,
〈증인〉

　새벽 5시 10분. 아직 일어나기에는 너무 이른 시간이다. 이미 잠에서 깬 아이가 이불을 부스럭거리는 통에 머리를 긁적이며 간신히 눈을 뜬다. "좀 조용히 좀 하자. 아직 잘 시간이야." 아이는 엄마의 잔소리를 늘 그랬다는 듯 무심히 흘려듣고, 중얼중얼 반 플랫톤의 목소리로 본인만의 수다를 이어간다. "왜 이렇게 목소리가 안 좋아? 우울해서 전화했지. 바쁜 거 아니야? 아니야, 안 바빠. 왜 무슨 일이야?" 아휴, 해가 뜨기도 전에 동생이랑 대화하는 것도 아닌데 본인이 1인 2역을 다 소화해가며 줄줄이 대사를 이어간다. 혼자서 뭘 저렇게 연기하듯이 떠들 수 있는 걸까. 뭔 소리인가 싶어 귀 기울여보니, 며칠 전 남편과 나의 전화 통화 내용 아닌가. 미국에서 직장 생활을 하고 있는 남편과 한국에 머물고 있는 나는 보통의 부부들보다 상당히 긴 시간을 들여 핸드폰으로 대화를 나누곤 한다. 그걸 곁에서 무심코 듣고 있던 아이가 나와 남편의 오고 가는 대화를 외워버린 것이다. 딱 스피커폰으로 틀어두고 통화했던 구간만 아주 기가 막히게.

　아이는 종종 앵무새 같다. 본인이 자리하고 있던 현장에서 우연히 누군가의 대화를 듣고 나면, 토씨 하나 안 빠뜨리고 그대로 재현한다. 자폐스펙트럼 아이를 키우다가 가장 놀라운 순간 중 하나이기도 하다. 자기도 그 대화에 같이 끼어 수다 한바탕에 어우러졌었다면 내가 말을 안 한다. 다수가 대화판 위에 서 있어도 못 본 채 저 멀찍이 떨어져 있는 게 우리 아이의 흔한 모습이다. 어찌 보면 의뭉스럽고 엉큼하기까지 하다. 관심 없는 척, 전혀 듣지 않는 척하고 빈둥빈둥 서성거리기만 하더니 수다의 당사자조차 기억이 가물가물한 대화를 통째로 외곤 하는 습관. 수년 전 무대 인사까지 야무지게 챙겨봤던 영화 〈증인〉을 다시 보다가 배우 김향기가 연기한 지우의 모습과 너무도 닮아서 또 한 번 소름이 돋았다.

지우는 자폐스펙트럼 여고생이다. 집에서는 보노보노 애니메이션을 줄곧 틀어둔 채 해죽해죽 웃고, 젤리를 골라 먹을 땐 무조건 파란색만 찜하는 유별난 원칙도 있다. 자기 세계에만 갇혀 있는 듯한 지우. 영화 속에서 타인의 입을 빌려 "융통성이 없다"는 대사가 등장하는데 어쩌면 지우의 세상을 우회적으로 가리키는 것 같기도 했다. 학교에서 수업 시간에 발표 차례라도 오면 반 친구들은 지우의 어색한 말투, 맥락을 모르는 엉뚱한 발화에 웃음을 터뜨린다. 윤동주의 시, 〈눈〉을 통째로 외워서 읊을 때가 그러했다.

"지난밤에 눈이 소복이 왔네.
지붕이랑 길이랑 밭이랑 추워한다고
덮어주는 이불인가 봐.
그러기에 추운 겨울에만 내리지.

눈이 덮어주는 이불이란 말은 거짓입니다.
눈 덮으면 춥습니다.
눈은 춥습니다."

- 영화 〈증인〉[10] 중에서 -

신경다양성 세계를 걷는 지우에게는 비유가 통하지 않는다. 눈을 이불이라고 은유한 윤동주의 시는 자폐 청소년에게 그저 '거짓'일 뿐이다. 눈으로 마주하고 귀로 흘러드는 모든 자극을 투명하게 받아들인다. 그 어떤 거름망도 없이 사물과 현장을 있는 그대로 흡수하는 지우는 어쩌면 법정에 서야 하는 증인의 자질을 갖추기에 최상 아니었을까. 변호사 순호(정우성 분)는 그런 지우의 증언을 확보하기 위해 자폐스펙트럼 세계에 천천히 걸어 들어간다. '자폐인이 보는 세상' 영상을 검색해 찾아보면서 "아, 어지러워"라고 읊조리는 것도 잠깐, 지우가 내보일 수 있는 최강점을 놓치지 않는다. 살인 사건의 전말을 파헤치는 2심 재판장에게 지우가 결정적인 증언을 할 수 있는 사람이라는 걸 입증하기 위해 법원에 오는 길에 산 손수건을 들고 다소 엉뚱한 질문도 던진다. "증인, 손수건에 있는 물방울 개수가 모두 몇 개죠?" 이에 지우는 숨 한번 고르고 대답한다. "196개요."

지우가 세상을 파악하는 독특한 방식은 결국 재판 결과를 뒤집는 결정적 장치가 된다. 변호사 순호는 자폐인의 청력에 관한 논문을 인용해가며 지우가 세상을 이해하는 방식이 보통의 사람들과 다르다는 것부터 강조한다. 저 멀리 선 경비대원이 자기 소속과 이름을 나지막하게 중얼거린 것조차 또박또박 큰 소리로 알아맞히는 지우. 모기의 윙윙거림보다 작은 소리도 예리하게 포착해내는 재능이 예사롭지 않다. 결국 살인사건이 발생한 밤, 지우의 방 창밖으로 내다보이던 현장 속 가해자가 한 혼잣말 108글자를 토씨 하나 빠뜨리지 않고 재판장에서 그대로 재현해 낸다. 이어 순호는 지우가 가진 증언의 가치에 힘을 주듯 말한다. "이렇게 정확히 증언하는 증인은 저는 본 적이 없습니다. 증인은 계속해서 진실만을 말했습니다. 다만 우리가, 제가 지우와 소통하는 방법을 몰랐던 겁니다."

이 영화는 엄마로서 신경다양성 아이와 함께 하는 과정에서 틈틈이 반성

문을 쓰게 만들었다. 아이가 작은 소리에도 소스라치듯 놀라거나 과민하게 반응할 때면, 자주 겪는 일임에도 종종 짜증이 나곤 했다. "아니, 도대체 왜 이렇게 예민한 건데… 이게 뭐라고!" 아이가 가진 예사롭지 않은 자질을 특별한 것이 아니라 유난인 것으로 받아들일 때가 잦았다. 작은 소리를 증폭해서 받아들이는 아이의 세계는 바라보는 시선에 따라 재판의 결과를 뒤엎는 재능이 되기도 하고, 일상의 평온을 깨뜨리는 과민하고 괴상스러운 행동이 되기도 한다. '이상하다'는 형용사를 덧댈수록 아이의 남다른 청력과 시력은 자꾸만 불편한 것으로 느껴지기 마련이었다. 내가 바로 주인공의 발언을 곱씹어야 할 때였다. "우리가, 제가 아이와 소통하는 방법을 몰랐던 겁니다."

아이에게서 지우의 세계를 느낀 적이 실제로 참 많다. 딱 한 번 흘려들은 노래의 가사를 정확하게 따라 부를 때, 남편과 말다툼을 이어가다가 징징거린 내 말투를 민망할 정도로 비슷하게 따라 할 때, 아이는 마치 한창 유행했던 '따라 말하기 선인장 인형' 같은 모습이었다. 다이어트를 하겠다며 식이습관을 바로잡겠다고 다짐했을 때, 이내 우리집 아이는 나의 글루텐 프리 선언을 동화 속 마법 주문이라도 되는 양 노래를 부르고 다녔다. "엄마, 배고파. 근데 엄마는 밀가루 안 좋아해." 아들아, 부디 엄마의 식이요법까지 동네방네 소문내지 않아도 된단 말이다.

아들이 영화 〈증인〉 속 지우 누나를 만났다면 '별걸 다 따라 하기' 배틀이 펼쳐지지 않았을까. 지우는 좋아하는 보노보노 애니메이션의 대사를 기가 막히게 흉내 냈을 것이고, 우리집 신경다양성 소년은 그에 질세라 좋아하는 캐치 티니핑 최신 시즌 대사를 줄줄이 읊어댔을 것이다. 맥락에 맞는 자발화가 드문 아들이 그럴듯한 이야기를 풀어낼 때면, 곧 무언가의 대사를 낭독하는 경우가 대다수였으니까. 전철의 정거장 안내 방송이나 엘리베이터 기계음을 찰떡같이 모사하는 아들은 어쩌면 또 다른 지우가 될 수 있을지도 모를

일이다. 자폐스펙트럼의 세계를 이해하려고 애쓰는 빈도가 늘수록 아이의
세계는 더더욱 귀해진다.

영화 속 재판장에서 인용됐던 자폐 아이의 청력에 대한 연구 논문은 이렇
게 말한다. 정말 사소한 움직임이 자아내는 미세한 소리마저 신경다양성 아
이에게는 어마어마한 공포로 다가갈 수 있다고. 우리집 아이가 자폐스펙트
럼으로 진단받기 전, 전자레인지의 미세한 작동 소리에도 소스라치게 발작
을 일으켰던 날들이 끄덕여지는 대목이다. "예민해도 저렇게 예민할 수가 없
어." 즉석밥 한 공기를 제대로 데울 수가 없어 억울하고도 분통 터졌던 초보
엄마의 날들은 곧 아이의 남다른 강점을 깨달을 수 있는 순간이기도 했다.
재판에 혼선이 있었던 건 자폐스펙트럼 아이가 세상을 이해하는 방식을 이
해하지 못했기 때문이라고 덤덤히 고백하는 정우성의 모습에서 동시에 나의
고백을 읽었다. 아이가 소통하는 방식에 대해 조금 더 일찍 귀 기울였어야
한다고, 바짝 더 다가가 너의 시선에 이입했어야 한다고.

영화 속 지우의 예민하고 별난 청력이 사건의 진실을 밝히는 정의가 되었
듯, 때로는 까탈스럽고 불편하기까지 했던 아들의 장기가 우리가 살아가는
오늘과 내일을 이끌어 나가는 힘이 될지도 모를 일이다. 아이는 종종 내가

듣지 못한 소리를 달달 외고 다니며, 흘려두기 쉬웠던 상징과 장면들을 사진 찍듯이 입력해 두고 다닌다. 법정에서 정의를 밝히는 증인이 되지는 못하더라도, 우리 가족의 추억과 활기를 기억하는 '산증인'으로 활약할 자질은 충분해 보인다.

영화를 보고 난 뒤, 눈 내리는 풍경을 볼 때마다 생각한다. 우리 아이에게도 '이불' 같다는 비유는 통하지 않을 거라고. 분명히 지우 누나와 판박이처럼 이야기할 것이다. "아니에요. 눈은 차가워요. 차가워. 차가워." 일련의 비유나 농담이 도통 먹혀들지 않아서 가끔 고구마 다섯 개쯤 삼킨 심정일 때가 있겠지만, 아이는 그날 동네에 쌓인 눈의 흔적, 그 위치와 양, 빙질까지도 그 누구보다 기가 막히게 기억할 것이 틀림없다. 조금 더 자라 뉴스를 접하는 나이가 되면 대설주의보가 내린 지역의 이름과 적설량까지도 기억해낼 것만 같은 세심함을 지녔으니까. 어떤 시선으로 아이를 바라보느냐에 따라 아이는 정의를 찾는 증인이 되기도, 영 예민하기만 해서 분위기 망치기 일쑤인 죄인이 되기도 한다. 죄인 아닌 증인으로 빛날 수 있게 이끄는 건 결국 우리의 몫이 아닐까.

우리 아이의 백만 불짜리 찾기,
〈말아톤〉

"초원이 다리 백만 불짜리 다리. 몸매는 끝내줘요."

명대사를 곱씹던 날로부터 어느덧 20년이 지났다. 대학 입학에 한창 설레고 있던 05학번에게 이 영화는 대단히 상징적인 작품이었다. 재수 없이 입시에 성공하겠다는 목표 하나만을 품고 42.195km 장거리 레이스를 달리듯, 원하는 대학교 합격 통지를 받기까지 밤잠을 줄여 가면서 앞으로 내달리기만 했던 날들. 그 끝에 두 손 만세를 하고 피니시 라인을 통과한 뒤, 시원한 물을 목에 콸콸 들이붓는 느낌으로 이 영화를 봤던 것 같다. 고3 시절을 가까스로 미친 수험생에게 영화관에서 보는 영화는 손에 쥔 영화 포스터가 무엇이든 상관없이 그야말로 오아시스 같았다. 독서실 책상에 매여 갑갑하게 하루를 살아내던 열아홉 살 여고생이 수험 과목 인강이 아닌 콘텐츠를 보러 새로운 공간을 향해 간다는 것만으로도 영화관 티켓을 끊을 이유가 충분했다.

그로부터 20년이 지났다. 자폐스펙트럼 아이를 키워 나가다 보면 도저히 답이 나오지 않는 좌절의 하루를 지날 때가 있기 마련이다. 그럴 때면 메마르고 텁텁한 사막에서 발을 푹푹 빠뜨리며 걷다가 마치 '오아시스'를 발견하는 마음으로 이 영화를 꺼내 든다. 명배우들이 포진해 있고, 명대사가 곳곳에 자리해 있다 보니, 이미 명절 다시보기 시리즈나 패러디 콘텐츠에서도 자주 마주했던 작품이건만 볼 때마다 마치 처음 보는 것처럼 디테일 하나하나가 살아있다. 영화 도입부, 세렝게티를 묘사하는 초원(조승우 분)의 해맑은 독백을 들을 때면 '자폐스펙트럼 아이와 함께 야생에서 살아남는 것이 쉬운 일이 아니지' 하고 고개를 끄덕이며 스스로를 위로하곤 한다.

"아프리카 세렝게티 초원에는
수십만 마리의 초식동물들이 무리를 지어살고 있습니다.
해마다 동물들은 짝짓기를 하고 새끼를 낳습니다.
저기 갓 태어난 새끼와 함께 있는 어미 얼룩말이 보이는군요.
이제 새끼에게 야생에서 살아남는 법을 가르칠 것입니다.
야생에서 살아남는다는 것은 물론 쉬운 일이 아닙니다.
새끼들 주변에는 많은 위험이 도사리고 있습니다."

- 영화 <말아톤>[12] 중에서 -

첫 관람 때는 무심코 흘려들었던 세렝게티 독백. 자폐 육아를 해 나가며 이 영화를 자주 꺼내 들다 보니 우리 아이의 독백으로 맞바꿔 듣는 기술도 생겼다. 초원이가 얼룩말에 집착하는 것과 유사한 강도로 우리 아이는 자동차를 좋아한다. 초원을 내달리는 얼룩말을 상상해 내는 것만큼 고속도로를 질주하는 새빨간 스포츠카 한 대를 유유히 떠올려 본다. 걸림돌 없는 깨끗한 도로를 시원스럽게 달리는 것 같아 보이지만, 실은 곳곳에 위험 구간이 많아 정신줄을 잘 붙잡고 주행해야만 한다. 갑작스럽게 차량이 훅 많아지는 상습 정체 구간에서는 속력을 줄여야 할 때도 있고, 대형 트럭의 위태로운 몸짓에 움찔하며 순간 기가 확 죽을 때도 있지만, 꾸준히 달려 나가는 새빨갛고 조그만 자동차의 자태를 응원하는 마음이 된다.

자폐스펙트럼 아이와 매일 일상을 사는 엄마들보다 이 영화에 더 잘 몰입할 수 있는 사람이 또 있을까. 극이 앞으로 흘러갈수록 무엇보다 초원이의 몸짓과 말투가 그저 내 일처럼 익숙해서 위안이 되는 효과도 제법 있다. 동생에게 자꾸 존댓말을 하고, 빗방울이 스치는 창문을 멍하니 쳐다보고, 집 안에 같은 포장지의 과자만 한가득 쌓아 놓고 밥 대신 먹어 대는 모습 하나하나가 마치 내가 아들과 지내는 일상과 맞닿아 있었으니까. 제3세계에 살아가는 전혀 다른 이들의 낯선 풍경이 아니다. 마트에 가서 상품 하나만 봐도 그 제품에 얽힌 광고 문구를 줄줄이 읊어 댈 줄 아는 모습, 특정 아이템을 몽땅 광고 노래로 기억해 버리거나 얼룩말에 꽂혀서 줄무늬 핸드백을 걸친 아가씨를 앞뒤 안 가리고 졸졸 따라간 모습 또한, "와, 진짜 소름… 우리 애랑 완전 비슷하잖아" 하고 혼잣말을 중얼거리게 한다. 20년 전에는 그저 영화 속 주인공의 스토리에 불과했던 남의 일상이 내 것이 되어 있는 상황이 신기하고도 재밌다. 인생 참, 알다가도 모를 일이다.

자폐 청년의 몸짓과 언어를 디테일하게 표현해 낸 조승우 배우의 연기력에도 무한 물개 박수를 보낸다. 아이를 키우면서 다시 보니, 시선 처리나 손가락 까딱거리는 동작 하나하나가 정말 연기가 아닌 것 같은 경지다. 대충 몇 번 보고 따라 한 게 아니라는 걸 알 수 있다. 그 누구에게도 그러한 연기가 조롱이나 풍자로 느껴지지 않도록 신경다양성을 품은 가정을 꾸준히, 조심스레 지켜봐 온 흔적으로 느껴졌다. 노래만 흘러나왔다 하면 주변에 누가 지켜보든 간에 하늘을 날아오르듯이 폴짝 뛰어다니며 댄스 배틀을 뜰 것 같은 아들, 그리고 그를 지켜보면서 '품' 웃음을 짓고 마는 엄마의 풍경은 마치 우리집 풍경 같았으니까. 자폐스펙트럼 아이의 춤바람은 그저 몸치의 막춤과는 또 다른 기운이 서려 있는 법이다. 개봉과 같은 해, 대종상 시상식에서 남우주연상을 거머쥐었던 건 우연이나 행운이 아니었음을 다시금 느끼게 하는 부분이다.

그런데 이 영화의 진짜 묘미는 배우의 연기력에 감탄하는 데서 그치지 않는다. 아이의 약점에 좌절하고 비를 홀딱 맞으면서 화를 내뿜던 엄마가 아이의 강점을 하나씩 되새겨 나가는 '변화'를 지켜보는 과정에 찐 매력이 있다. 초원이가 우여곡절 끝에 기어코 말아톤을 해내는 후반부에서 대다수의 관객이 감동과 희열의 고점을 찍는다면, 나는 반대로 아이가 내보이는 약점에서 강점을 찾아 보려 애쓰는 전반부의 엄마(김미숙 분) 모습에 자꾸만 더 시선이 갔다. 영화가 시작된 지 얼마 되지 않아 초원이 엄마는 아이가 비 내리는 풍경을 한참 보면서도 "비가 주룩주룩 내려요" 한 문장을 내뱉지 못함에 속이 터진다. 무발화 아이를 빗속에 끌고 나가, 따라 하라고 소리를 빽빽 지르다가 마음처럼 되지 않는 아이를 혼자 내버려 두고 떠나버린다. 엄마가 화가 난 건지 아닌지 관심도 없고, 꿈쩍도 않고, 반항할 생각도 없는 아이를 한숨 푹 쉬며 다시 세차게 끌고 들어오는 모습만 봐도 그 한탄의 강도를 짐작할 수 있다.

그랬던 초원이의 엄마가 조금씩 달라진다. 자폐스펙트럼 아이를 키우는 엄마는 아이의 약점에만 집중해서는 단 하루도 앞으로 나아갈 수가 없다. 아이의 탄탄하고 매끈한 다리를 매만지면서 또 다른 매력 탐구에 나서기 시작한 셈이다. 더 이상 방구석이나 치료실에만 가만가만 앉아 있지 않는다. 숲으로, 산으로 다니며 아이의 다리 근육이 빛날 법한 야생으로 자꾸만 향한다. 얼굴 가득 햇살을 맞닥뜨리고, 손가락으로 바람결을 매만지면서 초원이의 표정도 서서히 생기를 되찾는다. 비를 쫄딱 맞고 세상이 주목하는 약점 안에만 갇혀 있던 아이는, 엄마의 손을 붙잡고 울타리 밖으로 나서면서 얼굴에서 그늘이 걷히기 시작했다. 초원이는 두 팔, 두 다리를 적극적으로 쓰는 활동에서 최강 매력이 있는 아이였다. 강점을 바라봐 준다는 건 이토록 대단한 파워가 있다.

"어머, 우리 애가 또 몸매 자랑을 하네."

초원이 엄마는 수영복을 입지 않고 실내 수영장에 번뜩 나타난 초원이를 보고 당황하면서도 세차게 몰아붙이지 않는다. "어머, 쟤가 진짜 왜 저래. 못 살아!" 하며 혼꾸멍내는 언어는 저 멀리 밀어둔다. 몸매 자랑이라는 키워드를 꺼내 들며 아이가 다시 들어가서 옷을 입을 수 있도록 도울 뿐이다. 영화를 보는 내내 생각했다. 초원이 엄마가 신경다양성 아이와 다정하게 소통하는 방법, '자폐 아이 엄마의 말 공부'라는 주제로 원데이 클래스라도 열어주면 참 좋겠다고 말이다. 물론 초원이의 행동을 우리 모두 마음을 모아 괜찮다고 말할 수 있어야 한다고 목소리를 내려는 건 아니다. 잘못된 행동을 바로잡아야 하는 건 맞겠지만 약점이 아닌 강점을 꺼내 보면서도 충분히 가능하다는 이야기를 하고 싶은 거다. 시선을 잠깐 바꾸면 아이는 약점이 아니라 강점을 더 많이 장착한 영웅이 된다.

"초원이 가슴이 뛰네.
우리 초원이 가슴이 콩닥콩닥 뛰어.
엄마도 뛰고, 초원이도 뛰고, 다 똑같아.
남들하고 다를 것 하나도 없어."

- 영화 〈말아톤〉[13] 중에서 -

영화 〈말아톤〉 속, 초원이의 실존 인물로 잘 알려진 배형진 군이 마라톤 인생을 끝내고 카페 바리스타로 일한다는 기사를 본 적이 있다. 운동하는 삶, 그 이후에도 실제의 초원이는 자신의 또 다른 강점을 살린 삶을 뚜벅뚜벅 걸어 나가고 있는 것 같아 참 반가웠다. 정해진 트랙에서 호흡을 가다듬으며 달리는 일이나 정해진 레시피를 보며 누군가 기다리고 있는 커피 음료를 만들어 내는 일에는 닮은 점이 많다. 피니시 라인을 향해 뚜벅뚜벅 다가가면 레이스가 결국 끝나는 것처럼, 곱게 갈린 원두를 정갈하게 수평 맞춰 커피 머신에 끼워 넣고 에스프레소 원액을 추출해 잔에 따라 내면 종료되는 따끈따끈한, 혹은 시원달큰한 레이스. 고소한 원두 향 폴폴 풍기며 주인을 찾아 나서면 한 텀이 마무리 되곤 하는 점에서 둘은 어쩌면 닮았다. 야생을 달려야 하는 마라톤과 다소 조도가 낮은 카페 공간에서의 노동은 정반대 지점에 서 있는 것 같겠지만, 현실판 초원이가 자기만의 강점을 살려 몰입할 수 있는 일이라는 점에서는 꼭 같다.

영화 도입부에서 초원이를 진단한 의사는 말했다. 사람들과 어울릴 수 없어서 아이의 주변에 선 가족들도 함께 지칠 수밖에 없다고. 하지만 20년 전 영화 속 의사에게 미처 알려주지 않으신 부분이 있었다고, 이제 와 밑도 끝도 없이 재진을 청하고 싶다. 아이의 약점이 아닌 강점을 봐주기 시작하면 사람들 틈에서 좀처럼 기를 펴지 못하던 아이도 매력 발산하면서 생활할 수 있다고, 그 매력을 예쁘게 봐 주는 사람들 틈에서 충분히 의미 있는 사회생활이 가능하다는 걸 말씀드리면서 말이다. 발달장애 아이의 부모에게 '아이의 강점'을 부지런히 살피라는 처방 한마디만 더 덧붙여 주신다면 자폐스펙트럼도, ADHD도, 그 어떤 발달 어려움을 겪는 아동의 부모도 지나치게 고개를 떨군 채 살아가지 않을 수 있다고 선 넘어 되짚어 드리고 싶다. 다른 사람들과 결코 어울릴 수 없을 것 같던 신경다양성 아이들이지만, 결국 어울릴 수 있도록 이끌어 주는 건 주변 사람들의 몫이다.

모든 신경다양성 아이 안에는 저마다의 '백만 불짜리'가 있을 것이라 믿는다. 빗속에서 울부짖던 초원이 엄마가 초원이의 백만 불짜리 다리를 귀하게 여기며 아이가 지닌 매력 포인트를 최대치로 이끌어 갔듯이, 마라톤을 완주하도록 이끌고, 지쳐 쓰러질 것 같을 때 다시 일어설 수 있는 힘을 다지도록 한 핵심은 귀한 걸 귀하게 봐주는 다정한 시선이었다. 당연한 이야기겠지만,

꼭 다리가 아니어도 괜찮다. 바른 자세를 하고 오롯이 한 목적지만을 향해 묵묵히 달리기에는 우리집 신경다양성 아이의 집중력은 30초를 못 가겠는걸. 하지만 이쪽저쪽 자유분방하게 움직이는 개성 가득한 몸짓은 말아톤에는 부적격이라도 'K-pop 댄스 배틀쯤은 제법 해볼 만하지 않을까' 하는 상상에 부푼다. 이러다 춤신춤왕이 될지 또 누가 알겠나. 더디고 굼뜬 성장 패턴 안에는 그 무언가 귀한 성장의 씨앗이 자라고 있다. 오늘도 그 백만 불짜리를 찾아 출발!

성 안에 갇힌 아이 꺼내기,
〈미 비포 유〉

　남매를 데리고 한 달에 한 번씩 꼭 들르는 공간이 생겼다. 바로 베이킹 클래스다. 매달 테마가 바뀌는데, 가을엔 단감 쿠키도 만들었다가, 겨울엔 크리스마스 느낌이 물씬 나는 초록색 트리 쿠키도 만든다. 유아 대상의 클래스이다 보니 늘 까다롭지 않은, 간결한 레시피의 아이템이 대다수를 이룬다. 밀가루를 체에 털어내고, 달걀과 섞고 조물조물 반죽해서 모양을 만든 뒤 오븐에 넣기만 하면 끝. 넉넉잡아 50분이면 모두 마무리되는 초간단 수업인데 아이들은 모두 비장하면서도 설레서 못 참겠다는 표정으로 베이킹 스튜디오에 입장을 한다. 매달의 마지막 주 일요일, 나는 약속이라도 한 듯 아이 둘의 손을 잡아끌고 그곳에 간다.

　결혼 전, 삶이 고단해 바닥까지 내쳐진 것 같은 기분이 들면 뉴스 당직이 없는 주말 중 하루를 골라 나 홀로 베이킹 클래스를 찾아가곤 했다. 사람에게 상처받고 그 쓰린 느낌이 도무지 자가 치유될 것 같지 않을 때, 레시피에 적힌 대로 반죽을 조물조물하다 보면 물러터질 것 같던 여린 마음도 잘 숙성된 반죽처럼 단단하게 안정을 찾는 느낌이었다. 클래스를 주관하는 파티시에 선생님의 지시를 따라가기만 하면 웬만해선 빵이든 쿠키든 '망할' 변수 없이 뚝딱 구워졌다. 정량이 또박또박 적힌 종이 한 장의 원칙을 따르면 맛있는 작품이 완성된다는 걸 수차례 경험했던 덕분에, 베이킹 클래스라는 곳은 제법 또렷한 힐링 코스라는 확신이 서 있었다. 그때부터였을 거다. 우리 아이들도 이 좋은 걸 언젠가 경험했으면 좋겠다는 생각이 내 안에 어렴풋이 자리를 잡아가고 있었다.

'자폐스펙트럼 아이도 베이킹 클래스를 신청해도 괜찮을까?'

정확히 말하자면 '무탈할 수 있을까'였다. 이 물음표가 늘 아른거렸다. 그 누구도 장애 아이에 대한 출석 금지 조항을 달아두지 않았고, 주최 측으로부터 참석을 자제해 달라는 완곡한 제약의 언어를 들은 것도 아니었지만 그저 엄마의 입장에서는 항상 눈치가 보였다. 공교육에서는 특수교육대상자인 우리 아이가 사교육의 영역에서는 어디까지 활보해도 괜찮은 걸까. 낯선 누군가와 어울리는 게 서툰 신경다양성 아이가 예닐곱 또래 사이에 들어갔다가 괜히 분위기를 망치면 어쩌나 걱정이 앞섰다. 자꾸 타인의 시선을 먼저 살피는 게 깊은 습관이 돼 버린 거다. 엄마와 떨어져 수업을 하는 것에 대한 분리 불안은 없었지만 다른 친구들에 비해 오감각의 예민 지수가 수십 배 이상 되는 것도 고민 요소를 더했다. 요리 과정에서 당연할 베이킹 도구 소리가 우리집 신경다양성 아이에게는 대단한 '별것'이 되겠기에, 클래스에 갔다가 이도 저도 못하고 "어머님, 도저히 안 되겠어요" 하고 내쫓길까 봐 수개월을 망설였다. 그깟 쿠키 하나 구워내는 수업을 이토록 고민할 일인가. 그냥 수제 쿠키 하나 사 먹이는 게 낫지 않을까.

영화 〈미 비포 유〉의 천방지축 여자주인공 루이자(에밀리아 클라크 분)의 몸짓과 어법은 이 망설임을 와장창 깨뜨려준 결정적 신호탄이었다. 카페 아르바이트로 생계를 이어오던 루이자는 하루아침에 가게 폐업으로 실업자가 되었다가, 전신마비의 윌(샘 클라플린 분)을 돌보는 역할로 돌연 취업에 성공한다. 몸짱 훈남에 성공적인 커리어를 갖고 있던 윌은 갑작스러운 교통사고로 장애를 갖고 살아가며 세상과 등지고 살아가는 인물이었다. 길가를 거

널기만 해도 훤칠하고 수려한 외모에 주목받던 과거와 달리, 이제는 휠체어 없이는 거동하지 못하는 자태로 사람들의 시선을 끈다. 누군가로부터 동정의 시선을 받는 건 죽기보다 싫었던 윌이 밖으로 나아가는 데 또렷한 거부감을 드러내던 나날이었다. 이 세상 돌봄 인력 중 가장 명랑 발랄할 것 같은 루이자가 근무를 시작하면서 윌을 세상 속으로 다시 끌어내기 위해 온갖 방법을 동원하는 이야기가 펼쳐진다. 경마장에 가자고 하고, 클래식 공연장에서 데이트를 함께 하자고 하며, 자신의 생일 가족 모임에도 초대한다. 윌의 전 여친 결혼식 파티에 기꺼이 파트너로 동행해주는 것은 물론이다. 윌이 마음속에 견고히 쌓아두고 있던 성벽의 높이를 서서히 허물 수 있도록 이끄는 역할을 자처한다.

루이자는 윌과 함께하는 여정에서 잠깐도 주저하지 않는다. 윌이 기대 앉은 휠체어가 진흙탕에 빠져 허우적거리면 길을 지나던 장정들에게 도움을 청하면 그만이고, 고급 레스토랑에서 경마장 프리미엄 배지가 없다는 이유로 거절당하면 평일 한산한 식당에 들어가지 못할 이유가 뭐냐며 똑 부러지게 따져 묻는다. 윌은 부끄러움과 난처함이 범벅된 채 얼굴을 찌푸리지만, 루이자는 당당한 태도를 꼬깃꼬깃 접어 넣지 않는다. "이제 집에 그냥 돌아가는 게 좋겠어요"라는 윌과 의료인 네이선의 말이 튀어나오기까지, 루이자는 정면 돌파를 멈추지 않는다.

나는 과연 루이자 같은 엄마일 수 있을까. 이래저래 타인의 눈치를 보느라 가려고 계획했던 것마저 다시 무르고 마는 내가 적잖이 부끄러웠던 지점이 바로 여기에 있었다. 아이가 휠체어를 타지는 않았지만, 전신마비로 인해 자유롭게 움직이는 데 제약이 있는 것이 아님에도 불구하고, 아이에게는 이래저래 사람들의 시선을 끌 법한 행동이 많다는 생각에 자꾸만 종이접기를 하듯이 마음을 접었다. 잘 앉아 있다가도 돌연 일어나 쉼 없이 빙글빙글 돈다거나 트램펄린을 탄 것처럼 콩콩 뛰어대는 우리집 아이. 귀를 팔랑팔랑 흔들면서 만지작거리는 건 물론이고, 외워둔 애니메이션 대사나 엄마의 잔소리를 맥락에 맞지 않게 뜬금없이 반복 재현할 때도 많다.

자폐스펙트럼 아이를 키우는 가정이라면 공감할 것이다. 반 플랫한 높은 톤의 목소리로 자주 중얼거리는 반향어나 나이에 맞지 않게 내뱉는 옹알이 등이 신경 쓰여 고요한 레스토랑은 선뜻 입성하기 힘들 거라고. "애야, 좀 조용히 좀 해. 사람들이 불편해할 거야. 여기에서 이러는 거 아니야." 이해받을 수 있다고 생각하기도 전에 내가 숨죽이느라 기를 펴지 못했을 게 뻔하다. 사람이 많이 모여드는 경마장 같은 스포츠 행사장은 아무래도 왁자지껄하고 복잡해서 아이가 흥분하다 못해 소리라도 '빽' 지를까봐 짐짓 긴장한 채 경직되었을 것이다. 그럴 바엔 애초에 가지 않는 편을 택했을 지도 모르겠다. 눈에 보이는 휠체어는 없었지만 용기 내지 못하는 내 마음이 무겁고 둥근 바퀴 같았다. '웰컴 신경다양성 존'을 찾는다고 부르짖고는 싶지만, 현실에서는 쉽지 않을 때가 많다는 걸 너무나 잘 알고 있다.

아이들과의 베이킹 클래스 도전은 다름 아닌 〈미 비포 유〉의 경마장 씬에서 비롯되었다. 루이자가 윌을 데리고 경마장에 가서 그 누구나 즐기듯 경기를 즐기고, 모처럼 맛있고 비싼 음식을 사먹어 보기 위해 고군분투한 발걸음을 나도 실천해보고 싶었다. 루이자가 억지를 쓰면서도 동반자와 함께 자리 잡고 싶은 레스토랑을 찾는 모습에서 은근슬쩍 내 모습을 봤다. 마치 장애 아이와 함께 갈 수 있는 원데이 클래스를 부지런히 탐색하는 엄마의 모습 같았기 때문이다. 근사한 레스토랑에 눈치 보지 않고 당연하다는 듯, 불편함은 1도 없다는 듯, 늘 그렇게 해왔던 것처럼 자리 잡고 싶은 마음은 장애, 비장애 아이 손을 양쪽에 꼭 붙들어 잡고 씩씩하게 클래스로 향하고픈 내 마음과 너무나도 맞닿아 있었다.

영화 속에서 윌은 결국 꽁꽁 닫혀 있던 마음의 문을 열고 외출을 시도한다. 루이자가 없었다면 영영 성 안에 머물러 있었을 것이다. 자르지 않은 머리칼이 정돈되지 않은 채 눈을 덮을 만큼 길이감을 자랑했을 것이고, 다듬지 않은 수염 때문에 인상은 더욱더 거칠게 일그러져 있었을 것만 같다. 아침에 눈을 뜨고 싶은 유일한 이유가 루이자 당신이라고 한 것만 봐도, 그간 루이자의 공로를 충분히 인정할 만하다.

"예전의 모습으로 파리에 가고 싶어요.
파리 여성들의 시선을 한 몸에 받던 나로 말이에요.
지금은 식당 자리 잡느라 쩔쩔매고
휠체어를 충전하느라 애쓰고,
택시 탑승을 거부당하죠."

- 영화 <미 비포 유>[14] 중에서 -

<미 비포 유> 주인공 윌이 평소 좋아했던 성의 풍경을 바라보며 담담히 읊조리는 대사. 장애의 영역도, 장애가 빚어진 정황도, 연령대도, 거주하는 지역도, 어느 하나 닮은 건 없지만 윌의 마음은 장애 아이를 키워가며 고군분투하는 내 마음을 대변해주는 듯했다. 식당 자리는 잡았으나 아이가 혹시 갑작스레 도전적 행동을 보이면 어쩌나, 휠체어를 충전해야 하는 건 아니지만 기대했던 루틴이 어그러지면 종종 난리가 나는 탓에 외출 시 챙겨야 할 아이템이 하나라도 빠졌으면 어쩌나, 대중교통 탑승을 거부당한 적은 없지만 자동차만 보면 흥분하는 아이가 혹여 차 안에서 기사님 불편해하실 만한 행동을 하면 어쩌나. '어머나'가 아닌 '어쩌나'의 연속이다. 아이든, 아이와 함께하는 부모든 낯선 이로부터 '싫은 내색'을 마주할 수도 있다는 생각은 결국 바깥 세상에 나아가는 데 공포를 자아낸다. 윌도 나도 그런 면에서는 꼭 같았

다. 자폐스펙트럼 주인공이 아님에도 이 영화를 자꾸만 돌려보게 만든 건 바로 그 때문이었다.

쩔쩔매고 애쓰고, 또 거부당하는 삶의 연속. 그럼에도 아이들을 데리고 새로운 베이킹 클래스 공지가 뜨면 꾸준히 문을 두드린다. 프리미엄 배지는 없지만 핑크 배지는 있다면서 레스토랑 입장이 기어코 안 되는 거냐고 쏘아 붙이는 영화 속 루이자처럼 조금은 뻔뻔해지고 당당해지겠다고 다짐해본다. '협조가 되지 않는 아동은 클래스 도중 조기 퇴장할 수도 있습니다'라는 문구를 바라보며 왠지 자폐스펙트럼이나 ADHD 아이들을 겨냥한 문구가 아닐까 싶어 두 뺨이 발갛게 달아오를 때도 있지만, 만일의 중도 하차에도 미리 겁먹지 않으려 애쓴다. 클래스 비용은 어떤 경우에도 환불되지 않는다는 규정에 본전도 못 건지고 돈 아까운 상황이 빚어질까봐 입술을 깨물곤 하는 현실 엄마지만 겁먹지 않기로 한다. 그 어떤 장애를 갖고 있든 연습하고 또 연습하면 우리를 둘러싼 상황도, 그 어떤 장벽을 견뎌내는 아이의 힘도 나아지기 마련이니까.

전 여친의 결혼식에 용기 내 참석한 윌, 그리고 기꺼이 그 현장에 파트너가 되어 동행해준 루이자. 둘은 파티 현장에서 춤을 추며 다시는 없을 자유를 만끽한다. 아마 이 영화의 대표 포스터로 이 장면이 낙점된 건 결국 무수한 제약에도 결코 제한받지 않는 그들의 몸짓과 도전이 진짜 아름답다는 걸 말하기 위해서일 거다. 아이를 키우다 높은 장벽을 마주한 것만 같을 때 이 영화의 다시보기 버튼을 누르는 건 바로 아이와 함께 세상으로 나아가 춤출 수 있는 용기를 얻기 위해서다. 대표 주제곡인 에드 시런의 〈Photograph〉를 틀어두고 자폐성 장애 소년과 한 발씩 앞으로 내딛는다. 사진으로 길이길이 간직해 두고 싶을 만한 귀한 풍경, 세상 속에 어우러지는 너의 모습을 담아두고 싶은 나의 의지가 잔잔한 리듬을 타고 춤을 추듯 이어진다.

에필로그

신경다양성에 대해 글을 쓰기 시작했던 건 2024년 가을부터였다. 당시 네 살이었던 첫째가 그 어떤 진단을 받지 않았던 때라 '느린 아이'라는 별칭을 지어 부르던 시절이었다. 아직 아이의 세계가 명쾌하게 진단명으로 떨어지진 않았지만, 유독 새파란 아쿠아리움에만 들어서면 첫째도, 둘째도 한껏 편안해하며 물결을 따라 즐기는 모습이 예뻐서 브런치 에세이 제목을 〈아름답고 푸른 신경다양성 세계〉라고 지었더랬다. 신경다양성에 대한 학술적인 연구를 해온 것도 아니었고, 남편처럼 한 분야의 박사가 되어 논문을 써 내려가는 삶을 살아야겠다고 다짐해 둔 것도 아니었다. 다소 딱딱해 보이는 '신경다양성'이라는 단어가, 예쁘고 아기자기한 것을 좋아하는 평범한 육아맘의 일상 속에서 어떻게 물들어 가는지에 대해 이야기하고 싶었다. 세상에서 가장 부드럽고 경쾌한 신경다양성 에세이를 쓰고 싶다고 소망했다.

꾸준히 써온 약 2년간의 에세이를 책으로 선보이려 마음먹었을 때 가장 크게 놓친 게 하나 있었다. '아름답고 푸른'을 수식어로 두고 써 내려간 글의 시작점보다 아이들이 훌쩍 자라버렸다는 것. 감각 처리에 애를 먹느라 일상의 작은 변수에도 우여곡절을 자주 겪던 아이는 제법 성장해 있었다. 두 해 전만 해도 서툴렀던 작업들을 제법 해내는 경우도 많았고, 당시에는 엄마로서 너무 크게 당황스러워하거나 속상해했던 순간들이 지금은 문제가 되지 않는 사례도 많았다. 차곡차곡 쌓아온 신경다양성 에피소드들을 엮어보려는 '인테리어'의 마음으로 출발했는데, 바뀌어버린 상황과 달라진 내 마음가짐 따위를 반영해 두다 보니 대거 다시 쓰는 '재건축'을 진행해버리고 말았다. 낡고 해진 저층 아파트를 42층의 신축 아파트로 다시 세우는 마음으로 이 책을 썼다.

　마흔두 편의 신경다양성 이야기를 쓰면서 가장 많이 등장했을 것 같은 단어는 다름 아닌 '꼬이다'였다. 매일 정확한 자신만의 규칙과 패턴을 따를 때 편안해지는 자폐스펙트럼 아이를 키우다 보니, 루틴이 조금 틀어지는 날에는 아이도 '꼬이기' 때문이다. 그럴 땐 내 마음도 기분도 배배 뒤틀려 버리기 일쑤라 애도 나도 동시에 꼬여 버린 하루를 산다. 남들의 날 선 시선을 마주하면 기분이 꼬이고, 그렇게 꼬인 상태로 대화하면 가족들과의 대화도 관계도 꼬이는 것만 같다. 본문에는 총 두 번의 꽈배기가 등장하는데 하마터면 〈우리집에 꽈배기가 산다〉가 제목이 될 뻔했다. 신경다양성의 세계를 품고 살아가는 과정에는 이토록 꼬일 일이 많다.

　반면 글을 가다듬고 정리하며 마음에 점점 더 와닿은 단어는 '해죽거리다'였다. 웃음을 표현하는 단어는 사실 많다. 20대 때는 방글방글 같은 귀여운 느낌을 선호했고 30대 때는 생긋이나 방긋처럼 산뜻한 마감의 웃음을 지향했는데, 40대에 접어드니 삶의 연륜이 아주 살짝 묻어나는 흐뭇함 담긴 표현이 마음에 들기 시작했다. 자꾸만 꼬이는 일상도 맞닥뜨리지만 그때마다 '만족스러운 듯이 귀엽게 살짝 자꾸 웃는' 마음으로 살고 싶다고 생각했다. 자폐스펙트럼 아이를 키워가면서 찡그리고 화낼 일이 왜 없겠냐마는, 장애와 비장애 남매가 하나로 어우러지는 순간에 만족스럽고 그 때마다 귀여워서 조심조심 살짝, 자꾸 웃는 일들이 생겨난다. 지금 이 문단을 쓰면서도 나는 '해죽해죽' 웃고 있다.

언제부터인가 나는 반반의 삶을 살아간다. 첫째를 미국에서, 둘째를 한국에서 출산하느라 미국 육아와 한국 육아를 반반 경험했다. 아들과 딸을 키우면서 태권도장과 발레 학원을 절반씩 기웃거린다. 첫째는 코로나 시국이 채 종료되기도 전 20개월부터 치료실을 다녔는데, 둘째는 딱 그만큼 자라났을 때 백화점 문센의 각종 오감 클래스를 바쁘게 다녔다. 자폐성 장애 아들과 비장애 딸을 키워가는 여정이 사뭇 달라서 가끔 '반반 육아'라고도 통칭한다. 좋아하는 떡볶이를 쌀떡 반, 밀떡 반 하는 것 같다며 반반 육아 키워드에 우스갯소리를 덧댄다. 재미없는 농담에 곁에서 현답을 건네는 남편과 살아서 참 다행이다. "쌀떡이냐, 밀떡이냐가 뭐가 중요하냐. 맛있으면 됐지."

남매와 함께 하는 일상은 맛있다. 대학을 갓 졸업하기도 전에 방송 생활을 시작하느라 늘 다이어트에 열을 올리기만 했던 나라서 먹을거리에 대한 식욕을 경계하는 게 당연한 일상이 된 지 오래지만, 결이 다른 남매랑 함께하는 육아에는 감히 '맛있다'는 표현을 붙인다. 발달이 느린 오빠가 말문이 막히면 친히 또래 선생님이 되기를 자처하는 동생을 볼 때, 그 다정한 모습에서 브런치 맛집 팬케이크처럼 고급진 달콤한 맛이 난다. 청각이 너무 예민한 탓에 집에서 전자레인지로 햇반 하나 돌려 먹기 어렵게 했던 아들은 이 세상 전자제품이라면 박사가 될 것만 같은 기세로 로고부터 신제품 디자인까지 고루 살피는 관찰력을 탑재하게 됐다. 이러쿵저러쿵 다사다난함을 겪고 결국엔 자라난 모습에서 백 년 넘은 노포의 갈비탕처럼 진한 맛을 느낀다. 두 아이 마냥 좋다고 깔깔거리며 뛰어다닐 땐, 말해 뭐해, 과일 아이스크림 탁 베어 무는 것처럼 상큼한 맛이다. 여러 가지 맛을 선물해주는 아이들이 고맙다.

"마흔에는 인생 제2막을 열겠어."
아나운서로 재직하는 내내 매일 밤 뉴스데스크 앵커석에 앉아 마이크를 잡는 행운을 누렸음에도, 나는 늘 또 다른 곳으로 도약하기를 꿈꾸며 욕심

많은 2030 시절을 보냈다. 원하던 학교와 학과에 진학하고, 희망하던 꿈의 직업을 가질 수 있어서 우쭐거렸고 때로는 건방지기도 했다. 내 인생 두 번째 무대가 어떻게 장식될지 잘 알지도 못하면서, 도도했던 시절을 지나 정말 마흔이 됐다. 신경다양성 아이 덕분에 내 인생 두 번째 무대가 더 풍성해졌고 다채로워졌다. 아이가 아니었다면 나의 세계는 여전히 너무 좁았을 것이다. 책에 담은 마흔두 가지 이야기는 나를 단단하게, 혹은 부드럽게 성장시켰다. 신경다양성 세계 덕분에 나는 이제야 조금씩 어른이 되어간다.

마지막으로, 이 책을 내기까지 글을 쓰겠다면서 한껏 까칠해진 딸을 조용히 응원하며 뒤늦은 황혼 육아에 온몸을 불태우신 친정 엄마에게 가장 감사한 마음을 표한다. 글을 쓰다가 정신력이 바닥날 때마다 '도대체 어떻게 글을 쓰며 살 수 있는 거냐'고 한탄과 한숨을 쏟아내면, 심리상담 교수라는 직업력을 힘껏 발휘하며 세상 가장 따뜻한 언어로 토닥거려준 보스턴 톨 가이, 남편에게도 사랑하는 마음을 전한다. 나의 세계를 끊임없이 넓혀주는 두 아이에게는 해죽거리는 미소를 담아 건넨다.

2026년 4월
벚꽃이 예쁜 봄날

박수현

참고자료

1부

1   김명희, 『신경다양성 교실』, 새로온봄, 2022, p.14~15.

2   <춤>, 브로콜리너마저, 「1집 보편적인 노래」, 2008.

3   토머스 암스트롱, 『증상이 아니라 독특함입니다』, 강순이 옮김, 김현수 감수, 새로온봄, 2019,
     p.19.

4   <세계자폐인의 날> 웹사이트, 「블루라이트 캠페인」, https://www.autismday.kr/21

5   사이먼 배런코언, 『패턴 시커』, 강병철 옮김, 디플롯, 2024, p.142.

6   영화 <쇼퍼홀릭(Confessions of a Shopaholic)>, 피 제이 호건 감독, 2009.

7   앨런 노트봄, 『자폐 어린이가 꼭 알려주고 싶은 열 가지』, 신홍민 옮김, 한울림스페셜, 2016,
     p.155.

2부

1   조선일보, 「아들 자폐증 비관, 모자 투신자살」, 1996.10.15., https://www.chosun.com/site/data/
     html_dir/1996/10/15/1996101570181.html

2   최민아, 「30대 주부, 자폐증 아들 안고 동반자살 시도… 엄마만 숨져」, 시사포커스, 2015.03.27.,
     https://www.sisafocus.co.kr/news/articleView.html?idxno=117117

3   최인준, 「시설에 살거나, 부모와 죽거나… "이게 장애인들의 현주소"」, 조선일보, 2022.06.26.,
     https://www.chosun.com/national/weekend/2022/06/25/3ITACF5X35BTFIU3PP62JRDE3M/

4   조디 헤어, 『바깥의 존재들』, 최인 옮김, 이상북스, 2025, p.74.

5   <Bibbidi-Bobbidi-Boo>, 영화 <신데렐라>(Cinderella, 1950) OST.

6   차예진, 『컬러풀 브레인 프렌즈(Colorful Brain Friends)』, 우주스토리, 2024, p.104.

7   차예진, 『컬러풀 브레인 프렌즈(Colorful Brain Friends)』, 우주스토리, 2024, p.137.

8   앨런 노트봄, 『우리 반에 자폐 학생이 있다면』, 허성심 옮김, 한문화, 2024, p.75.

9   앨런 노트봄, 『우리 반에 자폐 학생이 있다면』, 허성심 옮김, 한문화, 2024, p.74.

* 시공간 학습자(Visual-spacial Learner, 비주얼 러너): 환경 속 시각적·공간적 정보를 관찰·분석하며 학습하는 사람.

10   이훈구 외, 『인간행동의 이해』, 법문사, 2005, p.445.

* 체계적 둔감화(Systematic Desensitization): 내담자는 두려움의 서열에서 가장 약한 상황을 상상한다. 이때 불안감이 되살아나면 이를 중단하고 다시 평온한 상태로 돌아가려 노력한다. 이러한 과정을 반복하며, 결국 불안을 유발하던 상황에 놓여도 긴장하지 않을 수 있게 된다.

11   드라마 <나의 완벽한 비서>, 함준호·김재홍 감독, 2025. 제2화.

12   카밀라 팡, 『남달라도 괜찮아』, 장한라 옮김, 동녘, 2023, p.10.

13   드라마 <이상한 변호사 우영우>, 유인식 연출, 2022, 제12화.

14   Loma Hecker, 『우리는 신경다양성 커플일까요』, 성주연·양호연 옮김, 학지사, 2025, p.58.

15   제나 겐식, 『자폐스펙트럼 아이에게 정말로 필요한 것』, 변관석 옮김, 나무말미, 2025, p.93.

3부

1   김동영, 『너도 떠나보면 나를 알게 될거야』, 달, 2005, p.120.

2   드라마 <이상한 변호사 우영우>, 유인식 연출, 2022, 제10화.

3   영화 <굿 윌 헌팅(Good Will Hunting)>, 구스 반 산트 감독, 1998.

4   영화 <나를 미치게 하는 남자(Fever Pitch)>, 바비 패럴리·피터 패럴리 감독, 2005.

5   정경화, 「디자이너 부부가 두 번의 집짓기를 통해 얻은 것」, 『행복이 가득한 집』 2025년 9월호, p.57.

6   안젤라 센, 『나는 다정함을 선택했습니다』, 쌤앤파커스, 2025, p.40.

7   김동희, 『미국 엄마의 힘』, 황소북스, 2019, p.128.

8   박동수, 「정해진 가사노동만 하는 남편과 수시로 필요한 일을 생각하는 아내」, 『한겨레21』 제1575호, 2025.7.31., https://h21.hani.co.kr/arti/culture/culture_general/57761.html

9   김붕년, 『4~7세 조절하는 뇌 흔들리고 회복하는 뇌』, 코리아닷컴, 2023, p.74.

10   유경림, 「우영우 시즌 2 제작 확정… 우리는 장애인을 어디까지 알고 있을까」, 『오마이뉴스』, 2026.2.11., https://www.ohmynews.com/NWS_Web/View/at_pg.aspx?CNTN_CD=A0003206391

11   영화 <작은 아씨들(Little Women)>, 그레타 거윅 감독, 2020.

4부

1 캘리포니아 피자 키친(California Pizza Kitchen), 1245 Worcester St, Natick, MA 01760, USA.

2 오티즘 웰커밍 공식 웹사이트 「Certified Business Directory」(인증 등록 매장); California Pizza Kitchen at the Natick Mall (캘리포니아 피자 키친 내틱몰 지점), https://autismwelcoming.org/resources/california-pizza-kitchen-natick-mall

3 카밀라 팡, 『자신의 존재에 대해 사과하지 말 것』, 김보은 옮김, 푸른숲, 2023, p.15.

4 <오르막길>, 정인, 「월간 윤종신 6월호」, 2012.

5 <오르막길>, 정인, 「월간 윤종신 6월호」, 2012.

6 데번 프라이스, 『모두가 가면을 벗는다면』, 신소희 옮김, 디플롯, 2024, p.253.

7 세이디 딩펠더, 『얼굴을 알아보지 못하는 사람들의 뇌』, 이정미·이은정 옮김, 웅진지식하우스, 2025, p.18-19.

8 템플 그랜딘, 『템플 그랜딘의 비주얼 씽킹』, 박미경 옮김, 상상스퀘어, 2023, p.113.

9 루디 시몬, 『아스퍼걸』, 이윤정 옮김, 마고북스, 2020, p.74.

10 국립국어원, 「표준국어대사전」, '결', https://stdict.korean.go.kr/

11 리처드 루브, 『자연에서 멀어진 아이들』, 김주희·이종인 옮김, 즐거운상상, 2017, p.56.

5부

1 스티브 실버만, 『뉴로트라이브』, 강병철 옮김, 알마, 2018, p.623.

2 비장애형제 자조 모임 '나는', 『'나는' 괜찮지 않아도 괜찮아』, 한울림스페셜, 2021, p.123.

3 마리사 베스티타·줄리아 파스토리노, 『내 개는 특별하니까』, 엄혜숙 옮김, 나무말미, 2024.

4 마선옥·김도운, 『장애가 장애가 되지 않게』, 문진, 2021, p.144.

6부

1 이선필, 「전편과 확 달라진 '모아나2', 연말 가족영화로 딱인 이유」, 『오마이뉴스』, 2024.11.28., https://star.ohmynews.com/NWS_Web/OhmyStar/at_pg_m.aspx?CNTN_CD=A0003083286

2 김종화, 「[뉴스속 용어] 디즈니 사임으로 다시 주목받는 '최고다양성책임자'」, 『아주경제』, 2023.06.23., https://www.asiae.co.kr/article/2023062310080387580

3 이혜진, 「인어공주 블랙워싱 여파? 디즈니 최고다양성책임자 떠난다」, 『조선일보』, 2023.06.22., https://www.chosun.com/international/international_general/2023/06/22/I3UOT3XO2ZFFXJU5JBRW52R3RA/

4 영화 <호퍼스(Hoppers)>, 다니엘 총 감독, 2026.

5 매튜 룬, 『픽사 스토리텔링』, 박여진 옮김, 현대지성, 2022, p.151.

6 노지민, 「장애아동 캐릭터와 함께한 EBS '딩동댕 유치원' 장애인인권상 수상」, 『미디어오늘』, 2023.12.01., https://www.mediatoday.co.kr/news/articleView.html?idxno=314245

7 딩동댕유치원, 「스페셜 에피소드; Ep.1 안녕 별아?」, 유튜브, 2023.08.17., https://youtu.be/yvlldA84GA

8 영화 <원더(Wonder)>, 스티븐 크보스키 감독, 2017.

9 영화 <그것만이 내 세상>, 최성현 감독, 2018.

10 영화 <증인>, 이한 감독, 2019.

11 영화 <증인>, 이한 감독, 2019.

12 영화 <말아톤>, 정윤철 감독, 2005.

13 영화 <말아톤>, 정윤철 감독, 2005.

14 영화 <미 비포 유(Me Before You)>, 테아 샤록 감독, 2016.